JOHN MADDOX ROBERTS

EIN KRIMI AUS DEM ALTEN ROM

Aus dem Amerikanischen
von Kristian Lutze

GOLDMANN VERLAG

Deutsche Erstausgabe

Die Originalausgabe erschien unter dem Titel
»SPQR« bei Avon Books, New York

Umwelthinweis:
Alle bedruckten Materialien dieses Taschenbuches
sind chlorfrei und umweltschonend.
Das Papier enthält bereits Recycling-Anteile.

Der Goldmann Verlag
ist ein Unternehmen der Verlagsgruppe Bertelsmann

© der Originalausgabe 1990 by John Maddox Roberts
© der deutschsprachigen Ausgabe 1992
by Wilhelm Goldmann Verlag, München
Umschlaggestaltung: Design Team München
Umschlagmotiv: Archiv für Kunst und Geschichte, Berlin
Satz: IBV Satz- und Datentechnik GmbH, Berlin
Druck: Elsnerdruck, Berlin
Verlagsnummer: 41306
Lektorat: Ulrich Genzler
Redaktion: Ursula Walther
Herstellung: Peter Papenbrok/sc
Made in Germany
ISBN 3-442-41306-0

9 10

Für Martha Knowles und Ken Roy
Gute Freunde, glänzende Historiker und
großartige Gesprächspartner

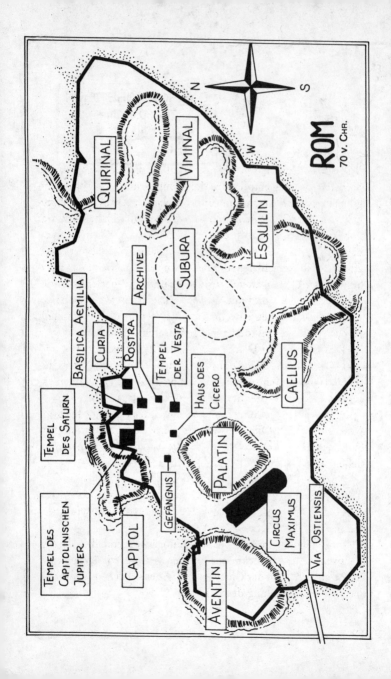

I

Wie jeden Morgen seit meiner Wahl in die Kommission der Sechsundzwanzig empfing ich den Hauptmann der örtlichen Vigilien in meinem Atrium. Ich bin von Natur aus kein Frühaufsteher, und keine der Pflichten, die mein Amt mit sich brachte, war mir lästiger. Es war noch dunkel, und meine wenigen Klienten ließen sich um diese Zeit noch nicht blicken. Die Truppe der Vigilien hockte verschlafen auf einer Bank an der Wand des Atriums, während mein alter Hausmeister ihnen Becher mit saurem, dampfend heißem und mit Wasser verlängertem Wein servierte.

»Keine Brände heute nacht. Praefect«, wußte der Hauptmann zu berichten. »Zumindest nicht in unserem Bereich.«

»Den Göttern sei Dank«, sagte ich. »Irgendwo sonst?«

»Drüben, in der Nähe der Arena hat es eine Feuersbrunst gegeben. Wir konnten sie von der Kuppe des Viminal deutlich erkennen. Vielleicht brennt es dort noch immer.«

»Aus welcher Richtung kommt der Wind?« fragte ich besorgt. Wenn eines dieser Öllagerhäuser zwischen dem Circus und dem Fluß Feuer fing, konnte bis Mittag die ganze Stadt in Flammen stehen.

»Aus dem Norden.«

Ich stieß einen Seufzer der Erleichterung aus und gelobte, Jupiter eine Ziege zu opfern, wenn er den Boreas heute weiter wehen ließ. »Sonst noch was?«

»Zwei Hauseigentümer haben Einbrüche gemeldet« – der Hauptmann unterdrückte ein Gähnen – »und wir haben eine Leiche gefunden, in der Gasse zwischen der syrischen Apotheke und der Weinhandlung des Publius.«

»Ermordet?« fragte ich.

»Erwürgt. Allem Anschein nach mit einer Bogensehne. Wir haben Publius aus dem Bett geholt und verhört, und er sagte, der Name des Toten sei Marcus Ager und daß er seit zwei Monaten ein Zimmer über der Weinhandlung gemietet hätte.«

»Ein Freigeborener oder ein Freigelassener?« wollte ich wissen.

»Muß sich um einen Freigelassenen handeln, denn ein paar meiner Männer meinten, daß sie in ihm einen thrakischen Dolchkämpfer wiedererkannt hätten, der unter dem Namen Sinistrus aufgetreten sei. In den letzten beiden Jahren hat er allerdings nicht mehr gekämpft. Vielleicht hatte er sich auch genug zusammengespart, um sich freizukaufen.«

»Dann ist es ja kein großer Verlust. Gehörte er zu Macros Bande oder zu einer der anderen?«

»Soweit ich weiß, nicht«, sagte der Hauptmann und zuckte mit den Schultern.

»Das macht mir nur noch mehr Ärger. Jetzt muß ich sämtliche Listen der staatlichen Getreideversorgung durchgehen, um festzustellen, ob er seinen Wohnsitz wirklich in diesem Teil der Stadt hatte. Und dann muß ich versuchen, seinen früheren Besitzer ausfindig zu machen. Es könnte ja sein, daß er Anspruch auf den Leichnam erhebt.« Ich halte allgemein nicht viel davon, ehemalige Gladiatoren in die Freiheit zu entlassen. Ein Mann, der Jahre seines Lebens damit verbracht hatte, mit Erlaubnis zu töten, wird sich aller Wahrscheinlichkeit als verantwortungsbewußter Bürger schwertun. Normalerweise verschleudern sie ihre Ersparnisse in den ersten Monaten nach ihrer Freilassung, schreiben sich dann in die Frumentations-Listen ein, bevor sie sich einer Straßenbande anschließen oder sich als Leibwächter für irgendeinen Politiker verdingen.

Trotzdem war ich dankbar, daß es nur einen Mordfall gegeben hatte, in dem ich ermitteln mußte. Nach einer Nacht, in der die Banden unruhig gewesen waren, konnte es durchaus vorkommen, daß ein Dutzend Leichen oder mehr in den Hinterhöfen und Gassen gefunden wurden. Wir hatten gerade die plebejischen Spiele gefeiert, und nach einem großen Fest war die Stadt normalerweise ruhig – für ein oder zwei Tage jedenfalls.

Sie, wer immer Sie sein mögen, müssen sich vorstellen, daß es in Rom, Gebieterin über die halbe Welt, in jenen Tagen etwa so wild zuging wie in einem Dorf von Nilpygmäen. Römische Soldaten sorgten zwar in Hunderten von Städten für Ruhe und Ordnung, aber kein einziger Soldat patrouillierte in den Straßen Roms. Das verbat die Tradition. Statt dessen wurde die Stadt von den Straßenbanden kontrolliert, von denen jede unter dem Schutz einer mächtigen Familie oder eines Politikers stand, für die sie Aufträge erledigten, die sie oft genug mit den Strafverfolgungsbehörden in Konflikt brachten.

Ich entließ die Vigilien in ihren lang ersehnten Schlaf und empfing kurze Zeit später meine Klienten. Ich stand damals ganz am Anfang meiner Karriere, müssen Sie wissen, und hatte daher nur wenige Klienten: ein paar zur Familie gehörige Freigelassene, ein aus der Armee entlassener Soldat aus der Legion, in der ich kurze Zeit gedient hatte, und eine Haushälterin aus einer ländlichen Plebejerfamilie, die traditionell unter dem Schutz der Caecilii stand. Ich hätte genausogut gar keine haben können, aber mein Vater bestand darauf, daß ein Mann, der seine ersten Schritte im öffentlichen Leben machte, ein paar Klienten haben mußte, die ihm jeden Morgen ihre treue Ergebenheit erklärten und ihm so Würde verliehen. Sie begrüßten mich als ihren Patron und fragten, ob ich an diesem Tag ihrer Dienste in irgendeiner Form bedürfe. Es würde noch einige Jahre dauern, bevor ich tatsächlich ein Gefolge von Klienten *brauchte*, aber so waren eben die Sitten.

Mein Hausmeister brachte ihnen kleine Leckereien, die sie in ihre Tücher wickelten, und dann zogen wir alle gemeinsam los, um *meinen* Patron zu besuchen. Dabei handelte es sich um meinen Vater, Decius Caecilius Metellus den Älteren, Träger eines

uralten und stolzen Namens, der jedoch allerorten als »Stumpfnase« bekannt war, seit sein Gesicht einem cimbrischen Schwert
in die Quere geraten war, als er unter General Marius gedient
hatte. Er erzählte unaufhörlich von dem Feldzug und hielt den
großen Sieg vor allem für sein Verdienst. Manchmal, nach ein
paar Krügen Wein, gab Vater zu, daß auch Marius eine gewisse
Beachtung verdiene.

Vater, ein alter Römer durch und durch, hielt seinen Hausmeister an einer Kette am Torpfosten. Jedermann konnte erkennen,
daß das Kettenglied, das am Knöchel des Mannes befestigt war,
nur ein Haken war, den der Mann jederzeit lösen konnte.

»Decius Caecilius Metellus der Jüngere«, verkündete ich,
»und seine Klienten sind gekommen, um unserem Patron die
Ehre zu erweisen.«

Der Sklave führte uns ins Atrium, in dem sich bereits die anderen Klienten meines Vaters drängten, von denen er einen stattli-
chen Haufen unterhielt. Er war in jenem Jahr *Praetor urbanus*,
ein sehr würdevolles Amt. In zwei Jahren würde er für das Konsulat kandidieren, und ein Mann, der zahllose weitschweifige
Reden zu halten hatte, brauchte eine ansehnliche Schar von Be-
wunderern. Etliche der an diesem Morgen anwesenden Männer
hatten sich ihre Stimme auf Dauer ruiniert, weil sie während Vaters Karriere als Anwalt vor Gericht bei jedem vorgetragenen
Argument und jeder spitzfindigen Formulierung in Jubel aus-
brachen. Heute war Gerichtstag, also waren Vaters Liktoren da,
gestützt auf ihre mit einem Rutenbündel umhüllten Beile. Wenigstens würde Vater in diesem Jahr den Verhandlungsvorsitz
innehaben und nicht mehr selbst plädieren – eine große Erleichterung für alle anwesenden Ohren und Kehlköpfe.

Der übliche Stadtklatsch schwirrte durch den Raum; die Menschen von niedriger Geburt schwatzten über Rennen und
Schwertkämpfer, die Gebildeteren konzentrierten sich auf Politik, auswärtige Angelegenheiten und die Vergehen unserer zu
abenteuerlustigen und zänkischen Legionäre. Sie tauschten un-

tereinander die neuesten Weissagungen und Omen aus, und man bezog sie auf die Geschicke von Gladiatoren, Legionären und Politikern. Auch der Brand in der Nähe der Arena wurde heftig diskutiert. Alle Römer lebten in panischer Angst vor dem Feuer.

Endlich erschien der große Mann. Seine Toga war so weiß wie die eines Kandidaten, sie hatte nur einen breiten, violetten Streifen. Im Gegensatz zu den meisten modernen Politikern wurde Vater nicht von einer aus Gesindel wie dem verstorbenen Marcus Ager bestehenden Leibwache begleitet. Er meinte, es sei der Würde eines Senators abträglich, wenn man ihm ansah, daß er in ständiger Angst vor seinen Mitbürgern lebte. Andererseits hatte er so wenige politische oder persönliche Feinde, daß er auch nicht wirklich gefährdet war. Nachdem er ein paar seiner wichtigsten Klienten begrüßt hatte, machte er mir ein Zeichen, daß ich zu ihm treten solle. Nachdem wir uns begrüßt hatten, klopfte er mir auf die Schulter.

»Decius, mein Sohn, ich höre gute Berichte über deine Arbeit in der Kommission der Sechsundzwanzig.« Der alte Herr war tief enttäuscht gewesen über meine mangelnde Befähigung und mein geringes Interesse für eine militärischen Karriere. Ich hatte nur das absolut notwendige Minimum beim Heer verbracht, um mich für ein öffentliches Amt zu qualifizieren, und dann noch eine leichte Verwundung als Vorwand genutzt, nach Rom zurückzukehren und dort zu bleiben. Nachdem ich jetzt die ersten Hürden für eine zivile Karriere genommen hatte, war Vater wieder bereit, mich zur Kenntnis zu nehmen.

»Ich versuche nur, meine Pflicht zu tun. Außerdem entdecke ich, daß mir das Herumschnüffeln liegt.«

»Nun ja« – Vater wischte meine unpassende Bemerkung mit einer Handbewegung beiseite – »für diese Sachen hast du doch deine Untergebenen. Du solltest dich wirklich auf Aktivitäten beschränken, die deiner Stellung entsprechen: diejenigen verhaften, die eine Gefahr für die Gemeinschaft darstellen, und dem Senat einen Bericht über deine Untersuchung zukommen lassen.«

»Manchmal müssen auch wohlhabende oder hochgeborene Personen befragt werden, Vater«, erklärte ich. »Ich habe schon oft erlebt, daß sie bereit sind, mit einem Angehörigen der Aristokratie in einer Offenheit zu reden, die sie einem Freigelassenen gegenüber nie an den Tag legen würden.«

»Versuch nicht, mich hinters Licht zu führen, junger Mann«, sagte Vater streng. »Es macht dir Spaß. Du hast deine Vorliebe für schlechte Gesellschaft und verrufenes Treiben nie ganz überwunden.« Ich quittierte die Bemerkung mit einem Schulterzukken.

Vielleicht sollte ich an dieser Stelle etwas erklären: In diesen modernen Zeiten mit ihren sich verwischenden gesellschaftlichen Unterschieden könnte die Bedeutung dieses Wortwechsels unverstanden bleiben. Wir Caecilii Metelli sind eine uralte und weitverzweigte Familie von hohem Rang, aber unsere Vorfahren sind bloß ein kleines bißchen zu spät in Rom angekommen, um zum Stand der Patrizier zu gehören. Wir gehören zum plebejischen Adel, meiner Ansicht nach der erstrebenswerteste Status: man ist berechtigt, die höchsten öffentlichen Ämter zu bekleiden, ohne daß man unter den rituellen Einschränkungen zu leiden hat, die die Patrizier zu erdulden haben. Was die konkrete Auswirkung auf die Karriere betraf, waren wir nur von einigen Priesterämtern ausgeschlossen, und das war nur zu begrüßen. Priesterliche Pflichten machten einem eine Teilnahme am öffentlichen Leben praktisch unmöglich, und ich habe nie ein Priesteramt innegehabt, das ich nicht gehaßt habe.

Noch immer stehend nahm Vater sein Frühstück zu sich, das ihm von einem Sklaven auf einem Tablett hingehalten wurde. Sein Frühstück bestand aus ein oder zwei trockenen Scheiben Brot mit Salz und einem Becher Wasser. Diese Sitte gründet sich zweifelsohne auf uralter, eiserner, römischer Tugendhaftigkeit, erweist sich jedoch im Hinblick auf die kräftigende Nahrung, die ein Mann nun mal braucht, wenn er den ganzen Tag für den Senat zu arbeiten hat, als durchaus unzulänglich. Ich selbst pflegte jedenfalls im Bett ein weit reichhaltigeres Mahl zu mir zu nehmen. Vater versicherte mir stets, daß das eine barbarische Unsitte sei, die bestenfalls Griechen und Orientalen anstand, also hatte ich vielleicht unwissentlich Anteil am Niedergang der Republik. Wie dem auch sei, ich frühstücke *noch immer* im Bett.

Glücklicherweise war heute Vaters Gerichtstag, so daß wir ihn nicht alle zum morgendlichen Empfang *seines* Patrons, des Advokaten, großen Redners und abgefeimten Halunken Quintus Hortensius Hortalus, begleiten mußten. Statt dessen gingen wir mit ihm, angeführt von seinen Liktoren, lediglich bis zur Basilika und vergewisserten uns, daß sein Einzug angemessen feierlich und würdevoll vonstatten ging, bevor die tumultartigen Rechtsstreitigkeiten begannen. Sobald er sich in seinen curulischen Stuhl bequem gemacht hatte, verabschiedete ich mich und ging in Richtung Forum, wo ich meine übliche Gruß- und Plauschrunde drehte, bevor ich mein Tagewerk in Angriff nahm. Das konnte eine durchaus zeitraubende Angelegenheit werden. Ich selbst war zwar unbedeutend, aber mein Vater war ein Praetor, der eines Tages durchaus Konsul werden konnte, also war ich ein vielgefragter Mann.

Von allen Winkeln und Plätzen der großen und vielfältigen Stadt Rom mag ich das Forum am liebsten. Seit meiner Kindheit habe ich einen Teil fast jeden Tages hier verbracht. Wenn ich – selten genug und immer gegen meinen Willen – einmal nicht in der Stadt war, habe ich das Forum immer am meisten vermißt. In jener Zeit, über die ich jetzt schreibe, war das Forum eine wunderbar durcheinandergewürfelte Ansammlung von Tempeln – einige von ihnen noch aus Holz –, Marktständen, Wahrsagerhütten, Rednertribünen, Denkmälern aus vergangenen Kriegen und Taubenschlägen für Opfervögel; man traf sich in diesem Zentrum der Welt, um nichts zu tun und zu tratschen. Heute ist es natürlich nur noch ein einziges Marmorensemble, errichtet zum Ruhm einer Familie, und nicht mehr der uralte Markt und Versammlungsort eines ganzen Volkes, den ich damals so liebte. Ich bin jedoch froh, berichten zu können, daß die Tauben die neuen Monumente genauso verunzieren wie die alten.

Eingedenk meines Gelübdes machte ich mich auf den Weg zum Jupitertempel auf dem Capitol. Gerüchteweise hieß es, der Brand sei unter Kontrolle, so daß ich meine Opfergabe zu einer Taube reduziert hatte. Ich verfügte nur über ein kleines persönliches Einkommen, und mein Amt war auch keines, das viele Schmiergelder versprach, also stand es mir gut an, meine Ausgaben vorsichtig einzuteilen.

Ich zog eine Falte meiner Toga wie eine Kapuze über meinen Kopf und betrat den düsteren, von Rauchschwaden geschwängerten Innenraum des uralten Gebäudes. In diesem Tempel konnte sogar ich fast an die Gegenwart der alten Caecilii glauben, die in Roma, dem kleinen Dorf aus Holz- und Strohhütten, das einst auf diesen Hügeln gestanden hatte, gelebt und ihre Rituale auch schon in diesem Tempel zelebriert hatten. Ich meine natürlich den Tempel, wie er aussah, bevor die jüngsten Renovierungen ihn in eine zweitklassige Kopie eines griechischen Zeustempels verwandelt haben.

Ich gab dem Priester meine Taube, und der Vogel wurde, wie es sich gehörte, zum Wohlgefallen Jupiters getötet. Während des kurzen Rituals fiel mir ein neben mir stehender Mann auf. Weil auch er seine Toga über den Kopf gezogen hatte, konnte ich nur erkennen, daß es ein jüngerer Mann war – er war etwa in meinem Alter. Seine Toga bestand aus edlem Stoff, und an seinen Sandalen war am Knöchel der kleine elfenbeinerne Halbmond der Patrizier befestigt.

Als ich den Tempel verließ, folgte mir der Mann eilig, als wolle er mit mir reden. Draußen im breiten Säulengang, von dem aus man den besten Blick auf die Stadt hat, legten wir unsere Köpfe frei. Sein Gesicht kam mir bekannt vor, und die ausgeprägten Geheimratsecken über seinen noch jugendlichen Gesichtszügen halfen meinem Gedächtnis auf die Sprünge.

»Ich grüße dich, Decius, von der erlauchten Familie der Caecilii«, sagte er, umarmte mich und gab mir einen Kuß, wie ihn alle im öffentlichen Leben stehenden Römer ständig ertragen müssen. Ich hatte den Eindruck, daß dieser übliche und oberflächliche Gruß mit mehr Freundlichkeit vorgetragen worden war als unbedingt notwendig.

»Und ich grüße dich, Julius Caesar.«

Selbst durch den Schleier, der dich, lieber Leser, von mir trennt, kann ich dein Lächeln ahnen. Aber der prominenteste Mann der römischen Geschichte war damals noch keineswegs berühmt. In jenen Tagen war der junge Caesar nur für die Anzahl und Vielfalt seiner Ausschweifungen sowie für seine exorbitanten Schulden bekannt. Er hatte jedoch zur allseitigen Überraschung plötzlich angefangen, ein staatsbürgerliches Interesse an den Tag zu legen und kandidierte bei den Wahlen zum Quaestorenamt als Fürsprecher des einfachen Volkes.

Seine neuen demokratischen Ideale hatten nicht wenig Stirnrunzeln hervorgerufen, denn das alte julianische Geschlecht hatte sich – obwohl es seit Generationen keine herausragenden Persönlichkeiten des öffentlichen Lebens hervorgebracht hatte – stets zur Partei der Aristokraten gezählt. Indem er sich auf die Seite der *populares* schlug, brach der junge Gaius sämtliche Familientraditionen. Zugegeben, sein angeheirateter Onkel war eben jener General, unter dem mein Vater gedient und sich seinen Spitznamen eingehandelt hatte. Dieser blutrünstige alte Mann hatte Rom in seinen letzten Jahren als Konsul und Führer der *populares* terrorisiert, aber er hatte in Rom und ganz Italien noch immer zahlreiche Bewunderer. Außerdem, so erinnerte ich mich, war Caesar mit der Tochter des Cinna verheiratet, der im Konsulat Marius' Kollege gewesen war. Der junge Gaius Julius Caesar war unbedingt ein Mann, auf den man ein wachsames Auge haben sollte.

»Darf ich mich nach dem Befinden deines hochgeschätzten Vaters erkundigen?« fragte er.

»Rüstig wie ein Thraker«, erwiderte ich. »Er ist heute im Gericht. Als ich mich von ihm verabschiedet habe, drängten sich in der Basilica Senatoren, die die Rückgabe ihres von Sulla konfiszierten Besitzes erstreiten wollten.«

»Es wird Jahre brauchen, bis diese Angelegenheit geregelt ist«, meinte Caesar trocken. Als er noch ein sehr junger Mann und Sulla Diktator gewesen war, hatte jener ihm befohlen, sich von Cornelia, Cinnas Tochter, scheiden zu lassen. In einem seiner seltenen Augenblicke von persönlicher Integrität hatte sich Caesar geweigert und war gezwungen gewesen, bis zu Sullas Tod Italien zu verlassen. Dieser hartnäckige Widerstand hatte ihn für kurze Zeit zum gefeierten Mann gemacht, aber Rom hatte damals bewegte Tage erlebt, und die meisten noch Überlebenden hatten ihn inzwischen fast völlig vergessen.

Wir stiegen gemeinsam den Capitolinus hinab, und Caesar fragte, wohin mich mein Weg führe. Er schien seltsam interessiert an meinen Angelegenheiten. Andererseits konnte Gaius Julius, wenn er gerade für ein Amt kandidierte, so liebenswert und schmeichlerisch sein wie eine Hure aus der Subura.

»Da ich sowieso gerade in der Nähe bin«, erklärte ich, »wollte ich der Ludus Statilius einen Besuch abstatten. Ich muß den Tod eines Mannes untersuchen, der vielleicht von dort gekommen ist.«

»Ein Gladiator? Ist das Ableben dieser Art von Abschaum wirklich die Zeit eines öffentlichen Beamten wert?«

»Das ist es, wenn er ein Freigelassener auf den Listen der staatlichen Getreideversorgung ist«, sagte ich.

»Vermutlich hast du recht. Na, dann kann ich dich ja begleiten. Ich wollte Statilius sowieso schon seit geraumer Zeit kennenlernen. Schließlich werden du und ich eines Tages Aedilen und damit zuständig für die Spiele sein, und dann können solche Kontakte nützlich sein.«

Er lächelte und klopfte mir auf die Schulter, als ob wir ein Leben lang gute Freunde gewesen wären und nicht praktisch Fremde.

Die Statilianische Sportschule bestand aus einem offenen Hof, der von im Karree angeordneten, barackenartigen Gebäuden gesäumt war. Es gab drei Reihen von Kammern für die Kämpfer, von denen die Schule bis zu tausend gleichzeitig beherbergte. Die Familie des Statilianus hatte sich dem Sport verschrieben, und die Schule wurde so streng geführt, daß sie selbst während der Sklavenaufstände der vergangenen drei Jahre bestanden und einen stetigen Strom ausgezeichneter Schwertkämpfer für die öffentlichen Spiele gestellt hatte.

Wir standen eine Weile im Portikus, einem Säulenvorbau, und beobachteten die Übungen der Kämpfer im Hof. Die Anfänger droschen auf einen Pfahl ein, während die Erfahreneren einander mit Übungswaffen bekämpften. Nur die Veteranen fochten mit echten Schwertern. Ich bin immer ein begeisterter Anhänger von Amphitheater und Arena gewesen und hatte vor meinem Militärdienst an dieser Schule sogar selbst einige Stunden im Schwertkampf genommen. Die Ludus Statilius hatte ihre Quartiere, wo sich jetzt das Pompeiusthater befindet, und heute erinnere ich mich, daß wir an jenem Morgen fast genau an der Stelle gestanden haben müssen, an der Gaius Julius sechsundzwanzig Jahre später starb.

Der Übungsleiter kam grüßend auf uns zu, ein Hüne von einem Mann mit einer eng sitzenden Tunika aus bronzenen Schuppen. Unter dem Arm trug er einen Helm so groß wie der Eimer eines Feuerwehrmanns. Sein Gesicht und seine Arme waren von mehr Narben übersät als der Rücken eines entlaufenden Sklaven – offensichtlich ein Meisterkämpfer vergangener Tage.

»Kann ich euch helfen, meine Herren?« fragte er und verbeugte sich höflich.

»Ich bin Decius Caecilius von der Kommission der Sechsundzwanzig. Ich möchte gern mit Lucius Statilius sprechen, wenn er da ist.« Der Lehrer rief nach einem Sklaven, der loslaufen sollte, um seinen Herrn herzuholen.

»Du bist Draco von der samnitischen Schule, stimmt's?« sagte

Caesar. Der Lehrer nickte. Der Name war mir natürlich ein Begriff, er hatte über Jahre einen berühmten Klang, aber ich hatte den Mann noch nie ohne Helm gesehen. »Du hattest sechsundneunzig Siege auf deinem Konto, als ich Rom vor zehn Jahren verließ.«

»Einhundertfünfundzwanzig bei Beendigung meiner aktiven Laufbahn, Herr, und fünf *munera sine missione*.«

Erlaube mir, verehrter Leser, diesen inzwischen ungebräuchlichen Begriff zu erklären. Bevor sie gesetzlich verboten wurden, waren die *munera sine missione* ganz besondere Spiele, bei denen bis zu hundert Männer gegeneinander kämpften, bis am Ende nur noch einer auf den Beinen war. Manchmal wurde nacheinander gekämpft, manchmal gleichzeitig jeder gegen jeden. Dieser Mann hatte fünf Kämpfe von der Sorte überlebt, neben seinen einhundertfünfundzwanzig Einzelkämpfen. Das mag erklären, warum es mir lieber gewesen wäre, wenn solche Leute irgendwo eingesperrt würden, es sei denn, sie bekleiden ein öffentliches Amt. Während wir auf Statilius warteten, plauderten Draco und Julius über die Spiele, wobei der Sportler, was zu erwarten gewesen war, das traurige Niveau beklagte, auf das die Kunst des Kampfes auf Leben und Tod seit seinen Tagen herabgesunken war.

»Wir«, sagte er und schlug sich auf die Brust, daß seine Bronzeschuppen klirrten, »haben früher noch in voller Rüstung gekämpft, und es war ein Wettkampf, der von Geschick und Ausdauer geprägt war. Heute kämpfen sie mit bloßer Brust, und alles ist vorbei, bevor es richtig angefangen hat. Demnächst werden sie nur noch nackte Sklaven in die Arena treiben, damit sie sich völlig untrainiert gegenseitig abschlachten. Darin liegt kein bißchen Ehre mehr.« Ich habe in meinem Leben beobachtet, daß selbst die korruptesten Gestalten irgendeine Vorstellung von Ehre haben, an die sich klammern.

Statilius kam, begleitet von einem Mann, der ein griechisches Gewand und ein Stirnband trug – augenscheinlich der hauseigene Arzt. Statilius war ein großer Mann in einer dezenten Toga. Er stellte den Arzt vor, der sich des grandiosen Namens Asklepiodes erfreute. Ich fragte Statilius kurz nach Marcus Anger.

»Du meinst Sinistrus? Ja, der war eine Weile hier. Ein drittklassiger Dolchkämpfer. Ich hab' ihn vor ein paar Jahren an jemanden verkauft, der einen Leibwächter suchte. Laß mich rasch in den Unterlagen nachschauen.« Er eilte in sein Kontor, während Caesar und ich mit dem Lehrer und dem Arzt plauderten.

Der Grieche betrachtete einen Moment mein Gesicht und meinte dann: »Wie ich sehe, hast du an einer Schlacht gegen die Hispanier teilgenommen.«

»Aber ja«, sagte ich überrascht. »Woher weißt du das?«

»Diese Narbe«, sagte er und deutete auf eine gezackte Linie an meinem rechten Unterkiefer. Sie ist heute noch immer da und hat meinen Barbier die ganzen sechzig Jahre, seit man sie mir zugefügt hat, geplagt. »Diese Narbe stammt von einem katalanischen Wurfspeer.« Der Grieche verschränkte die Arme und wartete auf unseren ehrfurchtsvollen Beifall.

»Stimmt das?« fragte Julius. »Wann war das, Decius? Der Aufstand des Sertorius?«

»Ja«, gab ich zu. »Ich war Militärtribun im Kommando meines Onkels Quintus Caecilius Metellus. Wenn nicht irgend etwas gerade meine Aufmerksamkeit auf sich gezogen und ich meinen Kopf nicht zur Seite gewendet hätte, wäre der Speer direkt durch mein Gesicht gegangen. Also gut, Meister Asklepiodes, wie hast du das erraten?«

»Das hab' ich nicht erraten«, erwiderte der Grieche selbstgefällig. »Die Spuren sind klar erkennbar, wenn man sie zu deuten weiß. Der katalanische Wurfspeer hat eine gezackte Klinge, und diese Narbe rührt von einer solchen Klinge her. Der Speer ist von unten nach oben geflogen. Die Katalanen kämpfen zu Fuß, während du hier offenkundig von hohem Rang bist, würdig genug, auf einem Pferd in die Schlacht zu ziehen. Außerdem hast du das richtige Alter, um in den Hispania-Feldzügen vor Pompeius und

Metellus vor ein paar Jahren als jüngerer Befehlshaber teilgenommen zu haben. Also mußt du vor wenigen Jahren in Hispa-
nien verwundet worden sein.«

»Was soll denn das sein?« fragte ich amüsiert. »Eine neue
Form der Sophisterei?«

»Ich stelle ein Werk über jede nur denkbare Kriegsverletzung
und deren Behandlung zusammen. Ich und mein Stab von Chirurgen haben bereits bei den Ludi in Rom, Capua, Sizilien und im
cisalpinischen Gallien gearbeitet und geforscht. Auf diese Weise
habe ich in ein paar Jahren mehr gelernt, als zwanzig Jahre bei der
Armee mich hätten lehren können.«

»Äußerst scharfsinnig«, sagte Caesar. »Bei den Kämpfen in
der Arena kriegst du die Auswirkungen der verschiedensten
fremdartigen Waffen zu sehen, ohne Zeit und Mühe auf den Besuch all der Kriegsschauplätze verwenden zu müssen.«

Die Unterhaltung wurde durch die Rückkehr von Statilius un-
terbrochen. Er trug einige Schriftrollen und Wachstafeln bei
sich, die er vor uns auszubreiten begann.

»Hier haben wir, was du suchst.« Er öffnete die Tafeln und
rollte die Schriftrollen aus. Es gab eine Verkaufsurkunde, die
festhielt, daß Statilius einen gesunden gallischen Sklaven erworben hatte – etwa fünfundzwanzig Jahre alt und noch im Besitz
sämtlicher Zähne. Sein Name war unaussprechlich, und man
hatte ihm den Sklavennamen Sinistrus gegeben. Eine andere
Schriftrolle verzeichnete die Daten seiner Schul- und Arenalauf-
bahn. Er hatte sich als wenig geeignet im Umgang mit Schwert
und Speer erwiesen und war bei einer thrakischen Schule als
Dolchkämpfer angemeldet worden. Die Bilanz seiner sportli-
chen Karriere in der Arena war mit Ausnahme der Tatsache, daß
er überlebt hatte, durchschnittlich: ein paar Siege, zwei kampf-
richterlich festgestellte Unentschieden und drei Niederlagen, bei
denen er sich gut genug geschlagen hatte, um mit dem Leben da-
vonzukommen. Er war allerdings häufig verwundet worden.

Eine Tafel war die Urkunde eines Verkaufs an den Verwalter

eines gewissen H. Ager. Es gab jede Menge offizielle Dokumente im Zusammenhang mit einer Übertragung der Eigentumsrechte. Ich erinnerte mich, daß in jenem Jahr die Sklavenaufstände stattgefunden hatten und daß der Verkauf von Sklaven, vor allem der von Männern im wehrfähigen Alter, strengen Beschränkung unterlegen hatte. Während ich die Dokumente studierte, fuhr Caesar fort, sich bei Statilius einzuschmeicheln, redete von seinem zukünftigen Aedilenamt und erkundigte sich nach »etwas ganz Neuem« auf dem Gebiet des Zweikampfs für die Spiele, die er zu fördern plante. Fünf Jahre später sollte ich Zeuge dieses »ganz Neuen« werden, und es war tatsächlich die größte Sensation in der Geschichte der Spiele.

»Dort hat er seinen Freigelassenen-Namen bekommen«, bemerkte ich. »Mit deiner Erlaubnis, Lucius, würde ich die Schriftstücke gern eine Weile behalten, bis meine Untersuchung abgeschlossen ist. Es handelt sich hierbei nur um eine unbedeutende Angelegenheit, so daß ich in der Lage sein sollte, die Dokumente in ein paar Tagen von einem meiner Freigelassenen zurückbringen zu lassen.«

»Was immer du brauchst«, sagte Statilius. »Jetzt, da ich ihn ohnehin nicht mehr zurückkaufen kann, würde ich die Schriftstücke mit Ausnahme der Verkaufsurkunde sowieso vernichten.«

Wir verabschiedeten uns von Statilius und dem Griechen und lenkten unsere Schritte wieder in Richtung Forum, ich, um die Listen der staatlichen Getreideversorgung einzusehen, und Julius Caesar, um weiter Politik zu machen. Aber scheinbar sollte ich selbst diese langweilige Routineangelegenheit nicht ungestört erledigen können. Ein Senatsbote stand auf dem Sockel des Rostrum und ließ seinen Blick suchend über die vorbeiziehenden Menschenmassen schweifen. Er mußte ein wahres Adlerauge haben, denn sobald ich das Forum über die Via Capitolinus betreten hatte, hatte er mich auch schon entdeckt. Er sprang auf den Bürgersteig und lief auf mich zu.

»Bist du nicht Decius Caecilius Metellus von der Kommission der Sechsundzwanzig?«

»Doch, der bin ich«, erwiderte ich schicksalergeben. Das Auftauchen eines solchen Boten bedeutete immer, daß es eine unangenehme Aufgabe zu erledigen galt.

»Im Namen des Senates und Volkes von Rom zitiere ich euch hiermit zu einer Sondersitzung der Kommission der Drei in die Curia.«

»Jemand, der im Dienst von Senat und Volk unterwegs ist, kennt eben keine Pause«, sagte Gaius Julius. Ich verabschiedete mich von ihm und machte mich auf den kurzen Weg zur Curia. Mit einem vorauseilenden Senatsboten, der mir den Weg bahnte, versuchte auch niemand, mich zu einem Schwätzchen zu animieren.

Die Curia hat mir immer eine gewisse Ehrfurcht eingeflößt. Innerhalb ihrer uralten Sandsteinmauern hatten die Debatten stattgefunden und die Intrigen ihren Lauf genommen, die uns den Sieg über die Griechen, die Carthager, die Numider und unzählige andere Feinde gebracht hatten. In diesen heiligen Hallen waren Entscheidungen getroffen und Befehle erlassen worden, die Rom von einem winzigen Dorf am Tiber zur größten Macht im Mittelmeerraum gemacht hatten. Ich bin mir natürlich der Tatsache bewußt, daß es auch eine Kloake der Korruption war und daß der Senat Rom mindestens genauso oft an den Rand des Ruins gebracht wie edel und weise entschieden hat, aber das alte System ist mir immer noch lieber als das zur Zeit und, wie ich hoffe, nur vorübergehend gültige.

Der große Senatssaal war fast leer, und die Geräusche hallten von den Wänden wider. Nur die erste Reihe war besetzt von meinen beiden Kollegen im Triumvirat sowie von Junius, dem Freigelassenen des Senats, der als Sekretär fungierte. Wie immer hatte Junius Stapel von Wachstafeln neben sich liegen und einen bronzenen Stift hinters Ohr gesteckt.

»Wo bist du gewesen?« wollte Rutilius wissen. Er war der Bevollmächtigte für die neuen Viertel jenseits des Tibers, ein vorsichtiger und traditionsbewußter Mann. »Wir warten hier schon seit der zweiten Stunde.«

»Ich habe erst im Jupitertempel geopfert und dann eine Untersuchung in einem Mordfall durchgeführt, der sich in meinem Amtsgebiet ereignet hat. Woher sollte ich wissen, daß eine Sondersitzung einberufen worden ist? Was ist geschehen, was verlangt denn so unverzüglich unsere Aufmerksamkeit?«

»Was für ein Mordfall?« fragte Opimius. Er war mein anderer Kollege, zuständig für die Stadtteile Aventinus, Palatinus und Caelius. Er war ein arroganter, kleiner Emporkömmling, der ein paar Jahre später ein schlimmes Ende finden sollte.

»Ein freigelassener Gladiator wurde heute morgen stranguliert aufgefunden. Warum?«

»Vergiß für einen Moment diesen Abschaum«, sagte Rutilius. »Etwas anderes verlangt deine sofortige Aufmerksamkeit. Du hast von dem Brand in der Nähe der Arena gehört?«

»Ganz Rom redet heute morgen von nichts anderem«, gab ich verärgert zurück. »Wir sind die Polizei, nicht die Feuerwehr. Was haben wir mit dem Brand zu tun?«

»Das Feuer ist in einem Lagerhaus am Flußufer ausgebrochen. Alle Anzeichen sprechen für Brandstiftung.« Opimius sprach mit jener Empörung, die die Römer sich für Brandstifter vorbehalten. Verrat wurde weit nachgiebiger behandelt. Dies war in der Tat eine ernste Sache.

»Bitte, sprich weiter«, sagte ich.

»Das Feuer ist natürlich in meinem Amtsbereich ausgebrochen«, fuhr Opimius fort, »aber allem Anschein nach hat der Eigentümer des Lagerhauses in der Subura gelebt.«

»Hat gelebt?« fragte ich.

»Ja. Ein Bote, der ihn von dem Feuer benachrichtigen wollte, fand den Mann in seiner Unterkunft – tot. Erstochen.«

»Seltsam, nicht wahr?« sagte Rutilius. »Junius, wie hieß der Kerl noch gleich?«

Julius warf einen Blick auf eine seiner Tafeln. »Paramedes. Ein vorderasiatischer Grieche aus Antiochia.«

»Moment mal«, sagte ich, eine Chance witternd, die ganze Sache an jemand anderen loszuwerden. »Wenn es sich bei dem Mann um einen Ausländer gehandelt hat, ist ordnungsgemäß Praetor Peregrinus für den Fall zuständig.«

»Es scheint Komplikationen zu geben«, stellte Opimius fest, »die darauf hindeuten, daß es sich um eine« – er beschrieb mit den Händen eine vage Geste – »wie soll ich sagen, heikle Angelegenheit handelt.«

»Man hat bestimmt«, sagte Rutilius, »daß die Untersuchung auf niedrigerer Ebene durchgeführt werden soll, mit möglichst geringem öffentlichen Aufsehen.« Offensichtlich war unser Treffen nicht das erste, das an diesem Tag abgehalten wurde. Einige sehr hektische Konferenzen mußten schon ungewöhnlich früh am Morgen stattgefunden haben.

»Und warum die ganze Heimlichtuerei?« fragte ich.

»Dieser Fall hängt mit außenpolitischen Angelegenheiten zusammen«, erläuterte Rutilius. »Dieser Paramedes, oder wie immer er geheißen hat, war nicht nur der Wein- und Ölimporteur, als der er sich ausgab. Es hat den Anschein, daß er auch über gute Kontakte zum König von Pontos verfügt hat.«

Darüber lohnte es sich in der Tat nachzudenken. Der alte Mithridates war den Römern ein Stachel im Fleisch, und das schon seit Jahren.

»Ich vermute, daß gegen den Kerl schon seit geraumer Zeit ermittelt worden ist. Wer hat die Untersuchung geleitet? Wenn ich die Sache übernehmen muß, möchte ich sämtliche Schriftstücke und Dokumente einsehen, die bis zum heutigen Tag über diesen Mann angelegt worden sind.«

»Nun ja«, sagte Opimius, und ich war auf das Schlimmste gefaßt. »Es hat den Anschein, als seien jene Dokumente, weil sie auch Fragen der Staatssicherheit berühren, für geheim erklärt worden. Sie sollen unter das Siegel des Senats gestellt und zur Sicherheitsaufbewahrung im Tempel der Vesta hinterlegt werden.«

»Ist das dein Ernst?« bellte ich. »Erwartet man tatsächlich von mir, daß ich eine Untersuchung durchführe, während mir gleichzeitig wichtiges Beweismaterial vorenthalten wird?«

Meine Kollegen hatten an der Decke der Curia irgend etwas entdeckt, was ihre ganze Aufmerksamkeit in Anspruch zu nehmen schien, und betrachteten es eingehend. Offensichtlich sollte es zwar der Form nach eine Untersuchung geben, die aber tunlichst ohne Inhalt, sprich Ergebnisse, bleiben sollte. Staatssicherheit! Was das bedeutete, war klar: Es ging um den Ruf des Senats, und das jüngste Mitglied der gewählten Regierung wurde beauftragt, die ganze schmutzige Affäre in einem dunklen Raum unter den Teppich zu kehren und dann die Tür zu verriegeln.

»Wir dienen dem Senat und dem Volk Roms«, sagte Rutilius, nachdem ich mich ein bißchen beruhigt hatte.

»Genau«, bemerkte ich. »In Ordnung, Junius, rede, wirf mir die paar Brocken hin, die ich wissen darf.«

»Der verstorbene Paramedes von Antiochia«, leierte Junius los, »hat Wein und Olivenöl importiert und war Besitzer eines großen, jetzt niedergebrannten Lagerhauses am Ufer des Tibers in der Nähe des Circus.«

»Halt«, warf ich dazwischen, als er innehielt, um Luft zu holen. »Wenn er ein Ausländer war, hätte er in der Stadt nicht offen als Grundbesitzer auftreten können. Welcher Bürger der Stadt war sein Partner?«

»Darauf wollte ich gerade kommen«, meinte Junius verächtlich. »Offizieller Rechtstitelinhaber für seinen städtischen Besitz war Paramedes' Partner, ein gewisser Sergius Paulus, ein Freigelassener.«

Das kam der Sache schon näher. Der Mann, den Junius so unbekümmert wegwerfend als Sergius Paulus, einen Freigelassenen, tituliert hatte, war zu jener Zeit einer der vier oder fünf reichsten Männer Roms. Paulus, einst Sklave einer erlauchten

Familie, war während seiner Dienerschaft bis zur Position des Hausverwalters aufgestiegen. Als sein Herr starb, gewährte man ihm die Freiheit und eine großzügige Abfindung. Zu diesem Startkapital hatte er seine ganze Erfahrung eingebracht und viele kluge Investitionen getätigt, die sein Vermögen bald vervielfältigten. Er besaß so viele Bauernhöfe, Schiffe, Läden und Sklaven, daß es wirklich unmöglich war, seinen Reichtum zu schätzen. Es galt nur als ziemlich sicher, daß er nicht ganz so vermögend war wie General Marcus Licinius Crassus, der seinerseits so reich war wie ein Pharao.

»Was hat ein Geldsack wie Paulus in einer Partnerschaft mit einem miesen, kleinen, griechischen Importeur zu suchen?« fragte ich mich laut.

»Keine Gelegenheit, Geld zu machen, ist zu geringfügig für einen gemeinen Schacherer wie Sergius Paulus«, sagte Opimius voller Verachtung. Kein Patrizier und kein plebejischer Adliger konnte es in puncto Snobismus mit einem aufgestiegenen Nichtadeligen wie Opimius aufnehmen.

»Ich werde ihm heute nachmittag einen Besuch abstatten«, sagte ich. »Junius, sei so gut und schick den Senatsboten zu Paulus' Haus, um ihm mitzuteilen, daß man mich dort erwarten soll. Meinst du, ich kann einen Liktor bitten, mich zu begleiten?« Mit nichts kann man einen Römer mehr von der eigenen *gravitas* und Macht überzeugen als mit einem Liktor, der die *fasces* mitführt. Es ist wahrhaft erstaunlich, daß ein einfaches Bündel Ruten um eine Axt einen normal Sterblichen mit der Würde und der Macht des Senats, des römischen Volkes und aller Götter des Pantheon ausstatten kann.

»Sie sind alle fest eingeteilt«, sagte Junius.

Ich zuckte mit den Schultern. Ich würde einfach meine neue Toga anlegen und das Beste hoffen. Das Treffen war beendet. Opimius sollte einen detaillierten Bericht über den Brand besorgen, der sich in seinem Amtsbereich ereignet hatte. Ich sollte mich um den Mord an Paramedes kümmern, der in meinem Bereich geschehen war, und Sergius Paulus einen Besuch abstatten, der ebenfalls in meinem Bereich wohnte. Rutilius hatte vor, sich fluchtartig in seinen Stadtteil auf der anderen Seite des Tibers zurückzuziehen und darauf zu hoffen, daß er sich aus der Geschichte heraushalten konnte.

Als ich die Curia verließ, stieß ich einen Fluch aus. Ich würde noch eine Weile herumtrödeln, um dem Boten Zeit zu lassen, Sergius' Haus zu erreichen. Dann wollte ich mich selbst dorthinbegeben, nachdem ich zu Hause meine neue Toga angelegt hatte. Es würde ein langer und mühseliger Marsch werden, und ich mußte wohl auf mein gewohntes Bad und Mittagessen verzichten. Der Tag entwickelte sich überhaupt nicht gut. Es hatte Tage gegeben, an denen ich schon vor Mittag zehn Morde zu untersuchen hatte, aber hundert gewöhnliche Kapitalverbrechen waren einem, in das hochrangige Persönlichkeiten verstrickt waren, jederzeit vorzuziehen.

Außerdem war da noch die unbedeutende Frage meiner Karriere, die zu einem abrupten und frühzeitigen Ende kommen konnte, wenn ich die Sache falsch anpackte. Genau wie, so ging es mir durch den Sinn, mein Leben.

II

Das Heim von Sergius Paulus befand sich in einer Seitenstraße der Subura, eingerahmt von zwei gewaltigen Wohnhäusern. Ich strahlte im frischen Glanz meiner neuen, mit Bleicherde geweißten Toga, die nur durch den Marsch durch Roms unhygienische und winterliche Straßen leicht beschmutzt worden war.

Der Hausmeister führte mich in das Atrium, und ich betrachtete die Ausstattung des Innenhofs, während ein Sklave losrannte, um seinen Herrn zu holen. Im Gegensatz zu den schmutzigen Straßen strahlte hier alles Reichtum und Luxus aus. Die Mosaike waren erlesen, die Lampen Meisterwerke der Bronzeschmiederei, die Wände waren mit Fresken bedeckt, alles ausgezeichnete Kopien der griechischen Originale. Soweit erkennbar, war beim Innenausbau nur Marmor verwendet worden, und die Dachbalken rochen nach Zedernholz.

Das hatte ich nicht erwartet. Es stimmt zwar, daß viele Freigelassene über große Reichtümer verfügen, aber sie haben selten einen entsprechend erlesenen Geschmack. Ich vermutete, daß Paulus klug genug gewesen war, einen guten griechischen Innenarchitekten zu beauftragen, vielleicht hatte er auch eine hochgeborene und gebildete Frau.

Sergius selbst erschien lobenswert prompt. Er war ein wohlbeleibter Mann mit einem runden, freundlichen Gesicht. Seine Tunika war von einem schlichten Schnitt, aber das Material hatte inklusive Bleichen wahrscheinlich mehr gekostet als mein ganzes Haus samt Inhalt, vermutlich auch samt Bewohner.

»Decius Caecilius Metellus, welche Ehre, deine Bekanntschaft zu machen!« Er packte meine Hand, sein Griff war trotz der wurstigen Finger fest. Es war die Hand eines Mannes, der in seinem Leben nie hatte körperlich arbeiten oder sich an Waffen ausbilden lassen müssen. »Du siehst ganz ausgezehrt aus. Ich weiß, du mußt hungrig sein wegen dieser schrecklichen Geschichte heute morgen. Ich möchte dir einen kleinen Happen zum Mittag anbieten, bevor wir uns ernsteren Dingen zuwenden.«

Ich nahm das Angebot begeistert an, und er führte mich durch einen großzügigen Säulengang in den Speisesaal. Der Mann war mir sofort irgendwie sympathisch.

Ich weiß, daß sich das aus dem Mund eines Adligen vielleicht merkwürdig anhört – pflegt unsere Klasse doch eine traditionelle Verachtung für die Neureichen, die ihren Wohlstand durch Handel und Spekulation erworben haben, statt ihn zu erben. Aber in diesem Punkt, wie auch in vielen anderen hat sich meine Haltung schon immer von der eines durchschnittlichen Angehörigen meiner Klasse unterschieden. Mein geliebtes Rom beherbergt alle Sorten von Menschen, und ich habe nie einem meine Gesellschaft aus einem anderen Grund verwehrt als aufgrund seines Benehmens, : eines miesen Charakters oder weil ich ihn ganz einfach nicht leiden konnte.

Sergius' »kleiner Happen« war ein Bankett, das dem Senat anläßlich der Begrüßung eines neuen Botschafters alle Ehre gemacht hätte. Es gab eingelegte Pfauenzungen und frittierte, mit lybischen Mäusen gefüllte Saueuter. Es gab Lampreten, Austern, Trüffel und andere seltene und exotische Delikatessen in endloser Folge. Wer immer für Sergius' Inneneinrichtung zuständig sein mochte, seiner Küche hatte er jedenfalls keine Bescheidenheit auferlegt. Sie war protzig und vulgär und durch und durch köstlich. Ich tat mein Bestes, dem Essen gerecht zu werden, aber Sergius, ein Tranchierkünstler vor dem Herrn, übertraf mich mit Leichtigkeit. Vater wäre schockiert gewesen. Die Weine waren so erlesen wie das Essen, und am Ende der Mahlzeit war ich unprofessionellerweise sehr vergnügt.

»Nun«, setzte ich an, »um auf die Angelegenheit den Senat betreffend zurückzukommen, wegen der ich geschickt bin, Euch ein paar Fragen zu stellen.« Ich hielt abrupt inne, wiederholte den Satz noch einmal still für mich, um herauszubekommen, ob er einen Sinn ergab.

»Davon will ich jetzt nichts hören«, protestierte Sergius. »Ich wäre ein schlechter Gastgeber, wenn ich dir nicht ein Bad anbieten würde. Schließlich hindert dich dein Amt daran, öffentliche Bäder zu besuchen. Wie es der Zufall will, habe ich eine kleine bescheidene Badegelegenheit gleich hier im Haus. Willst du mir nicht Gesellschaft leisten?«

Ich hatte nichts dagegen, also folgte ich ihm in den hinteren Teil des Hauses. Wir wurden beide von einem Paar gut gebauter Sklaven flankiert, die Unfälle jeder Art verhindern sollten. Sie schienen bestens ausgebildet in der Kunst, ihren Herrn und seine Gäste ohne Unannehmlichkeiten vom Tisch ins Bad zu geleiten.

Badepersonal half uns am Eingang aus den Kleidern. Wie vorauszusehen gewesen war, erwies sich Paulus' »bescheidene Badegelegenheit« als eine ebenso große Untertreibung wie sein »kleiner Happen zum Mittag«. Damals waren private Bäder noch eine Seltenheit, aber da sie inzwischen ziemlich verbreitet sind, will ich Sie nicht mit einer detaillierten Beschreibung von Ausmaß und Einrichtungen langweilen. Ich möchte jedoch die Tatsache nicht unerwähnt lassen, daß das gesamte Badepersonal aus jungen Ägypterinnen bestand. Sergius entschädigte sich für seine Jahre als Sklave in wahrhaft großem Stil.

»Nun, mein Freund Sergius Paulus«, sagte ich, als wir uns nach einem Sprung ins kalte Becken im warmen entspannten, »ich muß jetzt wirklich zum Geschäftlichen kommen. Eine ernste Angelegenheit. Es geht um Mord, mein Herr, und um Brandstiftung und um einen deiner Partner, der dummerweise ums Leben gekommen ist.« Plötzlich tauchte eines der ägyptischen Mädchen neben mir im Wasser auf, nackt wie ein Fisch, und reichte mir einen Weinkrug, auf dem kleine Kondenströpfchen glitzerten. Auch Sergius wurde von zwei Schönheiten eingerahmt, und ich unterließ es lieber, darüber zu spekulieren, was ihre Hände unter Wasser anstellten. Ich nahm einen Schluck und kämpfte mich weiter an die Sache ran.

»Sergius, welcher Art war dein Umgang mit einem Mann namens Paramedes von Antiochia?«

»Privat hatten wir praktisch nichts miteinander zu tun.« Sergius lehnte sich zurück und legte seine Arme auf die nassen Schultern seiner beiden Dienerinnen. Ihre Hände waren immer noch unter Wasser, und ein Gesichtsausdruck wirkte selig. »Auf geschäftlicher Ebene war er schlicht ein Ausländer, der einen Partner in der Stadt suchte. Er wollte ein Lagerhaus kaufen, um seine Einfuhren darin aufzubewahren; Öle und Weine waren es, glaube ich. Ich habe eine Reihe solcher Klienten in der Stadt. Ich bin prozentual an ihren Einnahmen beteiligt. Ich glaube nicht, daß ich den Mann je gesehen habe – mit Ausnahme des Tages, als er zu mir kam und wir gemeinsam zu Praetor Peregrinus gingen, um die Vereinbarung rechtskräftig zu machen. Das muß vor etwa zwei Jahren gewesen sein. Wirklich bedauerlich, daß der Kerl jetzt tot ist, aber Rom ist eine gefährliche Stadt, wie du weißt.«

»Ich weiß es besser als die meisten.« Eine der dienstbaren kleinen Ägypterinnen nahm mir meinen halbleeren Krug aus der Hand und ersetzte ihn durch einen vollen. Über diese Gastfreundschaft konnte ich mich bestimmt nicht beklagen.

»Mir ist diese Geschichte mit der Brandstiftung in dem Lagerhaus sehr unangenehm, obwohl meine Quasi-Eigentümerschaft nur reine Formsache ist. Üble Sache, Brandstiftung. Ich hoffe, du wirst den Verbrecher, der dafür verantwortlich ist, ergreifen und ihn den Löwen im Amphitheater zum Fraß vorwerfen.«

»Verantwortlich für die Brandstiftung oder für den Mord?« fragte ich.

»Beides. Man sollte doch annehmen, daß ein Zusammenhang besteht, meinst du nicht?«

Er war ein gewiefter Mann, dem mit Fangfragen offensichtlich nicht beizukommen war. Wir verließen das heiße Bad, und die Dienerinnen ölten uns ein und kratzten uns dann mit einem *strigilis* sauber. Dann gingen wir für eine Weile zurück ins heiße Bad und später auf die Massagebank. Dort warteten jedoch keine schmächtigen Ägypterinnen, sondern große athletische schwarze Sklaven mit Händen, die Ziegelsteine hätten zerbröseln können.

»Weißt du«, fragte ich Sergius, nachdem ich, gründlich nubisch durchgeknetet, wieder zu Atem kam, »ob Paramedes mit irgendeinem römischen Bürger eine *hospitium*-Vereinbarung getroffen hatte?«

Paulus schien eine Weile nachzudenken. »Nicht, daß ich mich erinnern würde«, sagte er dann gedehnt. »Wenn das der Fall ist, wird die Familie Anspruch auf den Leichnam erheben, um ihn zu beerdigen, wie es allgemein üblich ist. Andererseits hätte er, wenn er einen *hospes* in der Stadt gehabt hätte, nicht um mein Patronat nachsuchen müssen, oder?«

Das war ein kluger Einwand. Damit hätte sich dann eine weitere mögliche Spur erledigt.

Sergius begleitete mich zur Tür, den Arm um meine Schulter gelegt. »Decius Caecilius, ich bin überglücklich, daß du Gast in meinem Haus warst, selbst wenn es unter so bedrückenden Umständen geschehen mußte. Du mußt mich unbedingt wieder besuchen, damit ich deine angenehme Gesellschaft genießen kann. Ich gebe oft kleine Feste, und ich hoffe, daß ich dir eine Einladung zukommen lassen darf.«

»Ich würde mich mehr als geehrt fühlen, Sergius«, erwiderte ich aufrichtig. Außerdem erlaubten es mir meine finanziellen Möglichkeiten zu jener Zeit nicht, ein Mahl, wie Sergius es zweifelsohne anbieten würde, auszulassen.

»Obwohl dies als ein offizieller Besuch begonnen hat, ist er doch viel privater geworden, also erlaube mir, dir dieses Abschiedsgeschenk zu überreichen.« Er reichte mir ein diskret in Leinen geschlagenes, schweres Paket, ich bedankte mich höflich und trat auf die Straße.

Ich ging leicht schwankend auf den kleinen Tempel des Merkurs am Ende der Straße zu. Der Priester rief mir vom obersten Treppenabsatz aus etwas zu, und die nächste halbe Stunde mußte ich mir sein Genörgel über den empörenden Zustand des Tempels und die dringend erforderliche Restaurierung anhören. Solche Unternehmen werden für gewöhnlich eher von wohlhabenden Männern als vom Staat übernommen, also schlug ich vor, daß er seinen gut gestellten Nachbarn am Ende der Straße einmal darauf ansprechen sollte. Als ich in die Richtung sah, bemerkte ich, daß eine prachtvolle Sänfte vor Sergius' Haus abgestellt worden war. Ich beobachtete, wie eine tief verschleierte Gestalt aus dem Haus kam und in die Sänfte stieg.

Die Sklaven, eine Mannschaft etwa gleich großer Numider, zogen die Vorhänge vor und hoben die Sänfte an. Bis sie am Tem-

pel vorbeikamen, hatten sie schon einen ziemlich forschen Trott
drauf mit jenem fachmännisch abgefederten Schritt, der den In-
sassen Bequemlichkeit garantiert. Ich sah genau hin, zum Teil
weil ich hoffte, mir eines Tages auch ein so komfortables Trans-
portmittel leisten zu können, aber auch weil ich neugierig war,
wer Sergius Paulus' Haus so heimlich verließ. Ich konnte nicht
viel erkennen – nur daß die Polster nach Art der Parther mit Seide
bestickt waren. Sehr kostspielig.

Wie jeder andere Bürger auch mußte ich auf meinen eigenen
Beinen nach Hause gehen. Dort zog ich meine neue Toga aus,
legte die, mit der ich den Tag begonnen hatte, wieder an und
packte mein Gastgeschenk aus. Es war ein Krug aus massivem
reinen Silber, kunstvoll verziert. Ich dachte eine Weile nach. War
das Bestechung? Und wenn, wofür sollte ich bestochen werden?
Ich schloß den Krug in eine Truhe. Damit war mein Tag jedoch
noch nicht beendet. Ich mußte immer noch einen Blick auf den
Leichnam und den Nachlaß des Paramedes werfen.

Gnädigerweise war das Haus des verstorbenen Paramedes
nicht weit von meinem entfernt. Rom ist, ehrlich gesagt, keine
besonders große Stadt im Vergleich mit anderen Großstädten
wie Alexandria oder Antiochia. Dafür hat es eine stattliche Zahl
von Einwohnern, die übereinander gestapelt in turmhohen Häu-
serzeilen, sogenannten *insulae* leben, was zwar eine äußerst
platzsparende Form der Unterbringung ist, aber große Einbußen
an Komfort, Schönheit und vor allem Sicherheit nach sich zog.

Paramedes' Wohnung lag im Erdgeschoß eines großen Hauses
und war recht ordentlich eingerichtet. Normalerweise sind solche Häuser höchstens bis zum ersten Stock mit fließendem Wasser ausgestattet, so daß die Besserverdienenden die begehrten
Erdgeschoßwohnungen belegten und die Handwerker im zweiten und dritten Stock lebten, während die Armen sich zusam-
mengedrängt in winzigen Kammern unter dem Dach durch ihr
erbärmliches Leben schlugen.

Die Tür wurde von einem Wächter bewacht, der zur Seite trat, als ich mein Senatssiegel vorzeigte. Das Haus war wie Tausende andere seiner Art in Rom. Offenbar hatte der Mann keine Sklaven besessen, und außer ein paar Krügen und Tellern gab es kaum Haushaltsgegenstände. Papiere oder Unterlagen, die der Mann gehabt hatte, waren bereits mitgenommen worden. Der Leichnam lag im Schlafzimmer auf dem Fußboden, so als sei er von einem Geräusch auf der Vorderseite des Hauses geweckt worden, zur Schlafzimmertür gegangen und dort vom Dolch des Mörders überrascht worden. Vom Brustbein bis zur Seite klaffte eine tiefe Wunde, und der Boden war voller Blut. Irgend etwas an der Wunde kam mir seltsam vor, obwohl ich im Krieg, in der Arena und auf den Straßen Roms schon Hunderte solcher Verletzungen gesehen haben mußte.

Ich wandte meine Aufmerksamkeit dem kleinen Haufen mit der persönlichen Habe des Verstorbenen zu, der auf dem Tisch liegen geblieben war. Es war ein alter Dolch, nicht besonders scharf, eine Venus- und eine Priapusstatue, ein Satz gezinkter Würfel und ein in Bronze gegossenes Amulett in der Form eines Kamelkopfes. Auf der Rückseite des Amuletts war etwas eingraviert, aber es war schon zu dunkel, um es zu entziffern. Ich verstaute die Sachen in meiner Serviette und band sie zu.

Ich informierte den Wächter, daß ich die Hinterlassenschaft bis auf weiteres in Verwahrung nehmen würde. Er sagte, daß die Leiche am kommenden Tag nach Sonnenuntergang von den Männern des Bestatters abgeholt werden würde. Wenn niemand binnen der üblichen drei Tage Anspruch auf den Leichnam erhob, würde er zusammen mit den Leichen von Sklaven und anderen Ausländern ohne Patron auf Staatskosten auf einem öffentlichen Stück Land verscharrt werden. Diese Massengräber, die man im Sommer in der ganzen Stadt riechen konnte, befanden sich in dem Gebiet, auf dem sich heute die wunderschönen Gärten des Maecenas erstrecken. Mit diesem Sanierungsprojekt der alten Stadt war ich vollkommen einverstanden.

Auf dem Heimweg kam mir der Gedanke, daß ich meine

Pflicht vernachlässigt hatte, weil ich versäumt hatte, ein paar Happen von Sergius' erlesenem Mahl für meine Sklaven abzuzweigen. Eigentlich sollte ich Essensreste anstelle der Besitztümer des unglückseligen Paramedes in meiner Serviette tragen. Ich überlegte, ob ich bei einer Weinhandlung vorbeischauen und ein paar Würste und Kuchen kaufen sollte, aber bei allen Läden, an denen ich vorüberkam, waren Türen und Fenster schon für die Nacht geschlossen. Ich zuckte mit den Schultern und zog meines Weges. Dann mußten sie sich eben mit Hausmannskost begnügen. Die gute Laune vom Nachmittag verflog langsam, und in meinem Kopf begann es zu pochen.

Auf mein Klopfen hin öffnete Cato, mein Hausmeister, das Tor. Er schüttelte mißbilligend den Kopf über mein Benehmen. Cato war ein Geschenk meines Vaters zur Einweihung meiner Wohnung in der Subura. Er und seine gleichaltrige Frau Cassandra erledigten die wenigen Arbeiten, die anfielen. Unnötig, zu erwähnen, daß beide für zu alt und schwächlich erachtet worden waren, um in Vaters Haushalt noch von Nutzen zu sein.

Cassandra servierte mir ein Gericht aus Fisch und Weizengrütze, angeblich ein sicheres Hausmittel gegen winterliche Erkältungen, dazu heißen, mit viel Wasser verdünnten Wein. Nach den erlesenen Köstlichkeiten auf Sergius' Tisch war es fürwahr ein schlichtes Mahl. Aber nachdem ich den Brei runtergewürgt hatte, fühlte ich mich besser und fiel bald, ohne meine Tunika auszuziehen, todmüde ins Bett und schlief sofort ein.

Es war vielleicht zwei Stunden vor Tagesanbruch, als ich aufwachte und bemerkte, daß jemand im Zimmer war. Es war natürlich finster wie in Plutos Abort, aber ich konnte das Schlürfen von Schritten und einen schwerfälligen Atem hören.

»Cato?« sagte ich, noch nicht ganz wach. »Bist du –« Dann blitzte ein blendendweißes Licht in meinem Kopf. Als ich die Außenwelt das nächste Mal bewußt wahrnahm, hörte ich Catos tadelnde Stimme.

»Das kommt davon, wenn man aus dem feinen Haus seines

37

Vaters in diese Subura-Hütte zieht«, sagte er und nickte sich selbst zustimmend zu. »Diebe und Einbrecher überall. Vielleicht hörst du jetzt auf den alten Cato und ziehst zurück…« Er lamentierte noch eine ganze Weile weiter.

Ich war nicht in der Lage, mit ihm zu debattieren, denn mein Kopf schien zu schwimmen, und ich verspürte ein mehr als nur flaues Gefühl im Magen. Das waren keineswegs die Auswirkung meines Exzesses vom Vortag – nein, der Eindringling hatte mir einen ordentlichen Hieb über den Schädel gezogen.

»Du kannst von Glück sagen, daß du noch lebst, Herr.« Das war Cassandras Stimme. »Du schuldest Aesculap einen Hahn für dein Überleben. Wir müssen bis zum Sonnenaufgang warten, bis wir nachsehen können, was gestohlen worden ist.« Sie war eine überaus praktisch veranlagte Seele. Diese Frage hatte auch mich stark beschäftigt.

Bevor ich die Sache jedoch untersuchen konnte, mußte ich die lästige Pflicht des allmorgentlichen Berichts der Vigilien und die Aufwartung meiner Klienten erledigen. Sie waren sämtlich angemessen empört und gaben sich Spekulationen darüber hin, wie weit der Verfall der Sitten in dieser Stadt inzwischen vorangeschritten war. Mir war unklar, warum es irgend jemanden empören sollte, daß man bei mir eingebrochen hatte, da das Verbrechen in der Subura ziemlich verbreitet war. Aber alle Menschen sind immer wieder verblüfft, wenn es neben den Armen auch einmal die Prominenten trifft.

Als es hell genug war, überprüfte ich mein Schlafzimmer, um zu sehen, was fehlte. Es war bereits festgestellt worden, daß der Einbrecher nur in diesem Raum gewesen war. Zuerst sah ich in meiner Schatztruhe nach, um mich zu vergewissern, daß alles noch an Ort und Stelle war – einschließlich Sergius' Silberpokal. Sonst gab es kaum etwas, was einen Dieb hätte reizen können. Nichts schien angerührt worden zu sein.

Dann bemerkte ich den kleinen Haufen persönlicher Sachen, die Paramedes von Antiochia vor seiner Reise über den Styx zurückgelassen hatte. Die meisten Gegenstände lagen noch immer auf der entfalteten Serviette auf meinem Nachttisch. Sie waren offenbar durchsucht worden, und die kleine Venusfigur lag auf dem Boden. Ich sammelte die Gegenstände wieder zusammen und dachte zunächst auch, daß nichts fehlte. Dann fiel mir ein, daß bei den Sachen auch eine Art Amulett gewesen war. Das war's, ein Amulett in der Form eines Kamelkopfes mit glatter Rückseite, in die etwas eingraviert war. Es war weg.

Daß das Ding verschwunden war, war schon rätselhaft genug, aber welcher katzenäugige Dieb konnte zielsicher einen so kleinen Gegenstand in so totaler Finsternis herauspicken? Ich dachte an Zauberei, verwarf den Gedanken dann aber wieder. Übernatürliche Erklärungen sind eine Krücke für all die, die sich nicht die Mühe machen, eine logische Antwort zu ergründen.

Trotz meines brummenden Schädels war ich zugegen, als mein Vater aufstand; dann zogen wir alle gemeinsam zum Haus von Hortensius Hortalus, weil heute ein Tag war, an dem jedes offizielle Geschäft verboten war. Hortalus war ein großer Mann mit einem Profil von enormer Würde. Er schien ständig irgend etwas zu seiner Linken oder Rechten beachten zu müssen, so als wolle er sich der Welt nur von seiner besten Seite präsentieren.

Als Vater mich vorstellte, ergriff Hortalus meine Hand mit derselben Kraft und Aufrichtigkeit, mit der er auch die Hand eines Straßenfegers gepackt hätte, dessen Stimme er brauchte.

»Ich habe eben erst gehört, wie knapp du dem Tode entronnen bist, mein junger Decius. Schockierend, absolut schockierend!«

»Eine so große Sache ist es nun auch wieder nicht, mein Herr«, sagte ich. »Nur ein Einbruch von einem –«

»Wie schrecklich«, fuhr Hortalus fort, »sollte Rom seine jungen Staatsmänner verlieren, nur weil in dieser Stadt ein beklagenswerter Mangel an bürgerlicher Ordnung herrscht?« Hortalus war eine heuchlerische alte Polithure. Er war für mindestens genauso viel Gewalttätigkeit in der Stadt verantwortlich wie irgendeiner der Bandenführer. »Aber laß uns auf angenehmere

Dinge zu sprechen kommen. Heute gebe ich einen Renntag zu Ehren meiner Vorfahren. Ich würde mich geehrt fühlen, wenn du und deine Klienten Gäste in meiner Loge im Circus sein könntet.« Als ich das hörte, besserte sich meine Laune beträchtlich. Wie schon gesagt, ich bin ein begeisterter Anhänger der circensischen Spiele und des Amphitheaters. Und Hortalus besaß, bei all seinen schlechten Eigenschaften, die beste Loge im Circus: im untersten Rang, direkt über der Ziellinie. »Ihr Caeciliis seid Anhänger der Roten, nicht wahr?«

»Schon seit es Rennen gibt«, bestätigte mein Vater.

»Wir sind natürlich Weiße, aber beide sind immer noch besser als diese Blauen und Grünen, was?« Die beiden Alten kicherten. In jenen Tagen waren die Blauen und die Grünen die Mannschaften des gemeinen Volks, obwohl ihre Ställe größer als die der Roten und Weißen waren und ihre Wagenlenker besser und zahlreicher. Es war ein Zeichen der sich wandelnden Zeiten, daß ein aufstrebender junger Politiker wie Gaius Julius Caesar – der aus einer uralten patrizischen Familie stammte, die traditionell die Weißen unterstützte – jedesmal demonstrativ zu den Grünen hielt, wenn er im Circus auftauchte.

Ein Sklave verteilte Weinlaubkränze, die in dieser Jahreszeit leicht bräunlich und verwelkt waren, und wir marschierten alle fröhlich zum Circus. Mit der Aussicht auf einen Renntag war jeder Gedanke an Dienstangelegenheiten fürs erste vergessen. Die ganze Stadt strömte zu der am Tiber gelegenen Ebene, wo die oberen Holzränge des Circus in den Himmel ragten.

Die allgemein gute Stimmung heiterte die düstere Winterlaune auf, und für den Tag war das freie Feld um den Circus in eine Art Forum umgewandelt worden. Das heisere Geschrei und der Gesang der Händler, Akrobaten und Huren im Wettbewerb um die Münzen des Publikums erfüllte die Luft. Ich finde, zu solchen Gelegenheiten verwandelt sich Rom von der Herrin der Welt zurück in das, was sie eigentlich ist: eine Bauernstadt, in der die Leute ihre Pflüge für einen Tag lang haben stehen lassen.

Vater und ich hatten die Ehre, direkt neben Hortalus sitzen zu dürfen, während unsere Klienten die schlechteren Plätze weiter oben in der Loge bekamen. Selbst diese Plätze waren immer noch besser als alle anderen in dem riesigen Stadion, und ich sah, wie mein Soldat, mein Freigelassener und mein Bauer sich in den neidischen Blicken ringsum sonnten, während sie so zu tun versuchten, als seien diese privilegierten Plätze für sie das Normalste von der Welt.

Um die Leute zu unterhalten und bei Laune zu halten, während das erste Rennen vorbereitet wurde, führten ein paar Schwertkämpfer mit Holzwaffen ihre Kunststücke vor. Diejenigen von uns, die sich gerne Gladiatorenkämpfe ansahen, das heißt also etwa neun Zehntel der Zuschauer, zeigten ein lebhaftes Interesse für diese Schaukämpfe, denn jene Männer sollten bei den nächsten großen Spielen antreten. Auf allen Rängen kritzelten Buchmacher wie wild auf ihre Wachstafeln.

»Haltet ihr es mit den Großschilden oder den Kleinschilden, mein junger Decius?« fragte Hortalus.

»Immer mit den Kleinschilden«, sagte ich. Seit meiner Kindheit bin ich ein glühender Bewunderer der Männer gewesen, die mit einem kleinen Rundschild und dem kurzen Krummschwert kämpften.

»Ich ziehe das Großschild und das gerade Schwert vor, die samnitische Schule«, sagte Hortalus. »Von wegen alter soldatischer Tradition und so.« Hortalus hatte sich in seinen jüngeren Jahren, als einige Patrizier noch in den Rängen des Fußvolks kämpften, tatsächlich als Soldat hervorgetan. Er zeigte auf einen kräftigen Mann mit einem Schild, wie es die Legionäre tragen und das ihn vom Kinn bis zu den Knien bedeckte. »Das ist Mucius, ein Samniter, der siebenunddreißig Siege zu verbuchen hat. Nächste Woche kämpft er gegen Bato. Ich werde hundert Sesterzen auf Mucius setzen.«

Ich blickte suchend umher, bis ich Bato entdeckte. Er war ein aufstrebender, junger Kämpfer der thrakischen Schule und focht mit einem kleinen quadratischen Schild und einem kurzen gebogenen Übungsschwert. Ich konnte keine Verletzungen oder sonstige Anzeichen von Gebrechlichkeit erkennen. »Bato hat erst fünfzehn Siege auf seinem Konto«, sagte ich. »Wie stehen die Quoten?«

»Zwei zu eins, wenn der Thraker mit einem Schwert kämpft«, sagte Hortalus, »und drei zu zwei, wenn er einen Speer benutzt.« Der kleine thrakische Schild erlaubt einem Kämpfer mehr Bewegungsfreiheit mit dem Speer als das große *scutum* der Legionäre.

»Abgemacht«, sagte ich. »Wenn Bato einen Schenkelpanzer trägt. Wenn er in einem Schwertkampf nur Beinschienen trägt, wette ich fünf zu drei zu seinen Gunsten. Wenn er einen Speer benutzt, steht die Wette, wie du sie vorgeschlagen hast.«

»Abgemacht«, sagte Hortalus. Das war eine relativ simple Wette. Ich habe schon erlebt, daß echte Kampfbegeisterte stundenlang über Feinheiten diskutieren – zum Beispiel, ob ihr Mann am Schwertarm eine einfache Polsterung, Leder, einen Bronze-, Ring-, Schuppen- oder Kettenpanzer trägt oder ob er mit bloßem Arm kämpft. Sie konnten endlos Haare spalten und über die genaue Länge und Form des Schwertes oder Schildes debattieren. Die Abergläubischen orientierten sich mit ihrem Wetteinsatz an Fragen wie der Farbe des Helmbuschs, oder ob der Gladiator seinen Federschmuck nach griechischer Art in einem Viertelkreis trug, quadratisch wie die Samniter oder als zwei kurze Federbüschel im altitalischen Stil.

Ein Trompetentusch ertönte, und die Gladiatoren trotteten aus der Arena, um Platz für die Wagenlenker zu machen, die eine feierliche Runde um die *spina* drehten, während die Priester in dem winzigen Tempel auf der *spina* eine Ziege opferten und ihre Eingeweide auf Zeichen untersuchten, ob die Götter heute kein Rennen wünschten.

Die Priester signalisierten, daß alles günstig aussah, und Hortalus erhob sich unter donnerndem Applaus. Er stimmte die rituellen Eröffnungsworte an, und es war eine Freude, ihm zuzuhören. Hortalus hatte die schönste Sprechstimme, die ich je gehört hatte. Selbst ein Cicero hätte ihm nicht das Wasser reichen können.

Er ließ das weiße Taschentuch in die Arena fallen, das Startseil sank zu Boden, und die Pferde drängten nach vorn. Das erste Rennen war im Gange. Die Wagenlenker rasten mit gewohnter Rücksichtslosigkeit um die *spina*. Ich glaube, im ersten Rennen war ein Grüner siegreich. Mit gleichem Elan stürzten sich die Fahrer auch in die restlichen der zwölf Rennen, die zu jener Zeit das Programm eines regulären Renntags ausmachten. Es gab ein paar spektakuläre Zusammenstöße, aber im Gegensatz zu anderen Veranstaltungen kam niemand ums Leben. Die Roten gewannen ziemlich oft, so daß sich meine finanzielle Lage im Laufe des Tages auf Kosten von Hortalus und den anderen Anhängern der Weißen besserte. Hortalus nahm seine Verluste gutgelaunt hin, was mich auf der Stelle argwöhnisch machte.

Als wir den Circus verließen, sah ich einen Trupp Gladiatoren in Formation zur Statilischen Schule marschieren. Sie wurden von dem griechischen Arzt, diesem Asklepiodes, begleitet. Ich verabschiedete mich von meiner Gesellschaft, nicht ohne versprochen zu haben, am Abend an einem Essen in Hortalus' Haus teilzunehmen. Ich überquerte den Platz, über dem noch immer ein durchdringender Gestank vom Feuer des vorherigen Tages hing, und stellte mich dem Griechen in den Weg. Er grüßte mich höflich.

»Meister Asklepiodes«, sagte ich, »deine Fähigkeit, Wunden zu lesen, hat mich stark beschäftigt. Ich untersuche gerade einen Mordfall, und irgend etwas an der Wunde des Toten macht mich stutzig. Da ich nicht über deine Kenntnisse verfüge, kann ich jedoch nicht erkennen, was daran so einzigartig sein könnte.«

»Ein Mord?« fragte Asklepiodes fasziniert. »Ich habe noch nie von einem Arzt gehört, der in einer Polizeiangelegenheit hinzugezogen worden wäre. Aber warum nicht?«

»Du mußt wissen«, fuhr ich fort, »daß ich dich nicht offiziell darum bitten darf, weil heute ein Feiertag ist. Andererseits solltest du die Leiche sehen, bevor sie heute abend zur Beerdigung abtransportiert wird.«

»In diesem Fall, mein junger Herr, steht dir mein fachliches Können selbstverständlich zur Verfügung.« Ich führte ihn durch die schäbigen Straßen bis zu Paramedes' Haus, wo ich den Wächter bestechen mußte, damit er uns hereinließ. Da ich am heutigen Tag nicht dienstlich hier war, hätte er mich nicht einlassen müssen. Kleine Leute, die eine kleine Macht ausüben, haben oft etwas Bösartiges an sich.

Dank des kühlen Wetters war der Gestank erträglich, und die Leiche war auch nicht aufgequollen. Die Leichenstarre hatte sich bereits wieder gelöst, und bis auf das schwarze Blut sah Paramedes fast aus wie frisch ermordet. Asklepiodes untersuchte rasch die Leiche, wobei er die Kanten der Wunde zurückzog, um hineinsehen zu können. Als er fertig war, richtete er sich wieder auf und ließ mich seine Diagnose hören.

»Eine Stichwunde, vom rechten Hüftknochen bis fast zum Brustbein. Verursacht durch eine *sica*.«

»Wieso notwendigerweise durch eine *sica*?« fragte ich.

»Die Art, wie die Klinge einer *sica* geschwungen ist, verhindert, daß die Spitze die inneren Organe durchbohrt. Die Organe dieses Mannes sind durch saubere Schnitte verletzt worden, weisen aber keine solchen Schlitzwunden auf, wie sie für die gerade Klinge des *pugio* typisch sind. Außerdem wäre nur ein außergewöhnlich kräftiger Mann in der Lage, einen Körper mit einer geraden Klinge von unten nach oben aufzuschlitzen, während sich mit der gebogenen Schneide der *sica* solche Verletzungen leicht bewerkstelligen lassen.« Er dachte einen Moment lang nach. »Außerdem wurde dieser Stoß von einem Linkshänder ausgeführt.«

Natürlich. Das hatte mich an der Wunde gestört. Neun von zehn Verletzungen, die man sieht, befinden sich auf der linken Seite, weil der rechtshändige Angreifer von vorn kommt. Ein

Waffenschmied hatte mir einmal erzählt, daß Helme aus genau diesem Grunde links immer ein wenig dicker sind als rechts.

Wir verließen das Haus des Händlers und schlenderten zum Forum. Wir kamen an einem kleinen Markt in einer Seitenstraße vorbei, und ich kaufte ein Geschenk für Asklepiodes: ein aus Silberdraht geflochtenes Stirnband. Er dankte mir überschwenglich und bat mich, seine Dienste wieder in Anspruch zu nehmen, wenn ich glaubte, er könne mir bei meinen Untersuchungen behilflich sein. Ich mußte sehen, ob ich Junius dazu bewegen konnte, mir das Stirnband aus dem halboffiziellen Bestechungsfonds des Senats zurückzuerstatten. Er würde sich sicher weigern – dieser Korinthenkacker von einem diensteifrigen Griechen.

Ich kehrte bei meiner Lieblingsweinschenke ein, setzte mich auf eine Bank, schlürfte aufgewärmten Falerner und betrachtete die Wandgemälde von zwanzig Jahre zurückliegenden Spielen, während sich in meinem Kopf die Fakten ordneten und viele Gedankenverbindungen häßliche Fragen aufwarfen. Ich wußte, daß es für mich am klügsten wäre, eine lediglich formal abgeschlossene Untersuchung zu präsentieren. Ich hätte am nächsten Tag einfach berichten sollen, daß Paramedes bei einem mißlungenen Einbruchdiebstahl ermordet worden war, daß der gleichzeitige Brand, den vermutlich ein verbitterter Konkurrent gelegt hatte, in seinem Warenhaus reiner Zufall gewesen war. Der Senat besteht in erster Linie aus Großgrundbesitzern, die jederzeit bereit sind, einem Geschäftsmann die allerniedrigsten Beweggründe zu unterstellen. Dabei konnte ich es belassen. Marcus Ager mußte in diesem Bericht ebensowenig erwähnt werden, wie der Einbruch in mein Haus.

Ich behaupte nicht, ehrlicher zu sein als andere Menschen. Ich habe mich nicht immer an jeden Buchstaben des Gesetzes gehalten, und es mag Gelegenheiten gegeben haben, bei denen ein großzügiges Geschenk mein Urteil in einer trivialen Sache beeinflußt hat. Aber hier ging es um Mord und Brandstiftung in der

Stadt. In meiner Stadt. Und es bestand eine gewisse Wahrscheinlichkeit, daß die Verbrechen in geheimer Absprache mit einem Feind Roms geschehen waren. Das ging über eine gewöhnliche, kleine Korruption weit hinaus.

Ich hatte bestimmte Erwartungen zu erfüllen. Die Caecilii Metelli waren Diener des Gemeinwesens, seit Rom kaum mehr als ein Dorf war. Mitglieder meiner Familie waren schon Konsuln gewesen zu einer Zeit, als nur wenige Nicht-Patrizier dieses Amt innegehabt hatten. Der erste plebejische Censor war ein Caecilius Metellus. Die Metelli hatten als Heerführer in unseren Kriegen gegen Macedonien, Numidien und Carthago gekämpft.

Die vergangenen Jahre waren gekennzeichnet gewesen von Bürgerkriegen, Aufruhr, rebellierenden Provinzstatthaltern, den Aktivitäten selbstsüchtiger Befehlshaber und sogar einem Sklavenaufstand. Es hatte Ächtungslisten und Diktaturen gegeben – etwa die beispiellosen sieben Konsulatsperioden des Gaius Marius. Ich hatte selbst erlebt, wie Soldaten tatsächlich innerhalb der Stadtmauern kämpften, und in den heiligen Hallen der Curia war Blut vergossen worden.

Ja, es waren schlimme Zeiten, aber in meinem langen Leben habe ich inzwischen gelernt, daß die Zeiten immer schlimm sind und daß es die idyllischen, guten alten Tage, in denen Edelmut und Tugend noch etwas galten, nie gab, außer in den Phantasien von Poeten und Moralisten. Viele Männer, die in meinen jungen Jahren politisch aktiv waren, benutzten die einzigartige Verworfenheit jener Tage, um ihr skrupelloses Verhalten zu entschuldigen, aber das konnte ich nicht.

Nun gut, wenn man im öffentlichen Leben schon kaum Tugendhaftigkeit antraf, gab es doch noch die Pflicht. Ich war ein Caecilius Metellus, und kein Mitglied meiner Familie hatte Rom je betrogen. Solange es auch nur den Anschein einer möglichen Gefahr für die Stadt gab, würde ich diesen Fall bis in seine tiefsten Abgründe verfolgen und die Schuldigen der Gerechtigkeit zuführen.

Ich lehnte mich voller Erleichterung zurück, da eine Entscheidung getroffen worden war. Sogar der Wein schmeckte besser. Was hatte ich bisher in der Hand? Paramedes war ermordet worden. Paramedes war Inhaber eines Lagerhauses gewesen, das in der Nacht seiner Ermordung niedergebrannt war. Ursache des Feuers war Brandstiftung. Er war Partner eines der wohlhabendsten Männer Roms gewesen. Gerüchten zufolge (oh, jene schwer greifbaren Gerüchte!) soll er Verbindungen zum König von Pontus gehabt haben. Auf höchster Senatsebene machte man sich Sorgen um den Fall, ja, es herrschte regelrecht Panik. Wichtige Informationen die Machenschaften des Paramedes betreffend waren beschlagnahmt worden und wurden im Tempel der Vesta unter Verschluß gehalten.

Marcus Ager, früher unter dem Namen Sinistrus bekannt, war in derselben Nacht ermordet worden. Paramedes war mit einer *sica* umgebracht worden. Das war an sich nichts Ungewöhnliches. Die *sica* war die bevorzugte Waffe der gemeinen Straßenmörder. Wegen der geschwungenen Klinge ließ sie sich leicht in einem Futteral unter der Achsel tragen. Sie war unter Mördern dermaßen verbreitet, daß sie ansonsten als verrufen galt und Soldaten nur das *pugio* mit der geraden Klinge, eine ehrbare Waffe, benutzten.

Die *sica* war überdies die Waffe der thrakischen Gladiatoren. Marcus Ager war ein thrakischer Dolchkämpfer gewesen. Paramedes war von einem Linkshänder ermordet worden. Marcus Ager hatte unter dem Namen Sinistrus gekämpft. Und Sinistrus bedeutete – natürlich – linkshändig.

III

Nachdem ich am nächsten Morgen meine üblichen Verpflichtungen erledigt hatte, machte ich mich auf, um den Schauplatz des Brandes genauer zu untersuchen. Die Ruinen des Lagerhauses, das einst Paramedes gehört hatte, standen auf einem Flußgrundstück mit Anlegeplätzen am Ufer. Das waren immer die begehrtesten Grundstücke, weil Kähne, die von Ostia kamen, in der Nähe anlegen konnten und die Waren nicht per Wagen oder Träger zu ihrem endgültigen Bestimmungsort transportiert werden mußten. So wertvoll, um genau zu sein, daß bereits heute – zwei Tage nach dem Brand – die Ruinen geschliffen wurden, damit der Neubau begonnen werden konnte.

Die Hitzeentwicklung durch das brennende Öl war so stark gewesen, daß das Lagerhaus bis auf die Grundmauern niedergebrannt und die Kaianlagen zerstört worden waren. Glücklicherweise hatte der Wind in jener Nacht die meisten Funken auf den Fluß getrieben, so daß das Feuer auf das Warenhaus beschränkt geblieben war. Horden von Sklaven wurden eingesetzt, den Schutt abzutransportieren, während Architekten mit ihren Instrumenten Vermessungen vornahmen. Ich nahm mir vor, bei Gelegenheit die Frage der Eigentümerschaft zu überprüfen.

Eine kurze Befragung unter den Faulenzern, die den Arbeitern zusahen, ergab folgende Fakten: Einige Männer waren gesehen worden, wie sie in den frühen Morgenstunden in das Lagerhaus gestürmt waren. (Es gab immer schlaflose Zeitgenossen, die solche Dinge beobachteten.) Dann hatte man von drinnen ein Krachen gehört, und wenig später war das Gebäude in Flammen aufgegangen. Bei allem Schrecken, den sie verbreiteten, waren Brandstiftungen in Rom kaum weniger häufig als Schnupfen. Die Vigilien konnten wenig mehr tun, als hier und da mal einen Küchenbrand oder eine in Flammen aufgegangene Lampe zu löschen. Der legendäre Crassus hatte einen nicht unbeträchtlichen

48

Teil seines Vermögens mit seiner Privatfeuerwehr gemacht. Sie kam jeweils an den Brandort geeilt und bekämpfte zunächst jeden, der das Feuer vielleicht auch löschen wollte, während Crassus dem Besitzer ein Angebot für sein noch immer brennendes Gelände machte. Natürlich nahm der unglückselige Eigentümer jedes Angebot an, und dann befahl Crassus seinen Leuten, das Feuer zu löschen, solange sein neuer Besitz noch zu retten war. Gerüchten zufolge (ah, diese Gerüchte!) ließ er die Brände von anderen Angestellten legen. Er war jedenfalls immer als erster am Ort des Geschehens. Skandalös und sehr profitabel.

Vielleicht war es auch ein Zeichen der Zeit, daß dieses Gebaren nichts daran änderte, daß Crassus in diesem Jahr zum Konsul gewählt worden war. Zum Ausgleich dafür war Pompeius, sein Erzrivale, sein Mitkonsul. Sie regierten abwechselnd jeweils einen Tag lang und sorgten so dafür, daß die Herrschaft des anderen ohne nachhaltige Wirkung blieb, was allen nur recht war. Außerdem bedeutete es, daß beide nach Ablauf ihrer einjährigen Amtszeit Rom für längere Zeit verlassen würden. Das war sogar noch besser.

Wie dem auch sei, zum damaligen Zeitpunkt sollte mich mein Dienst noch nicht zu so hochrangigen Persönlichkeiten führen. Ich mußte mich jetzt vielmehr mit einen Mann treffen, der zwar beinahe so einflußreich, aber nicht ganz so geachtet war – eine Angelegenheit, die äußerste Umsicht erforderte. Ich war auf dem Weg, Macro zu befragen.

Macro kontrollierte die damals mächtigste Bande Roms. Er war der Schrecken der ganzen Stadt und wegen seiner politischen Verbindungen relativ unangreifbar. Er unterstützte die Optimaten und war ein ganz besonderer Klient von Quintus Hortensius Hortalus. Nicht die Art Klient, die, wie man vielleicht vermuten könnte, dem großen Mann allmorgendlich seine Aufwartung machte. Aber Macros Klientschaft machte Wahlen, bei denen Hortalus kandidierte, zur ausgemachten Sache.

Macros Haus war eine kleinere Festung in der Subura, umgeben von Mietshäusern, die Macro und seinen Kumpanen gehörten. Es lag an einer Straße, in der sich eine Weinhandlung an die andere und Fischbude an Fischbude reihte. Eine nahe gelegene *Liquamen*-Fabrik ergänzte mit dem ätzenden Duft ihrer Produkte den allgemeinen Gestank der Gegend. Der Hauseingang wurde von zwei Flegeln bewacht, unter deren Armen sich der verräterische Abdruck einer *sica* abzeichnete.

Ich mußte Macro persönlich vor die Tür bitten, bevor die Dolchmänner mich hereinließen. Nach einer beträchtlichen Wartezeit, während der meine amtliche Würde heftig unter der Unverschämtheit der beiden Wächter zu leiden hatte, kam Macro endlich. Er schätzte die Lage mit einem Blick ein und bellte los: »Wißt ihr Schwachköpfe etwa nicht, wann ihr einen Praefekten vor euch habt? Laßt den guten Mann rein!« Widerwillig ließen mich die Schläger passieren.

»Diese beiden Circus-Laffen sollten sich lieber nicht bei mir vor Gericht blicken lassen«, bemerkte ich leutselig. »Die sizilianischen Schwefelminen sind, nach allem, was ich höre, drastisch unterbesetzt.«

»Wäre wahrscheinlich ein guter Aufenthaltsort für die beiden«, sagte Macro. Er war etwa fünfundvierzig Jahre alt, groß, kahl und mit mehr Narben übersät als sonst irgend jemand, den ich kannte, der nicht ein Kriegs- oder Circusveteran war. Wir hatten in der Vergangenheit schon miteinander zu tun gehabt. Seine Beziehungen schützten ihn, mein Amt schützte mich, also konnten wir unbeschwert miteinander reden.

»Ich hoffe, daß es deinem Vater gutgeht«, sagte er.

»Bestens«, erwiderte ich. »Wie ich höre, hat dein Angestellter Aemilius kurz nach den Nones vor ihm zu erscheinen.«

Wir betraten das Peristylium, wo fortwährend Weihrauch brannte, um die Gerüche von draußen zu bekämpfen. Über uns wölbte sich der blaue Himmel. Wir ließen uns an einem Tisch nieder, und ein Sklave brachte Wein und Süßigkeiten. Der Wein war ein *caecubum*. Macro konnte sich von allem das Beste leisten.

»Ich wollte dich deswegen schon aufsuchen«, sagte Macro. »Ein gutes Wort aus dem rechten Mund könnte den Jungen vor dem Ludus bewahren.« Ich hatte gehofft, das zu hören. Ich brauchte eine Verhandlungsbasis. Ich sagte nichts.

»So sehr wir unser Beisammensein auch immer genießen«, fuhr Macro fort, »nehme ich doch an, daß dies mehr als ein rein gesellschaftlicher Besuch ist.«

»Ich ermittle in der Tat in einigen Fällen, in denen du mir vielleicht weiterhelfen kannst.«

»Dem Senat und dem Volk stets zu Diensten.«

»Und dafür sind wir alle besonders dankbar«, sagte ich. »Was könntest du über einen Brand in einem Lagerhaus wissen, das einem gewissen Paramedes von Antiochia gehört?«

Macro breitete seine Hände aus und zuckte mit den Schultern. »Bloß noch so ein Feuer, soweit ich weiß.«

»Und der Mord an Paramedes?«

»Er wurde ermordet?«

»Und der Mord an einem gewissen Marcus Ager, einst bekannt unter dem Namen Sinistrus?«

»Marcus wer?«

»Das reicht!« bellte ich. »Niemand schlitzt in diesem Viertel eine Kehle durch oder läßt auch nur eine Börse mitgehen, ohne daß du davon weißt. Hinter dir bin ich gar nicht her, ich möchte nur einige Angelegenheiten klären, die in meine Zuständigkeit fallen. Wenn du mir helfen kannst, dann tu es bitte. Wenn nicht, werde ich dir im Fall des jungen Aemilius wohl auch nicht helfen können.«

Macro brütete eine Minute über seinem Weinkelch. »Decius Caecilius, ich kann dir nur sagen, daß dies Angelegenheiten sind, mit denen ich lieber nichts zu tun haben würde.«

Das waren in der Tat beunruhigende Nachrichten. Denn wenn eine Sache so abscheulich war, daß Macro nichts damit zu tun haben wollte, dann hatte das etwas wirklich Schreckliches zu bedeuten.

»Wie dem auch sei«, fuhr er fort, »ich werde einige Nachforschungen anstellen. Was immer ich herausbekomme, werde ich dich wissen lassen. Wenn«, fügte er hastig hinzu, »ich es ohne Gefahr für meine Person tun kann.«

Das war doch besser als gar nichts. »Ich hätte die Informationen gern so schnell wie möglich«, sagte ich. »Es ist nicht mehr viel Zeit bis zu den Nonen.«

»Wir sind alle von politischer Gunst abhängig, Decius Caecilius. Ich werde für dich tun, was ich kann, ohne meine Person zu gefährden. Ich möchte Aemilius ja retten, er ist der Junge meiner Schwester, aber ich kann weder für ihn noch für dich Selbstmord begehen.«

»Das ist auch gar nicht nötig«, versicherte ich ihm. »Tu mir nur diesen Gefallen: Sinistrus' Käufer gab sich bei dem Ludum des Statilius Taurus als Hausverwalter eines gewissen H. Ager aus. Vor zwei Jahren war der Sklavenaufstand im vollen Gange, wenn also jemand diesen Sklaven unter Vortäuschung falscher Tatsachen gekauft hat, muß einer deiner Kollegen die Hand im Spiel gehabt haben. Finde heraus, wer ihn gekauft hat, und übermittle mir den Namen so geheim, wie du willst. Ich werde versuchen, meinen Vater zu bewegen, mit deinem Neffen nicht so hart ins Gericht zu gehen.«

»Ich habe den Namen bestimmt bis morgen um dieselbe Zeit in Erfahrung gebracht«, sagte Macro.

»Oh, da ist noch was.« Ich erzählte ihm von dem Einbruch in mein Haus.

Er dachte eine Weile darüber nach. »Davon hab' ich nichts gehört. Warum jemand so scharf auf ein Amulett sein sollte, kann ich mir nicht vorstellen, es sei denn, es hatte irgendeine magische Kraft. Was den Dieb angeht – wie ist er hereingekommen? Über das Dach und durch das Peristylum?«

»Das vermute ich jedenfalls. Die Türen und Fenster wurden nicht aufgebrochen.«

»Dann muß es ein Leichtgewicht gewesen sein, wenn er geräuschlos über die Dachziegel kommen konnte. Das würde auch zu seiner Fähigkeit passen, sich in der Finsternis zurechtzufinden. Es gibt nur wenige Menschen, die nach dem fünfzehnten Lebensjahr noch gut im Dunkeln sehen. Ich denke, der Eindringling war aller Wahrscheinlichkeit nach ein Junge.«

Ich rieb mir jammernd das Haupt. »Für ein Kind hat er aber hart zugeschlagen.«

Macro nickte. »In dieser Gegend von Rom lernen wir schon in jungen Jahren sehr hart zuzuschlagen.«

Eine Stunde später war ich auf dem Campus Martius, dem Marsfeld. Mit Ausnahme meiner Gänge durch die Stadt, hatte ich seit Wochen keinen Sport getrieben. Ich habe aus körperlicher Ertüchtigung nie einen Kult gemacht, aber nach den Essen mit Leuten wie Sergius Paulus und Hortensius Hortalus kam ich mir fett vor wie ein orientalischer Potentat. Jemand wie – wenn ich jetzt so darüber nachdachte – Mithridates von Pontus.

Am Rand des Felds in der Nähe des Heiligtums der Pollentia, wo die Laufbahn begann, gab ich einem Bengel ein Quadrans, damit er auf meine Toga und meine Sandalen aufpaßte. Bis auf die Tunika entkleidet, rannte ich los. Bevor ich eine Viertelrunde zurückgelegt hatte, merkte ich, wie sehr ich außer Übung war, und nahm mir wie jedesmal vor, ab sofort täglich herzukommen und eine Stunde zu laufen, bis die Auswirkungen des süßen Lebens abgearbeitet waren. Laufen ist allerdings eine phantastische Methode, seine Gedanken zu ordnen, und da irgendein Gott geruht hatte, mir Mithridates in Erinnerung zu rufen, trug ich zusammen, was ich von ihm wußte. Irgendein Gauner dieses Namens sorgte in der östlichen Welt ständig für Unruhe, als König von Parthia oder Pontus. In diesem Jahr war es ein König von Pontus, der uns so viel Ärger machte – der sechste pontinische König, der so hieß. Er war schon so etwas wie ein Phänomen, denn er war nicht älter als elf gewesen, als er den Thron von seinem Vater geerbt hatte (Mithridates V, logischerweise) und war jede Minute seiner Regentschaft ein Unruhestifter erster Güte

gewesen. Inzwischen war er sechzig und noch immer quickle-
bendig. Römer mit seiner Veranlagung hielten sich selten länger
als eine Dekade an der Macht.

Schon als Kind hatte er seine Mutter ins Gefängnis gesperrt,
weil sie versucht hatte, die Macht zu übernehmen, und dann seinen Bruder ausgeschaltet (ein weiterer Mithridates, der zu unbedeutend war, als daß man ihm eine Ordnungsziffer gegeben
hätte). Im Laufe des nächsten halben Jahrhunderts war er wiederholt und meistens erfolgreich in den kleinen, aber wohlhabenden Königreichen eingefallen, aus denen jener Teil der Welt
besteht. Das wiederum brachte ihn in Konflikt mit Rom, weil ein
paar unserer Provinzen auf seinem Weg lagen und wir mit einigen der mit ihm im Krieg liegenden Könige Bündnisse geschlossen hatten. Er versuchte alle Römer aus Asien zu vertreiben,
wurde jedoch von Sulla und Fimbria geschlagen. Ein paar Jahre
später setzte es sich unser General Licinius Murena in den Kopf,
Pontus zu erobern, und wurde für seine Bemühungen ordentlich
verprügelt. Dann herrschte eine Weile Frieden, bevor der Konsul
Aurelius Cotta sein Glück versuchte und ebenfalls geschlagen
wurde. In jüngster Zeit hatte Lucius Licinius Lucullus einen Anlauf genommen und war sogar einigermaßen erfolgreich. Wenn
Mithridates überhaupt so etwas wie eine Philosophie hatte, dann
anscheinend die, daß er jeden Feind, den er auf dem Schlachtfeld
nicht besiegen konnte, einfach überlebte.

Angeblich war er ein riesiger Mann, ein Meister an allen Waffen, der schnellste Läufer der Welt, ein ausgezeichneter Reiter,
ein Dichter und was sonst noch. Man erzählte sich, daß er zwei-
undzwanzig Sprachen beherrschte und jedes gewöhnliche
menschliche Wesen unter den Tisch essen, trinken und huren
konnte. Andererseits haben die Römer auch immer dazu geneigt,
jemanden, der sie wiederholt besiegt hatte, mit allen möglichen
heroischen Eigenschaften auszustatten. Für kurze Zeit haben wir
dasselbe mit Hannibal, Jugurtha und sogar Spartacus getan. Es
wäre einfach zu demütigend zuzugeben, daß unser erfolgreich-

ster Widersacher wahrscheinlich ein buckeliger, kleiner, asiatischer Widerling war, der obendrein schielte und die Unterlippe hängen ließ.

Keuchend und schwitzend ging ich zur Speerwurfbahn und nahm eine Waffe aus dem Ständer. Speerwurf war die einzige militärische Disziplin, in der ich herausragende Leistungen vorweisen konnte. Schließlich gehörte es sich für mich, gut in irgendwas zu sein, denn der Dienst in der Legion war Voraussetzung für jedes Amt.

Von der steinernen Markierung visierte ich die nächstgelegene Zielscheibe an. Der Speer drehte sich richtig, beschrieb einen hübschen Aufwärtsbogen in der Luft und senkte sich dann so, daß er das Ziel genau in der Mitte durchbohrte. Nach und nach arbeitete ich mich zu den entfernteren Zielscheiben vor, wobei ich von Zeit zu Zeit auf das Feld stapfte, um meine Speere wieder einzusammeln. Nach einem dieser Gänge hob ich meinen Blick, um den ganzen Glanz des Jupitertempels zu bewundern, der über dem bedrohlichen Abgrund des Tarpejischen Felsens thronte. Dabei bemerkte ich auch, daß ich beobachtet wurde.

Unterhalb des Tempels, unterhalb des Felsens, unterhalb der zerklüfteten Stadtansicht, direkt am Rand des Felds stand eine verschleierte Dame in Begleitung einer Sklavin. Es war ein bewölkter Tag, aber die Dame trug einen breitkrempigen Hut aus geflochtenem Stroh. Sie schien besorgt um ihren Teint oder ihre Identität oder beides zu sein. Da sie in der Nähe des Speerständers stand, mußte ich zwangsläufig direkt auf sie zugehen, was eine durchaus angenehme Vorstellung gewesen wäre, wenn ich mich nicht in einem so aufgelösten und verschwitzten Zustand befunden hätte.

»Guten Tag, meine Dame«, sagte ich, während ich die Speere an ihren Platz stellte. Bis auf ein paar Läufer war das Campus Martius jetzt fast menschenleer. Im Frühling drängten sich die Menschen hier nur so.

»Sei gegrüßt«, erwiderte sie förmlich. »Ich bewunderte gerade deine Fähigkeiten. Es gibt nur noch wenige hochgeborene Männer, die sich der Mühe sportlicher Ertüchtigung unterziehen. Schön zu sehen, daß noch jemand die Tradition hochhält.«

Wäre ich ein eitler Mann gewesen, so hätte ich mich wegen der Tatsache, daß sie meinen angeborenen Adel erkannte, obwohl ich nur eine Tunika ohne Standesabzeichen trug, geschmeichelt gefühlt. Ich aber war selbst in meinen jungen und unschuldigen Jahren nicht dumm.

»Sind wir uns schon einmal begegnet? Ich muß gestehen, deine Schleier sind stärker als mein Erinnerungsvermögen.«

Lächelnd schob sie den Schleier beiseite. Ihr Gesicht war ohne Frage das einer hochgeborenen römischen Dame, mit leicht schrägstehenden Augen, die ihre etruskische Abstammung verrieten. Um die Augen hatte sie ein wenig Schminke aufgetragen – sonst benutzte sie keine. Und fürwahr, sie brauchte keine. Sie war, glaube ich, die schönste Frau, die ich je gesehen hatte. Jedenfalls kam sie mir an jenem Tag so vor.

»Ja, das sind wir, Decius Caecilius.« Sie lächelte mich herausfordernd an.

Ich spielte das Spiel mit. »Aber daran würde ich mich doch sicher erinnern. Du bist nicht die Art Dame, die man schnell vergessen könnte.«

»Und doch fand ich damals ziemlichen Gefallen an dir. Es war im Haus deines Verwandten Quintus Caecilius Meteleus Celer anläßlich meiner Verlobung.«

»Claudia!« rief ich aus. »Du mußt mir verzeihen. Du warst damals erst zwölf und nicht halb so schön wie heute.« Ich versuchte mich zu erinnern, in welchem Jahr das gewesen war. Sie mußte jetzt neunzehn oder zwanzig sein. Im Kreis der Familie gab es etliche Spekulationen darüber, warum die Hochzeit noch nicht stattgefunden hatte.

»Du hast dich nicht verändert. Oder doch. Das war, kurz bevor du nach Hispania aufgebrochen bist, und du hast dir in der Zwischenzeit eine Narbe zugezogen. Steht dir sehr gut.«

»Das ist nicht die einzige«, erklärte ich ihr. »Die anderen sind allerdings nicht so dekorativ.« Ich bemerkte, daß ihre Sklavin mich kühl betrachtete – nichts von bescheiden gesenktem Blick, wie es von einem Haussklaven erwartet wurde. Sie war ein drahtiges Wesen von ungefähr sechzehn Jahren, und ich fand, sie sah eher aus wie eine Akrobatin als wie eine Dienerin.

»Du faszinierst mich«, sagte Claudia.

»Wundervoll. Noch nie hat mich jemand faszinierend gefunden, und ich kann dir versichern, es gibt niemanden, den ich lieber faszinieren würde als dich.« Verliebte junge Männer reden eben so.

»Ja, es fasziniert mich, daß du Rom lieber durch die langweilige Routine deines Amtes dienst statt durch stürmischen militärischen Ruhm.« Ich konnte nicht entscheiden, ob ihr Tonfall leicht ironisch oder beißend spöttisch war.

»Langweilig, aber relativ sicher. Militärische Abkürzungen zu Macht und Ansehen verkürzen auch die Lebenserwartung.«

»Aber in Rom ist heutzutage nichts und niemand mehr sicher«, erwiderte sie ziemlich ernst. »Und für unseren erlauchten Konsul Pompeius waren seine militärischen Abenteuer doch ganz profitabel.«

»Er hat sich jedenfalls ein Gutteil der Plackerei im Dienst gespart«, räumte ich ein. Irgendwann in seiner frühreifen Karriere hatte sich das militärische Wunderkind einmal konsularischen Befehl über eine Armee erteilen lassen, ohne je wenigstens als Quaestor gedient zu haben. Jetzt war er sechsunddreißig und Konsul. Er und Crassus hatten sich ihre Wahl in das Konsulat mit einem ganz einfachen Mittel gesichert: Sie ließen ihre Legionen in Sichtweite der Stadtmauern das Lager aufschlagen.

»Na ja, du magst ja für die heutige Zeit ein komischer Kerl sein, aber ich finde es trotzdem bewundernswert. Ich war auf dem Weg vom Capitol nach Hause, als ich dich hier trainieren sah. Ich beschloß herüberzukommen, um dir eine Einladung auszusprechen.«

57

»Eine Einladung?« Ich schien in jüngster Zeit gesellschaftlich besonders begehrt zu sein.

»Heute abend sind mein Bruder und ich Gastgeber eines Banketts zu Ehren eines Besuchers. Würdest du uns die Ehre erweisen, daran teilzunehmen?«

»Ich fühle mich geschmeichelt. Ich werde selbstverständlich kommen. Wer ist der Gast?«

»Ein ausländischer Adliger, ein *hospes* meines Bruders. Ich soll seinen Namen nicht preisgeben, weil er angeblich Feinde in der Stadt hat. Ich habe Claudius versprochen, ihn nicht zu verraten. Du wirst ihn heute abend treffen.«

»Ich freue mich schon darauf, den geheimnisvollen Reisenden kennenzulernen«, sagte ich, obwohl es mir ziemlich egal war. Es gab jede Menge ausländischer Potentaten in Rom, und ein unaussprechlicher Name mehr oder weniger konnte meine Neugier nicht wecken. Ich wollte jedoch die Gegenwart eines langweiligen Numiders oder Ägypters gern ertragen, um Claudia wiederzusehen.

»Bis heute abend, dann«, sagte sie und zog ihren Schleier wieder vors Gesicht. Das Sklavenmädchen sah mich düster an, bis ihre Herrin rief: »Komm, Chrysis.«

Mir blieb Zeit genug, ein öffentliches Bad zu besuchen und anschließend zu Hause vorbeizugehen, um mich umzuziehen. Ich wollte etwas verspätet bei dem Bankett auftauchen – das galt als besonders vornehm.

Ich ging zu einem meiner Lieblingsetablissements, ein kleines Badehaus in der Nähe des Forums, das sich nicht mit einer *palaestra* oder Lesesälen brüstete und deshalb von grunzenden Ringern und vor sich hin brummenden Philosophen gnädig verschont blieb. Handtücher und Öl wurde gestellt, und das dortige *caldarium* war ein guter Ort, um im heißen Wasser zu schmoren und nachzudenken.

Ich war immer noch ganz verblüfft, daß Claudia zu einer so schönen Frau herangewachsen war. Ich hatte natürlich Gerüchte über sie gehört. Sie war eifrig damit beschäftigt, sich einen Ruf als skandalöse Dame zu erwerben, aber damals galt eine Dame schon als skandalös, wenn sie öffentlich ihre Meinung sagte. Bisher hatte sie jedenfalls noch nichts wirklich Verwerfliches angestellt.

Die Claudier waren eine seltsame und schwierige Familie, eines der ältesten patrizischen Geschlechter, von sabinischer Abstammung, aber mit einem kräftigem Schuß etruskischen Bluts. Diesem etruskischen Element schrieb man die gelegentlichen Ausflüge der Familienmitglieder in den Mystizismus und absonderliche Religionen zu. Berühmte Patrioten und berüchtigte Verräter durchzogen die Familiengeschichte. Ein Claudius hatte die prächtige Straße nach Capua erbaut und dann nach sich selbst benannt. Ein anderer hatte die heiligen Hühner ertränkt und konsequenterweise eine Seeschlacht gegen die Carthager verloren. Die beiden waren ziemlich typisch für die Claudier. Ich hatte jedoch zur Zeit nur ein Mitglied der claudischen Familie im Sinn.

Frisch gebadet, rasiert, neu eingekleidet und parfümiert trat ich dem Hausmeister von Publius Claudius Pulchers Stadthaus gegenüber. Es war ein prachtvolles Gebäude, das einst einem wohlhabenden Senator gehört hatte, der im Zuge der sullanischen Proscriptionen hingerichtet worden war. Publius empfing mich persönlich im Peristylium. Er war ein gutaussehender junger Mann von kräftigem Körperbau, und er begrüßte mich herzlich.

Publius war als halsstarrig und gewalttätig bekannt und sollte bald dem schlimmsten Ruf seiner Familie gerecht werden. Aber das war die Zukunft, und an jenem Abend interessierte ich mich nur für seine Schwester. Unter den Gästen befanden sich einige aufstrebende junge Männer jener Zeit. Gaius Julius war natürlich da, ließ er doch nie ein kostenloses Mahl und die Gelegenheit aus, aussichtsreiche Kontakte zu knüpfen. Der eindrucksvolle Cicero war auch gekommen – gerade zurück von seiner gefeierten Anklage gegen Verres. Er war einer der »neuen Männer«, was soviel hieß wie Männer nichtrömischer Geburt, die damals gerade Berühmtheit erlangten, weil die alten römischen Familien entweder durch den Bürgerkrieg oder ihr mangelndes Interesse an Fortpflanzung ausstarben.

Außerdem war noch ein junger pausbäckiger Mann anwesend, der seinen Bart nach Mode der Griechen gestutzt hatte und griechische Kleidung trug. Das, entschied ich, mußte der geheimnisvolle Gast sein. Seit Alexander sie überrollt hatte, wollten alle Asiaten möglichst originalgetreue Kopien der Griechen werden. Ich verlor jedes Interesse an ihm, als Claudia den Raum betrat.

Ich fischte mir einen Kelch vom Tablett eines vorbeieilenden Sklaven und wollte Claudia gerade mit Beschlag belegen, als ein anderer Gast mir zu verstehen gab, daß er mich zu sprechen wünschte. Ich stöhnte innerlich auf. Es war Quintus Curius, ein außergewöhnlich leichtlebiger, junger Senator, dem schon praktisch jedes Verbrechen mit Ausnahme des Hochverrats unterstellt worden war. Er sollte auch dies der Liste seiner Vergehen hinzufügen, bevor seine kurze Karierre vorüber war. Wir spulten die üblichen Begrüßungsformeln ab.

»Merkwürdige Zusammenkunft, was?« sagte er. Angesichts seiner Gegenwart konnte ich nicht umhin, ihm zuzustimmen. »Dieser Cicero, zum Beispiel. Wie kommt ein widerlicher kleiner Niemand wie er bloß dazu, aus dem Nichts in Rom aufzutauchen und sich einen Namen im öffentlichen Leben zu machen?«

»Genaugenommen«, sagte ich, »stammt er aus Arpino.«

Curius zuckte mit den Schultern. »Arpino ist nichts. Gaius Julius ist ein kommender Mann und schon fast seriös. Auf Lucius Sergius Catilina sollte man ein Auge haben. Und dann noch dieser Grieche. Was glaubst du, wer er sein könnte?«

Jetzt war ich mit Schulterzucken dran. »Orientalische Prinzen mit griechischen Hauslehrern sind schließlich keine Seltenheit. Jemand, der Claudius auf seinen Reisen Gastfreundschaft gewährt hat, nehme ich an.« Dankbar bemerkte ich, daß Claudia zu meiner Rettung nahte.

»Curius, ich muß dir Decius für einen Augenblick entführen«, sagte sie und nahm meinen Arm. Als wir in sicherem Abstand waren, sagte sie: »Als ich dich dort mit so gequältem Gesichtsausdruck stehen sah, mußte ich einfach etwas unternehmen. Ist er nicht ein schrecklicher Langweiler? Ich weiß auch nicht, warum mein Bruder ihn eingeladen hat.«

»Er scheint mit eurer Gästeliste nicht ganz einverstanden zu sein«, erzählte ich ihr. »Cicero, zum Beispiel.«

»Oh, ich mag Cicero eigentlich ganz gern. Er ist ein brillanter Kopf und hat vor nichts Angst. Er ist allerdings mit einer abscheulichen Frau verheiratet.«

»Das habe ich auch gehört«, sagte ich. »Ich hatte bisher noch nicht das Vergnügen, die Bekanntschaft der Dame zu machen.«

»So viel Glück müßten wir alle haben. Jetzt mußt du unseren Ehrengast kennenlernen.« Der junge Asiate wandte sich uns zu, als wir näher kamen. »Decius Caecilius Metellus, darf ich dir Tigranes, den Prinz von Armenien, vorstellen?« Das war es also.

»Der Sohn des großartigen Königs von Armenien erweist Rom durch seine Anwesenheit eine große Ehre.«

»Ich bin von der wunderbaren Stadt ganz überwältigt«, sagte er mit einem perfekten griechischen Akzent. So schrecklich überwältigt von Rom konnte er auch nicht sein, kam er doch aus der sagenumwobenen, neuen, königlichen Stadt seines Vaters. Aber vielleicht war es mehr die Macht als die Schönheit, die ihn verzauberte.

»Ich wünschte nur«, fuhr er fort, »daß ich meinen Besuch öffentlicher machen könnte. Der Stand unserer Beziehungen ist jedoch leider nicht der allerbeste.« Er hatte allen Grund, sich möglichst diskret in der Stadt aufzuhalten. Rom befand sich fast im Krieg mit Armenien. »Seid jedoch versichert, daß ich im Gegensatz zu meinem Vater ein fester Freund Roms bin.« Und wahrscheinlich rennst du auf der Flucht vor dem Zorn des alten Mannes um dein Leben, dachte ich.

»Roms Bewunderung für das altehrwürdige Königreich Armenien ist grenzenlos«, versicherte ich ihm. »Neid« wäre vielleicht das passendere Wort gewesen. Der alte Tigranes war damals König der Könige, ein Titel, den, soweit ich weiß, der König von Persien einst innehatte. Seither wurde er immer von dem orientalischen Tyrannen geführt, der über die meisten anderen Könige verfügte, die ihm untertänigst die Sandalen leckten. Tigranes der Ältere war unvorstellbar reich, und es juckte praktisch jedem unserer militärischen Befehlshaber in den Fingern, sich mal an ihm zu versuchen. Die Plünderung von Tigranocerta würde sicher die fetteste Beute seit der Eroberung Korinths einbringen. Jeder Legionär könnte sich in einer Villa auf dem Land mit hundert Sklaven zur Ruhe setzen.

»Mein großzügiger Freund Publius Claudius und seine gütige Schwester haben mir freundlicherweise für die Dauer meines Aufenthaltes hier in der Hauptstadt der Welt Gastrecht gewährt.«

»Und sei versichert, du könntest dich nicht in besseren Händen befinden.« Es kam mir so vor, als ob er Claudia mehr als nur bewundernd ansah.

»Das glaube ich gern«, sagte er. »Die Dame Claudia ist wohl die bemerkenswerteste Frau, der ich je begegnet bin.«

Claudia nahm das Kompliment lächelnd entgegen, so daß ein winziges Grübchen auf ihrer Wange sichtbar wurde. »Prinz Tigranes und ich haben eine gemeinsame Vorliebe für die Lyrik der griechischen Poeten entdeckt.«

»Kannst du dir vorstellen, daß sie die ganze Sappho auswendig kann?« sagte Tigranes.

»Sie ist berühmt als eine Dame mit umfangreicher Bildung«, versicherte ich ihnen beiden. Ich konnte mir schon vorstellen, daß sie etwas völlig Neues für ihn war. Es war erst in jüngster Zeit Mode geworden, daß hochgeborene Frauen gebildet waren. Im Osten waren Frauen immer unwissend, und wenn sie intelligent waren, achteten sie sorgfältig darauf, diese Tatsache zu verbergen.

»Ist dies ein Vergnügungsbesuch?« fragte ich, wohl wissend, daß dem nicht so war.

»Es ist natürlich das größte Vergnügen, Rom zu besuchen, ein Vergnügen, an das ich mich ein Leben lang gern erinnern werde. Ich möchte mich jedoch auch mit den erlauchten Konsuln über unseren lästigen Nachbarn im Nordwesten beraten.« Dabei konnte es sich nur um den furchtbaren Mithridates handeln, dessen Name, und sei es nur in Andeutungen, in letzter Zeit überall aufzutauchen schien.

»Soweit ich weiß«, sagte ich, »wird er uns allen vielleicht nicht mehr sehr lange zur Last fallen. General Lucullus soll ihn, wie ich zuletzt hörte, ganz schön ins Schwitzen bringen.« Plötzlich fiel mir etwas ein, und ich wandte mich Claudia zu. »Ist deine Schwester nicht mit Lucullus verheiratet?«

»Sie ist«, bestätigte Claudia. »Lucullus hat Publius eine Position in seinem Heer versprochen, sobald Publius sich ihm im Osten anschließen kann.«

»Ah, also wird Publius in Kürze ins öffentliche Leben eintreten?« sagte ich. Der Gedanke an Publius Claudius in einer Position militärischer Macht ließ mich um das weitere Schicksal Roms zittern. Mir fiel nur ein Grund ein, warum er seine aristokratische Haut in einem Feldzug aufs Spiel setzen sollte: er mußte seine militärische Dienstzeit absolvieren, um für ein öffentliches Amt kandidieren zu können.

»Der Ruf nach öffentlichen Pflichten ereilt alle Männer unserer Familie«, sagte sie.

»Wollen wir mal sehen«, murmelte ich, »ein paar Jahre im Osten, und Publius ist alt genug und verfügt über die nötigen Voraussetzungen, sich um ein Quaestorenamt zu bewerben, oder nicht?«

»Er möchte gern Volkstribun werden«, antwortete sie.

Das kam nun doch wie ein ziemlicher Schock, obwohl es das nicht hätte sein sollen. »Dann will er ein Clodius werden?« fragte ich nach.

»Genau. Und da mein Bruder und ich alles gemeinsam tun, werde ich eine Clodia.«

»Ich flehe dich an, überleg dir das gut«, sagte ich ernst. »Das ist kein Schritt, den man leichten Herzens tun sollte.«

Tigranes blickte erst sie, dann mich an und wirkte dabei sehr verwirrt. In diesem Augenblick lief ein Sklave zu Claudia, um ihr zu sagen, daß ein wichtiger Gast soeben eingetroffen war. Sie wandte sich an mich.

»Decius, der Prinz ist ganz durcheinander. Vielleicht kannst du ihm ein paar unserer merkwürdigen alten Sitten erklären, während ich mich um meine Pflichten als Gastgeberin kümmere.«

»Ich muß gestehen«, sagte Tigranes, als sie weg war, »daß ich nicht verstanden habe, was du gemeint hast – bezüglich Claudius, meine ich.«

Es war ein Thema, das selbst Römer in Verwirrung stürzen konnte, aber ich tat mein Bestes, den Ausländer aufzuklären. »Die Unterscheidung zwischen Patriziern und Plebejern ist dir geläufig?«

Er nickte. »Früher habe ich einmal geglaubt, daß es dasselbe wie Adel und gemeines Volk bedeutet, aber ich habe inzwischen herausgefunden, daß das nicht ganz der Fall ist.«

»Stimmt. Die Patrizier waren die Gründerfamilien, und sie genießen nach wie vor bestimmte Privilegien, vor allem in bezug auf rituelle Dienste und dergleichen. Einst hatten sie alle hohe Ämter inne, aber jetzt nicht mehr.« Sklaven kamen mit Tabletts voller Süßigkeiten, und wir bedienten uns. »Um die plebejischen Rechte sind vor langer Zeit ein paar ziemlich häßliche Bürgerkriege ausgefochten worden, aber Tatsache ist, daß die patrizischen Familien schon seit geraumer Zeit aussterben und die Plebejer ihre Pflichten übernehmen mußten. Inzwischen gibt es einen plebejischen Adel. Es handelt sich dabei um die Familien, die einen Konsul zu ihren Vorfahren zählen. Ist das soweit verständlich?«

»Ich glaube schon«, sagte er, aber es klang sehr zweifelnd.

»Zum Beispiel gab es in meiner eigenen Familie, den Caecilii Metelli, etliche Konsuln. Die überwiegende Zahl der senatorischen Familien sind heute plebejisch. Aber es gibt nach wie vor einige patrizische Familien.« Ich ließ meinen Blick durch den Raum schweifen. »dort drüben ist beispielsweise Gaius Julius Caesar, ein Patrizier, genau wie Sergius Catilina. Beide zur Zeit amtierenden Konsuln, Crassus und Pompeius, sind hingegen Plebejer. Cicero da drüben ist nicht einmal Römer, aber jeder geht davon aus, daß er eines Tages Konsul wird. Klar?«

»Ich denke schon«, sagte er und knabberte an seiner gesüßten Feige.

»Gut. Denn jetzt wird es kompliziert. Unser Gastgeber und unsere Gastgeberin gehören zum uralten Geschlecht der Claudier. Die Familie ist insofern untypisch, als sie *beides*, sowohl patrizische als auch plebejische Zweige hat. Die Patrizier nennen sich für gewöhnlich Claudius, die Plebejer werden normalerweise Clodius genannt. Gewisse Mitglieder der Familie haben sich aus politischen Gründen entschlossen, vom Stand eines Patriziers zu dem eines Plebejers zu wechseln. Um das zu tun, müssen sie mit einem Mitglied der plebejischen Familie vereinbaren, daß es sie adoptiert, und dann die Schreibweise ihres Namens ändern.«

Tigranes sah ziemlich verblüfft aus. »Aber warum sollte irgend jemand von einem Patrizier zu einem Plebejer werden wollen?«

»Das ist eine kluge Frage«, gab ich zu. »Zum Teil, um sich lieb Kind bei dem Mob zu machen, der ausschließlich plebejisch ist. Zum Teil auch aus verfassungsrechtlichen Gründen. Nur Plebejer können das Amt des Tribuns bekleiden.«

»Ich dachte, Tribune seien Offiziere bei der Armee«, sagte er.

»Militärtribune sind vom Senat eingesetzte, niederrangige Offiziere, die den Befehlshabern mit ihrer mangelnden Erfahrung und ihrer Tolpatschigkeit ständig Kummer bereiten.« Da ich selbst einer gewesen war, konnte ich aus Erfahrung sprechen. »Volkstribune werden vom Plebs gewählt und haben über beträchtliche Macht verfügt, einschließlich eines Vetorechts gegen alle Erlasse des Senats.«

»Haben verfügt?« fragte Tigranes und zeigte damit eine ausgezeichnete Auffassungsgabe für lateinische Zeitenfolge.

»Nun ja«, sagte ich und geriet etwas ins Schwimmen, weil ich die Sache selbst so verwirrend fand. »Es ist nämlich so, daß die Volkstribune in der sullischen Verfassung, die offiziell immer noch in Kraft ist, viel von ihrer Macht verloren haben.« Sulla war, wie man wohl kaum zu betonen braucht, ein Patrizier.

»Und trotzdem will Claudius Tribun werden?« sagte Tigranes. »Wird das schwierig sein?«

»Nun, laß mich sehen. Er wird einen plebejischen Bürgen brauchen, was kein Problem sein dürfte, weil so viele seiner Verwandten Clodier sind. Dann muß er ein entsprechendes Gesetz im Senat durchbringen. Dort sieht man eine derartige soziale Mobilität in jedem Falle nur sehr ungern. Ja, es könnte kompliziert werden.«

»Ich bewundere die Vielfalt der Stimmen, mit der die Regierung hier spricht«, sagte Tigranes. »In meinem Heimatland sagt der Große König, was sein soll, und so geschieht es.«

»Wir sind mit unserem System ganz gut gefahren«, versicherte ich ihm. In diesem Augenblick betrat ein neuer Gast den Raum. Es war niemand anderes als der Patron meines Vaters, Quintus Hortensius Hortalus. Jeder erwartete nun ein plötzliches Aufeinanderprallen der Gäste, weil Hortalus Verteidiger eben jenes Verres gewesen war, gegen den Cicero mit so spektakulärem Erfolg die Anklage vertreten hatte. Die beiden Männer blieben jedoch auf jene eigentümliche Weise höflich, die für Rechtsanwälte typisch ist.

Ich entschuldigte mich, um den Abort aufzusuchen. Ich brauchte nur ein paar Minuten für mich, um mir meine Gedanken zu machen über die Zusammensetzung dieser merkwürdigen Abendgesellschaft. Nachdem ich eine Weile nachgedacht hatte, wurde mir klar, daß sie eigentlich gar nicht so unvereinbar war. Praktisch jeder Anwesende war ein Anhänger von Pompeius. Ende des Monats würden Pompeius und Crassus ihr konsularisches Amt niederlegen, um ihre Statthalterschaft als Prokonsuln anzutreten. Einer der Konsuln für das kommende Jahr war wiederum niemand anderes als Quintus Hortensius Hortalus.

Obwohl Pompeius und Crassus das gleiche Amt bekleideten, verfügte Crassus nicht über ein Zehntel der Fähigkeiten, die man Pompeius zusprach. Es war jedem klar, daß es Pompeius nach dem Kommando über die östlichen Truppen gelüstete, das jetzt noch Lucullus innehatte. Es wäre die spektakuläre Krönung seiner brillanten militärischen Karriere, wenn es Pompeius gelänge, die römische Herrschaft auf die orientalischen Königreiche auszudehnen. Das Problem war nur, daß es so aussah, als ob Lucullus genau das schon erledigen würde, bevor Pompeius Gelegenheit dazu hatte.

Vielleicht sollte ich an dieser Stelle etwas über Lucullus sagen. Er war alles in allem ein bewundernswerter Mann, dessen Ruf in letzter Zeit etwas gelitten hat, weil er nicht zu jener allesbeherrschenden Familie gehörte, die wir alle so gut kennen. Er ist uns heute vor allem wegen seiner späteren Schriften über die Natur und das gute Leben und als Förderer der Künste in Erinnerung, aber damals war er unser brillantester General. Er war einer der wenigen von Grund auf edlen Römer, die ich gekannt habe, ein fähiger Soldat und Politiker, ein Freund der Künste, grausam in der Schlacht, großmütig im Augenblick des Sieges. Ich weiß, daß sich das anhört wie der Lobgesang eines Lakaien, aber wir waren weder verwandt, noch habe ich ihm je etwas geschuldet, also können Sie es für bare Münze nehmen. Im Gegensatz zu so vielen anderen Befehlshabern, die sich das Wohlwollen ihrer Soldaten erkauften, indem sie ihnen vor allem nach einer Schlacht große Freiheiten einräumten, war Lucullus ein strikter Verfechter von Disziplin. Deswegen brachten ihm seine Truppen auf den rauhen Feldzügen auch wenig Zuneigung entgegen.

Es ist eine der Absonderlichkeiten von Soldaten, daß sie die meisten Offiziere, die sie schlagen und streng disziplinieren, hassen, während sie andere für genau dieselben Eigenschaften verehren. Ich habe in meinem Leben nur zwei Befehlshaber gekannt, deren Soldaten an ihrem strikten Regiment Gefallen gefunden haben. Der eine war Drusus, der geliebte Stiefsohn unseres ersten Bürgers. Der andere war Gaius Julius, der die wunderbare Gabe hatte, Männer zu überreden, Dinge zu tun, die ihren Interessen völlig zuwider liefen, während sie seinen in geradezu idealer Weise dienten. Damit möchte ich Caesar und Drusus nicht auf eine Stufe stellen. Letzterer ist ein wirklich großartiger Mensch, wenn auch vielleicht etwas schwer von Begriff, während Gaius Julius der klügste und kaltblütigste Intrigant war, den Rom je hervorgebracht hat.

Aber ich eile meiner Geschichte voraus. In jenem Augenblick an jenem Abend hatte ich nur Tigranes und Publius und Claudia im Sinn. Vor allem aber Claudia. Es schmerzte mich, daß sie erwog, ihren sozialen Rang zu erniedrigen, aber das würde auf unsere persönliche Beziehung keine Auswirkungen haben. Es war jedoch klar, daß Publius Claudius, wenn er seinen Stand erst gewechselt hatte und Clodius geworden war, auf der Stelle eine Figur werden würde, an der sich Kontroversen und Verbitterungen entzündeten. Das bedeutete, daß er zum Ziel von Attentätern werden würde – genau wie sie, wenn sie weiter darauf bestand, sein Geschick zu unterstützen.

Als ich zurückkehrte, wurden die Gäste gerade in den Speisesaal geführt. Wir krochen alle auf die Sofas, eine ziemlich unwürdige, von der Tradition diktierte Prozedur, und Sklaven nahmen unsere Sandalen und verteilten Kränze: Lorbeer, wie ich bemerkte, wahrscheinlich zu Ehren des ausländischen Gasts und seiner Vorliebe für alles Griechische. Das Abendmahl wurde im alten Stil serviert: drei Sofas, die um drei Seiten eines quadratischen Tisches gruppiert waren, mit jeweils drei Gästen auf einem Sofa.

Publius hatte sich dabei mit dem schwierigen protokollarischen Problem der Rangordnung herumzuschlagen, befand sich unter seinen Gästen doch sowohl ein Prinz als auch ein designierter Konsul. Wäre Hortalus bereits im Amt gewesen, hätte ihm der rechte Platz auf dem mittleren Sofa von Rechts wegen zugestanden, aber Publius hatte ihn Tigranes, seinem erlauchten, ausländischen Ehrengast, überlassen. Hortalus hatte den zweitbesten Platz, am Kopf des mittleren Tisches mit Publius zu seiner Linken.

Wir anderen bekamen unsere Plätze nicht nach einer bestimmten Ordnung zugewiesen, da Herkunft und Amt in dieser seltsamen Gesellschaft so bunt durcheinander gewürfelt waren. Ich bekam den oberen Platz auf dem rechten Sofa, so daß Tigranes zu meiner Linken und Claudia zu meiner Rechten lagerten. Rechts neben Claudia hatte Gaius Julius Platz genommen. Auf dem gegenüberliegenden Sofa hatten es sich Curtius, Catilina und Cicero bequem gemacht. Es war noch immer eine recht neue Sitte, daß sich Frauen und Männer gemeinsam zum Essen hinlegten, aber wenn jemand auf dem neuesten Stand der Mode war, dann Claudia. Früher saßen die Frauen auf Stühlen, in der Regel neben ihren Ehemännern. Aber keinen der zu diesem Anlaß Versammelten schien Claudias Anwesenheit auf dem Sofa zu stören. Mich jedenfalls bestimmt nicht. Das Bankett als solches war im übrigen absolut schicklich, wahrscheinlich mit Rücksichtnahme auf Hortalus' Status als designierter Konsul.

Es gab keine Flamingozungen oder in Honig und Mohn panierte Schlafmäuse oder andere kulinarische Kuriositäten, wie sie etwa ein Sergius Paulus zu genießen pflegte. Zu Beginn wurden diverse Vorspeisen serviert: Feigen, Datteln, Oliven und dergleichen zusammen mit den unvermeidlichen Eiern. Bevor irgend jemand zugriff, intonierte Hortalus mit seiner unvergleichlichen Stimme eine Anrufung der Götter. Dann legten wir alle los.

»Seit ich römischen Boden betreten habe«, sagte Tigranes zu mir, »hat jedes Mahl mit Eiern begonnen. Ist das eine landesübliche Sitte?«

»Jedes förmliche Abendessen fängt mit Eiern an und endet mit Früchten«, erklärte ich ihm. »Wir haben sogar eine Redensart ›von den Eiern bis zu den Äpfeln‹, was soviel heißt wie: von Anfang bis Ende.«

»Diesen Ausdruck habe ich schon gehört, aber ich wußte nie, was er zu bedeuten hat.« Mit zweifelnder Miene beäugte er ein Gericht aus hartgekochten Fasaneneiern. Offenbar erfreuten sich Eier unter seinen Landsleuten nicht derselben Wertschätzung wie bei uns. Der nächste Gang war mehr nach seinem Geschmack: gebratenes Kitz, ein riesiger Thunfisch und in Milch gekochter Hase. Während des Essens beschränkte sich die Unterhaltung im wesentlichen auf harmlose Themen. Wie gewöhnlich wurden die neuesten Omen diskutiert.

»Heute morgen sind vier Adler auf der Spitze des Jupiter-Tempels gesichtet worden«, sagte Hortalus. »Das heißt, es wird ein gutes Jahr werden.« Natürlich war es auch das Jahr seines Konsulats.

»Ich habe gehört, daß in der Campagna vor drei Nächten ein Kalb geboren wurde«, wußte Curius beizutragen, »mit fünf Beinen und zwei Köpfen.«

Cicero schnaubte verächtlich. »Mißgeburten bei Tieren haben keine Auswirkungen auf die Angelegenheiten der Menschen. Sie sind nichts weiter als eine Laune der Götter. Ich glaube, daß die Sterne von sehr viel größerer Bedeutung für unser Leben sind, als die meisten von uns ahnen.«

»Orientalischer Hokuspokus«, erklärte Hortalus entschieden, »unser königlicher Gast möge mir verzeihen. Ich glaube, daß nur die offiziell anerkannten und seit uralter Zeit überlieferten Vorzeichen für uns wirklich bedeutsam sind: augurium und haruspicina.«

»Und das ist was?« fragte Tigranes.

»Augurien werden von den Beamten des Auguren-Kollegiums durchgeführt. Es gibt fünfzehn solcher Beamter«, erläuterte Caesar. »Die Wahl in dieses Kollegium gilt unter uns als große Ehre. Die Auguren deuten den Willen der Götter, indem sie den Flug der Vögel oder die heiligen Hühner beobachten und die Richtung des Blitzes und des Donners bestimmen. Günstige Vorzeichen kommen von links, ungünstige von rechts.«

»Haruspicinien hingegen«, sagte Cicero, »sind Weissagungen aus den Eingeweiden der Opfertiere. Sie werden von Berufsweissagern durchgeführt, die meisten von ihnen sind Etrusker. Offiziell anerkannt oder nicht, ich halte es für Betrug.«

Tigranes sah verwirrt aus. »Moment mal. Wenn die linke Seite als günstig und die rechte als ungünstig gilt, warum sprechen die römischen Dichter dann so oft vom Donner von rechts als einem Zeichen göttlicher Gunst?«

»Sie berufen sich auf eine griechische Tradition«, sagte Claudia. »Die griechischen Auguren standen bei ihren Weissagungen nach Norden gewandt. Unsere blicken nach Süden.«

»Apropos Blitz«, sagte Catilina, »ich weiß nicht, ob er von links oder rechts kam, aber heute morgen hat ein Blitz in die Lucullusstatue am Kai von Ostia eingeschlagen. Das hat mir heute ein Schiffer bei den Tiberdocks erzählt. Sie soll zu einer Bronzelache zusammengeschmolzen sein.«

Über dieses Omen gab es viel Gerede in der Stadt. Man brauchte keinen amtlichen Auguren, um das als ein für Lucullus ungünstiges Vorzeichen zu deuten.

»Das klingt sehr bedenklich«, sagte Hortalus. »Wir wollen hoffen, daß es nicht auf eine schreckliche Niederlage im Osten hindeutet.« Irgendwie klang der Satz geheuchelt, aber andererseits hörte sich Hortalus immer so an. Wenn er einem erzählte, daß am Morgen die Sonne aufgegangen sei, sah man draußen nach, nur um ganz sicherzugehen.

»Es gibt nicht wenige hier in Rom, die über Lucullus' Rückbeorderung hocherfreut wären«, bemerkte Curius.

»Aber der Senat würde doch nie einen erfolgreichen Befehlshaber zurückbeordern«, sagte ich. Mir gefiel der ganze Ton überhaupt nicht.

»Nicht, solange er erfolgreich ist«, sagte Publius Claudius lächelnd. »Und mein Schwager war *sehr* erfolgreich.« Er nahm sich einen gegrillten Lammspieß und knabberte genüßlich daran herum.

Catilina sagte: »Dieser Mann ist dabei, sich eine unabhängige Machtbasis im Osten aufzubauen, er macht sich bei den orientalischen Städten lieb Kind, indem er halb Rom in den Bankrott treibt.« Sergius Catilina war einer dieser rotgesichtigen und rothaarigen Männer, die ständig wütend aussehen und auch so klingen. Er bezog sich auf Lucullus' Schuldenerlaß für Vorderasien. Der Diktator Sulla hatte seinerzeit den Städten der Provinz Asien enorme Abgaben auferlegt, die diese nur bezahlen konnten, indem sie sich das Geld zu Wucherzinsen von römischen Bankiers liehen. Um die Städte vor dem totalen Ruin zu bewahren, hatte Lucullus ihnen ein Großteil der Schuld erlassen und überhöhte Zinsen verboten, womit er sich die ewige Feindschaft unserer Geldverleiher eingehandelt hatte.

»Vielleicht kann Publius ihm ja begreiflich machen, daß er an diesem Punkt irrt, wenn er nächstes Jahr per Schiff aufbricht, um sich Lucullus anzuschließen«, sagte Claudia heiter. Sie schien das Gespräch rasch auf leichtere Themen lenken zu wollen. Bald darauf wurden die Teller des Hauptgangs herausgetragen, und wir wurden einige Augenblicke still, während die Hausgötter hereingebracht wurden. Nachdem die Götter wieder rausgetragen worden waren, wurde der Nachtisch serviert.

Die ganze Zeit hing Tigranes wie gebannt an meinen Lippen, während ich ihm auf seine Bitte hin diese oder jene römische Sitte, verschiedene Gesetzte oder religiöse Bräuche erklärte. Er zeigte außergewöhnliches Interesse an meiner Karriere und an meinen Plänen in bezug auf zukünftige Ämter. Ich hätte mich durch dieses Interesse eines Mannes, der eines Tages König der

Könige sein würde, vielleicht geehrt fühlen sollen, aber damals war ich eher verärgert darüber, daß er mich davon abhielt, meine Zeit Claudia zu widmen. Sie unterhielt sich hauptsächlich mit Caesar, worum ich ihn beneidete.

Vor dem Trinkgelage, das sich ans Dessert anschloß, entschuldigte sich Claudia, und ich entschied, daß ich meinen Weinkonsum etwas mäßigen sollte. Im Verlauf des Essens war mir der Gedanke gekommen, daß ich mich in der Gesellschaft von Männern befand, mit denen ich besser kein unbedachtes Wort wechselte. Sie gehörten zu der Sorte Männer, die das Spiel um die Macht mit höchstem Einsatz spielten. Solche Männer finden gewöhnlich ein gewaltsames Ende, und von denen, die bei dem Gelage anwesend waren, starb nur Hortalus eines natürlichen Todes. Was die Umstände meines Ablebens betrifft, so kann ich darüber an dieser Stelle noch keine Aussagen treffen. Die Politik jener Tage hatte manches mit den *munera sine missione* gemein, von denen ich zuvor berichtet habe.

Ohne selbst viel zu trinken, beobachtete ich meine Mitgäste mit Interesse. Curius hatte durch das, was er zum Essen getrunken hatte, einen gehörigen Vorsprung. Sergius Catalina hatte eines von diesen roten Gesichtern, die, je mehr er trank, immer röter werden. Auch seine Stimme wurde lauter und rauher. Hortalus blieb wie stets ruhig und freundlich, und Cicero trank nur wenig und lallte kein bißchen.

Gaius Julius wurde zum Zeremonienmeister ernannt, und er setzte fest, daß zwei Teile Wein ab sofort nur noch mit einem Teil Wasser gemischt werden sollten – bei der Schwere des Falerners, den Publius auftragen ließ, eine heftige Mischung. Ich war dankbar, daß Caesar nicht einer dieser Trinkrunden anordnete, bei denen jeder Gast eine bestimmte Anzahl Krüge zu leeren hat. Er hätte uns zum Beispiel auffordern können, für jeden Buchstaben im Namen des Ehrengastes einen Becher zu leeren. Tigranes wäre noch nicht so schlimm gewesen, aber wir hätten alle am Boden gelegen, bevor wir das Ende von Quintus Hortensius Hortalus erreicht hätten. Statt dessen durften wir trinken, wie wir wollten, obwohl ein Diener darauf achtete, daß unsere Becher nie leer waren.

»Heute abend«, sagte Gaius Caesar, »wollen wir – angesichts der Vielzahl der Gäste von Weltrang – über den richtigen Gebrauch der zivilen wie der militärischen Macht im Dienste des Staates diskutieren.« Das war eine weitere griechische Sitte, für die man sich entschieden hatte, um dem ausländischen Gast zu schmeicheln. Wenn sich die Römer zu einem Besäufnis zusammensetzen, besteht die Abendunterhaltung nur sehr selten in einer philosophischen Debatte, schon deswegen, weil sich am nächsten Tag sowieso niemand mehr erinnert, was gesagt worden ist. Ringer, Akrobaten oder nackte sardinische Tänzerinnen kämen der Sache schon näher.

»Marcus Tullius«, sagte Caesar, »sei so gut und eröffne die Diskussion. Denk daran, daß du nicht vor Gericht plädierst, also fasse dich kurz, damit auch halbbetrunkene Männer dem Faden deiner Argumentation folgen können.« Caesar wirkte wie die perfekte Verkörperung eines beschwipsten, guten Kameraden, obwohl ich fest davon überzeugt war, daß er absolut nüchtern war.

Cicero dachte einen Moment lang nach, um seine Argumente zu ordnen. »Wir Römer«, begann er dann, »haben etwas völlig Neues geschaffen. Wir haben, nachdem wir vor mehr als vierhundert Jahren unsere letzten Könige vertrieben hatten, eine Republik errichtet, die das beste Mittel der Staatskunst ist, das die Menschen je ersonnen haben. Kein wild brüllender Pöbel wie in der alten athenischen Demokratie, sondern ein System vorschriftsmäßig eingesetzter Gremien, deren oberstes der Senat ist und an deren Spitze die beiden Konsuln stehen. Unser Ehrengast möge mir verzeihen, aber das ist dem altmodischen System der Monarchie weit überlegen, denn bei uns gibt es Gesetze anstelle königlicher Willkür. Alle Machtpositionen innerhalb des Staates werden mit Hinblick auf Amtserfahrung und Verdienst besetzt, und diese Entscheidungen können rückgängig gemacht werden, wenn Beweise für Inkompetenz oder Korruption vorliegen.

So wird die Macht zum Wohle des Staates korrekt ausgeübt, von Männern, die im Umgang mit Gesetzen und Staatsausgaben besonders ausgebildet sind. Militärische Befehlsgewalt sollte nur dem übertragen werden, der auch einige Jahre im zivilen Bereich tätig war, damit Befehlshaber nicht nur in militärischen Kategorien denken können und auf Kriege aus sind, um sich selbst zu bereichern, sondern militärische Maßnahmen nur zum Wohle des Staates anwenden.« Das war ein nicht allzu subtiler Seitenhieb auf Pompeius, der praktisch ohne jede Erfahrung im öffentlichen Dienst Befehlshaber geworden war und dann das höchste Amt mit militärischer Gewalt an sich gerissen hatte.

»Sergius Catilina«, sagte Caesar, »was denkst du darüber?«

Catilina hatte ganz glasige Augen, aber seine Stimme klang schneidend klar. »Natürlich möchte keiner von uns die Monarchie wieder eingeführt sehen, aber unser verehrter Marcus Tullius hat in seinen Ausführungen nichts darüber gesagt, wie wertvoll das Kriterium einer vornehmen Abstammung für die Auswahl derjenigen ist, die Macht ausüben sollen. Wer in der Gosse aufwächst, wird kein Pflichtgefühl, sondern nur den Ehrgeiz eines Aufsteigers entwickeln. Es bedarf Jahrhunderte der Züchtung, um jene angeborenen Charakterstärken hervorzubringen, die den wahren Adel ausmachen – leider inzwischen eine Seltenheit. Täglich sehe ich Söhne von Freigelassenen im Senat sitzen!« Wie Publius war auch Catilina ein Mann, der glaubte, daß ihm ein hohes Amt zustand, weil er von edler Abstammung war. Er hatte jedenfalls bestimmt keine anderen Qualifikationen vorzuweisen. »Ich würde vorschlagen, daß nur Patrizier und der plebejische Adel öffentliche Ämter bekleiden und militärische Kommandos übernehmen dürfen. Dann säßen nicht so viele Abenteurer auf den Sesseln der Macht.«

»Brillant formuliert«, sagte Caesar trocken. »Nun, da sich Quintus Curius von der Debatte zurückgezogen hat« – der Herr war eingenickt und schnarchte unüberhörbar – »wollen wir hören, was der Konsul des kommenden Jahres zu sagen hat.«

»Ich bin kein Staatsphilosoph«, stimmte Hortalus an, »sondern nur ein Rechtsanwalt und staatskundlicher Laie. Obwohl ich mir nie einen römischen König wünschen würde, bin ich doch mit Königen befreundet.« Er verbeugte sich in Tigranes' Richtung. »Und obwohl ich die Meinung teile, daß willkürliche Macht ausgeübt von einem einzelnen eine Gefahr für die Ordnung darstellt, kennen auch wir die Einrichtung der Diktatur für Notzeiten, in denen nur die schnellen Entscheidungen eines Alleinherrschers den Staat retten können. Was das Militär betrifft« – er gestikulierte beredt mit seinem Weinkelch –, »glaube ich, daß wir unseren Befehlshabern im Ausland schon seit geraumer Zeit zu viele Freiheiten gewähren. Sie neigen heutzutage dazu, zu vergessen, wem sie ihr Kommando und alles andere verdanken: dem Senat nämlich. Statt dessen führen sie sich in ihren Operationsgebieten auf wie unabhängige Herrscher. Wir können uns noch alle an Sertorius erinnern, und beim Essen hat Sergius Catilina einige diesbezügliche Bemerkungen über Lucullus gemacht.« Es war typisch für Hortalus, daß er die Aussage eines anderen zitierte, um seinen Punkt zu machen. »Vielleicht wird es bald an der Zeit sein, gesetzliche Bestimmungen zu erlassen, in denen die Pflichten unserer Befehlshaber genau festgelegt und ihre Befugnisse eingeschränkt werden.«

»Ausgezeichnet«, sagte Caesar. »Nun wollen wir unseren Gastgeber dazu hören.«

Publius hatte dem Wein bereits heftig zugesprochen, aber seine Ausführungen waren zumindest ansatzweise zusammenhängend. »Ich werde mich in Kürze meinem Schwager, dem glorreichen Lucullus, in seinem Krieg gegen Mithridates anschließen. Militärdienst ist entscheidend für jemanden, der dem Staat dienen möchte. Hab' ich schon immer gesagt. Aber die Macht ist hier in Rom. Wenn ein Mann die höchste Macht erringen will, kriegt er sie nicht, indem er die Spanier oder die Ägypter

76

besiegt. Die Macht kommt vom römischen Volk. Dem *ganzen* römischen Volk – sowohl Patrizier als auch Plebejer. Der Senat erläßt die endgültigen Dekrete, aber auch die Volksversammlung hat Macht. Jemand, der Macht ausüben will und glaubt, eine Mehrheit im Senat sei alles, was er dafür braucht, macht sich was vor. Eine starke Anhängerschaft im Volk ist genauso entscheidend, nicht nur auf den Versammlungen, sondern auch in den Straßen.«

»Sehr interessant«, sagte Gaius Julius, als der zum Schluß hin doch ziemlich unzusammenhängende Wortschwall zu Ende zu sein schien. »Aber nun wollen wir, um auch eine andere Sichtweise zu hören, den Worten des bei uns zu Gast weilenden Prinzen lauschen.«

»Zunächst«, sagte Tigranes, »erlaubt mir, daß ich meiner uneingeschränkten Bewunderung für das einzigartige römische System Ausdruck verleihe, das unter seinen Besten die auswählt, die geeignet sind, die halbe Welt zu regieren. Ich fürchte jedoch, daß das in meinem Teil der Welt so nie Bestand haben könnte. Die Römer sind durchdrungen von griechischer Kultur und haben eine lange Tradition gewählter Regierungen. Mein Volk besteht zum größten Teil aus primitiven Asiaten, die nichts anderes als eine autokratische Regierung gewöhnt sind. Für sie ist ihr König auch ihr Gott. Wenn man ihnen den König nimmt, verlieren sie auch ihren Gott.«

Er strahlte alle um den Tisch versammelten Gäste an, als seien es die besten Freunde, die er je gehabt hatte. »Nein, ich glaube, der Orient wird immer von Königen beherrscht werden. Und ich denke, alle Anwesenden sind mit mir einer Meinung, daß es Könige sein sollten, die mit Rom befreundet sind. Zur Zeit gibt es im Osten jedoch nur wenige, die meine Ansichten zu diesem Thema teilen.« Er schielte offenbar noch immer auf Papas Thron, wie ich bemerkte.

»Ein exzellent vorgetragenes Argument«, sagte Caesar. »Nun wollen wir hören, was Decius Caecilius der Jüngere dazu zu sagen hat. Er steht noch ganz am Anfang seiner öffentlichen Karriere, ist der Sohn unseres hochgeschätzten städtischen Praetors und Sproß eines vornehmen Geschlechts.«

Obwohl ich nur wenig getrunken hatte, fühlte ich mich wie auf Wolken. Vielleicht lag es daran, daß mir Claudia ständig im Kopf herumspukte. Ich hatte mir zwar vorgenommen, mich nicht unbedacht zu äußern, aber irgend etwas an Caesars übertriebener Vorstellung veranlaßte mich, von der faden Ansprache abzuweichen, die ich mir zurechtgelegt hatte. Außerdem lag etwas in der Luft – etwas, das mich den ganzen Abend beschäftigt hatte. Es war die Art, wie alles, was seit den Morden an Sinistrus und Paramedes geschehen war, alles, was von praktisch jedem, mit dem ich geredet hatte, gesagt oder angedeutet worden war, und vor allem alles, was bei diesem Abendessen gesprochen worden war, immer wieder um zwei Namen kreiste: Lucullus und Mithridates. Ich wußte, daß ich, wenn ich nur tief genug bohrte, diesen verworrenen Haufen von Lügen und Geheimnissen ans Licht zerren und jedermanns schuldbehaftetes Interesse an diesen beiden mächtigen Männern entlarven konnte. Ich hatte auch einen Hebel: die Macht des Senats und Volkes von Rom. Aber bis jetzt hatte ich noch keinen Punkt gefunden, wo ich den Hebel ansetzen konnte.

»Als jüngstes Mitglied der Regierung«, begann ich, »wage ich es kaum, in solch erlauchter Gesellschaft meine Stimme zu erheben.« Alle sahen mich an, lächelten und nickten, bis auf Curius, der leise schnarchte. Die Diener tapsten barfuß umher, um die Becher randvoll zu halten.

»Aber im Verlauf dieser faszinierenden Debatte sind mir einige Gedanken gekommen, die ich mit euch teilen möchte.« Sie lächelten noch immer. »Noch wichtiger als Geburt oder Herkunft, wichtiger sogar noch als Erfahrung und Fähigkeiten scheint mir die Loyalität gegenüber Rom, dem Senat und dem Volk zu sein. Wie mein Patron Hortalus und mein Freund Sergius Catilina bemerkt haben, ist ein siegreicher Befehlshaber, der

78

nur kämpft, um sich zu bereichern oder im Ruhm seiner Siege zu sonnen, kein Diener Roms. Genausowenig wie ein Magistratus, der seine Entscheidungen verkauft, oder ein Statthalter, der seine Provinz ausraubt.« Hier nickte Cicero heftig. Genauso hatte seine Anklage gegen Verres gelautet. »Und niemand«, fuhr ich fort, »ist ein loyaler Römer, der zum eigenen Nutzen heimlich mit ausländischen Königen verhandelt oder aus Neid auf seinen Ruhm gegen einen römischen Befehlshaber im Feld konspiriert.«

Wieder nickte Cicero und formte mit den Lippen still die Worte: »Wie wahr.« Catilina sah mißmutig aus wie immer, aber es war ein Ausdruck der Langeweile. Hortalus' Gesicht bewahrte sich seine gewohnte Freundlichkeit, aber sein Lächeln war erstarrt. Publius stierte mich wütend an, und Tigranes sah in seinen Weinkelch, als ob er Angst davor hätte, was sein Gesicht verraten könnte.

»Brillant«, sagte Caesar mit anerkennendem Blick. Das hatte nichts zu bedeuten. Caesar war der kontrollierteste Mensch, den ich je gekannt habe. Er konnte einen Mann anlächeln, selbst wenn er im Begriff war, ihn umzubringen, und er konnte einen Mann anlächeln, von dem er wußte, daß jener im Begriff war, ihn zu ermorden.

Das Gespräch wurde fortgesetzt, und eine Zeitlang wurde weiter Wein getrunken, aber mit Rücksichtnahme auf die Ausgewogenheit des Abends wurde nichts mehr von Bedeutung angesprochen. Dann verlangte Hortalus nach seinen Sandalen – genau wie Cicero und Caesar. Catilina, Curius und Publius wurden von ihren Sklaven weggetragen. Tigranes erzählte noch eine Weile lebhaft und betrunken vor sich hin, bevor auch er eindöste. Die Sklaven des Hauses schleppten ihn fort, und ich fand mich mit meinen beunruhigenden Gedanken ganz allein wieder.

Ich hatte keinen Sklaven mitgebracht, also suchte ich meine Sandalen selbst und machte mich zum Gehen fertig. Draußen vor der Tür des Speisesaals wartete Claudia auf mich. Sie trug ein so hauchdünnes Gewand, daß das Licht hindurchschien und den

Blick auf ihre perfekte Figur freigab. Das war die Krönung für meine ohnehin schon verwirrten Sinne. Im Landhaus meines Vaters in der Nähe von Fidenae hatte eine uralte Statue der griechischen Artemis gestanden, angeblich ein Werk des Praxiteles. Sie trug einen kurzen Chiton und balancierte bei der Verfolgung des Wilds auf den Zehenspitzen eines Fußes. Als Junge stellte sie für mich das Ideal weiblicher Schönheit dar, mit ihren schmalen, geschmeidigen Gliedern und Hüften, ihren kleinen, hohen Brüsten und dem anmutig langen Hals. Ich habe an der weiblichen Figur mit großem Vorbau, wie sie von Juno und Venus personifiziert wird, die die meisten römischen Männer bevorzugen, nie rechten Gefallen gefunden. Claudia war das Abbild meiner marmornen Artemis.

»Decius«, flüsterte sie, »ich bin froh, dich noch auf den Beinen zu sehen und nicht einmal schwankend.«

»Ich war wohl heute kein besonders guter Gesellschafter«, sagte ich. »Ich habe nicht so recht in die Stimmung des Abends gefunden.«

»Ich weiß, ich habe gelauscht.«

»Warum sollte es dir Spaß machen, einem Haufen machtbesessener Besoffener zuzuhören? Du mußt dich schrecklich gelangweilt haben.« Ich versuchte, die Lampe heller zu drehen, um sie besser sehen zu können, gab es dann aber auf. Ich würde genau so viel von ihr zu sehen bekommen, wie sie wollte.

»Es ist immer gut zu wissen, was mächtige Männer in Rom heutzutage zu sagen haben. Und obwohl Hortalus der einzige Anwesende war, der wirkliche Macht ausübt, verheißen die anderen doch viel für die Zukunft.«

»Selbst Curius und Catilina?« fragte ich.

»Männer müssen weder intelligent noch charakterstark sein, um eine wichtige Rolle in den bedeutenden Staatsangelegenheiten zu spielen. Es reicht völlig aus, verworfen und gefährlich zu sein.«

Das waren seltsame Worte aus dem Mund einer halbnackten

Frau in nächtlicher Vertraulichkeit an einen Mann gerichtet, der nicht ihr Ehemann war. Ich war bereit, die Eigentümlichkeit der Situation zu übersehen, solange ich nur noch länger bei ihr bleiben konnte.

»Und was ist mir?« fragte ich. »Bin ich auch einer dieser vielversprechenden Männer?«

Sie trat näher an mich heran, genau wie ich gehofft hatte. »O ja. Du hast alles, worüber sie heute abend geredet haben: Talent, Herkunft, Loyalität... es gibt keine Position, die du nicht erreichen kannst.«

»Alles zu seiner Zeit«, sagte ich. »Diese Dinge müssen langsam und in korrekter Reihenfolge angegangen werden.«

»Wenn du damit zufrieden bist«, sagte sie. »Kühne Männer haben keine Angst, diesen Prozeß zu beschleunigen.«

Ich ahnte schon, worauf das hinauslief. »In den letzten Jahren sind viele kühne Männer enthauptet oder vom Tarpejischen Felsen gestoßen oder an einem Haken durch den Tiber gezogen worden.«

Sie lächelte, aber es war ein Lächeln der Verachtung. »Das ist den Furchtsamen nicht anders gegangen. Der Unterschied ist nur der, daß die Kühnen ihr Leben auf etwas gesetzt haben, das zu besitzen sich lohnt. Pompeius und Crassus haben nicht darauf gewartet, bis sie nach Dienstalter und Ämterhierarchie an der Reihe gewesen wären. Sie sind jetzt Konsuln.«

»Hortalus ist vorsichtiger gewesen«, sagte ich, »und er wird im Gegensatz zu diesen beiden im Bett sterben.«

Ihr Lächeln verschwand. »Ich habe dich falsch eingeschätzt, Decius Caecilius. Ich hatte gedacht, daß du aus besserem Holz geschnitzt bist.« Sie trat ganz nah an mich heran, und die Spitzen ihrer Brüste berührten meine Tunika. »Du hättest diese Nacht mit mir verbringen können. Jetzt denke ich, du verbringst sie am besten allein, wie du es verdienst. Nur die Besten verdienen das Beste.«

Ich kratzte meine verbleibenden Reste an Würde zusammen

und sagte: »All die kühneren Seelen sind bereits gegangen oder umgekippt. Ich denke, ich sollte mich jetzt auch besser verabschieden. Einige von ihnen haben das Beste zweifelsohne mehr verdient als ich.« Ihr Gesicht erstarrte, als ich an ihr vorbeiging.

Draußen herrschte eine Dunkelheit, wie sie nur eine mondlose römische Nacht kennt. Ich wußte, daß es mehr als taktlos gewesen wäre, wieder hineinzugehen und nach einer Fackel oder Laterne zu fragen. Außerdem würde ein Licht meinen Heimweg zwar leichter, aber auch gefährlicher machen. Die Diebe, die überall lauerten, hielten immer nach denen Ausschau, die voll des Weines nach Hause torkelten. Ein Licht würde sie anziehen wie die Motten. Da war es trotz allem vorzuziehen, das Risiko einzugehen, zu stolpern und in allerlei unangenehme Substanzen zu treten. Beides tat ich ausgiebig, bevor ich mein Haus erreichte und erschöpft aufs Bett fiel, todmüde von einem der längsten und merkwürdigsten Tage meines Lebens.

IV

Der Morgen kam wie immer viel zu früh. Ich werde nie begreifen, wie wir darauf verfallen sind, es für eine gute Idee zu halten, aufzustehen, wenn es draußen praktisch noch dunkel ist. Ich glaube, unsere Moralisten finden es nur deshalb tugendhaft, weil es so unangenehm ist. Sie sprechen immer wohlwollend davon, die Arbeit im »Morgengrauen« zu beginnen. Als ob es etwas Großartigeres als einen klaren, blauen Morgen gäbe. Vielleicht erinnert sie das an ihr Lager im Feld, wo Soldaten immer eine Stunde vor Anbruch der Dämmerung geweckt werden. Darin habe ich nie irgendwelche Vorteile erkennen können. Der Grund, warum Soldaten zu so einer Stunde hochgescheucht werden, liegt wohl darin, daß die meisten Centurionen grausame und brutale Männer sind, die es genießen, ihre Untergebenen leiden zu lassen. Deswegen stehen Senatoren, Praetoren und Konsuln zu einer Zeit auf, in der sie vor lauter Dunkelheit die Kleidung, die sie anlegen, nicht erkennen können, und halten sich dann für tugendhafter als diejenigen, die es vorziehen, ihr Tagewerk zu beginnen, wenn sie ausgeschlafen haben. Ich frage mich manchmal, wie viele Kriege wir verloren haben, weil die Senatoren, die sie planten, im düsteren Licht des ersten Morgengrauens eingenickt sind.

Trotz allem war ich auf den Beinen und hörte mir gähnend den Bericht der Vigilien an, während ich versuchte, ein kleines Frühstück in meinen vor Müdigkeit noch gelähmten Bauch zu würgen. Gnädigerweise hatte es in dieser Nacht keinen einzigen Mord in meinem Distrikt gegeben. Man muß in der Subura leben, um zu verstehen, wie glücklich mich das machte. Vor allem, wenn man bedachte, daß es meine eigene Ermordung hätte sein können, die heute morgen zur Sprache hätte kommen können. In der vergangenen Nacht hatte ich den ganzen Heimweg über das Gefühl, ganz leise Schritte hinter mir zu hören. Andererseits waren mein Zustand sowie die Dunkelheit der Nacht ausreichend gewesen, selbst den größten Skeptiker Geister sehen zu lassen, so daß ich genauso gut die ganze Stadt für mich allein gehabt haben konnte.

Nach den Vigilien empfing ich meine Klienten. Daneben wartete ein weiterer Besucher, ein sehr großer, auffallend gutaussehender junger Mann in einer Art blauen Tunika, wie sie von Seeleuten getragen wurde. Er zeigte lächelnd seine perfekten Zähne, als ich ihn begrüßte, und legte eine Freundlichkeit an den Tag, die an Unverschämtheit grenzte.

»Ich komme von Macro«, sagte er. »Er hat mir aufgetragen, dich unter vier Augen zu sprechen.«

Meine Klienten beäugten ihn argwöhnisch. »Sag dein Sprüchlein hier in aller Öffentlichkeit auf, Junge«, empfahl ihm Burrus, mein alter Soldat. »Unser Patron ist erst vor kurzem überfallen worden, und wir werden nicht zulassen, daß es noch einmal geschieht.«

Der Junge warf seinen Kopf zurück und lachte laut. »Dann brauchst du dich vor mir nicht zu fürchten, Großvater. Ich muß einen Mann nie zweimal angreifen.«

»Ich denke, ich bin hinreichend sicher«, erklärte ich ihnen, ohne ihre entsetzten Blicke zu beachten. »Wartet im Peristylum auf mich; wir gehen heute morgen gemeinsam zum Praetor.« Und zu dem Jungen: »Komm mit.« Ich führte ihn in mein Schreibzimmer, in das ich zwei große Fenster und ein Oberlicht aus Glas habe einbauen lassen. Ich wollte mir diesen beunruhigenden jungen Mann einmal genauer ansehen. Er folgte mir mit einem lockeren, schlendernden Gang, nachlässig und athletisch zugleich.

Ich setzte mich hinter meine Schreibtisch und betrachtete ihn. Er hatte lockiges, schwarzes Haar und kantige Gesichtszüge, die den Griechen vielleicht übermäßig grob vorgekommen wären, in Rom aber als der Inbegriff männlicher Schönheit galten. Sein Körper glich dem eines jungen Herkules. Päderastie hatte mich nie gereizt, aber beim Anblick dieses Jungen konnte ich verstehen, daß manche Männer Gefallen daran fanden.

»Sprichst du immer bei öffentlichen Beamten vor, ohne vorher eine Toga anzulegen?«

»Ich bin neu in der Stadt«, sagte er. »Ich besitze noch nicht mal eine.«

»Dein Name?«

»Titus Annius Milo aus Ostia. Ich wohne jetzt bei Macro, er ist mein Pate.«

Auf meinem Schreibtisch lag ein uralter Bronzedolch, der in einem kretischen Grabmal gefunden worden war. Der Mann, der ihn mir verkauft hatte, hatte natürlich geschworen, daß er einst dem berühmten Helden Idomeneus gehört hatte. Jede alte Bronzewaffe, die ich je gesehen habe, gehörte angeblich einem Helden aus der Ilias. Ich packte den Dolch und warf ihn dem Jungen zu.

»Fang.« Er fing ihn mit Leichtigkeit und bewegte dabei nur seinen Arm. Seine Handfläche war so hart, daß man tatsächlich ein Klicken hörte, als die Bronze auf die Hand traf.

»Von der Zunft der Ruderer?« fragte ich. Nur Ruderer hatten solche Hände.

Er nickte. »Drei Jahre bei der Marine auf der Jagd nach Piraten. Die letzten zwei Jahre als Ruderer auf einem Kahn zwischen Ostia und Rom.«

Die Zunft der Ruderer ist so mächtig, daß es verboten ist, Sklaven einzusetzen, was sehr viel billiger gewesen wäre. Der junge Milo war ein ausgezeichnetes Beispiel dafür, wie prächtig ein Mann gedeihen konnte, wenn er ein Schiff ruderte, dafür aber einen passablen Lohn bekam und sich das Essen eines freien Mannes leisten konnte.

»Und was hat Macro mir mitzuteilen?«

»Erstens«, sagte er, »der Junge, der bei dir eingebrochen ist und dich auf den Kopf geschlagen hat, stammt nicht von hier.« Er warf den Dolch wieder auf den Papyrushaufen, auf dem er bereits vorher gelegen hatte.

»Ist er sich da ganz sicher?«

»Um in das Haus eines bedeutenden Mannes einzubrechen und dort nur ein armseliges Bronzeamulett zu stehlen, bedarf es eines besonderen Auftrags, und alle jugendlichen Einbruchspezialisten waren in jener Nacht anderweitig eingeteilt. Sie müssen sich immer bei einem Zunftmeister zurückmelden, und alle Zunftmeister erstatten Macro Bericht. Niemand würde versuchen, ein solches Verbrechen zu verheimlichen.«

»Weiter.«

»Sinistrus ist mit an Sicherheit grenzender Wahrscheinlichkeit von einem Orientalen umgebracht worden. Die Bogensehnengarotte ist eine asiatische Technik. Römer bevorzugen die *sica*, das *pugio* oder das Schwert.«

»Oder einen Knüppel«, sagte ich und rieb mir über mein noch immer schmerzendes Haupt. »Diese mordlustigen Ausländer müssen Macro ja ganz prima ins Konzept passen. Ich habe ihn ja schon mancherlei Vergehens verdächtigt, aber für unschuldig habe ich ihn noch nie gehalten.«

»Selbst ein Mann wie mein Patron kann nicht für alles verantwortlich sein.« Er grinste gewinnend. »Und schließlich, dieser H. Ager, der Sinistrus gekauft hat, ist Vorarbeiter auf einem Bauernhof in der Nähe von Baiae. Es kann aber noch ein paar Tage dauern, bis wir wissen, wem das Anwesen gehört.«

»Sehr gut«, sagte ich. »Sag Macro, er soll mir Bescheid geben, sobald er den Namen des Eigentümers kennt. Und sag ihm, wenn er mir etwas mitzuteilen hat, soll er dich schicken. Gegen dich ist nicht halb soviel einzuwenden wie gegen die meisten seiner Männer.«

»Ich fühle mich geschmeichelt. Darf ich jetzt gehen?«

»Nur noch eine Sache. Bitte Macro, dir eine anständige Toga zu kaufen.«

Er ließ zum letzten Mal seine Zähne blitzen und war verschwunden. Tatsächlich war er im Vergleich zum Abschaum der Straße und den freigelassenen Gladiatoren, die ansonsten den Banden angehörten, ein Lichtblick. Seine lässige Art und seine rasche Auffassungsgabe gefielen mir. Ich war ständig auf der Suche nach wertvollen Kontakten zu Roms Unterwelt, und ich hatte den Eindruck, daß es der junge Milo in dieser Stadt weit bringen würde, wenn er lange genug lebte.

Während wir zum Haus meines Vaters marschierten, dachte ich über diese neuen Informationen nach. Die Herkunft meines Angreifers und die von Sinistrus' Mörder waren nur von untergeordneter Bedeutung, mit Ausnahme der Tatsache, daß eine Person nicht beide Verbrechen begangen haben konnte. In meinem Haus war ein Junge eingebrochen, während nur ein kräftiger Mann in der Lage gewesen sein konnte, einen ausgebildeten Mörder wie Sinistrus zu erdrosseln. Der Hinweis auf die orientalische Abstammung des Täters war faszinierend, aber Hinweise sind keine Tatsachen.

Eine andere Frage beschäftigte mich weit nachhaltiger: Warum war H. Ager den weiten Weg von Baiae in der Campagna gekommen, um einen Kämpfer zu kaufen und ihn dann freizulassen? Ich dachte an die Männer, von denen ich wußte, daß sie eine Villa in der Nähe von Baiae hatten. Caesar zum Beispiel. Genauso wie Hortalus. Und Pompeius. Das hatte, bei Licht besehen, nichts zu bedeuten. Baiae war der berühmteste Ferienort der Welt. Jeder, der sich dort eine Villa leisten konnte, besaß eine. Ich hatte selbst vor, dort ein Haus zu unterhalten, wenn ich reich genug war. Baiae hatte einen phantastischen Ruf für Luxus, leichtes Leben und Verworfenheit. Die Moralisten liebten es, sich über das dekadente Ferienörtchen zu ereifern. Und aus diesem Grund strömten die Menschen in Scharen dorthin.

Auf unserem Weg zum Haus meines Vaters ereignete sich eine dieser häufigen, belanglosen Begebenheiten, die, wie sich später herausstellte, nicht unbedingt eine große Wirkung nach sich ziehen, einem aber irgendwie nachhängen. Eine weiße Sänfte kam vorbei, getragen von Männern in den weißen Tunikas der Tempelsklaven. Wir blieben auf der Stelle stehen und verbeugten uns tief. In der Sänfte saß eine der vestalischen Jungfrauen. Niemand genießt in Rom ähnliches Ansehen wie diese Damen, die ihr Leben der Göttin des Staatsherdes geweiht hatten. Sie sind so heilig, daß ein Verbrecher, der gerade zur Hinrichtung geführt wird, unverzüglich freigelassen wird, wenn eine Vestalin seinen Weg kreuzt. Das kann Übeltäter jedoch kaum mit großer Hoffnung erfüllen. Vestalinnen verlassen ihren Tempel nur sehr selten, während Kriminelle massenweise exekutiert werden.

Als sie vorbei war, gingen wir weiter. Ich hatte sie nicht erkannt. Der Tempel der Vesta wird vor allem von Frauen besucht, und die Vestalinnen werden bereits vor ihrem zehnten Lebensjahr unter Mädchen der besseren Familien ausgewählt. Ich kannte nur eine Vestalin persönlich, eine Tante, die nach Ablauf ihrer Dienstzeit weise darauf verzichtet hatte, den Tempel zugunsten der höchst zweifelhaften Vorteile einer Eheschließung im mittleren Alter zu verlassen, und es vorgezogen hatte, auf Lebenszeit eine Vestalin zu bleiben. Die Dienstzeit betrug dreißig Jahre: zehn, um die Pflichten einer Vestalin zu erlernen, zehn, um sie auszuüben, und zehn, um die Novizinnen zu unterrichten. Ein solches Leben bereitet eine Frau nicht unbedingt auf die Außenwelt vor.

Wir kamen gar nicht bis zum Haus meines Vaters. Statt dessen stießen wir beinahe mit dem alten Herrn zusammen, als er, Heerscharen von Klienten im Gefolge, Richtung Forum eilte.

»Zur Curia«, sagte mein Vater. »Ein Bote aus dem Osten ist angekommen. Wichtige Neuigkeiten aus dem Krieg.« Ich hatte mit ihm über die merkwürdigen Begebenheiten des vorherigen Tages sprechen wollen, aber das mußte jetzt wohl verschoben werden. Als wir uns der Curia näherten, wurde die Menge immer dichter. Auf diese fast wundersame Weise, die ich so gut kannte, hatte sich das Gerücht verbreitet, daß es wichtige Nachricht aus dem Orient gab. Als wir das Forum erreichten, fanden wir dort ein veritables Meer zusammengepferchter Menschen vor. Vaters Liktoren eilten mit ihren *fasces* voraus, und die Menge teilte sich wie Wasser vor der Ramme eines Kriegsschiffs.

Der Mob stank nach Knoblauch, *garum*, und ranzigem Olivenöl. Man rief uns Fragen zu, als ob wir mehr wüßten als sie. Gerüchte machten in uralter Weise die Runde: Sieg für Rom, katastrophale Niederlage für Rom, die Pest auf dem Vormarsch und sogar ein Wiederaufleben der Sklavenaufstände wurde kolportiert. Und natürlich sprach jeder über die letzten Omen: Fünfzig Adler waren vergangene Nacht über dem Capitol gekreist; in Paestum war ein Kind mit einem Schlangenkopf geboren worden; die heiligen Gänse hatten mit menschlicher Zunge gesprochen und den Untergang der Stadt prophezeit. Manchmal habe ich das Gefühl, es gibt eine Stadt irgendwo im römischen Reich, in der sich die Einwohner nur mit dem Ausdenken und Auslegen von Omen beschäftigen.

Praetoren mit ihren purpurfarben gestreiften Togas marschierten in die Curia, während ihre Diener die Stufen und den äußeren Säulengang bevölkerten. Auf einer Seite standen die Liktoren, und als wir die Treppe hinaufstiegen, rief Vater sie zu sich.

»Bringt irgendeine Art von Ordnung in diesen Haufen«, befahl er ihnen. »Die Bürger werden in Kürze eine wichtige Bekanntmachung hören, und ich möchte, daß sie dabei aussehen und sich benehmen wie Römer.«

»Ja, Praetor«, sagte Regulus, der Hauptmann der Liktoren. Er rief nach seinen Helfern, und als wir die Curia betraten, konnten wir hören, wie sie die Bürger aufforderten, sich nach *tribus* aufzustellen.

Das Innere der Curia war total überfüllt. Sulla hatte die Anzahl der Senatoren beinahe verdoppelt, um seine Freunde zu bestallen und seine Anhänger zu belohnen, aber er hatte sich außerstande gesehen, eine Curia zu bauen, die groß genug war, sie auch alle unterzubringen. Pompeius hatte den beiden diesjährigen Censoren – übrigens Anhänger von ihm – den Auftrag gegeben, korrupte und unwürdige Senatoren auszusondern, aber das hatte die Situation nur unwesentlich gelindert. Mein Vater ging zu seinem Sitz bei den anderen Praetoren, während ich mich zu den hinteren Plätzen begab, wo die anderen Mitglieder des Komitees standen. Vor den amphitheaterartig angeordneten Bankreihen saßen die beiden Konsuln nebeneinander in ihren curulischen Stühlen. Pompeius, der berühmteste Soldat seines Zeitalters, sah für das Amt, das er innehatte, noch immer lächerlich jung aus. Er war rein verfassungsrechtlich auch nicht für dieses Amt qualifiziert, genausowenig wie für die höheren militärischen Kommandoposten, die er bekleidet hatte. Er war nie Quaestor, Aedile oder Praetor gewesen und mit sechsunddreißig auch noch gar nicht alt genug, Konsul zu sein. Einem Mann, der eine Armee vor den Toren der Stadt stehen hat, sieht man jedoch vieles nach, also saß er da. Sein Hauptehrgeiz war es, allen soldatischen Ruhm der Welt zu erlangen, aber auch politisch war er im

Gegensatz zu vielen anderen Militärgrößen kein Dummkopf. In mancherlei Hinsicht war sein Konsulat sogar exemplarisch gewesen. Die schon angesprochene Säuberung des Senats etwa, aber auch eine Gerichtsreform, die so gerecht war, daß nur die Korrupten sich darüber beschweren konnten, was sie auch prompt taten.

Crassus hingegen war ein Fall für sich. Er verfügte über sämtliche politischen Qualifikationen für das Amt, ließ aber im militärischen Sektor schwer zu wünschen übrig. Das lag neben möglichen anderen Gründen auch daran, daß er schlicht Pech gehabt hatte, denn die Oberbefehle, die man ihm im Anschluß an seine Dienstzeiten als öffentlicher Beamter zugeteilt hatte, boten einfach nicht so viele Möglichkeiten. Während Pompeius sich in den Bürgerkriegen auf der Halbinsel, in Sizilien, Afrika und in Hispania gegen Sertorius und Perperna großen Ruhm erworben hatte, mußte sich Crassus mit Sklaven herumschlagen. Und selbst da hatte Pompeius von dem bißchen Ehre, was in einem Sklavenkrieg überhaupt zu gewinnen war, noch etwas eingeheimst, indem er die Streitmacht des gallischen Gladiators Crixtus zerschlagen hatte, die sich von Spartacus getrennt hatte, um sich aus eigener Kraft bis nach Hause durchzuschlagen. Crassus hatte sich für einen Teil seiner Enttäuschung mit einer denkwürdigen Geste entschädigt. Er hatte sechstausend Sklaven entlang der Via Appia von Capua bis Rom kreuzigen lassen. Die Rebellen waren als Sklaven sowieso unbrauchbar geworden, also dienten sie anderen Unzufriedenen als abschreckendes Beispiel. Außerdem wußte von nun an jeder, daß Marcus Licinius Crassus ein Mann war, der nicht mit sich spaßen ließ.

Crassus beneidete Pompeius um seinen Ruhm, und Pompeius beneidete Crassus um seinen unglaublichen Reichtum. Beide gierten nach Lucullus' militärischem Oberkommando im Osten. Das ergab eine recht brisante Mischung, und in Rom war die Stimmung dementsprechend gereizt. Jeder würde erleichtert aufatmen, wenn die beiden in weniger als zwei Monaten von ihrem Amt zurücktraten, um Rom zu verlassen und das Amt eines Prokonsuls anderswo anzutreten. Hortalus und sein Kollege Quintus Metellus, ein weiterer liebenswerter Langweiler, machten niemandem angst. (Jener war übrigens nicht der Verwandte, unter dem ich in Hispania gedient hatte, sondern ein anderer Quintus Caecilius Metellus, der später den Beinamen Creticus erhielt.)

Auf ein Handzeichen von Pompeius trat ein junger Mann nach vorn und sah die jetzt völlig stille Versammlung nervös an. Es handelte sich um einen Militärtribun, der noch immer seine von der Reise verschmutzte Tunika anhatte, die von der Art war, wie man sie unter einer Rüstung trug. Nach uralter Sitte hatte er seine Waffen und seine Rüstung am Stadttor abgegeben, seinen Gürtel samt Behang, seine bronzebeschlagenen Schulterklappen und seine genagelten Militärstiefel anbehalten, die jetzt laut über den Marmorfußboden knirschten. Ich kannte ihn nicht, beschloß aber, seine Bekanntschaft zu machen, wenn die Sitzung beendet war.

Hortalus erhob sich von seiner Bank in der ersten Reihe und wandte sich um, um zum Senat zu sprechen. Er trug eine blendendweiße Toga, die er in einer selbst entworfenen Art anmutig in Falten gelegt hatte. Es sah so beeindruckend aus, daß Tragödiendarsteller begonnen hatten, diese Mode zu imitieren.

»Senatoren Roms«, hob die wunderschöne Stimme an, »dieser Tribun hier, Gnaeus Quintilius Carbo, bringt vom östlichen Kommando eine Nachricht von Lucullus. Ich bitte alle, ihm ungeteilte Aufmerksamkeit zu schenken.« Hortalus setzte sich wieder, und Carbo zog eine Schriftrolle aus einem ledernen Köcher. Er entrollte sie und begann, zunächst zögernd, dann zunehmend selbstbewußter zu sprechen.

»Von Befehlshaber Lucius Licinius Lucullus an den ehrwürdigen Senat und das Volk von Rom. Seid gegrüßt.

Senatoren: Ich schreibe, um euch Sieg im Osten zu verkünden. Nach meinem Sieg über Mithridates in der großen Schlacht von

Cabira vor mehr als einem Jahr habe ich mich hier in Asien vor allem um Verwaltungsaufgaben gekümmert, während meine untergebenen Heerführer die Festungen des Königs dezimiert und die Aufständischen in den Bergen bekämpft haben. Durch denselben Boten übersende ich einen detaillierten Bericht des Feldzugs. Ich habe nun die Ehre zu verkünden, daß Pontus, Galatien und Bithynien vollständig unter römischer Kontrolle sind. Mithridates ist geflohen und hat bei seinem Schwiegersohn Tigranes von Armenien Zuflucht gesucht.«

An dieser Stelle sprang die Fraktion des Lucullus, die einen beträchtlichen Teil des Senats ausmachte, jubelnd und applaudierend auf. Andere zeigten ihre Zustimmung mit mehr Zurückhaltung, während die Bankiers und seine politischen Gegner sich bemühten, sich ihren Ärger und ihre Enttäuschung nicht anmerken zu lassen. Schließlich konnte man einen römischen Sieg nicht verdammen. Ich applaudierte so laut wie die anderen. Dann erstarb der Jubel, und Carbo fuhr mit der Verlesung des Briefes fort.

»Obwohl dies ein bedeutender Sieg ist, wird der Orient für Römer nicht sicher sein, solange Mithridates lebt und sich auf freiem Fuß befindet. Tigranes hat sich Rom widersetzt, indem er Mithridates Asyl gewährt hat, und ich schlage deshalb vor, im neuen Jahr mit meinen Legionen nach Armenien vorzustoßen und von Tigranes Mithridates Herausgabe zu verlangen. Wenn er sich weigert, könnte ich ihm den Krieg erklären. Lang lebe der Senat und das Volk Roms.«

Daraufhin brach bei der Anti-Lucullus-Fraktion lautstarke Empörung aus. Es wäre tatsächlich eine ernsthafte Übertretung seiner Befugnisse, wenn Lucullus gegen einen ausländischen Herrscher ohne eine förmliche Erklärung des Senats einen Krieg anzettelte. Rufe nach seiner Rückbeorderung, ja sogar nach seiner Hinrichtung wurden laut. Schließlich stand Hortalus auf, und alles schwieg sofort. Traditionell gab keiner der Konsuln seine Meinung zu Protokoll, bevor der Senat gesprochen hatte.

»Senatoren, das ist unziemlich. Laßt uns erörtern, was uns Lucullus wirklich übermittelt hat.« Wie ein Anwalt, der er ja war, begann Hortalus die entscheidenden Punkte aufzuzählen. »Er hat einen Feldzug gegen Aufständische erfolgreich beendet; er bittet nicht um die Erlaubnis, einen Triumphzug abzuhalten. Außerdem sagt er nicht, daß er in Armenien eindringen wird, er schlägt es vor, was genug Spielraum für anderslautende Befehle läßt. Drittens sagt er nicht, daß er in Armenien einfallen wird, sondern vielmehr, daß er nach Armenien vorstoßen wird.«

Wie man mit einer Armee und ohne Erlaubnis in ein fremdes Land vorstößt, ohne dort einzufallen, bleibt mir ein Rätsel, aber Hortalus war ein Haarspalter.

»Viertens schlägt er nicht vor, die Streitkräfte des Tigranes anzugreifen, sondern er verlangt die Herausgabe von Mithridates. Wie können wir dieses Ansinnen nach all den Verletzungen verdammen, die dieser schändliche König Rom zugefügt hat? Wir wollen lieber zur Kenntnis nehmen, was bisher erreicht wurde, und Vertreter zu Lucullus schicken, um seine weiteren Absichten zu erfahren und ihm den Willen des Senats zu übermitteln. Es besteht kein Grund zur Eile. Seine Legionen werden für mindestens drei weitere Monate im Winterquartier bleiben. In Asien beginnen die Kriegsmonate im März. Wir sollen uns nicht von parteiischen Leidenschaften mitreißen lassen. Wir wollen uns freuen, daß sich römische Waffen wieder einmal gegen die Barbaren durchsetzen konnten.«

Cicero erhob sich. »Ich stimme dem ehrwürdigen designierten Konsul zu. Laßt uns einen Tag der öffentlichen Freude zu Ehren des römischen Sieges ausrufen.« Dieser Vorschlag wurde von Beifall begleitet.

Jetzt stand Pompeius auf. Heute war er an der Reihe, die Herrschaft auszuüben, und Crassus saß still daneben und genoß das Unbehagen seines Rivalen. Es bereitete niemandem die geringsten Schwierigkeiten, Pompeius' Gedanken zu lesen. Sein zusammengepreßter Mund sagte alles. Er wußte, daß ernsthaft die

Gefahr bestand, daß Lucullus sowohl Mithridates als auch Tigranes vernichtete, so daß es im Osten keine Feinde mehr zum Gefangennehmen und Ausplündern gab. Übrig blieb allein Parthia, das uns bisher keinen Grund für irgendwelche Feindseligkeiten geboten hatte. Außerdem kämpften die Parther als Bogenschützen zu Pferde, und es war zweifelhaft, ob jemand – selbst ein Meistertaktiker wie Pompeius – sie ohne schreckliche Verluste überwinden konnte. Wir Römer sind am besten in Infanterie- und Belagerungsstrategien, während uns die blitzschnelle und fintenreiche Kriegsführung der Steppenkrieger überhaupt nicht liegt.

»Was die Gesetzmäßigkeit des von Lucullus vorgeschlagenen Eindringens in Armenien betrifft« – sehr elegant formuliert, dachte ich –, »möchte ich mich eines Urteils enthalten. Ich werde nicht mehr im Amt sein, wenn er marschiert. Für den Augenblick ordne ich einen Tag des Jubels an, mit Dankopfern für alle Götter. Für den heutigen Tag sind alle weiteren Amtsgeschäfte untersagt. Wir wollen jetzt zum Volk sprechen.«

Mit lautem Jubelgeschrei drängten wir nach draußen. In dem Gedränge rempelte ich Sergius Catilina an und konnte mir einen Seitenhieb nicht verkneifen. »Nicht schlecht für einen Mann, dessen Standbild vom Blitz zerstört wurde, was?«

Er zuckte mit den Schultern. »Die Geschichte ist noch nicht zu Ende. Zwischen jetzt und März kann noch eine Menge passieren. Wenn du mich fragst, ein mickriger Feldzug gegen ein paar Aufständische ist noch lange kein Grund zum Jubeln.«

Es war eines von Roms unausrottbaren Übeln, daß ein Befehlshaber, um beim Senat einen Triumph zu beantragen, einen überwältigenden und spektakulären Sieg zu erringen hatte, der drei Dinge umfassen mußte: das Ende des Krieges, die Ausdehnung der römischen Grenzen und ein mit den Leichen von Tausenden von toten Gegnern gepflasterter Weg. Neben der Gier nach Beute und politischer Macht war es vor allem die Lust der Heerführer auf einen Triumph, die uns in zu viele ungerechte Kriege verstrickte.

Die Szenerie auf dem Platz hatten sich auf fast unglaubliche Weise verändert. Die lärmende Masse, durch die wir uns eben noch drängen mußten, war verschwunden, ersetzt durch eine Versammlung, die so ordentlich war, wie man es sich nur wünschen konnte. Die Liktoren hatten den Pöbel dazu gebracht, sich in der uralten Ordnung nach *tribus* aufzustellen. Vorn, direkt gegenüber der Rostra, standen ordentlich nach Rang aufgereiht die Mitglieder der Centurianischen Versammlung des Plebejischen Rats und des Reiterordens. Noch davor standen die Volkstribunen. Dankbar nahm ich zur Kenntnis, daß alle Mitglieder dieser Versammlungen nach Hause geeilt waren, um ihre besten Togen anzulegen. Alle standen sie in perfekter Formation, bereit, die Neuigkeiten über Triumph oder Katastrophe mit *dignitas* entgegenzunehmen, wie es sich für Bürger gehörte. In Augenblicken wie diesem war ich stolz, ein Römer zu sein.

Die Konsuln, Censoren und Praetoren bestiegen die Rostra und nahmen unter den bronzenen Schnäbel der feindlichen Schiffe Aufstellung. Es war völlig still, als Pompeius nach vorn trat. Neben ihm stand der Anführer der Vigilien, ein Mann mit erstaunlich lauter Stimme, der lautesten, die ich je gehört hatte. Seine Helfer hielten sich in der Menge auf, um seine Worte zu den weiter hinten Stehenden weiterzuleiten. Pompeius setzte zu sprechen an, und so erfuhren die Bürger von den Ereignissen im Orient.

Als die Ansprache beendet war, brachen laute Jubelrufe aus. Mithridates hatte in ganz Asien Römer und ihre Verbündeten abgeschlachtet und war wahrscheinlich der verhaßteste Mann in der römischen Welt. Es ist typisch für die Leute, daß sie all ihre Ängste und ihren Haß auf einen einzelnen Mann konzentrierten, vorzugsweise einen Ausländer. Dabei drohte ihnen von ihren eigenen Heerführern und Politikern weit mehr Gefahr, ohne daß ihnen das jedoch je in den Sinn gekommen wäre. Jedenfalls hatten alle das Gefühl, Mithridates sei am Ende. In der Öffentlichkeit ließ Pompeius kein Wort von Lucullus' Absicht, in Armenien einzumarschieren, verlauten. Er teilte lediglich mit, daß jener von Tigranes die Auslieferung des Mithridates verlangen würde.

Zu Ehren des freudigen Ereignis ordnete Pompeius eine zusätzliche Verteilung von Getreide und Wein an sowie einen Renntag, der in einer Woche stattfinden sollte. Das wurde mit noch lauterem Jubel begrüßt, bevor sich die Versammlung auflöste und die Leute zu den Tempeln davonzogen, um ihre Opferpflichten zu erfüllen. Von der durchaus aufrichtigen Liebe zum Ritual und der ehrlich empfundenen Dankbarkeit gegenüber den Göttern für diesen römischen Triumph einmal abgesehen, würde es heute abend reichlich Fleisch für jeden geben, weil die Kadaver der Opfertiere zerlegt und verteilt wurden.

Als sich die Menge um mich herum aufzulösen begann, entdeckte ich den jungen Tribun Carbo. Er stand jetzt ganz allein, sein flüchtiger Augenblick des Ruhms war vorüber, als er die alleinige Aufmerksamkeit der mächtigsten beratenden Körperschaft genossen hatte, die die Welt bis zu diesem Tag gesehen hatte. Er wirkte einsam, wie er da so stand, und da ich bereits beschlossen hatte, seine Bekanntschaft zu machen, ging ich auf ihn zu.

»Tribun Carbo«, sagte ich, »meinen Glückwunsch zu deiner sicheren Rückkehr. Ich bin Decius Metellus von der Kommission der Sechsundzwanzig.«

»Der Sohn des Praetors?« Er nahm meine Hand. »Ich danke dir. Ich wollte gerade zum Tempel des Neptuns gehen, um ein Dankopfer für die ungetrübte Seereise darzubringen.«

»Das kann warten«, versicherte ich ihm. »Heute sind alle Tempel total überfüllt. Du kannst auch noch morgen früh gehen. Wohnst du bei deiner Familie, solange du hier bist?«

Er schüttelte den Kopf. »Ich komme aus Caere. Ich habe keine Verwandten in der Stadt. Jetzt, da meine Pflicht erfüllt ist, sollte ich mich wohl besser nach einem Quartier für die Nacht umsehen.«

»Es hat doch keinen Sinn, sich in einer der winzigen Soldaten-unterkünfte auf dem Marsfeld einpferchen zu lassen«, sagte ich. »Komm! Für die Dauer deines Aufenthalts in der Stadt kannst du bei mir wohnen.«

»Das ist überaus gastfreundlich«, sagte er hocherfreut. »Das Angebot nehme ich gern an.«

Ich muß gestehen, daß mich nicht allein ein Gefühl der Dank-barkeit für einen unserer heimgekehrten Helden zu diesem Schritt veranlaßte. Ich wollte Informationen von Carbo. Wir gingen zu den Docks am Fluß und veranlaßten, daß ein Träger sein Gepäck zu meinem Haus brachte. Zunächst holte er jedoch noch eine saubere Tunika aus seinem Bündel, und wir machten uns auf den Weg zu den öffentlichen Bädern in der Nähe des Fo-rums, damit er sich den Salz und Schweiß seiner mehrwöchigen Reise abwaschen konnte.

Ich wollte ihn, während er sich entspannte, nicht mit ernsthaf-ten Diskussionen belasten, also beschränkte ich mich während unseres Bades und der anschließenden Massage auf Stadtklatsch. Zwischenzeitlich sah ich ihn mir genau an.

Carbo gehörte zu einer jener landadeligen Familien, die ihre militärische Verpflichtungen noch sehr ernst nahmen. Sein Ge-sicht und seine Arme waren von der langen Dienstzeit in Asien tief gebräunt, und das fortwährende Tragen eines Helms hatte eine breite Schwiele auf seiner Stirn und eine kahle Stelle auf sei-nem Kopf hinterlassen. Er zeigte alle Anzeichen eines Mannes, der im Umgang mit Waffen besonders hart ausgebildet worden war. Sein Aussehen gefiel mir. Die Tatsache, daß wir noch immer solche Soldaten in römischen Diensten hatten, erfüllte mich mit Hoffnung.

Nach dem Bad waren wir beide hungrig, aber zu Hause würde es nur karge Reste geben, weil sämtliche Märkte geschlossen wa-ren. Also zogen wir uns in eine herrliche kleine Taverne zurück, die von einem Mann namens Capito, einem Klienten meines Va-ters, betrieben wurde. Sie lag in einer Seitenstraße in der Nähe des Marsfelds und hatte einen wunderschönen, von Weinlaub umrankten Innenhof, der im Sommer angenehm kühlen Schatten spendete. Zu dieser Jahreszeit war das Laub jedoch ziemlich licht, aber weil es ein klarer und warmer Tag war, beschlossen wir, an einem Tisch im Freien Platz zu nehmen. Auf meine Bestellung hin brachte uns Capito eine mit Brot, verschiedenen Käsesorten, getrockneten Feigen und Datteln beladenen Platte sowie eine weitere, auf der sich winzige, gebratene Würstchen stapelten. Capito, seine Frau und seine Bediensteten machten ein großes Aufhebens um Carbo, dem Held der Stunde; dann zogen sie sich zurück, um uns in Frieden essen zu lassen. Wir machten uns mit großem Appetit über das kleine Festmahl her und spülten es mit einem Krug ausgezeichneten Albaner Weins hinunter. Als wir meines Erachtens dem Hungertod einigermaßen sicher entronnen waren, begann ich, Carbo auszuhorchen.

»Dein Heerführer hat sich bis jetzt großartig geschlagen. Glaubst du, daß der kommende Feldzug ähnlich erfolgreich sein wird?«

Er dachte eine Weile nach, bevor er antwortete. Später merkte ich, daß es seine Eigenheit war, sich bei gewichtigen Themen nie zu einer schnellen Antwort hinreißen zu lassen, sondern seine Worte stets sorgfältig abzuwägen.

»Lucius Lucullus ist ein mindestens so guter Befehlshaber wie alle anderen, unter denen ich gedient habe«, sagte er schließlich. »Und er ist, wenn es um Verwaltungsaufgaben geht, bei weitem der beste, den ich je gekannt habe. Aber er ist bei seinen Soldaten nicht beliebt.«

»Das hab' ich auch gehört«, sagte ich. »Ist wohl ein Schleifer, was?«

»Sehr streng. Aber keineswegs unsinnig streng. Vor zwei Generationen hätte jedermann seine Disziplin geschätzt. Aber die Legionäre sind lasch geworden. Sie kämpfen noch so hart und fachmännisch wie immer und können auch einen beschwerlichen Feldzug durchstehen, aber Marius, Sulla, Pompeius und Kon-

98

sorten haben sie verdorben. Ich finde, bei allem Respekt, diese Heerführer haben sich die Loyalität ihrer Männer erkauft, indem sie ihnen nach einem Sieg Plünderungen erlaubten und in den letzten Wochen vor dem Winterquartier ein laues Leben durchgehen ließen.«

Er tauchte ein Stück Brot in den Honigtopf und kaute langsam, wobei er weiter nachzudenken schien. »Gegen ein paar kleine Plünderungen ist natürlich nichts einzuwenden. Das Lager des Feindes oder eine Stadt, die, obwohl man ihr gute Kapitulationsbedingungen angeboten hat, weiter Widerstand geleistet hat, oder ein Teil des Geldes, wenn Gefangene in die Sklaverei verkauft worden sind – diese Dinge beeinträchtigen die Ordnung und Disziplin keineswegs. Aber die von mir erwähnten Befehlshaber lassen ihre Männer ganze Landstriche ausplündern und während der Besatzung von den Einheimischen Geld und Waren eintreiben. Das ist schlecht. Schlecht für die Disziplin und schlecht für die öffentliche Ordnung. Zudem macht es uns Römer überall verhaßt, wo unsere Legionen stationiert sind.«

»Aber Lucullus erlaubt das nicht?« fragte ich, während ich unsere Becher nachfüllte.

»Nicht im geringsten. Auf Wucher oder die Annahme von Schmiergeldern steht die Auspeitschung, für einen Mord wird man enthauptet. Und er kennt keine Ausnahme.«

»Und deswegen murren die Männer gegen ihn?«

»Sicher. Oh, man kann davon ausgehen, daß dies ein langer Krieg wird. Lucullus ist schon seit fast fünf Jahren unterwegs, und einige von uns waren bereits vor Lucullus unter Cotta in Asien. Die Männer wollen nach Hause, und zu viele von ihnen werden trotz des Ablaufs ihrer Dienstzeit zurückgehalten. Noch besteht keine ernsthafte Gefahr eines Aufstands, aber wer weiß, was passiert, wenn sie erfahren, daß ein weiterer beschwerlicher Feldzug, diesmal in Armenien, ansteht. Lucullus läßt sie auch im Winterquartier harte Exerzitien absolvieren, und das mögen sie natürlich auch nicht.«

»Er sollte ein wenig nachgiebiger sein«, sagte ich, »und ihnen die Plünderung von Tigranokerta versprechen.«

»Das wäre vielleicht das Beste«, stimmte Carbo mir zu, »aber es könnte sich auch als eine Enttäuschung herausstellen. Nach allem, was ich höre, ist Tigranokerta am Ende gar nicht die sagenumwobene, königliche Stadt, von der jeder redet. Manche sagen, sie sei nur eine große Festung: schwer zu nehmen und kaum was zu holen.«

»Das wäre wirklich Pech«, sagte ich. »Aber ich fürchte, daß sich die Dinge vielleicht bald noch viel schlimmer für Lucullus entwickeln könnten.«

Carbos Blick wurde scharf. »Was soll das heißen?«

»Bist du Lucullus gegenüber loyal eingestellt, mein Freund?«

Er wirkte leicht gekränkt. »Loyal gegenüber meinem Heerführer? Selbstverständlich. Welchen Grund hast du, daran zu zweifeln?«

»Überhaupt keinen. Aber Befehlshaber haben Feinde, manchmal sogar unter ihren eigenen Leuten.«

»Lucullus ist der beste Heerführer, unter dem ich je gedient habe. Ich werde treu zu ihm stehen, solange er Rom die Treue hält.«

»Ausgezeichnet. Du wirst vor Beginn der kommenden Kampfmonate zur Armee zurückkehren?«

»Ja. Von hier aus reise ich für ein paar Tage zu meiner Familie, bevor ich in den Osten zurückgehe.«

»Gut, Gnaeus. Ich erzähle dir jetzt unter dem Siegel absoluter Verschwiegenheit etwas, und ich möchte, daß du es Lucullus übermittelst. Er kennt mich nicht, aber mein Vater, der städtische Praetor, wird ihm ein Begriff sein, zumindest seinem Ruf nach. Es betrifft die Aktivitäten seiner Feinde, Aktivitäten, die sich nicht nur gegen Lucullus richten, sondern – schlimmer noch – ganz Rom Schaden zufügen könnten.«

Carbo nickte entschlossen. »Rede. Ich werde ihm alles berichten.«

Ich atmete tief ein. Das Gespräch hatte etwas von einer Verschwörung oder doch zumindest von verleumderischer Intrige, aber ich konnte meinen Instinkt in dieser Sache nicht ignorieren. »Irgendwann nächstes Jahr wird Publius Claudius Pulcher nach Asien segeln, um sich Lucullus als Tribun anzuschließen. Er ist der Schwager des Heerführers. Publius ist ein übler Mensch, und in letzter Zeit hat er sich oft in Gesellschaft von Lucullus' Feinden hier in Rom blicken lassen. Ich habe den Verdacht, daß sie ihn überredet haben, sich Lucullus anzuschließen, um seine Stellung zu unterminieren. Publius hat kein echtes Interesse am Militär, aber er will in die Politik. Ich glaube, er möchte sich durch sein Vorhaben bei einer Reihe von hochgestellten Persönlichkeiten einschmeicheln.«

Carbo runzelte die Brauen. »Ich werde Lucullus davon berichten, keine Angst. Und vielen Dank, daß du mich ins Vertrauen gezogen hast.«

»Ich weiß nicht, ob es Teil eines Plans oder reiner Zufall ist, aber zur Zeit bewirtet Publius in seinem Haus einen Gast, und zwar keinen anderen als Prinz Tigranes, Sohn des Königs von Armenien. Weißt du etwas über ihn?«

»Über den jungen Tigranes? Nur, daß er und sein alter Herr zerstritten sind. Der Junge hatte das Gefühl, daß er zu wenig Macht hatte oder etwas in der Richtung und versuchte, einen Aufstand anzuzetteln. Er scheiterte natürlich und mußte um sein Leben laufen. Das war letztes Jahr. Also in Rom ist er jetzt? Ich werde nie begreifen, warum diese orientalischen Könige so viele Söhne in die Welt setzen wollen, wenn sie sich am Ende doch meistens als Widersacher entpuppen. So etwas wie Verpflichtung gegenüber der eigenen Familie kennen die überhaupt nicht – die Königlichen jedenfalls nicht.«

Das war eine sehr zutreffende Beobachtung. Vor ein paar Jahren war der König von Bithynien, Nicodemes III, von seinen potentiellen Erben so enttäuscht gewesen, daß er den Römern sein Königreich tatsächlich *als Erbe* vermacht hatte. Es ist die einzige

Provinz, die wir dem Reich auf so unorthodoxe Weise einverleiben konnten. Es ging allerdings nicht völlig ohne Blutvergießen ab. Es überraschte niemanden, daß Mithridates einen angeblichen Sohn Nicomedes' auftrieb, dessen Ansprüche er vertreten konnte, indem er versuchte, Bithynien dem pontischen Königreich anzugliedern. Er verbündete sich mit Sertorius, der sich in Hispania zu einer Art unabhängigem König aufgeschwungen hatte und Mithridates mit Schiffen und Soldaten versorgte. Eine Zeitlang war er recht erfolgreich, er schlug sogar eine Armee unter Cotta, aber dann nahm Lucullus den Feldzug gegen ihn auf. Lucullus besiegte damals Mithridates in einer Seeschlacht und eroberte Bithynien zurück. Und das alles, weil ein orientalischer König nicht mit seiner Familie auskam. Die Welt ist schon ein wahrhaft merkwürdiger Ort, und der Orient ist noch merkwürdiger als der Rest.

Ich wußte zwar nicht, welchen Ärger es mir noch einbringen würde, aber ich fühlte mich besser, nachdem ich meine Warnung weitergegeben hatte. Meine einzige Alternative wäre ein Brief an Lucullus gewesen, aber schriftliche Nachrichten sind immer eine gefährliche Sache. Sie können in die falschen Hände geraten; sie können Jahre später, wenn sich die politischen Gegebenheiten gründlich verändert haben, auf einmal wieder auftauchen, um in einem Prozeß wegen Verschwörung oder Landesverrat als Beweisstücke zu dienen. Wer in der römischen Politik seinen Kopf über Wasser halten wollte, mußte mit allen derartigen Schriftstücken außerordentlich vorsichtig umgehen.

Gut genährt und etwas schläfrig von dem Wein, beschlossen wir, durch die Stadt zu bummeln, um uns die Köpfe freiblasen zu lassen. Carbo, der noch nie seine Ferien in Rom verbracht hatte, wollte zum großen Jupitertempel gehen, um den spektakulären Zeremonien zuzusehen. Wir gingen zu meinem Haus, damit ich ihm eine Toga leihen konnte, und machten uns dann auf den langen, beschwerlichen Weg zum Tempel. Carbo war trotz der Massen von mit Blumengewinden behängten Feiernden, die das

Capitol bevölkerten, nicht enttäuscht. Die Römer brauchen nie einen Vorwand, um zu feiern, und sie stürzen sich stets lustvoll ins festliche Treiben. Auf dem Rückweg im trüben Abendlicht wanderten wir durch die Straßen und nahmen hier und da einen Schluck Wein aus den freigiebig herumgereichten Krügen und Schläuchen. Damals erwartete man von öffentlichen Beamten noch, daß sie sich an Feiertagen ohne Beachtung von Rang und Status unters Volk mischten. Aristokrat und Bademeister, Patrizier, Plebejer, Beamter oder einfacher Handwerker, an einem Feiertag waren sie alle gleich. Heute sollten sich selbst Pompeius und Crassus auf die Straße begeben und so tun, als wären sie nur ganz gewöhnliche Bürger wie wir anderen auch. Na ja, vielleicht nicht ganz wie wir anderen auch. Sie hatten auf jeden Fall ihre Leibwächter bei sich. Bloß weil sie gute römische Bürger waren, mußten sie ja keine Dummköpfe sein.

Als die Dunkelheit vollends hereinbrach, machten wir uns auf den Weg zu meinem Haus. Cato und Cassandra hatten ein Zimmer für Carbo hergerichtet. Sie waren entzückt, einen Gast zu haben, den sie verwöhnen konnten, und ich hatte ihnen eine Tüte Gebäck und einen Krug Wein mitgebracht, um sie für die Dauer seines Besuches bei Laune zu halten. Sie verfügten über diese nicht totzukriegende Gefühlsduselei alter Haussklaven und behandelten Carbo, als sei er ein Heerführer, der im Triumphzug heimgekommen war, nachdem er eigenhändig sämtliche Barbaren der Welt geschlagen hatte.

Als er erschöpft ins Bett wankte, wandte sich Gnaeus Carbo noch einmal zu mir um und sagte etwas, das eigentlich furchtbar einfach war, aber doch unerwartet, und mir für die Zukunft eine Menge Ärger auf die Schultern laden sollte.

»Decius, mein Freund, ich muß dir etwas erzählen. Wenn der Senat glaubt, daß Lucullus mit seiner Invasion Armeniens noch bis zum März wartet, liegt er falsch. Er hat mir befohlen, mich spätestens bis Ende Januar bei meiner Legion zurückzumelden, obwohl das bedeutet, daß ich in der schlimmsten Jahreszeit eine

Seereise machen muß. Er wird bereits vor März zuschlagen, auch wenn der Senat noch keinen Entschluß gefaßt hat.«

Ich wünschte ihm eine gute Nacht und zog mich zum Nachdenken in mein Zimmer zurück. Was er mir gerade erzählt hatte, war zweifelsohne die Wahrheit. Wenn unsere Heerführer eines wußten, dann, daß der Senat endlos debattieren konnte. Sie hatten noch gezögert, als Hannibal schon vor den Stadttoren stand, und sie würden auch noch diskutieren, wenn Lucullus einen unsanktionierten Feldzug gegen Armenien startete. Wenn er Erfolg hatte, würde er sagen, daß er den Senat von seinen Absichten unterrichtet hatte und daß man ihm seine Aktion nicht verboten hatte. Mit der Beute aus dem geplünderten Armenien im Sack und einer Armee im Rücken, könnte der Senat nicht umhin, ihm einen Triumphzug zu gewähren und ihm einen Beinamen zu verleihen, vielleicht Asiaticus oder Armenicus oder irgend etwas in der Richtung. Sollte er scheitern, würde er verurteilt und ins Exil geschickt werden. Aller Wahrscheinlichkeit nach würde er jedoch vorher von einem seiner Untergebenen ermordet, genau wie Peperna Sertorius ermordet hatte. Politik war, wie schon gesagt, in jenen Tagen ein Spiel mit hohem Einsatz.

V

Die nächsten beiden Tage verstrichen gnädigerweise ereignislos. Nach einem Feiertag ist Rom für gewöhnlich ruhig, und so war es auch an diesem ersten Tag. Der darauffolgende war einer jährlichen religiösen Zeremonie des Geschlechts der Caecilii gewidmet. Die ältesten Familien feierten alle derartige Rituale, und es ist Familienmitgliedern verboten, sie einem Außenstehenden zu beschreiben. Am dritten Tag kamen die Ereignisse wieder in Schwung.

Obwohl es noch früh am Tag war, hatte Gnaeus Carbo bei meiner Rückkehr von meinen morgendlichen Besuchen schon seine Sachen gepackt und war bereit für die nächste Etappe seiner Reise in seine Heimatstadt Caere. Bevor er aufbrach, zog er einen Beutel aus seinem Gürtel und holte zwei kleine identische Bronzemünzen hervor.

»Würdest du mir die Ehre erweisen, eine von diesen als Geschenk anzunehmen?«

Er gab sie mir, und ich betrachtete sie eingehend. Auf einer Seite beider Münzen war ein Porträt von Helios geprägt, mit einem kleinen Loch direkt oberhalb der Krone, so daß man sie an einer Kette oder einem Bändchen tragen konnte. Auf die Rückseite waren unsere beiden Namen eingraviert, ein Pfand unseres *hospitiums*. Sie standen für die uralte Sitte gegenseitiger Gastfreundschaft, und das bedeutete weit mehr als eine freundliche Unterbringung für eine Nacht. Der Austausch solcher Pfänder legte beiden Seiten eine überaus ernsthafte Obliegenheit auf. Wenn einer den Wohnort des anderen besuchte, war der Gastgeber verpflichtet, seinen Gast mit allem Notwendigen zu versorgen, ihm ärztliche Betreuung zukommen zu lassen, wenn er krank wurde, ihn vor Feinden zu schützen, ihm vor Gericht beizustehen und im Falle seines Todes für eine Trauerfeier und eine ehrenhafte Beerdigung zu sorgen. Um die Heiligkeit des *hospitium* zu unterstreichen, war unter unseren Namen der Blitzstrahl Jupiters, des Gottes der Gastfreundschaft, eingraviert. Wir würden seinen Zorn heraufbeschwören, wenn wir die Bestimmungen des *hospitiums* verletzen sollten. Wir konnten diese Pfänder unseren Nachfahren vermachen, die ihrerseits verpflichtet wären, sie zu ehren, selbst wenn wir beide längst tot waren.

»Ich nehme es gern an«, sagte ich, von seiner Geste gerührt. Es war genau die Art von altmodischem Ehrgefühl, die ich von einem altmodischen Mann wie Gnaeus Carbo erwartet hatte.

»Dann mache ich mich jetzt auf den Weg. Leb wohl!« Ohne jede weitere Abschiedszeremonie schulterte Carbo sein Bündel und verließ mein Haus. Wir blieben bis zu seinem Tod in Ägypten viele Jahre später gute Freunde.

Ich brachte das Pfand in mein Schlafzimmer und deponierte es in einem kleinen Kästchen aus geschnitzten Olivenholz mit Einlegearbeiten aus Elfenbein. In diesem Kästchen verwahrte ich viele solcher Pfänder, einige von ihnen reichten schon mehrere Generationen zurück und statteten mich mit Gastrecht bei Familien in Athen, Alexandria, Antiochia und sogar Carthago aus, obwohl es die Stadt gar nicht mehr gab. Als ich das Pfand verstaute, weckte es irgendeine Erinnerung in meinem Unterbewußtsein, ohne daß dadurch bedeutende Einsichten heraufbeschworen worden wären. Ich hatte im Moment einfach zu viel um die Ohren, als ich daß ich schemenhaften Erinnerungen, die in meinem Unterbewußtsein lauerten, große Beachtung schenken konnte.

Da war zuallererst – und dieser Gedanke blockierte sämtliche rationalen Erwägungen – Claudia. Sosehr ich es auch versuchte, die Frau ging mir einfach nicht aus dem Sinn. Immer wieder tauchte sie vor meinem inneren Auge auf, wie ich sie zuletzt gesehen hatte, im Licht der Lampe, das sie wie ein Strahlenkranz umgeben hatte. Ich überlegte, ob ich mich vielleicht anders hätte verhalten können, aber ich wußte nicht, wie. Ich suchte nach einem Weg, die Dinge zwischen uns wieder in Ordnung zu bringen, aber mir fiel nichts ein. Es war bestimmt nicht gut, solchen Gedanken nachzuhängen, wenn ich mich gleichzeitig mit Mord, Brandstiftung und wahrscheinlich einer verräterischen Verschwörung beschäftigen mußte, in die hochgestellte Römer und ein ausländischer König verwickelt waren, der ein erklärter Feind Roms war.

Aber Männer, vor allem junge Männer, können nicht klar denken, wenn ihre Leidenschaften ins Spiel kommen. Das haben uns die Philosophen immer wieder versichert. Viele Wahrsager boten als kleines Nebengeschäft einen Trank zum Verkauf an, der einen garantiert von der Fixierung auf eine bestimmte Frau befreien sollte. Ich erwog sogar, bei einem vorzusprechen. Aber dann mußte ich mir eingestehen, daß ich gar nicht von meiner Schwärmerei befreit werden *wollte*. Warum junge Männer ihre Leiden genießen, wird wohl immer ein großes Geheimnis bleiben, aber es ist nicht zu leugnen, daß sie es tun.

Cato unterbrach meine Betrachtungen. »Herr, draußen ist eine Frau, die dich sehen will. Sie weigert sich, den Grund ihres Kommens zu nennen.«

Ich dachte, daß es einer dieser ärgerlichen Besuche war, die alle Beamten erdulden mußten, aber ich konnte etwas Ablenkung gut gebrauchen. »Ich werde sie im Lesezimmer empfangen.«

Ich legte meine Toga an und nahm hinter dem Schreibtisch Platz. Er war mit genügend Pergament bedeckt, um den Eindruck zu erwecken, daß ich ein sehr beschäftigter Mann war. In Wahrheit waren die meisten irgendwelche persönlichen Unterlagen und Briefe, weil ich alle meine offiziellen Schriftstücke in den Archiven verwahren ließ, wo es öffentliche Sklaven gab, die sich darum kümmern konnten. Ein paar Minuten später führte Cato eine junge Frau herein, die mir irgendwie bekannt vorkam. Dann fiel es mir wieder ein. Es war Claudias Sklavin, das kleine, drahtige, griechische Mädchen.

»Chrysis, nicht wahr?« sagte ich kühl. Normalerweise statten Sklaven öffentlichen Beamten keine Besuche ab, es sei denn, um Nachrichten von Freigeborenen zu übermitteln. Cato hätte sie, wenn er ihren Status gekannt hätte, nie ins Haus gelassen. Aber wenn sie sich nicht wie Sklaven anziehen, woran soll man dann den Unterschied erkennen?

»Warum hast du dich gegenüber meinem Hausdiener nicht als Sklavin zu erkennen gegeben?«

»Weil ich keine Sklavin bin«, erklärte sie überraschenderweise. Ihr Name mochte griechisch sein, ihr Akzent war es nicht. Ich konnte ihn nicht genau unterbringen, aber ich hatte erst vor kurzem einen ähnlichen gehört. Meine Fixierung auf ihre Herrin zeitigte fatale Folgen für mein Erinnerungsvermögen.

»Was bist du dann für Claudia?«

»Ihre Gefährtin.« Sie benutzte das griechische Wort, wahrscheinlich, um das lateinische Äquivalent zu vermeiden, das auf eine Frau bezogen auch »Prostituierte« bedeuten kann.

»Nun, Claudia ist eine unkonventionelle Frau. Weshalb wolltest du mich sprechen?«

Ihre Mundwinkel zuckten. »Meine Herrin Claudia wünscht dich zu sehen.« Ich hatte sowohl gehofft als auch befürchtet, daß sie das sagen würde.

»Als ich zuletzt mit ihr gesprochen habe, hatte ich aber den Eindruck, daß sie mich nie mehr wiedersehen will.«

Noch immer geheimnisvoll lächelnd kam die seltsame kleine Frau um meinen Schreibtisch. Die Hände sittsam hinter dem Rücken verschränkt, schwang sie ihre Hüften so behende wie eine Python ihre Wirbelsäule. Irgendwie verlieh sie dem bloßen Akt des Gehens eine nicht zu beschreibende Obszönität. Sie blieb, die Hände noch immer auf dem Rücken verschränkt, neben mir stehen und beugte sich herunter, bis ihr Gesicht nur Zentimeter von meinem entfernt war.

»Aber meine Herrin läßt oft ihrem Temperament freien Lauf, ihrem Herzen zu folgen. Sie hält dich für einen sehr ansehnlichen Herrn. Sie verzehrt sich nach dir und kann nicht schlafen.«

Es war zumindest klar, warum sie eine solche Botschaft nicht schriftlich übermitteln wollte. Warum sie sie allerdings diesem erstaunlichen kleinen Flittchen anvertraut hatte, war weniger verständlich. Ich hatte natürlich meine Zweifel, ob diese Botschaft ernst gemeint war, aber sie spiegelte so sehr meine eigenen Gefühle wider, daß ich mir einredete, daß sie der Wahrheit entsprach.

»Nun denn, wir können deine Herrin ja schlecht der chronischen Schlaflosigkeit anheim fallen lassen, oder? Was schlägt sie vor, um dieses Dilemma zu lösen?«

»Sie bittet dich, heute abend zu ihr zu kommen, in ein Haus, das sie unweit von hier besitzt. Sie begibt sich nach Einbruch der

Dunkelheit dorthin, und ich komme hierher, um dich zu ihr zu führen.«

»Bestens«, sagte ich. Mein Mund war merkwürdig trocken, und ich mußte mich dazu zwingen, meine schweißnassen Handflächen nicht an meiner Toga abzuwischen. Die Mischung aus meinen ungeklärten Gefühlen für Claudia und der Aura von Sinnlichkeit, den diese kleine Lustkatze verströmte, ließen mir nur noch die Möglichkeit, Gleichgültigkeit vorzutäuschen. Ich wage allerdings zu bezweifeln, daß Chrysis sich von mir etwas vormachen ließ.

»Bis heute abend, dann«, sagte sie und glitt hüftenschwingend und geräuschlos wie ein Gespenst aus meinem Lesezimmer. So still, daß ich argwöhnte, sie sei barfuß gekommen, obwohl sich nur ein außergewöhnlich tapferer Mensch ohne Sandalen auf Roms Straßen wagen würde.

Ich stieß meinen lange angehaltenen Atem aus. Bis zum Einbruch der Dunkelheit waren es noch etliche Stunden, und ich brauchte irgend etwas, das mir bis dahin die Zeit vertrieb. Zur Abwechslung hatte ich gerade nichts Offizielles zu erledigen, also beschloß ich, einige Briefe zu schreiben. Ich fing an, kam aber nicht weiter als bis zur Anrede. Einige Zeit später hatte ich schon vergessen, an wen ich eigentlich schreiben wollte. Nach dem vierten Versuch warf ich meine Feder gegen die Wand, eine Geste der Gereiztheit, wie sie eigentlich völlig untypisch für mich war.

Im Laufen kann ich besser denken als im Sitzen, also verließ ich mein Haus und begann, ziellos umherzuwandern. Es war töricht, ständig an Claudia zu denken, also versuchte ich, meine Gedanken auf den anliegenden Fall zu konzentrieren. Ich hatte so viele Fakten, so viele Indizien, aber nichts, was mir eindeutige Hinweise gegeben hätte.

Ich spazierte durch uralte Straßen, umgeben von den vertrauten Ansichten, Geräuschen und Gerüchen Roms, und grübelte über das fehlende Glied in der Kette. Was hatte ich? Zwei Tote,

109

der unglückselige Paramedes von Antiochia und der jämmerliche Sinistrus. Ein großes Feuer, das genauso die ganze Stadt hätte vernichten können, wenn in jener Nacht Südwind geweht hätte. Ich hatte Publius Claudius und seine Schwester, und einen mysteriösen Verwalter eines Bauernhofes in der Nähe von Baiae mit Namen H. Ager. Ich hatte den ausländischen Prinzen, Tigranes, und ich hatte die mächtigen, aber abwesenden Heerführer Lucullus und König Mithridates, wobei letzterer zur Zeit die Gastfreundschaft des alten Tigranes genoß. Vielleicht sollte ich auch den verstorbenen Befehlshaber Sertorius hinzurechnen, dessen Aufstand in Hispania ihm ein schlimmes Ende beschert hatte. Ich blieb wie angewurzelt stehen.

Welche Verbindung, dachte ich, bestand zwischen Sertorius und Mithridates? Sie wurden durch die gesamte Breite des Mittelmeers getrennt. Verbunden waren sie nur durch ihre Antipathie gegen Rom. Bei Sertorius konnte man natürlich eine noch feinere Unterscheidung machen. Er war nur mit der damals amtierenden Regierung Roms zerstritten gewesen, Sullas Partei der Anti-Marianer. Er hatte den Anspruch erhoben, selbst der legitime Regierungschef Roms im Exil zu sein, und sich sogar seinen eigenen Senat aus in Ungnade gefallenen Unzufriedenen zusammengestellt.

Wie hatten diese beiden Feinde Roms ihre Intrige nun ausgeführt? Natürlich, mit Hilfe der einzigen anderen Seemacht im Mittelmeer neben den Römern. Mit Hilfe der Piraten also. Zum Erstaunen der Vorübergehenden stand ich da und verfluchte mich dafür, ein solcher Dummkopf gewesen zu sein. Erst vor ein paar Tagen hatte der junge Titus Milo die Piratenjagd während seiner Zeit bei den Seestreitkräften erwähnt. Wenn mein Verstand vernünftig funktioniert hätte, hätte mich dieser Hinweis in die richtige Richtung leiten müssen. Wäre ich nur nicht so beschäftigt gewesen mit schlüpfrigen Gedanken an Claudia...

Es gehört ebenfalls zum Wesen junger Männer, daß sie für ihre Unzulänglichkeiten stets Frauen verantwortlich machen.

Einst war Carthago die bedeutendste Seemacht im Mittelmeer gewesen. Wir hatten die carthagische Flotte zerstört. Um genau zu sein, hatte zunächst Carthago etliche römische Flotten zerstört, aber wir bauten immer weiter und schickten so lange neue Schiffe los, bis Carthagos Seestreitkräfte vernichtet waren. Nachdem das erledigt war, vernachlässigten wir unsere Flotte wieder und konzentrierten uns wie immer auf unsere Überlegenheit zu Lande.

In dieses maritime Vakuum waren die Piraten gestoßen. Sie waren schon immer da gewesen, und in einigen Küstenstrichen galt Piraterie heute noch genau wie in uralten Zeiten als ehrenwertes Gewerbe. Hatten Odysseus und Achilles auf dem Weg nach Troja und zurück etwa nicht unbekümmert kleine Küstenstädtchen überfallen, die ihnen nichts getan hatten?

Tatsache war, daß die Piraten ungestört ihr Unwesen trieben auf einem Meer, das wir gern als »unseren Besitz« bezeichneten. Kein Schiff war vor den Piraten sicher, aber Schiffsladungen waren nicht ihre bevorzugte Beute. Sie überfielen vor allem Küstengegenden, um Sklaven zu rauben. Der große Piratenhafen auf der Insel Delos war zum Dreh- und Angelpunkt des Sklavenhandels im gesamten Mittelmeerraum geworden. Völker, die sich nicht zu den Verbündeten Roms zählten, erhielten auch keinen Schutz gegen die Piraten. Diejenigen, die Verbündete waren, wurden allerdings auch nicht sonderlich unterstützt.

Während des Sklavenaufstands hatte Spartacus einen Vertrag mit den Piraten abgeschlossen. Sie sollten seine Armee aus Sklaven und Deserteuren von Messina aus in die Freiheit bringen, wahrscheinlich ans entlegendste Ufer des Schwarzen Meeres. Crassus bekam Wind von der Sache und bestach die Piraten, Spartacus zu verraten, sonst wäre dieser großartige Schurke vielleicht ungeschoren davongekommen. Wir gaben es nur sehr ungern zu, aber die Piraten des Mittelmeers stellten so etwas wie eine mobile Nation dar, die reicher und mächtiger war als die meisten Königreiche.

Ich sah mich um und entdeckte, daß ich im Viertel der Lagerhäuser in der Nähe des Tibers gelandet war. Bei unserer Geburt
bekommt jeder von uns einen *genius* zur Seite gestellt, und meiner hatte, unerklärlich, wie es die Art dieser Schutzengel und guten Geister ist, meine Schritte gelenkt, während mein bewußter
Verstand anderweitig beschäftigt war. Mein *genius* hatte mich zu
dem Grundstück geführt, das der Ausgangspunkt aller meiner
Probleme war. In der Nähe erhob sich der riesige Koloß des Circus Maximus. Vor mir hatten die Bauarbeiten an dem neuen Lagerhaus, das das niedergebrannte von Paramedes ersetzen sollte,
erstaunliche Fortschritte gemacht.

Es ging mir auf, daß mein *genius* sich sogar noch feinsinniger
als gewöhnlich aufführte, denn dies war nicht nur das Viertel des
Circus und der Lagerhäuser. Es war auch der Teil der Stadt, der
als kleines, aber wohlhabendes orientalisches Viertel bezeichnet
werden konnte. Hier traf man Asiaten, Bithynier, Syrer, Arme-
nier, Araber, Juden und gelegentlich sogar den einen oder anderen Ägypter an. Dies war, wie mir plötzlich klar wurde, genau
der Ort, an dem ich sein wollte. Wenn in Rom überhaupt etwas
über die Piraten herauszubekommen war, dann hier.

Ich ging ein paar Straßen weiter, bis mich nur noch eine Häu-
serzeile vom Circus trennte. Aus jedem Laden und jedem Lagerhaus drangen die Gerüche der gesamten mediterranen Welt.
Weihrauch und Gewürze wurden hier gelagert, und seltene
wohlriechende Hölzer. Die Gerüche einer frisch zersägten le-
vantinischen Zeder und gemahlenem Pfeffer aus dem noch ferne-
ren Orient vermischten sich mit denen von Myrrhe aus Ägypten
und Orangen aus Hispania. Es roch nach Weltreich.

Die Verkaufstische von Zabbai, einem Händler aus Arabia Felix, standen unter dem Bogen einer schattigen Arkade. Zabbai
importierte die kostbarste Ware der Welt: Seide. Das menschliche Gedächtnis ist so lückenhaft, daß es selbst heute noch Menschen gibt, die einem erzählen wollen, daß die Römer zum ersten
Mal Seide sahen, als die Parther bei Carrhae ihre seidenen Banner

vor der Armee des Crassus ausbreiteten, aber das ist Unsinn. Es stimmt wohl, daß die Römer noch nie so viel und so farbenprächtig gefärbte Seide gesehen hatten, bevor sie jene Banner erblickten, aber der Stoff wurde damals in Rom auch seit mindestens hundert Jahren verkauft, wenn auch mit eingewebten Fäden eines minderwertigeren Materials verfälscht.

Zabbai war ein typischer orientalischer Händler, reich und höflich und ölig wie eine alte Lampe. Arabia Felix hatte seinen fröhlichen Namen seiner geographischen Lage zu verdanken: dort stießen die Landrouten aus dem Fernen Osten an das Ufer des Roten Meeres mit seinem lebhaften, afrikanischen Küstenhandel – der Ort bot somit die ideale Voraussetzung für die Weiterverschiffung der Waren an die nahe gelegene Mittelmeerküste.

Zabbais Angestellter erhob sich von einem kleinen Tisch und verbeugte sich tief, als ich den Laden betrat. »Womit kann ich dir dienen, Herr?« Er kannte mich zwar nicht persönlich, wußte aber, daß er es mit einem Beamten zu tun hatte.

»Hol Zabbai her«, forderte ich ihn auf. Einige Minuten später trat Zabbai grinsend und händereibend aus einem mit Vorhängen abgetrennten Hinterzimmer. Er trug einen wallenden Umhang aus feinstem Material und eine seidene Kopfbedeckung. Er hatte einen langen Vollbart, der am Ende zu einer Spitze zusammengezwirbelt war. Er war eine exotische Gestalt, aber es war eine echte Erholung, zur Abwechslung mal einen Orientalen zu sehen, der nicht versuchte, möglichst griechisch zu erscheinen.

»Mein Freund Decius Caecilius Metellus der Jüngere, welch eine Ehre du mir erweist, wie deine Gegenwart meinen Tag erhellt, wie ich mich freue...« Noch eine ganze Weile ging es so weiter. Orientalische Überschwenglichkeit langweilt jeden Römer, aber wahrscheinlich halten uns die Leute aus dem Osten wegen unserer groben Direktheit für ungehobelt und unkultiviert.

»Mein hochverehrter Freund Zabbai«, sagte ich, als er eine Pause machte, um Luft zu holen, »mein heutiger Besuch ist nicht

geschäftlicher Natur, ich komme vielmehr in einer Staatsangelegenheit.«

»Ah, die große Politik! Kandidierst du für ein Quaestorenamt?«

»Nein, ich werde erst in frühestens sechs Jahren wählbar sein.
Es geht auch nicht um Innen-, sondern um Außenpolitik. Du
bist ein weitgereister Mann mit Kontakten zur ganzen Welt. Vor
allem aber wegen deines ständigen Umgangs mit Schiffen und
Seeleuten wollte ich dich in einer Sache um Rat fragen, weil du
mir geeignetste Mann zu sein scheinst.«

Er war enorm geschmeichelt oder tat jedenfalls so. Mit weit
ausgebreiteten Armen rief er: »Alles! Was auch immer es sei, ich
bin dem Senat und dem Volke Roms stets gerne zu Diensten!
Was kann ich für dich tun? Aber zunächst wollen wir es uns ein
wenig bequem machen. Bitte folge mir!«

Wir schlüpften durch den Vorhang und gingen durch einen
Lagerraum, in dem fortwährend dünne Weihrauchstäbchen
brannten, um die Ballen kostbarer Seide vor Feuchtigkeit und In-
sekten zu schützen. Dann betraten wir einen wunderschönen Innenhof. Er war im traditionellen, römischen Stil angelegt, mit einem Springbrunnen in der Mitte, aber durch orientalische Blumenkästen mit Winterblüten ergänzt. Die Araber kommen aus
einem Wüstenland und sind deshalb noch versessener auf Wasser
und Gewächse als die Römer.

Neben dem Brunnenbecken stand ein flacher Tisch aus kost-
barem Holz mit einer bunt gefliesten Platte. Wir machten es uns
auf den mit Federn und Gewürzen ausgestopften Kissen bequem. Nur ein Orientale konnte sich dieses gewisse Etwas an
Luxus ausgedacht haben. Diener brachten Platten mit Nüssen
und getrockneten Früchten sowie kandierten Blütenblättern.
Dazu gab es einen hervorragenden Wein, der, wie es sich für
diese frühe Stunde gehörte, stark verdünnt worden war.

Nachdem ich seine Gastfreundschaft lange genug genossen
hatte, um der Höflichkeit Genüge zu tun, kam ich zur Sache.

»Nun, Zabbai, mein Freund, ich würde gern an deinem Wissen über die Piraten teilhaben, die unser Meer unsicher machen.«

Zabbai strich über seinen Bart. »Ah, die Piraten. Ich muß mit diesen schwierigen Gesprächspartnern im Laufe eines Jahres oft verhandeln. Was willst du über sie wissen?«

»Zunächst ein paar allgemeine Informationen. Wie fädelst du deine jährlichen Transaktionen mit diesen romantischen Abenteurern ein?«

»Wie die meisten Händler, deren Waren auf See transportiert werden, finde ich es am bequemsten, einen jährlichen Tribut zu entrichten, anstatt im Einzelfall über jede geraubte Fracht oder jeden freizukaufenden Kommissionär verhandeln zu müssen.«

»Und doch sagtest du eben, du müßtest oftmals mit ihnen in Verhandlung treten. Wie kommt das?«

»Die größeren Flotten kooperieren zwar miteinander, und in der Regel reicht eine einmalig in Delos zu entrichtende Zahlung aus, um sie alle zu bestechen, aber es gibt auch kleine, unabhängige Flotten, die keinem Herrn gehorchen. Vor allem im westlichen Meer sind sie ein permanentes Ärgernis, besonders in der Nähe der Säulen des Herkules, der südiberischen und der nordafrikanischen Küste unweit des alten Carthago. Diese Banditen rauben meine Fracht und meine Agenten und fordern Lösegelder. Wenn der Handel fehlschlägt, verkaufen die Piraten ihre Beute in Delos. Wirklich sehr ärgerlich.«

»Die iberische Küste, sagst du?« sinnierte ich.

»Fast das gesamte Meer westlich von Sizilien. Es ist lästig, denn der Großteil des Handels und der Verschiffungen verläuft östlich von Rom. Nach der Zerstörung Carthagos gibt es im Westen keine Großstädte mehr. Außer Rom. Im Osten liegen hingegen viele große Städte und reiche Inseln. Antiochia, Alexandria, Pergamon, Ephesus, Chalcedon, Kreta und Zypern, Rhodos und die ganzen anderen Inseln.«

»Aber im Westen«, beharrte ich, »gibt es unabhängige Flotten. Sind die zahlreich oder mächtig?«

Zabbais Hände beschrieben eine vielsagende Geste, die die Unbeständigkeit alles menschlichen Seins auszudrücken schien. »Es ist nicht so, als ob diese Dinge verfassungsmäßig festgelegt wären oder auch nur durch Zunftregeln oder feierlichen Vereinbarungen eines Konsortiums seriöser Geschäftsleute. Die Piraten sind extrem eigensinnig und launisch. Während sich eine Gruppe vielleicht entscheidet, vor dieser oder jener Küste zu kreuzen, will eine andere möglicherweise unbedingt die Meerenge zwischen zwei Inseln unsicher machen, weil sie hofft, daß der Handelsverkehr dort zu dieser Jahreszeit besonders dicht und lohnend ist. Es gibt kein formal festgelegtes Operationsgebiet der einzelnen Flotten.«

»Und wie entscheiden sie, wo sie kreuzen wollen?« fragte ich.

»Dafür können eine ganze Reihe von Gründen ausschlaggebend sein. Träume und Omen spielen eine gewisse Rolle, vielleicht befragen sie auch eine der Sibyllinen. Vielleicht erhalten sie auch Informationen, die ihnen von den Agenten der Schiffseigner und Händler zugespielt werden. Deshalb ist es besser, im Beisein der eigenen Diener nicht zu früh über Frachten und Routen zu reden.«

Es ist eine allgemein bekannte Tatsache, daß die Römer das Meer hassen. Wenn wir einmal dringend eine Flotte brauchen, zwingen wir für gewöhnlich die griechischen Verbündeten dazu, eine aufzustellen, geben dann einem Römer den Oberbefehl und nennen das Ganze eine römische Flotte. Es ist eigentlich merkwürdig, daß ein Volk, das auf einer Halbinsel lebt, so wasserscheu ist, aber so ist es nun mal. Auch wenn es um Handel geht, sind wir ziemliche Dummköpfe. Wir halten ihn für eine hellenistisch-orientalische Angelegenheit und für irgendwie anrüchig. Ehrbarer Reichtum gründet sich entweder auf Landbesitz, Landwirtschaft oder Kriegsführung. Die Stadt lebte von Kriegsbeute und Abgaben, die man den Besiegten auferlegte. Unsere Vorstellung von einem großen Finanzfachmann beschränkte sich auf Typen wie Crassus, der durch Wucher und Erpressung reich geworden war. Ich nahm mir vor, mehr über diese Dinge zu lernen, selbst wenn sie als ziemlich unrömisch galten.

»Vielleicht erinnerst du dich noch«, sagte ich, »daß Sertorius vor ein paar Jahren, als er sich noch im Aufstand gegen Rom befand, gewisse hochverräterische Beziehungen zu König Mithridates von Pontus aufgenommen hat. Er stellte dem Monarchen Schiffe und Offiziere zur Verfügung. Haben die westlichen Piraten dabei als Unterhändler fungiert?«

Zabbai riß erstaunt die Augen auf, weil die Antwort so offensichtlich war, erwiderte dann aber höflich: »Wie hätte es anders sein sollen? Für diejenigen, die geschäftlich auf dem Meer zu tun haben, war es ein offenes Geheimnis, daß Mithridates seine Anfragen über den Piratenhauptmann Djed übermittelte und daß der Mitstreiter des Sertorius der ähnlich berüchtigte Seeräuber Perseus war. Djed ist Ägypter, und Perseus stammt, glaube ich, aus Samothrake. Diese Piraten sind ein internationales Völkchen, und Angehörige jeder seefahrenden Nation finden sich unter ihren Mannschaften.«

»Einfach aus Neugierde«, sagte ich, »wie nimmt man mit diesen Piraten Kontakt auf? Wenn man wie Sertorius oder später Spartacus mit ihnen ins Geschäft kommen will, wie würde man sie das wissen lassen?«

»Wie schon angedeutet«, sagte Zabbai, »sind sie Geschäftsleute. Sie handeln mit großen Warenmengen, in erster Linie mit Heerscharen von Sklaven, die sie jedes Jahr verkaufen müssen. Um den Verkauf und den Transport dieser Waren zu organisieren, haben sie Niederlassungen in allen wichtigen Hafenstädten.«

Ich war verblüfft. »Du meinst, es gibt einen Agenten der Piraten, der in Ostia ihre Geschäfte abwickelt?«

»O ja, aber sicher. In Rom übrigens auch.«

»In Rom?«

»Rom ist schließlich die Stadt, in der es die wohlhabendsten Käufer gibt«, erklärte er mir geduldig.

»Könntest du mir den Namen des zur Zeit hier in Rom tätigen Agenten nennen?«

»Ich wünschte, ich könnte es. Unglückseligerweise ist der letzte Agent verstorben, und der neue ist noch nicht eingetroffen.«

»Und wer war dieser verstorbene Agent?« fragte ich.

»Ein Importeur von Wein und Oliven, ein gewisser Paramedes von Antiochia.«

Zabbai muß geglaubt haben, daß mich diese Information reichlich verwirrt hatte, denn kurz darauf verabschiedete ich mich. Er war jedoch höflich wie immer und bestand darauf, daß ich ein Gastgeschenk annahm. Es war ein Schal aus safranfarbener Seide, fest wie eine Rüstung und leicht wie ein Atemhauch. Da es reine Seide zu sein schien, war das Geschenk wertvoll genug, daß man es für eine Bestechung hätte halten können, aber Zabbai hatte keine Veranlassung, mich zu bestechen. Ich entschied, daß er sich lediglich vorausschauend um das Wohlwollen eines Mannes bemühte, dem eine politische Zukunft zuzutrauen war. Seine Hilfe und das Geschenk hatten mich ihm jedenfalls sehr gewogen gestimmt, also muß er wohl gewußt haben, was er tat.

Jetzt hatte ich ein weiteres Verbindungsglied. Der verstorbene Paramedes war ein Vertreter der Mittelmeerpiraten gewesen. Was wußte ich sonst noch nicht über diesen bescheidenen griechisch-asiatischen Importeur? Der gastfreundliche Sergius Paulus hatte eine derartig peinliche Verbindung auf jeden Fall mir gegenüber nicht erwähnt. Andererseits war er der Bürge des Paramedes gewesen, also mußte er seine Finger auch in dieser reich gefüllten Schatulle gehabt haben.

Ich empfand eine tiefe Niedergeschlagenheit. Die Art und Weise, wie der Senat meiner Untersuchung Hindernisse in den Weg gelegt hatte, deutete auf ein widerwärtiges Gebräu von Korruption auf allerhöchster Ebene hin. Das hätte mich nicht überraschen sollen. Es überraschte mich eigentlich auch nicht. Intri-

118

gen, interne Streitereien und Bestechung waren seit zwei Generationen eher die Regel als die Ausnahme gewesen, und der Senat blieb trotz der regelmäßigen Versuche der Censoren, die übelsten Elemente auszumerzen, ein Pfuhl des Verbrechens und des Eigennutzes. Aber Censoren werden nur in jedem fünften Jahr benannt und hatten dann nur ein Jahr lang Macht, bevor sie wieder abtreten mußten. Das Böse hingegen wucherte weit üppiger, als daß man ihm mit solchen Methoden Herr werden konnte.

Ich ging zu den Docks, setzte mich auf einen großen, hölzernen Poller und starrte in die Strudel schlammigen Wassers, als ob ich dort nach Zeichen suchte. So schmerzhaft der Gedanke auch war, ich mußte mir eingestehen, daß der Senat verbraucht und überholt war.

Unser System verschiedener Versammlungen mit dem Senat an der Spitze, mit seinen Quaestoren, Aedilen, Praetoren, Konsuln, Censoren und Volkstribunen war für den Stadtstaat, der Rom einst gewesen war, und seine Bevölkerung aus Bauern-Soldaten eine hervorragende Regelung gewesen. Die centurianische Versammlung war früher eine Art militärischer Appell gewesen und, da jeder freie Bürger anwesend war, gleichzeitig eine gute Gelegenheit, über Fragen von öffentlicher Bedeutung abstimmen zu lassen. In jenen Tagen waren die meisten Bürger entweder Bauern oder Handwerker gewesen. Es hatte kaum Sklaven und noch weniger freie Müßiggänger gegeben. Damals gingen wir mit unseren Nachbarvölkern und miteinander noch ehrlich um.

Jetzt war alles anders. Reichtum war ausschlaggebend dafür, ob jemand in den Senat kam, und nicht selbstloser Dienst an der Öffentlichkeit. Unsere Heerführer unternahmen nur der Beute wegen Feldzüge – nicht um die Republik zu schützen. Und wenn Rom einst überall als Verbündeter geachtet war, der seine vertraglichen Pflichten treu einhielt und jederzeit bereit war, die Freiheit eines Nachbarstaates zu verteidigen, so fürchtete man uns heute als eine habgierige und räuberische Nation.

Ciceros berühmte Anklage gegen Verres hatte einen verräterischen Punkt ans Licht gebracht. Im Verlauf des Prozesses hatte ein früherer Kollege von Verres dessen Philosophie als Statthalter während der Plünderung von Sizilien zitiert. Er hatte gesagt, die Profite des ersten Jahres würde er zur persönlichen Bereicherung behalten, die des zweiten gingen an seine Freunde, während die Gewinne aus dem dritten Jahr für die Gerichtsbarkeit wären. Es war ein Zeichen der Zeit, daß die meisten Menschen dies für einen brillanten Witz und nicht für eine schockierende Bemerkung über den Zustand der römischen Provinzverwaltung hielten.

Trotzdem war noch nicht alles verloren. Die Sizilianer hatten Cicero gebeten, sie vor Gericht zu vertreten, weil ihnen seine Ehrlichkeit während seiner Amtszeit auf der Insel gefallen hatte. Und auch Sertorius war trotz seiner übertriebenen Loyalität gegenüber den marianischen Interessen und der unverzeihlichen Tatsache, daß er einen Aufstand gegen Rom angezettelt hatte, ein wahrhaft genialer Statthalter gewesen. Von Lucullus' umsichtiger Behandlung der orientalischen Städte habe ich ja schon berichtet.

Was also war zu tun? Der alte römische Geist und die alten römischen Tugenden waren noch immer vorhanden, obwohl es inzwischen immer weniger freie Bürger und ein riesiges Heer von Sklaven gab.

Noch existierten edle Männer, die den guten Namen der Republik wiederherstellen konnten, obwohl dafür vielleicht eine Regierungsreform notwendig war, die um vieles drastischer ausfallen würde als alles, was Sulla je gewagt hatte. In der Zwischenzeit mußten die dafür Zuständigen das Verbrechen bekämpfen, egal ob die Übeltäter nun von hohem oder niedrigem Rang waren. Und genau das war meine Aufgabe.

Ich erhob mich und bemerkte, daß die Sonne den Zenit bereits überschritten hatte. Zeit für ein Bad. Dann würde ich mich ums Abendessen kümmern. Um diese Jahreszeit wurde es früh dunkel, und nach Einbruch der Dunkelheit würde die seltsame kleine Chrysis kommen, um mich zu Claudia zu bringen.

Ich machte mich auf den Weg zum Forum, und mit jedem Schritt wurde es mir leichter ums Herz.

VI

Andere Städte werden mit Einbruch der Dunkelheit stiller, in Rom hingegen sind die ersten Stunden des Abends die lautesten. Das liegt daran, daß bis auf wenige Ausnahmen jeglicher Verkehr auf Rädern bei Tageslicht verboten ist. Wenn sich der Abend über die Stadt senkt, rollen daher unzählige Wagen und Karren durch die Stadttore. Sie bringen die landwirtschaftlichen Produkte für die morgendlichen Märkte, Futter für die Zirkuspferde, Baumaterialien für die Baustellen, Holz und Holzkohle für die Feuer, Opfervögel für die Tempel und so weiter. Einige Wagen kamen auch leer an. Ihr Ziel waren die Docks, wo sie mit Gütern, die von Ostia weiter flußaufwärts verschifft worden waren, beladen wurden. Jenseits von Rom ist der Tiber für größere Kähne nicht mehr schiffbar, die Docks waren also der Umschlagplatz für sämtliche für das Inland bestimmte Waren.

Während dieser Stunden hallten die Straßen vom Klirren schwerer Metallräder auf Pflastersteinen wider, vom unglaublichen Gekreisch ungelenker, großer Holzräder an den Achsen der Bauernwagen, vom profanen Geschrei der Fuhrleute, vom Gestöhn eingespannter Sklaven und vom Gebrüll der Ochsen und Esel. Erst nach Mitternacht wurde es still.

Während draußen die schweren Karren vor meiner Tür vorbeirumpelten, wartete ich ungeduldig darauf, daß Chrysis auftauchte. Nervös und rastlos suchte ich nach einer Beschäftigung, um mir die Zeit zu vertreiben. Ein Spaziergang durch die dunklen Straßen Roms war nicht ungefährlich, also beschloß ich, mich für alle Fälle zu bewaffnen. Es war zwar strengstens verboten, innerhalb der Stadtmauern Waffen zu tragen, aber die meisten klugen Menschen taten es trotzdem.

Ich öffnete den Deckel meiner Waffentruhe und begutachtete ihren Inhalt. Cato sorgte dafür, daß meine Waffen und meine Rüstung immer sauber und eingeölt waren, damit ich jederzeit für einen dieser Aufrufe zum Militärdienst gewappnet war, zu dem jeder im öffentlichen Leben stehende Römer verpflichtet war. In der Truhe lagen mein Federbusch-geschmückter Bronzehelm, mein glänzender Bronzepanzer und die Beinschienen, die ich zu Paraden trug, sowie meine Feldausrüstung aus gallischen Kettenpanzern. Ich griff nach meinem langen Schwert für den Kampf zu Pferde und dem kurzen Schwert für den Nahkampf zu Fuß. Beide hatten eine scharf geschliffene Klinge und waren von bester Qualität, allerdings doch etwas zu groß, um sie unter einer Tunika zu tragen. Das *pugio* mit seiner breiten, zweischneidigen, etwa fünfundzwanzig Zentimeter langen Klinge war da schon praktischer. Ich steckte die Waffe samt Scheide in meinen Gürtel und verbarg sie unter der Tunika. Dann fiel mir in der untersten Ecke der Truhe etwas ins Auge. Ich griff danach und zog ein Gewirr aus Lederriemen und Bronze hervor.

Es war ein Paar *caesti*. Der Faustkampf ist meines Erachtens die albernste aller Kampfsportarten. Er besteht darin, daß man die menschliche Hand mit ihren winzigen, zerbrechlichen Knochen nimmt und sie mit aller Kraft auf einen menschlichen Schädel drischt, ein höchst unnachgiebiges Ziel. Die alten Griechen hatten den Schaden, den sie damit ihren Händen zufügten, etwas lindern wollen, indem sie die *caesti* erfanden, die zunächst nichts weiter waren als Fetzen von Fell, die um Hände und Unterarme gewickelt wurden. Später war dieser stumpfsinnige Sport ein wenig interessanter gestaltet worden, indem man auf der Schlagfläche kleine Bronzestückchen anbrachte. Noch später fügte man dann kleine, panzerartige Platten hinzu. Mein Paar war von eindrucksvoller macedonischer Machart, auch *murmekes* genannt, besser bekannt als »Knochenbrecher«. Sie waren mit einem dikken Gelenkband aus Bronze über den Fingerknöcheln verstärkt. Auf diesem Band prangten wiederum vier pyramidenförmige Dornen von jeweils etwa einem Zentimeter Länge. Ich hatte diese Waffe bei einer Wette während meiner Militärzeit gewonnen und sie seither immer mit mir herumgeschleppt. Vielleicht fand sich ja nun endlich Verwendung für sie, dachte ich. Ich warf einen der beiden *caesti* wieder zurück in die Truhe und löste bei dem anderen das komplizierte Riemengeflecht, das man um den Unterarm wickelte, so daß nur der Teil übrigblieb, den man um die Knöchel und die Handfläche trug. Diesen ließ ich auf der anderen Seite in meiner Tunika verschwinden, so daß ich mit der linken Hand hineinschlüpfen konnte, während ich mit der Rechten den Dolch zog.

Wenige Minuten, nachdem ich mich dergestalt bewaffnet hatte, kam Cato herein, um zu melden, daß draußen eine Frau wartete. Ich schenkte seinem anklagenden Blick keinerlei Beachtung und stürzte hinaus, um mich ihr anzuschließen. Wir mußten warten, bis ein riesiger Heuwagen vorbeigerumpelt war, bevor wir sprechen konnten.

»Folge mir bitte, mein Herr«, sagte sie. Sie trug einen Schleier, aber nichts in der Welt konnte ihre beziehungsreiche Stimme oder die schlangenartigen Bewegungen ihres Körpers verhüllen. Der Mond schien hell genug und wurde von den weiß getünchten Wänden reflektiert, so daß man ziemlich gut sehen konnte.

Ich war immer stolz darauf gewesen, jede Straße in Rom zu kennen, aber sie hatte mich rasch in eine völlig unbekannte Gegend nur ein paar Minuten von meiner Haustür entfernt geführt. In Wahrheit kann kein Mensch ganz Rom wirklich kennen. Die Stadt ist groß, und ständig werden bebaute Flächen durch Feuer oder Grundstücksspekulanten dem Erdboden gleichgemacht und neue Gebäude gebaut. Wir waren jetzt in einer Gegend, die von *insulae* geprägt war. Fünf, sechs oder sogar sieben Stockwerke ragten diese Gebäude in die Höhe, wobei die Besserverdienenden ihre Wohnungen – wie schon erwähnt – im Erdgeschoß hatten, wo es fließendes Wasser gab. Diese Gebäude hatten wegen der Verwendung von minderwertigem Baumaterial und ebensolcher Handwerker die entnervende Angewohnheit, plötzlich und unerwartet einzustürzen. Die Censoren erließen ständig irgendwelche Gesetze, in denen Mindeststandards für Neubauten festgelegt wurden, die die Bauunternehmer ebenso regelmäßig mißachteten.

Das schwache Licht verblaßte endgültig, als wir diesen Bezirk erreicht hatten, weil die *insulae* so hoch und die Straßen so eng waren, daß das Mondlicht nur direkt von oben hereinfallen konnte, was nur jeweils ein paar Minuten pro Nacht der Fall war.

Vielleicht sollte ich erklären, daß es in jenen Tagen in Rom drei verschiedene Straßentypen gab. Die *itinera* waren nur zu Fuß zu passieren. Die *acta* wurden auch »einwagige« Straßen genannt, weil sie gerade breit genug für den Fahrzeugverkehr waren. Die *viae* hingegen waren als »zweiwagige« Straßen bekannt, weil auf ihnen zwei Wagen aneinander vorbeifahren konnten. Damals gab es in ganz Rom genau zwei *viae*, die Via Sacra und die Via Nova, von denen keine durch die Subura führte. Heutzutage ist es auch nicht viel besser. Alle Welt bewundert unsere römischen Straßen, aber die beginnen erst außerhalb der Stadttore. Die Straßen Roms sind nichts weiter als uralter, ländliche Trampelpfade, die man überpflastert hat.

Zweimal sahen wir wohlhabende Männer auf dem Nachhauseweg von späten Dinnerparties, begleitet von fackeltragenden Sklaven und Leibwächtern, die Holzkeulen in ihren vernarbten Händen trugen. Ich seufzte neiderfüllt und wünschte, ich wäre reich genug, mir eine ähnliche Ausstattung leisten zu können. Auf dieses Abenteuer hätte ich sie allerdings wahrscheinlich sowieso nicht mitgenommen.

Plötzlich spürte ich, wie Chrysis meinen Arm ergriff und mich in eine Türnische zog. Sie mußte Katzenaugen haben, um diese

Tür zu finden oder auch nur um mich noch zu erkennen. Sie kratzte an der Tür, und ich hörte, wie von innen ein Riegel beiseite geschoben wurde. Die Tür ging auf, und Licht strömte auf die Straße. Eingerahmt im Lichtschein stand Claudia.

»Kommt rein, meine Lieben«, sagte sie, und es klang wie ein leises Schnurren, das mein Blut in Wallung brachte.

Ich trat ein, und Chrysis schloß und verriegelte die Tür hinter uns. Nach der Finsternis draußen war ich zunächst vom strahlenden Licht geblendet. Überall standen Lampen, einige von ihnen mit sieben oder acht Dochten, die parfümiertes Öl verbrannten. Um den beschränkten Raum einer *insula* optimal zu nutzen, war die Wohnung nicht wie gewöhnlich aufgeteilt, sondern bestand nur aus einem großen Zimmer zur Straße hin, an das nach hinten heraus ein paar kleinere Kammern grenzten.

»Willkommen, Decius«, sagte Claudia. Sie stand neben einer bronzenen Priapusstatue. Der riesige Phallus des Gottes ragte in die Höhe und glitzerte im Licht der Lampen. Normalerweise standen solche Statuen in Gärten, aber da der Gott dargestellt war, wie er gerade sein überdimensioniertes Glied mit Öl aus einem Krug befeuchtete, sollte das Standbild offensichtlich eher erotisch als befruchtend wirken.

»Ich höre mit Freude, daß du mich willkommen heißt«, sagte ich. »Nach unserer letzten Begegnung hatte ich nicht mehr zu hoffen gewagt, solche Worte aus deinem Mund zu hören.«

Sie lachte ein melodisches Lachen, das zwar nicht gezwungen, wohl aber geübt klang. »Du mußt noch lernen, daß man mich nicht immer ernst nehmen darf. Uns Frauen fehlt die Reserviertheit und Kontrolle, die ihr Männer an den Tag legt. Wir sind unseren Gefühlen stärker ausgeliefert und lassen ihnen freien Lauf. Das sagt sogar Aristoteles höchstpersönlich, also muß es stimmen.« Wieder das melodische Lachen.

»Auf mich hast du neulich abends überaus ernst gewirkt«, sagte ich und bewunderte im stillen ihr Gewand und ihre Schminke. Sie hatte die Farben reichlich schrill aufgetragen,

125

wohlwissend, wie es im Licht der Lampen wirken würde. Um ihren Körper hatte sie lose ein griechisches Gewand geschlagen, das an den Schultern von mit Juwelen besetzten Spangen zusammengehalten wurde. Darunter genossen ihre Brüste große Bewegungsfreiheit, was darauf schließen ließ, daß sie kein *strophium* trug.

»Das tue ich meistens«, sagte sie geheimnisvoll. »Komm, setz dich zu mir, damit ich meine harschen Worte von neulich wiedergutmachen kann.« Sie nahm meine Hand und führte mich in eine Ecke des Raums, der im orientalischen Stil möbliert war, mit dicken Kissen auf dem Boden um einen flachen, ziselierten Bronzetisch. Wir setzten uns, und Chrysis brachte aus einer anderen Ecke des Zimmers ein Tablett mit Köstlichkeiten, einem Weinkrug und ein paar kleinen Pokalen.

»Wie gefällt dir mein kleines Versteck?« fragte Claudia mich, während Chrysis die Pokale füllte. »Nicht einmal Publius weiß davon.«

»Einzigartig«, sagte ich. Ich hatte Inneneinrichtung und Wandgemälde betrachtet, und sie waren in der Tat überhaupt nicht das, was man in der Wohnung einer patrizischen Dame erwarten würde. In der einer plebejischen Dame übrigens auch nicht. Die Fresken an den Wänden, erlesen gestaltet von einem der besseren griechischen Künstler, stellten Paare und Gruppen dar, die den Geschlechtsverkehr in jeder nur erdenklichen Position vollzogen. Die Paare waren auch nicht in allen Fällen zweigeschlechtlich, und eine wirklich erstaunliche Szene stellte eine Frau dar, die drei Männer gleichzeitig unterhielt. Diese Art von Innendekoration war in Bordellen durchaus verbreitet, obwohl selten von solch hoher Qualität. Auch in den Schlafzimmern von freizügigeren Junggesellen konnte man ähnliches finden. In Wohnzimmern, anständigen oder anderen, waren sie jedenfalls überhaupt nicht gebräuchlich. Uns Römer kann wenig schockieren, mit Ausnahme dessen, was unsere Frauen so treiben.

»Ja, nicht wahr? Da das Leben schrecklich kurz ist, habe ich beschlossen, daß es unsinnig ist, sich ein Vergnügen zu versagen. Außerdem liebe ich es, die Leute zu schockieren.«

»Ich bin schockiert, Claudia«, versicherte ich ihr. »Generationen von claudischen Ahnen sind auch schockiert.«

Sie machte ein ungeduldiges Gesicht. »Das ist etwas anderes. Warum sollten wir uns so benehmen, wie es einem Haufen toter Leute gefällt? Außerdem waren die meisten meiner Ahnen sowieso ziemlich skandalöse Zeitgenossen, als sie noch lebten, warum sollte ihr Tod sie auf einmal zu einem Ausbund an Rechtschaffenheit gemacht haben?«

»Ich bin mir sicher, daß mir kein guter Grund einfällt«, erklärte ich ihr. Sie reichte mir einen der kleinen Pokale.

»Das ist der erlesenste Wein von Kos. Er stammt aus dem Jahr des Konsulats von Aemilius Paullus und Terentius Varro, und es wäre eine Schande, ihn mit Wasser zu verdünnen.« Ich nahm den Pokal aus ihrer Hand entgegen und nahm einen Schluck. Normalerweise halten wir es für barbarisch, puren Wein zu trinken, aber für außergewöhnlich erlesene Weine in kleinen Mengen machen wir schon einmal eine Ausnahme. Es war in der Tat ein schwerer Wein, so geschmackvoll, daß selbst ein kleiner Schluck die Sinne mit den uralten Trauben des sonnigen Kos erfüllte. Er hatte einen eigenartigen, bitteren Beigeschmack. Damals glaubte ich, daß das vielleicht an dem Unheil liegen könnte, mit dem das Jahr seiner Lese geschlagen gewesen war. Paulus und Varro waren Konsuln gewesen, deren Armee bei Cannae Hannibal gegenüberstand. Der listige Carthager hatte sich entschlossen, an einem Tag zu kämpfen, an dem der inkompetente Varro den Oberbefehl innehatte. Das römische Heer war von der kleinen Söldnertruppe, die Hannibal, der brillanteste Heerführer aller Zeiten, befehligte, vollständig vernichtet worden. Es war der schwärzeste Tag der römischen Geschichte, und es gab immer noch Römer, die nichts, was in der Zeit dieses Konsulats produziert worden war, auch nur anrühren mochten.

»Ich bin doch froh, daß die Sache so ausgegangen ist, Decius«, erklärte Claudia mir, »trotz unseres Mißverständnisses. Ist es so nicht viel besser, als sich in einem Haus voller überfressener und betrunkener Politiker zu treffen?«

»Ich bin absolut deiner Meinung.«

»Du bist der erste Mann, den ich in mein kleines Refugium eingeladen habe.« Das hörte ich doch zumindest gern.

»Ich hoffe, daß du die Verschwiegenheit wahren wirst«, sagte ich.

»Solange, wie es mir paßt«, entgegnete sie. »Keinen Tag länger.«

»Und doch rate ich dir dringend, vorsichtig zu sein. Auf Phasen der Freizügigkeit folgt immer eine Periode der Reaktion, in der der Senat und das Volk der eigenen Tugendhaftigkeit neuen Ausdruck verleihen, indem sie diejenigen verfolgen, die ihren Ausschweifungen nicht diskret genug nachgegangen sind. Die Censoren lieben es, hochgeborene Damen und Herren öffentlich zu verdammen, die zu locker gelebt haben.«

»O ja«, sagte sie mit einem bitteren Ton in der Stimme. »Vor allem die Frauen. Frauen, die ihr Vergnügen genießen, sind eine Schande für ihre Männer, oder nicht? Männer machen ihren Frauen nie Schande. Nun, Decius, ich will den sybillinischen Umhang anlegen und dir die Zukunft zeigen. Eines Tages wird mein Bruder Publius der bedeutendste Mann in Rom sein. Keiner, welches Amt er auch immer bekleiden mag, wird es wagen, mich von Angesicht zu Angesicht schuldig zu sprechen, und was hinter meinem Rücken über mich gesagt wird, ist mir gleichgültig.«

In diesem Augenblick erinnerte sie tatsächlich an eine Sybille. Die übertrieben aufgetragene Schminke ließ ihr Gesicht wie die Maske einer Oberpriesterin aussehen, wobei ich allerdings hoffte, daß das nur eine Wirkung des Lichts war. Die Vorstellung, daß Publius Claudius in Rom reale Macht ausüben könnte, war ganz und gar schrecklich.

Sie legte ihre starre Pose ab und entspannte sich. »Aber wir sind viel zu ernst. Ich habe dich schließlich nicht zum Diskutieren eingeladen. Ich schlage dir einen Handel vor: Wenn du dich eines Urteils über meine bevorzugten Entspannungsmethoden enthältst, werde ich dich nicht mit Vorhersagen über den zukünftigen Rang meines Bruders langweilen.«

»Abgemacht«, sagte ich. Es hörte sich in der Tat an wie eine prima Idee. Mein Geist hatte einen merkwürdigen Zustand erreicht, frei schwebend und losgelöst in einer Aura übernatürlicher Empfänglichkeit, die die eher dem Reich der Dunkelheit zugewandten epikureischen Philosophen übereinstimmend für die beste halten, um sich unbeeinträchtigt von alltäglichen Sorgen und der Angst vor den Folgen der Lust hinzugeben. »Wir wollen diese Nacht aus dem Tuch unseres Lebens herausschneiden und sie für immer getrennt aufbewahren.«

»Ich hätte es nicht besser ausdrücken können. Chrysis, führ uns etwas vor.«

Ich hatte das Mädchen völlig vergessen und war überrascht, sie neben uns auf einem Kissen sitzen zu sehen – aus einem Pokal schlürfend, als ob sie uns gleichgestellt wäre. Ein weiteres Anzeichen für ihren ungeklärten Status. Sie stand auf und ging in eines der anderen Zimmer, um kurz darauf mit einem zusammengerollten Seil zurückzukommen. Das eine Ende band sie an einen an der Wand befestigten Bronzering. Dann zog sie das Seil quer durch den Raum und befestigte das andere Ende an einem weiteren Ring in der gegenüberliegenden Wand. Es war jetzt in gut einem Meter Höhe straff gespannt und dabei nur etwa so dick wie der kleine Finger eines Menschen.

»Chrysis hat so viele Talente«, flüsterte Claudia und drückte sich an mich, so daß unsere Schultern sich berührten. »Sie war einmal eine professionelle Akrobatin, neben anderen Dingen.«

Welche anderen Dinge? dachte ich. Aber dann wurde meine Aufmerksamkeit wieder voll von Chrysis in Beschlag genommen. Sie fuhr sich mit der Hand an die Schulter, und ihr Kleid fiel um ihre nackten Füße zu Boden. Sie stand jetzt nur in einem denkbar knappen Lendenschurz da. Ihr Körper war fast wie der eines heranwachsenden Jungen. Nur ihre großen Brustwarzen und die Rundung ihrer Hüften bezeugten ihr Geschlecht. Ich fand ihre Androgynität seltsam erregend. Um so seltsamer, weil ich die durch und durch weibliche Claudia so nah neben mir wußte. Ich entschied, daß das die Wirkung des kostbaren Weines sein mußte, und nahm noch einen Schluck.

Mit einem gewandten Satz sprang Chrysis auf das Seil und ging, die Knie tief gebeugt, in die Hocke, wobei sie, um das Gleichgewicht zu halten, ihre Arme ausstreckte. Langsam erhob sie sich wieder, bis sie schließlich, den einen Fuß grazil vor den anderen gesetzt, wieder stand. Dann begann sie, sich nach hinten zu beugen, bis ihr Haar das Seil berührte und ihr Rückgrat gebogen war wie die gespannte Sehne eines Bogens. Ihre Hände berührten das Seil, und ihr Becken streckte sich nach oben wie das, so kam es mir vor, einer Frau, die sich einem Gott hingibt. Damals gefiel mir der Anblick, so bizarr er auch war.

Dann lösten sich ihre Füße von dem Seil und schwangen in die Luft. Sie stand jetzt auf ihren Händen. Sie hob langsam den Kopf und bog ihr Rückgrat, bis ihre Fußsohlen den Hinterkopf berührten. Dann glitten ihre Füße völlig unmöglicherweise weiter nach unten, an den Ohren vorbei, bis ihre Zehen nur noch ein paar Zentimeter über dem Seil schwebten. Ihr Körper war jetzt fast in einem Kreis nach hinten gebogen. Ich konnte kaum glauben, daß das menschliche Rückgrat so biegsam sein konnte.

»In dieser Stellung kann sie auch noch Flöte spielen«, flüsterte Claudia. »Sie kann mit den Zehen Harfe spielen und mit ihren Füßen einen Bogen schießen.«

»Ein vielseitig talentiertes Mädchen«, murmelte ich. Ungebeten wanderten lüsterne Bilder anderer Möglichkeiten durch meinen Kopf, zu denen ein solcher Körper in der Lage sein könnte. Claudia schien meinen Gesichtsausdruck lesen zu können.

»Vielleicht können wir sie ja später ein paar der Fertigkeiten demonstrieren lassen, die sie nie in der Öffentlichkeit vorführt.«

Ich wandte mich ihr zu, wobei es mir für einen Moment gelang, die Verzauberung abzuschütteln, die von Chrysis ausging. »An ihr bin ich nicht interessiert«, log ich. »Ich interessiere mich nur für dich.«

Sie schmiegte sich noch enger an mich. »Warum übereilt eine von uns beiden abtun?«

Ich war nicht sicher, was sie damit meinte, aber dann begann auch mein Verstand – vom Wein, der Umgebung und den unglaublichen Vorführungen von Chrysis völlig desorientiert – mir Streiche zu spielen. Eine Unwahrscheinlichkeit kann man sich ja ansehen, ohne aus dem Gleichgewicht zu geraten. Mehrere – gleichzeitig oder nacheinander – verwirren den Geist.

Chrysis führte einen Salto rückwärts auf dem Seil vor und ließ dann eine Reihe von Handstandüberschlägen folgen, wobei sie den Boden jeweils nur so leicht berührte, daß selbst diese heftigen Strapazen von jener unheimlichen Stille begleitet wurden, die alle ihre Bewegungen umgab. Dann stand sie vor uns, die Beine weit gespreizt, und beugte sich nach hinten, bis ihr Gesicht zwischen ihren Knien auftauchte, so als habe man sie enthauptet und sie würde ihren Kopf zwischen den Knien halten wie einen Ball. Ihre Hände umfaßten ihre Knöchel. Langsam wandte sie ihren Kopf zur Seite und ließ ihre Zunge schlangenartig über die Innenseite ihrer Schenkel gleiten. Dann verdrehte sie ihren Kopf in einem völlig unmöglichen Winkel und richtete sich auf, nur daß jetzt ein langer, weißer Streifen aus ihrem Mund hing. Irgendwie hatte sie ihren Lendenschurz mit den Zähnen entknotet und abgestreift, während sie ihr Rückgrat in die Ausgangsposition zurückschnellen ließ. Jetzt stand sie nur von einem feinen Glanz aus Schweiß bekleidet vor uns. Was ihr Geschlecht betraf, konnte es jetzt keinen Zweifel mehr geben, ihr glatt rasierter Venushügel blitzte wie eine Perle vor unseren Augen. Sie spuckte den Lendenschurz aus und lächelte stolz, während sie sich verbeugte.

Ich applaudierte stürmisch, wobei das Geräusch meiner klatschenden Hände von weit weg zu kommen schien. Auch Claudia spendete Beifall; dann lehnte sie sich enger an mich, und ich legte meine Arme um sie, als sich unsere Lippen trafen. Unsere Zungen berührten sich, während unsere Hände wanderten. Dann zog sie mit konsterniertem Blick ihren Kopf zurück.

»Was ist denn das?« Ich hatte keine Ahnung, was sie meinte. Dann kramten ihre Hände in meiner Tunika herum und brachten schließlich den Dolch und das *caestus* zum Vorschein. Aus unerfindlichen Gründen brach ich in Gelächter aus.

»Gefährliche Stadt, Rom«, keuchte ich. »Vor allem nachts.«

Auch sie schien das komisch zu finden und warf die Waffen in eine Ecke, bevor sie wieder in meine Arme sank. Unser Atem ging jetzt stoßweise, und unsere Bewegungen wurden drängender. Ich war gleichzeitig aufs Intimste beteiligt und völlig losgelöst, und einige der Dinge, die sich ereigneten, kamen mir ziemlich unwirklich vor. Als ich nach den Schulterschnallen ihres Gewandes griff, kamen mir meine Hände so ungelenk wie halberfroren vor, aber der Stoff fiel trotzdem von ihren Schultern. Einen Augenblick später war auch ich nur noch mit einem Lendenschurz bekleidet, obwohl ich keine Erinnerung daran hatte, meine Tunika abgelegt zu haben. Dann tauchten im Fortgang der Geschehnisse Lücken auf, während andere Eindrücke von einer Klarheit waren, wie man sie sonst nur bei einzigartigen Ereignissen wie etwa einer Initiation in eines der großen Mysterien erlebt.

Ich kann mich daran erinnern, daß Claudia im Licht der Lampen nackt vor mir stand. Wie viele hochgeborene Frauen jener Tage hatte sie sich bis zur Stirn sämtliche Haare zupfen lassen und die Haut durch das Abreiben mit Bimsstein geschmeidig gemacht. Sie sah beinahe aus wie die griechische Statue einer Göttin, und doch konnte ich jede einzelne Pore in ihrer Haut erkennen. Langsam drehte sie sich zu mir um und wurde meine von Praxiteles gemeißelte Artemis.

Andere Dinge waren weniger klar. Manchmal spürte ich im

Verlauf der Nacht Claudias Körper unter meinen Händen, aber mir wurde klar, daß umgekehrt zu viele Hände meinen Körper berührten. Ich öffnete die Augen und sah Chrysis mit uns in dem Durcheinander von Kissen liegen, ein Lächeln von tückischer Sinnlichkeit auf ihren fuchsartigen Gesichtszügen. Zu diesem Zeitpunkt war ich längst zu lange jenseits von allem, um gegen irgend etwas zu protestieren. Ich hatte alle rationalen Fähigkeiten hinter mir gelassen und war zu einem Wesen reiner, sinnlicher Wahrnehmung geworden.

Die Nacht löste sich auf in eine Phantasmagorie aus verschlungenen Gliedmaßen, verschwitzten Kissen, gleißendem Licht und bitter schmeckendem Wein. Ich berührte und schmeckte und stieß und verlor jegliche Fähigkeit zu unterscheiden, wo mein eigener Körper aufhörte und ein anderer begann. Meine Welt wurde ein Universum aus Hüften und Brüsten, aus Mündern und Zungen und Fingern, die in endloser Folge streichelten und in mich eindrangen. Einmal lag ich vergraben im Schoß einer Frau, während die Hüften der anderen meinen Kopf umfingen, ohne daß ich hätte sagen können, wer wer war. Es gibt Freigeister, die diese omnisexuelle Betätigung für die befriedigendste überhaupt halten, aber ich fand sie zu dieser Gelegenheit nicht nur verwirrend, sondern hatte auch Mühe, mich nachher daran zu erinnern. Und da Erfahrungen, an die man sich nicht erinnert, genauso gut nicht geschehen sein könnten, habe ich aus derartigen Lustbarkeiten nie eine regelmäßige Gewohnheit gemacht.

Ich wachte mit einem dröhnenden Kopf auf. Das allseits so geschätzte graue Licht einer römischen Morgendämmerung strömte durch das kleine, hohe Fenster direkt in mein Gesicht. Mit trägen Lenden und einem mulmigen Gefühl im Magen kämpfte ich mich auf die Beine und versuchte Gleichgewicht zu halten. Meine schönen Gefährtinnen der vergangenen Nacht waren verschwunden. Wie ich so nackt, mit Übelgefühl und angeekelt dastand, kam ich mir gründlich benutzt vor. Aber zu welchem Zweck?

Ich durchsuchte das große Zimmer und fand meine Kleidungsstücke an den merkwürdigsten Orten wieder. Meine Waffen lagen noch immer in der Ecke, in die Claudia sie geworfen hatte. Ich schob sie unter meinen Gürtel und sah nach, ob ich irgend etwas vergessen hatte. Meine Erinnerung an die letzte Nacht war so verschwommen, daß ich nicht mehr wußte, ob ich in einem der anderen Zimmer gewesen war, also beschloß ich, sicherheitshalber einfach mal nachzusehen.

Einer der Räume war eine kleine, dunkle Küche. Der Ofen sah aus, als sei er noch nie benutzt worden, obwohl in einer Nische unter dem Ofen ein Vorrat an Holzkohle gelagert war. Claudia ließ sich das Essen wahrscheinlich bringen, wenn sie die Wohnung benutzte. Neben der Küche war ein kleines Badezimmer, damit beide Räume aus einem Wasserrohr bedient werden konnten. Im Bad stand eine bronzene Wanne auf Löwenpranken, die ebenfalls unbenutzt aussah.

Außerdem gab es noch zwei kleine Schlafzimmer, eins für Claudia und eins für Chrysis, wie ich vermutete, obwohl sich in keinem von beiden irgendwelche persönlichen Gegenstände befanden. Das letzte Zimmer war eine Kammer, die nur eine in Einzelteile zerlegte Sänfte enthielt. Ich schloß die Tür und wandte mich ab, als irgend etwas an dieser Sänfte mein jüngst nur fehlerhaft funktionierendes Gedächtnis auf den Plan rief. Ich drehte mich wieder um und öffnete erneut die Tür.

Drinnen war es düster, weil Kammern keine Fenster haben, und die Fenster der anderen Räume dieser Wohnung sehr klein waren, wie es bei zur Straße liegenden Fenstern üblich war. Man muß einem Einbrecher ja nicht ein Herzlich-Willkommen-Schild vor die Tür stellen. Ich ging zurück in den größeren Raum und untersuchte die qualmenden Lampen, bis ich eine fand, deren Docht noch glomm. Mit der Spitze meines Dolches zupfte ich ein Ende des Werggarns aus seinem parfümierten Ölbad und blies behutsam, bis eine winzige Flamme hochzüngelte. Als sie richtig brannte, nahm ich die Lampe mit in die Kammer.

Die Sänfte war wie tausend andere in Rom: ein leichter Olivenholzrahmen mit einem aus Leder geknüpften Boden wie bei der Federung eines Bettes. An den Seiten befanden sich Lederschlaufen, durch die man die Tragehölzer führen konnte, sowie lange dünne Stäbe, die einen Rahmen bildeten, über den man den vorhangartigen Aufbau hängen konnte. Es war dieser Aufbau, der mich interessierte. Er war wahrscheinlich beim letzten Ausgang im Regen naß geworden, denn jemand hatte ihn über Stangen zum Trocknen ausgebreitet. Ich zog eine Falte des Stoffes näher zur Lampe und betrachtete sie. Das Material war farbenprächtig verziert mit seidenen Stickereien von ineinander verschlungenen, blühenden Weinreben und stilisierten Vögeln, wie es bei den Parthern Mode war. Ich wußte jetzt auch, wo ich diese Sänfte schon einmal gesehen hatte. Es war, als ich das Haus von Sergius Paulus verlassen hatte und mit dem Priester des kleinen Merkurtempels ins Gespräch vertieft gewesen war. Eine Sänfte, die ziemlich genauso aussah wie diese, hatte mit einer verschleierten Gestalt darinnen Paulus' Haus verlassen.

Ich hängte den Vorhang wieder an seinen Platz, stellte die Lampe zurück und verließ das Haus. Ein Stück weiter baute ein Barbier gerade seine Gerätschaften auf. Ich fuhr mit der Handfläche über ein stoppeliges Gesicht und beschloß, daß es Zeit für eine Rasur war.

Als ich noch jung war, achteten die meisten im öffentlichen leben stehenden Männer darauf, sich wie jeder gewöhnliche Bürger auch, von Straßenbarbieren rasieren zu lassen. An diesem Morgen hatte ich jedoch sogar einen noch besseren Grund als sonst, diesen bescheidenen Geschäftsmann aufzusuchen. Barbiere sind dafür bekannt, die bestinformierten Klatschmäuler der Stadt zu sein. Die meisten von ihnen verachteten luxuriöses Blendwerk wie einen richtigen Laden und gingen ihrem Gewerbe direkt auf den öffentlichen Durchgangsstraßen nach. An diesen Aussichtspunkten rasierten sie die halbe Bürgerschaft, während sie die andere Hälfte beobachten konnten.

135

»Eine Rasur, guter Herr?« fragte der Mann, als ich auf ihn zustolperte. »Nehmt bitte Platz«, sagte er so würdevoll, als würde er einem Ehrengast den Stuhl des Konsuls anbieten. Ich setzte mich und wappnete mich für die bevorstehende Tortur. Neben dem frühen Aufstehen hielten die alten Römer auch das Ertragen von stumpfen Rasiermessern der öffentlichen Barbiere für eine große Tugend.

»Wilde Nacht gehabt, was?« sagte er zwinkernd und klopfte mir auf die Schulter. »Ich hab' schon viele junge Herren nach einer solchen Nacht rasiert, jawohl. Sie sind nicht der erste, mein Herr, keine Sorge.« Er zog das Rasiermesser an seiner Handfläche ab, die mindestens so schwielig war wie die von Milo. »Im Gegensatz zu manchem anderen weiß ich, wie es ist, sich verkatert rasieren zu lassen. Als ob einem der Henker die Haut vom Gesicht zieht, nicht wahr, mein Herr?« Er kicherte. »Nun, sei versichert, daß ich es besser kann. Das Geheimnis liegt in der Mischung von geronnener Eselsmilch und Öl. Und deine Haut ist hinterher glatt wie ein Kinderpopo.« Mit diesen Worten begann er mein Gesicht mit der Mixtur einzureiben. Jeder Barbier hat sein eigenes Geheimrezept, und dieses roch zwar merkwürdig, aber nicht unangenehm.

»Erzähl mir«, sagte ich, während er seine Verrichtungen begann, »wie lange diese *insula* dort schon steht.« Ich wies auf diejenige, in der Claudia ihre Wohnung hatte. Jetzt konnte ich auch erkennen, daß sie nur vier Stockwerke hatte, was gemessen an den Standards der damaligen Zeit nicht besonders hoch war.

»Na also, die ist erst im letzten Jahr erbaut worden.« Er fing an, an meinem Bart rumzukratzen. Ob es nun an der Schärfe der Klinge oder der Wirksamkeit seiner Creme lag, es fühlte sich beinahe so sanft an, als ob man vom *tonsores* meines Vaters rasiert wurde, einem syrischen Sklaven von sagenumwobener Fertigkeit. »Das alte Gebäude auf diesem Grundstück ist abgebrannt, mein Herr. Es war ein wirklich furchteinflößendes Feuer, das ganze Viertel war in Panik. Die Vigilien waren zum Glück in der

Nähe, obwohl die ja meistens auch nichts machen können. Wir haben die Wasserrohre auf der Straße aufgerissen und das Feuer gelöscht, bevor es sich ausbreiten konnte. Das Gebäude war allerdings zerstört.«

»Weißt du, wer den Neubau errichtet hat?« fragte ich, während er mit der Klinge meinen Hals hinunterschabte.

»Irgendein Freigelassener. Einer von den großen, reichen, sagt man. Wie heißt er noch gleich; Na –« Er begann meinen Nacken zu rasieren. »Angeblich ist der Kerl fast so reich wie Konsul Crassus und verfügt über großen Besitz in der Stadt.«

Ich wollte den Guten nicht auf dumme Gedanken bringen, aber ich mußte wissen, ob mein Verdacht richtig war. »Ich glaube, ich weiß, wen du meinst. Hat denselben Namen wie ein alter Konsul, stimmt's? Ich meine Varros Kollegen, als Hannibal bei Cannae auf unsere Armee getroffen ist.«

Der Barbier spuckte auf die Pflastersteine. »Verflucht sei der Tag. Aber ja, du hast recht. Der Kerl heißt Paulus. Sergius Paulus. Soll angeblich der reichste Freigelassene in ganz Rom sein, und das will schon etwas heißen. Ihm gehört die halbe Stadt, einschließlich der *insula* da drüben. Es ist eine verdammte Schande, wenn Freigelassene so reich werden, während der Normalbürger den ganzen Tag arbeiten muß, um seinen Lebensunterhalt zu verdienen.«

»Du warst doch bestimmt bei der Legion?« fragte ich zerstreut. Ich kannte die Sorte.

»Fünfzehn Jahre mit Sulla«, sagte er stolz. »Was macht es schon, wenn wir das versprochene Land nicht gekriegt haben? Es waren gute Jahre. Wie ich sehe, bist auch du bei den Adlern kein Fremder. Das ist eine prächtige Narbe, die du da hast, mein Herr, wenn ich mir die Bemerkung erlauben darf.«

Ich strich über die Narbe. Der Mann hatte mit größter Geschicklichkeit drumherum rasiert. »Hispania. Mit Metellus. Allerdings nicht die großen Schlachten mit Sertorius, sondern Kämpfe in den Bergen gegen katalanische Freischärler.«

137

Der Barbier pfiff durch die Zähne. »Das waren harte Kämpfe. Wir hatten in Numidien so was Ähnliches. So, mein Herr, wie gefällt dir das?« Er hielt mir einen Bronzespiegel hin, und ich bewunderte mein Abbild. Der Mann hatte angesichts meines ursprünglichen Zustands achtbare Arbeit geleistet.

»Wunderbar«, versicherte ich ihm. »Sag mal, diese *insula* – weißt du irgend etwas über die Leute, die dort wohnen?«

Der Barbier hatte endgültig entschieden, daß ich mit meinem Interesse an diesem Gebäude doch etwas seltsam war. »Nun ja, mein Herr...«

»Ich bin Decius Caecilius Metellus der Jüngere von der Kommission der Sechsundzwanzig«, erklärte ich. »Wir haben Beschwerden bekommen über Unregelmäßigkeiten bei Bau und der Vermietung dieser *insula*. Und deshalb wüßte ich gern, was die in der Nachbarschaft lebenden Bürger davon halten.«

»Oh. In diesem speziellen Fall, mein Herr, wissen wir ein wenig. Dieser Sergius Paulus hat das Erdgeschoß an irgendwelche vornehmen Leute und die oberen Etagen an Händler und dergleichen vermietet. Ziemlich anständige Buden, wie man hört, aber sie sind ja auch noch neu. In ein paar Jahren ist das Haus genauso heruntergekommen wie die meisten anderen auch.«

»Allerdings. Weißt du irgend etwas über die Dame, der eine der Erdgeschoßwohnungen gehört? Sie ist manchmal mit einer prachtvollen von Numidern getragenen Sänfte unterwegs.«

Der Barbier zuckte mit den Schultern. »Wahrscheinlich meinst du die, die in den letzten Monaten die Maler im Haus hatte. Hab' sie selbst noch nie gesehen, aber es gibt Leute, die sagen, daß sie nachts lange auf ist. Von Numidern hab' ich allerdings noch nie was gehört. Irgendwer hat mal was von Ägyptern erzählt. Wieder andere sagen, die Träger sind schwarze Nubier.«

Also mietete sich Claudia ihre Träger, anstatt Sklaven der Familie zu verwenden. In der Stadt gab es entsprechende Mietagenturen, aber es wäre zwecklos, dort nachzufragen. Höchstwahrscheinlich borgte sie sich auch die Träger von Freunden aus. Es würde mich jedoch auf keinen Fall weiterbringen, ihre Fortbewegungsart zu ermitteln. Ich konnte die Sklaven fragen, wo sie sie hingebracht hatten, aber die würden sich aller Wahrscheinlichkeit nach nicht daran erinnern. Warum sollten sie auch? Und was wäre der praktische Nutzen? Sklaven konnten vor Gericht nur unter Folter aussagen, und man glaubte ihnen sowieso nicht.

»Ich danke dir«, sagte ich und gab dem Mann ein *As*. Die großzügige Bezahlung überraschte ihn. Ein Viertel-As wäre angemessener gewesen.

»In Ordnung, mein Herr. Wenn du je wieder etwas über diesen Teil der Stadt wissen möchtest, frag einfach nach Quatrus Probus, dem Barbier.«

Ich versicherte ihm, daß ich mich stets an ihn wenden würde, und machte mich auf den Heimweg. In den folgenden Jahren sollte der Ex-Legionär und jetzige Barbier einer meiner besseren Informanten werden, obwohl er immer aus einem bürgerlichen Pflichtgefühl heraus und nie wie ein selbstsüchtiger Spitzel handelte.

Meine Klienten gaben sich alle Mühe, mich nicht zu beachten, als ich in mein Haus taumelte. »Ich will nichts hören«, sagte ich zu Cato, als er auf mich zustürzte. »Los, alle Mann zum Praetor. Wir sind spät dran.«

Also marschierten wir los zum Haus meines Vaters. Die alte Stumpfnase persönlich rief mich zur Seite, als wir dort eintrafen. »Wo bist du gewesen?« zischte er. Es war ungewöhnlich, ihn so erregt zu sehen.

»Ich war aus und hab' mich aufgeführt wie der letzte Degenerierte«, erklärte ich.

»Daran hege ich nicht den geringsten Zweifel. Nun, die Nacht war auch sonst nicht ereignislos, ganz unabhängig davon, wie du sie verbracht hast.«

»Oh?« machte ich. »Inwiefern?«

»In deinem Amtsbereich ist vergangene Nacht ein Mord geschehen!«

Ich spürte einen deutlichen Schauer wie früher als Junge, wenn ich meinem Lateinlehrer meine Lektion vortragen sollte und mir gleichzeitig klar wurde, daß ich nicht vorbereitet war.

»Schlimm genug, daß du unterwegs warst – mit deinen Freunden zechen«, fuhr er fort, »aber du warst heute früh nicht einmal zu Hause, um den Bericht der Vigilien entgegenzunehmen.«

»Und was hatten die heute morgen Wichtiges mitzuteilen?« fragte ich ungeduldig. »An den meisten Tagen ist es wenig genug.«

»Ach, nur, daß einer der reichsten Männer Roms ermordet worden ist«, sagte mein Vater. Mir standen die Haare im frisch rasierten Nacken zu Berge. »Obwohl er nur niedriger Geburt war, wird sein Tod eine Menge Ärger mit sich bringen.«

»Und sein Name?« fragte ich, obwohl ich die Antwort schon ahnte.

»Sergius Paulus, der reichste Freigelassene seiner Generation. Du hast ja keine Ahnung, um wieviel schwieriger mein Amt durch das Ableben dieses Abschaums wird.«

»Und warum«, fragte ich mit zusammengebissenen Zähnen, »macht der Tod dieses Mannes deine Aufgabe noch komplizierter?«

»Es ist wegen Herculaneum«, nörgelte mein Alter. »Das war seine Heimatstadt. Wie so viele Freigelassene ist er, um seine ärmliche Jugend endgültig abzustreifen, Patron seiner Vaterstadt geworden. Du weißt ja, wie sie es anstellen... ein eindrucksvolles Amphitheater, errichtet zum Andenken an seine mutmaßlichen Vorfahren, ein Theater, ein Junotempel und so weiter. Jetzt werden diese ganzen Provinzbeamten scharenweise bei mir vor Gericht erscheinen und wissen wollen, wie diese großartigen Vorhaben fertiggestellt werden sollen – jetzt, da der unselige Sergius Paulus tot ist.«

»Da wir gerade von dem Unglücklichen reden«, sagte ich, »wie hat ihn sein vorzeitiges Ende ereilt?«

Vater zog die Brauen hoch. »Woher soll ich das wissen? Du

bist schließlich derjenige, der den Bericht der Vigilien entgegenzunehmen hat. Lauf los und frag den Hauptmann. Er muß hier irgendwo sein.«

Ich hastete davon und bahnte mir auf der Suche nach dem Hauptmann der Vigilien einen Weg durch die Klienten meines Vaters. Ich fand ihn in einer Ecke, wo er schläfrig ein paar übriggebliebene Kuchen mit ein wenig stark verwässertem Wein herunterspülte. Ich packte seinen Arm und riß ihn herum, so daß er mich ansehen mußte.

»Was war los?« wollte ich wissen.

»Also, mein Herr, das war so. Du warst nicht zu Hause, deshalb bin ich hierhergekommen, zum Hause deines Vaters, des Praetors, genau wie du es mir für den Fall aufgetragen hattest, daß du nicht in der Lage sein solltest –«

»Phantastisch!« Ich brüllte jetzt förmlich und handelte mir ein paar irritierte Blicke von den anderen Klienten meines Vaters ein. »Du hast deine Pflicht auf wirklich bewundernswerte Weise erfüllt. Was ist letzte Nacht passiert?«

Er begann, mir von den Begebenheiten der letzten Nacht zu erzählen. Er war an der Spitze seiner Eimer schleppenden Männer durch die Stadt marschiert, als ein hysterischer Sklave auf ihn zugerannt war und ihn angefleht hatte, er solle sofort kommen. Ein wichtiger Mann sei umgebracht worden, gewalttätig.

»Wie ist Paulus ermordet worden?« fragte ich.

»Er wurde erwürgt. Anscheinend mit einer Bogensehnengarotte. Genau wie dieser freigelassene Gladiator vor ein paar Tagen, wie mir jetzt auffällt.«

»Sag bloß«, bemerkte ich. »In welchem Zustand befand sich sein Haushalt?«

»Hab' ich nicht überprüft. Ich habe eine Wache an der Tür postiert und angeordnet, daß niemand das Haus verlassen dürfe. Dann bin ich zu deinem Haus gelaufen. Und von dort hierher. Es ist noch keine Stunde her, seit mich Paulus' Sklave auf der Straße angehalten hat.«

Ich versuchte nachzudenken, was sich als äußerst schwierig erwies, weil ich die Nachwirkungen der vergangenen Nacht noch nicht ganz abgeschüttelt hatte. Was hatte Claudia mir bloß in den Wein getan? Mir fiel der bittere Beigeschmack wieder ein. Das sah einer Claudierin ähnlich, einen der besten Weine, die es gab, zu verpanschen. Seltsamerweise verschaffte mir das Wissen, daß man mir einen besonderen Trank verabreicht hatte, eine gewisse Befriedigung. Es bot mir eine Entschuldigung dafür, daß ich mich benommen hatte wie ein schwachsinniger Satyr.

Ich kehrte zurück an die Seite meines Vaters. »Vater, ich muß auf der Stelle eine Untersuchung einleiten. Kann ich mir deine Liktoren ausleihen? Ich muß unbedingt dort sein, bevor die Offiziellen auftauchen. Die Sklaven müssen eingesperrt werden, bis der Mörder entlarvt ist. Es wird ein schreckliches Hauen und Stechen um Paulus' nachgelassenen Reichtum geben. Ich glaube, er hatte keinen Sohn.«

»Nun gut.« Vater machte ein Handzeichen, und zwei Liktoren gesellten sich zu uns. »Ich werde dort selbst irgendwann im Laufe des Tages als Praetor auftauchen. Was für ein verworrenes Durcheinander das wieder geben wird! Ist doch jedesmal das gleiche, wenn einer von diesen reichen Freigelassenen stirbt. Keine anständige Familie, die Anspruch auf seinen Besitz geltend machen könnte. Hatte er eine Frau?«

»Das finde ich heraus«, versprach ich ihm.

»Na, dann mach, daß du weg kommst. Und ich will deinen fertigen Bericht hören, wenn ich komme.«

Nachdem wir, meine Klienten im Schlepptau, Vaters Haus verlassen hatten, sagte ich zu einem der Liktoren: »Geh zum Ludus des Statilius Taurus und hol den Arzt Asklepiodes. Bring ihn zu Sergius Paulus' Haus.« Seelenruhig marschierte der Mann von dannen. Es ist völlig nutzlos, von einem Liktoren zu verlangen, sich zu beeilen. Sie sind sich ihrer eigenen Würde einfach zu bewußt.

Jedenfalls hatte ich jetzt etwas, das mich von meinem dröhnenden Kopf und dem flauen Gefühl im Magen ablenken konnte. Die Nachricht würde sich in Windeseile in der ganzen Stadt verbreiten. Morde waren an sich nichts Ungewöhnliches in Rom, aber der Mord an einem Prominenten war immer gut für einen Skandal. Vor ein paar Jahren hätte deswegen kein Mensch mit der Wimper gezuckt. Während der Proscriptionen waren Senatoren und *equites* scharenweise umgebracht worden. Man hatte Spitzeln einen Teil des beschlagnahmten Besitzes eines denunzierten Verräters überlassen, so daß praktisch jeder Reiche in Gefahr war. Aber die Menschen haben ein kurzes Gedächtnis, und die letzten Jahre waren von Frieden und Wohlstand geprägt gewesen. Die Ermordung des reichsten Freigelassenen Roms würde die Müßiggänger für Tage beschäftigen.

Der Wächter lehnte halb schlafend am Türrahmen, als wir bei Paulus' Haus ankamen. Blinzelnd und gähnend versicherte er mir, daß niemand an ihm vorbeigekommen sei, seit der Hauptmann losgegangen war, um mich zu suchen. Er trat zur Seite, und ich passierte zusammen mit meinem Liktor und meinen Klienten die Schwelle. Ich wandte mich an Burrus, meinen alten Soldaten.

»Überprüfe jedes Zimmer. Finde heraus, ob es noch irgendwelche anderen Ausgänge oder Fenster gibt, die groß genug sind, daß ein Mensch hindurchklettern kann.« Er nickte und eilte entschlossen davon. Ein fetter, verzweifelt aussehender Mann kam, sich verbeugend und schwitzend, auf mich zugerannt.

»Mein Herr, ich bin ja so froh, daß du gekommen bist. Es ist einfach schrecklich, schrecklich. Mein Gebieter Sergius ist ermordet worden.«

»Das hab' ich schon gehört. Und du bist...?«

»Postumus, der Majordomus, mein Herr. Bitte, komm –«

Ich unterbrach ihn mit einer abwinkenden Handbewegung. »Sorg dafür, daß sich alle Haussklaven auf der Stelle im Peristylium versammeln«, ordnete ich an. »Hat jemand seit Entdeckung der Leiche das Haus verlassen?«

»Auf keinen Fall, mein Herr. Und das Haushaltspersonal ist bereits versammelt, wenn du mir bitte folgen würdest.«

»Ausgezeichnet. War Paulus verheiratet?«

»Er hatte vor seiner Freilassung eine Sklavenfrau, aber sie starb, bevor er freigelassen wurde.« Sklaven konnten natürlich keine offiziellen Verbindungen eingehen, aber nur die hartherzigsten Herren weigerten sich, solche Beziehungen unter Sklaven zur Kenntnis zu nehmen.

»Irgendwelche freien Kinder?«

»Keine, mein Herr.«

Bald werden sich die rachsüchtigen Geier einfinden, dachte ich. Wir betraten das Peristylium, den von Säulen umfaßten Hof. Er hatte eine Sonnenuhr in der Mitte. Für ein Landhaus wäre der Platz normal gewesen, aber für ein Stadthaus war er extrem groß, und das war nur gut so, denn es hatten sich mindestens zweihundert Sklaven versammelt.

Die Tränen flossen in Strömen; das Geschluchze und Gekreische hätte einem Trupp professioneller Klageweiber alle Ehre gemacht. Vielleicht lag es daran, daß Paulus ein gütiger Herr gewesen war, aber es war viel wahrscheinlicher, daß sie furchtbare Angst hatten, und das mit Recht. Sie waren im schlimmsten Alptraum aller Sklaven gefangen. Wenn ihr Herr wirklich von einem von ihnen umgebracht worden war, und sollte dieser Sklave nicht hervortreten und seine Tat gestehen oder überführt werden, würde jeder einzelne von ihnen gekreuzigt werden. Es war eines unserer grausamsten und verachtenswürdigsten Gesetze, aber es galt, und wenn ich den Mörder nicht fand, würde Cato (der widerwärtige Senator, nicht mein ausgezeichneter Sklave) darauf bestehen, daß es angewendet wurde. Er würde sich wahrscheinlich nicht die Mühe machen, die Tatsache in Betracht zu ziehen, daß das Opfer ein Freigelassener und kein Freigeborener war; für Cato war ein Sklavenhalter ein Sklavenhalter. Und er ließ keine Gelegenheit aus, sich so brutal und primitiv zu gebärden wie die Vorfahren, die er verehrte.

»Wer war der letzte, der euren Herrn lebend gesehen hat?«
fragte ich so laut, daß alle es hören konnten. Zögernd trat ein sehr
großer und pummeliger Eunuch nach vorn.

»Ich bin Pepi, mein Herr«, sagte er mit flötender Stimme. »Ich
schlafe immer auf der Schwelle des Schlafzimmers meines Herrn,
um seine Ruhe zu schützen und ihm nachts, wenn er rief, zu
Hilfe zu eilen.«

»Letzte Nacht warst du ja keine besonders große Hilfe. Irgend
jemand hat sich an dir vorbeigeschmuggelt.«

»Das ist völlig unmöglich!« beharrte er mit der kindischen
Empörung eines Eunuchen. »Ich wache beim leisesten Geräusch
auf. Deswegen hat mein Herr mich ja auch für diese Aufgabe ausgewählt. Deswegen und weil ich stark bin und ihn leicht aus dem
Bett und auf seinen Nachttopf heben konnte, wenn er dazu selbst
nicht in der Lage war.«

»Ausgezeichnet«, sagte ich. »Damit bist du der Hauptver-
dächtige.« Der Fast-Mann wurde schrecklich blaß, als könne er
die Nägel schon in seinem Fleisch spüren. »Hast du gestern
abend, als er zu Bett ging, etwas Ungewöhnliches bemerkt?«

»Nichts, mein Herr. Er hatte viel Wein getrunken, wie meistens. Ich zog ihn aus, legte ihn ins Bett und deckte ihn zu. Er
schnarchte schon, bevor ich aus dem Zimmer war. Ich legte mich
auf mein Lager und schlief ein. Wie jeden Abend.«

»Und du hast nichts Ungewöhnliches bemerkt? Nichts hat
dich geweckt? Denk scharf nach, guter Mann, wenn du Angst
vor dem Kreuz hast.« Er dachte nach, und auf seiner blassen Stirn
bildeten sich Schweißtropfen. Seine Augen weiteten sich ein wenig, als seinem tumben Verstand ein Gedanke gekommen war.
»Ja, da war etwas. In den frühen Morgenstunden bin ich einmal
aufgewacht. Ich dachte, mein Herr hätte mich vielleicht gerufen,
aber es hatte keinen Laut gegeben. Dann fiel mir auf, daß mein
Herr nicht mehr schnarchte, und ich vermutete, daß ich deswegen wach geworden war. Das passiert manchmal. Danach bin ich
wieder eingeschlafen.«

»Das klingt logisch«, sagte ich. »Tote schnarchen nicht. Woher wußtest du, wie spät es war?«

»Von meinem Lager kann ich durch die Halle das Peristylium sehen. Von dort kam ein schwaches Licht, das Licht der Stunde vor Morgengrauen.«

Ich wandte mich wieder allen Sklaven zu. »Keiner von euch verläßt das Haus, und bleibt ruhig. Sollte jemand versuchen zu fliehen, wird dies als Geständnis seiner Komplizenschaft gewertet, und er wird gekreuzigt. Seid guten Mutes. Ich werde den Mörder bald gefunden haben, und ich glaube nicht, daß es einer von euch war.« Dessen war ich mir keineswegs sicher, aber eine Massenpanik konnte ich hier nicht riskieren. Sie sahen mich dankbar und voller Hoffnung an, und ich kam mir vor wie ein niederträchtiger Betrüger.

Burrus betrat das Peristylium. »Außer der Tür zur Straße gibt es im Haus keine Türen, Herr«, sagte er und kicherte dann. »Und wir wundern uns immer, warum so viele Menschen bei Bränden umkommen. Alle Fenster sind so klein, daß nur ein Kind hindurchkriechen könnte – wie bei allen Stadthäusern. Natürlich könnte man« – er zeigte mit dem Daumen auf die breite Öffnung über dem Hof – «durch dieses *compluvium* sogar einen Elefanten abseilen.«

Ich krümmte meinen Finger, und mit einem Satz stand der Majordomus neben mir. »Laß eine Leiter holen«, sagte ich. »Ich möchte mir dieses Dach mal genauer ansehen.« Er schnippte mit den Fingern, und ein Sklave rannte los.

»Jetzt möchte ich Sergius Paulus sehen«, sagte ich. Ich folgte dem Majordomus durch einen kurzen Flur zu einer offenen Tür. Die Matte des Eunuchen lag noch auf dem Boden, zur Seite geschoben und vergessen. Bevor ich ins Zimmer trat, schwang ich die Tür ein paarmal hin und her. Sie öffnete sich nach außen in den Flur. Man hätte also den Eunuchen samt seiner Bettstatt verschieben müssen, um hineinzukommen. Außerdem quietschten die ungeölten Angeln laut.

146

Das Zimmer selbst war für einen so reichen Mann erstaunlich karg und schmucklos eingerichtet. Es gab einen kleinen Tisch und ein flaches Bett, das für einen Mann seines Ausmaßes gerade groß genug war. Ein Schlafzimmer ist eben lediglich ein Raum, in dem man sich erholte. Vergnügen hatte Paulus am Tisch und im Bad gesucht.

Er lag auf seinem Bett, das Gesicht verzerrt und mit einer bläulichen Linie um den Hals. Trotz seines Gesichtsausdrucks gab es keine Spuren eines Kampfes. Er war betrunken ins Bett gegangen und wahrscheinlich nie wieder aufgewacht. Das Seil hatte man nicht zurückgelassen.

In der der Tür gegenüberliegenden Wand war ein hohes Fenster, das an keiner Kante länger als dreißig Zentimeter war, vielleicht sogar ein bißchen kürzer. Nur ein Junge könnte dort eingedrungen sein. Ich vermutete, daß genau das geschehen war. Ich verließ das Zimmer und gab Anweisung, daß niemand es betreten dürfe.

Ich stand gerade auf der Leiter und untersuchte das Dach, als ich jemanden meinen Namen rufen hörte. Ich sah nach unten, wo mein Vater mit einem Haufen Beamter stand.

»Was stehst du da oben auf der Leiter rum wie ein Anstreicher, obwohl du dich dringend um offizielle Angelegenheiten kümmern solltest?« wollte er wissen.

»Ich kümmere mich um offizielle Angelegenheiten«, erwiderte ich. »Ich untersuche dieses Dach. Es befindet sich in einem schockierenden Zustand. Baufällige Ziegel und Moos überall. Warum sollte man so reich werden wie Sergius Paulus, wenn man sich nicht mal ein anständiges Dach leisten kann?«

»Die Einhaltung von baulichen Qualitätsrichtlinien zu überprüfen wird vielleicht eines Tages zu deinen Pflichten gehören, wenn du erst Quaestor bist. Jetzt nicht.«

Ich nahm einen Ziegel vom Rand des *compluviums* und schüttelte ihn. Kleine morsche Brocken fielen in den Abfluß für das Regenwasser im Hof. Sonst lagen keine Teilchen auf der Erde.

Ich stieg von der Leiter. »Der Täter ist jedenfalls nicht über das Dach gekommen. Sonst hätte er auf den Ziegeln und dem Moos Spuren hinterlassen.«

»Was soll das philosophische Interesse an solchen Details?« fragte jemand. Ich bemerkte meinen Kollegen Rutilius. Opimius war auch da.

»Ich möchte herausfinden, wer der Mörder ist.«

»Das ist doch offensichtlich«, sagte Opimius. »Der fette Eunuch hat ihn umgebracht. Die Fenster sind zu klein für einen Eindringling, und der Sklave hat auf der Schwelle geschlafen. Wer hätte eine günstigere Gelegenheit gehabt?«

Ich sah ihn angewidert an. »Rede nicht wie ein Schwachkopf.«

»Was soll das heißen?« wollte er wissen.

»Selbst ein Einfaltspinsel wie er wäre schlau genug gewesen, keine Garotte zu benutzen«, sagte ich. »Oder einen Dolch oder sonst irgendeine Waffe. Du hast doch gesehen, wie groß der Kerl ist. Sergius war betrunken, und er hätte ihn nur mit einem Kissen ersticken müssen. Am nächsten Morgen hätte es dann ausgesehen, als sei er eines natürlichen Todes gestorben, wie so oft bei dicken Männern, die zuviel trinken. Ich wette, daß etliche Sklavenhalter, die zu schnell mit der Peitsche bei der Hand waren, auf diese Weise gestorben sind.«

»Sag nicht so etwas!« meinte Rutilius entsetzt.

»Warum nicht? Wir alle leben in ständiger Angst, von unseren Sklaven im Bett ermordet zu werden. Erzähl mir nicht, daß du noch nicht daran gedacht hast. Warum sollte man sonst ein ganzes Haus voll Sklaven kreuzigen, nur um einen Mörder zu finden? Weshalb hat Crassus im vergangenen Jahr sonst sechstausend Aufständische hinrichten lassen?«

Alle waren schockiert und indigniert. Ich redete über ein Thema, das weit sensibler war als die Keuschheit ihrer Gattinnen. Es war eine geheime und verleugnete Angst, mit der wir alle lebten. An einem besseren Tag hätte ich meine Zunge in Zaum gehalten, aber heute war ganz bestimmt kein guter Tag.

»Wenn nicht der Eunuch, wer war es dann?« fragte mein Vater, um uns zum Ausgangspunkt unserer Erörterungen zurückzubringen.

»Ich weiß nicht, aber…« Mir war klar, daß ich zur falschen Zeit den falschen Leuten gegenüber eine Unsicherheit zugab. Ich versuchte, meinen Schnitzer zu vertuschen. »Ich habe einen konkreten, fast sicheren Verdacht. Dies ist jedoch« – ich sah mich um und senkte meine Stimme – »weder der Ort noch die Zeit, darüber zu sprechen, wenn ihr wißt, was ich meine.« Natürlich wußten sie das nicht, aber sie nickten verständnisvoll. Jeder Römer liebt eine Verschwörung.

»Und weiter«, sagte mein Vater. »Aber mach es nicht zu langatmig.« Er drehte sich um und brüllte »Schreiber« mit jenem beeindruckenden Organ, das einst eine Legion in Angst und Schrecken versetzt hatte. Ein Grieche mit tintenbeklecksten Fingern kam angerannt. »Hat Paulus ein Testament hinterlassen?« wollte Vater wissen.

»Ja, Praetor. Kopien sind in den Archiven und im Tempel der Vesta hinterlegt. Mein Herr hat im Januar jeden Jahres ein neues Testament aufgesetzt.«

»Jedes Jahr ein neues?« sagte Vater. »Konnte sich wohl nicht entscheiden, was? Wie dem auch sei, ein Testament macht die Sache deutlich einfacher.«

Rutilius schnaubte verächtlich. »Verzeih mir, Praetor, aber es wird überhaupt nichts vereinfachen. Wenn er aus einer bedeutenden Familie mit vielen wichtigen Verwandten stammen würde, die seinen letzten Willen bestätigen könnten, würde wohl niemand wagen, das Testament anzufechten. Aber er war bloß ein Freigelassener, und es geht um einen großen Besitz. Es wird bösartige Auseinandersetzungen geben, die sich endlos hinziehen werden.«

»Da hast du wahrscheinlich recht«, meinte Vater. »Vielleicht können wir die öffentliche Verlesung bis ins neue Jahr hinauszögern, dann können sich die neuen Magistraten damit herumschlagen. Ich werde dann schon in Hispania Ulterior sein und mit alldem nichts zu tun haben.« Wenn damals die neuen Praetoren ihr Amt antraten, entschied der Senat, welche Provinzen sie nach Beendigung ihrer Amtszeit als Propraetoren verwalten sollten. Dort regierten sie dann ein oder vielleicht sogar zwei oder drei Jahre als römische Statthalter. Selbst für einen ehrlichen Statthalter gab es in diesem Amt ausreichend Gelegenheit, zu großem Reichtum zu kommen. Vater hatte als Provinz das jenseitige Hispania zugeteilt bekommen. Nicht unbedingt eines der Sahnestücke, aber auch keinesfalls übel.

Vater deutete in der mächtiger Menschen eigenen Art an, daß er jetzt mit mir allein sein wollte, und Rutilius, Opimius und die anderen gingen und taten so, als würden sie ermitteln.

»Mein Sohn«, sagte Decius Ceacilius Metellus der Ältere zu Decius Caecilius Metellus dem Jüngeren, »vielleicht solltest du mit mir nach Hispania kommen. Du kannst in meinem Stab Dienst tun. Es ist bestimmt nicht verkehrt, eine Zeitlang nicht in Rom zu sein. Außerdem wird ein wenig Erfahrung in einer Provinzverwaltung nützlich sein. Es ist besser, wenn man die Arbeit auf niedrigerer Ebene kennengelernt hat, bevor der Senat einem eine ganze Provinz auf die Schultern lädt.«

Der alte Herr machte sich auf seine Weise Sorgen. Er wollte mir die Konsequenzen meiner eigenen Torheit ersparen, solange das noch unter dem Vorwand der Pflichterfüllung möglich war.

»Ich denke drüber nach, Vater«, sagte ich. »Aber zunächst muß ich einen Mörder fassen, vielleicht sogar mehrere.«

»Das ist gut«, sagte er. »Aber behalte die Verhältnismäßigkeit im Auge. Es hat in deinem Amtsbereich ein paar Mordopfer gegeben, aber wer waren sie? Ein freigelassener Gladiator, der niedrigste Abschaum; ein obskurer griechisch-orientalischer Händler, jetzt ein Freigelassener. Zugegebenermaßen ein reicher Freigelassener, aber nichtsdestoweniger ein Ex-Sklave. Setz nicht für solche Leute deine Karriere, deine Zukunft, ja dein Leben aufs Spiel.«

Ich sah ihn an und erblickte zum ersten Mal in meinem Leben einen ziemlich ängstlichen alten Mann, aber auch einen Mann, der sich Sorgen um seinen Sohn machte. »Freie Bürger sind in der Subura umgebracht worden, Vater«, sagte ich. »Die Subura ist mein Amtsbereich. Ich werde für Gerechtigkeit sorgen.«

Darauf konnte er nichts erwidern. Ein römischer Beamter konnte die Pflicht genausowenig verleugnen wie die Götter. Das war natürlich nicht fair von mir. Ich hatte kein großes Interesse an der römischen Ordnung jener Tage, ich hatte weder eine Frau noch Kinder und auch kein hohes Amt inne. Ich gehörte zur überflüssigsten Gruppe von Bürgern – den jungen Männern vornehmer Herkunft, die normalerweise die unteren Ränge des Beamtenstandes bekleideten. Aber in jenem Augenblick kam ich mir ziemlich tugendhaft vor und fühlte mich außerdem so erbärmlich, daß es mir egal war, ob ich tot oder lebendig war. Ich weiß nicht, ob das an der Achtlosigkeit meiner Jugend lag oder nur dem Zeitgeist entsprach. Die meisten aufstrebenden jungen Männer meiner Generation benahmen sich, als ob sie ihr eigenes Leben genauso geringschätzten wie das Leben anderer. Selbst die reichsten und vornehmsten von ihnen suchten ihr Heil ohne Zögern in irgendwelchen Verzweiflungstaten, wohl wissend, daß sie ihr Scheitern mit ihrem Leben bezahlen würden. Und in diesem Augenblick war ich genauso fahrlässig wie alle anderen auch.

Ein paar Minuten später kam Asklepiodes. Das Haus war jetzt bald so voll wie die Kammer des Senats während einer Kriegsdebatte. Zwei Quaestoren samt ihren Sekretären waren eingetroffen und erstellten mit Hilfe des Majordomus Inventarlisten. Auch zwei Liktoren waren da gewesen und hatten den unglücklichen Eunuchen ins Gefängnis unter dem Capitol gebracht, wo er seines weiteren Schicksals harrte.

»Schon wieder ein Mord?« fragte Asklepiodes.

»Und ein merkwürdiger dazu«, erklärte ich ihm. »Bitte folge mir.«

Wir gingen ins Schlafzimmer, dem einzigen Raum des Hauses, in dem es nicht von Menschen wimmelte. Asklepiodes kniete neben dem Bett nieder und untersuchte den Hals des Opfers.

»Ich würde auch gern den Nacken sehen, aber ich brauche Hilfe, um ihn umzudrehen.«

Ich wandte mich an meine Klienten, die direkt vor der Schwelle warteten. »Helft ihm, die Leiche hochzuheben.« Sie schüttelten die Köpfe und wichen zurück. Die Römer sind durchaus bereit, dem Körper eines lebendigen Menschen die schrecklichsten Dinge anzutun, aber sie haben aus Furcht vor einer nicht näher spezifizierten Ansteckung Angst, einen Toten zu berühren. »Dann holt ein paar Sklaven her«, befahl ich. Einige Minuten später hatten sie die Leiche auf die Seite gedreht, und Asklepiodes stieß einen triumphierenden Schrei aus und zeigte auf eine runde Einkerbung in dem Ring dunkler Haut, der um den Hals lief.

»Was ist das?« fragte ich.

»Der Knoten. Er ist typisch für die Bogensehnengarotte, die von den Syrern verwendet wird.«

Ein neuer Schatten tauchte im Türrahmen auf, und ich drehte den Kopf, um ihm, wer immer es war, zu erklären, er solle verschwinden. Aber ich unterließ es, und das war gut so. In der Tür stand der Konsul, Pompeius der Große. Mit seinen sämtlichen Liktoren und Dienern mußte das Haus jeden Moment wie ein Vulkan ausbrechen.

»Sei gegrüßt, Metellus der Jüngere«, sagte er. Pompeius war ein gutaussehender Mann mit kantigem Gesicht und einer vorzüglichen Haltung. In einer Toga sah er allerdings immer ein wenig unbehaglich aus, als ob ihm eine Rüstung besser gepaßt hätte.

»Hoher Herr«, sagte ich und richtete mich aus meiner neben Paulus kauernden Position auf. »Ich hatte nicht erwartet, dich hier bei der Untersuchung eines Mordfalls anzutreffen.«

Er schenkte der Leiche kaum einen Blick. »Wenn ein so reicher Mann stirbt, ist die gesamte römische Wirtschaft in Gefahr.

Auf der Straße hat sich eine große Menschenmenge versammelt. Jetzt nachdem sie mich hier gesehen haben, werden sich die Dinge wieder beruhigen. Die Bürgerschaft hat etwas von ängstlichen Kindern. Wenn sie einen sehen, der als erfolgreicher Heerführer bekannt ist, glauben sie, daß alles in Ordnung ist.«

Das klang vernünftig. »Wird sein Tod einen solchen Aufruhr auslösen?«

»Als ich das Forum überquerte, haben die Sklavenspekulanten sich schon gegenseitig gefragt, wie er sich wohl auf die Sklavenpreise auswirken wird. Der Mann muß Tausende von ihnen besessen haben. Wenn sie jetzt alle auf einmal den Markt überschwemmen, sinken die Preise in den Keller. Kein Mensch weiß bisher, wieviel Land und Vieh ihm gehörten, wie viele Schiffe und Schiffsladungen. Ich weiß, daß er Anteile an irgendwelchen Minen in Hispania besaß, obwohl ihm natürlich offiziell nichts gehörte.«

Pompeius, der viele solcher Minen besaß, würde schon wissen, wovon er redete. Er warf einen Blick auf Asklepiodes. »Ein bißchen spät, einen Arzt zu rufen, oder?«

»Er ist nicht hier, um das Opfer zu behandeln, sondern um es zu untersuchen«, erklärte ich. »Meister Asklepiodes ist ein Experte, was alle gewaltsam zugefügten Verwundungen angeht. Seine Kenntnisse haben sich im Verlauf meiner Ermittlungen als sehr nützlich erwiesen.«

Pompeius zog die Brauen hoch. »Das ist ja etwas ganz Neues. Nun, mach weiter.« Er wandte sich zum Gehen, drehte sich aber noch einmal um. »Aber ich würde nicht zuviel Zeit darauf verschwenden. Das eigentliche Problem kommt auf die Quaestoren und Praetoren zu, die seinen Besitz zu sichten haben. Das Leben dieses Mannes an sich bedeutet nichts. Der Eunuch hat ihn getötet. Ich rate dir, es dabei zu belassen.«

»Ich werde erst ruhen«, sagte ich, »wenn ich das sichere Gefühl habe, daß der Mörder gefaßt ist.«

»Wie du willst.« Sein Blick war nicht feindselig, die Worte

nicht laut, aber sein Ton ließ einem das Blut in den Adern gefrieren. Er hinterließ ein gewichtiges Schweigen, als er das Schlafzimmer verließ.

VII

»Ich verstehe es immer noch nicht«, sagte ich zu Asklepiodes. Wir saßen in seinem geräumigen Quartier im Ludus des Statilius Taurus. Ich war noch nie zuvor in den Gemächern eines Arztes gewesen, aber ich vermutete, daß die Inneneinrichtung auch im Vergleich mit einer durchschnittlichen Wohnung eines Vertreters seiner Profession merkwürdig war. Alle möglichen Waffen hingen an den Wänden oder lagerten in den verschiedenen Zimmern in Regalen. An vielen von ihnen waren kleine Schriftrollen befestigt, die die verschiedenen Verwundungen beschrieben, die sie verursachen konnten.

»Daß ein Mann erdrosselt wurde?« fragte Asklepiodes.

»Nein, ich habe es hier mit drei Morden sowie einem Einbruch und einem Raub zu tun, und alle Verbrechen hängen irgendwie zusammen. Die Brandstiftung, nicht zu vergessen. Sinistrus hat zweifelsohne Paramedes ermordet, aber wer hat ihn stranguliert? Und ich kann auch nicht glauben, daß es dieselbe Person war, die dann Sergius Paulus getötet hat. Haben wir es also mit drei Mördern zu tun? Und wer ist in mein Haus eingebrochen, hat mir eins übergezogen und dann das Amulett gestohlen? Macro sagt, es müsse ein Junge gewesen sein und daß es anscheinend ein Ausländer war.« Ich war die ganze Zeit auf und ab gelaufen und trat jetzt ans Fenster. Von unten drangen Gerassel, Schreie und der keuchende Atem der in der Palaestra trainierenden Kämpfer herauf.

»Es ist in der Tat ein schwieriges Problem.« Asklepiodes

154

spielte mit einem verzierten, silbernen Stift. »Aber warum glaubst du, daß der Mörder von Paulus und Sinistrus nicht ein und dieselbe Person ist?«

Ich setzte mich auf ein geschmackvolles Sofa und ließ mein Kinn auf meiner Faust ruhen. »Du warst doch auch in Paulus' Schlafzimmer. Du hast das Fenster gesehen. Ich glaube nicht, daß der Eunuch ihn umgebracht hat. Und ich glaube auch nicht, daß er jemanden vorbeigelassen hat, weil er genau weiß, daß das seine Kreuzigung bedeuten würde. Also ist der Mörder durchs Fenster gekommen. Der Junge, der bei mir eingebrochen ist, könnte es gewesen sein. Nun gut, soweit ist alles ganz logisch. Es ist sicherlich nicht schwer, einen betrunkenen, schnarchenden Fettwanst zu erdrosseln.«

»Soweit kann ich dir folgen«, sagte Asklepiodes. Er trug das geflochtene, silberne Stirnband, das ich ihm bei unserem letzten Zusammentreffen geschenkt hatte. Ich nahm mir vor, ein weiteres Geschenk für ihn auszusuchen.

»Aber der Junge kann auf keinen Fall Sinistrus erdrosselt haben, weil der ein großer, kräftiger Mann und ausgebildeter Kämpfer war. Also muß es zwei Mörder geben, beides Experten im Umgang mit der Bogensehne.«

Asklepiodes legte den Stift zur Seite und schenkte mir ein überlegenes, wissendes Lächeln. »Wieso gehst du davon aus, daß ein außergewöhnlich kräftiger Mann Sinistrus stranguliert haben muß?«

Die Frage brachte mich ins Schwimmen. »Na ja, es scheint doch... wie könnte es anders sein?«

Der Arzt schüttelte den Kopf. »Eine Erdrosselung ist nicht dasselbe wie jemanden einfach mit bloßen Händen den Hals zuzudrücken. Erlaube mir, daß ich es dir demonstriere.« Er stand auf, ging zur gegenüberliegenden Wand und nahm einen kurzen Bogen von einem Haken. Er war nicht gespannt, die kräftige Sehne war um das untere Ende gewickelt. Er wickelte die Sehne vom Bogen ab und stellte sich vor mich. »Das ist die konventionellste Art, eine Garotte zu benutzen«, sagte er und wickelte sich eine Schlaufe des Seils um jede Hand. »Du bist viel größer und stärker als ich. Trotzdem…« Er trat hinter mich. Eine Hand blitzte vor meinem Gesicht auf, und ich spürte, wie die Sehne gegen meinen Hals drückte. Obwohl ich den Angriff erwartet hatte, geriet ich sofort in Panik. Es gibt wohl kein entsetzlicheres Gefühl, als zu spüren, daß einem der Atem abgeschnitten wird und man keine Luft holen kann. Ich packte hinter mich und merkte, daß sich der Arzt fest an meinen Rücken preßte. Ich konnte an seinen Kleidern zerren, aber ich konnte ihn nicht so fest packen, daß ich ihn hätte losreißen können. Ich begann auf eine Wand zuzulaufen, jederzeit bereit herumzuwirbeln, um ihn zwischen der Mauer und meinem Rücken zu zerquetschen, aber im selben Augenblick waren Mann und Sehne auf einmal weg.

»Siehst du?« sagte er, nachdem ich mich hingesetzt hatte und tief und stoßweise einatmete. »Man muß nicht besonders kräftig sein, um selbst einen starken Mann zu erdrosseln. Die Bewußtlosigkeit tritt nach weniger als einer Minute ein. Der Tod nach fünf oder sechs.«

»Aber warum«, fragte ich, als ich wieder Luft bekam, »hat Sinistrus den Jungen nicht gegen eine Mauer gedrückt?«

»Vielleicht war er zu schockiert oder zu dumm, aber es könnte auch noch an etwas anderem gelegen haben.« Geschickt knüpfte er einen Knoten in die Sehne. »Erinnerst du dich an den Punkt in Paulus' Nacken, den ich dir gezeigt habe?«

Ich nickte. Asklepiodes trat auf mich zu, und seine Hände bewegten sich flink. Im nächsten Moment begann ich wieder zu würgen, nur daß der Grieche diesmal lächelnd und mit beiden Händen auf dem Rücken vor mir stand. Meine Hände fuhren an meinen Hals und zerrten an dem Seil, aber es hatte sich in mein Fleisch gegraben, so daß ich meine Finger nicht darunterschieben konnte. Mir wurde schwarz vor Augen, und in meinem Kopf dröhnte es wie unter dem Nil-Katarakt. Ich spürte, wie meine Knie weich wurden und ich auf allen vieren zu Boden sank.

Meine Hände wurden taub, aber dann spürte ich eine Berührung in meinem Nacken, und Luft strömte in meine Lungen, köstlich wie Wasser für einen Verdurstenden.

Asklepiodes half mir aufs Sofa und reichte mir einen Becher gewässerten Wein. »Siehst du«, sagte er und hielt mir die Bogensehne vor die Augen, »das war eher eine Schlinge als eine klassische Garotte. Der syrische Laufknoten zieht sich fest und bleibt auch fest, wenn man ihn losläßt. Aber jemand, der den Trick kennt, kann ihn in Sekundenschnelle lösen.«

»Du mußt der Schrecken deiner Schüler sein«, krächzte ich. »Ich hoffe, du führst die Benutzung eines Schwerts nicht genauso vor.«

»Ich habe die Erfahrung gemacht, daß eine eindrückliche Lektion nicht wiederholt werden muß.«

Ich hatte tatsächlich nicht nur eine, sondern zwei wertvolle Lektionen gelernt. Die eine war, daß es unklug war, sich auf die eigene begrenzte Einschätzung einer Situation mit bizarren und noch nie dagewesenen Begleitumständen zu verlassen. Denn gerade in solchen Momenten neigt man dazu, sich sein eigenes Urteil auf der Basis von Unwissenheit und Vorurteilen zu bilden. Ich gelobte, von nun an stets eine kompetente Fachmeinung anzuhören, wie man es normalerweise bei rechtlichen, medizinischen und religiösen Fragen auch tut.

Ich bedankte mich bei Asklepiodes dafür, daß er mich fast ermordet hätte, und verabschiedete mich. Mein Rätsel war nun ein klein wenig durchsichtiger geworden. Der Mörder von Sinistrus hatte auch Sergius Paulus umgebracht, und es war derselbe ausländische Junge, der in mein Haus eingebrochen war und mich angegriffen hatte. Beim augenblicklichen Stand der Dinge war selbst eine unwesentliche Vereinfachung äußerst wünschenswert.

Andererseits wuchs meine Wut. Bedeutende Männer hatten sich verschworen, meine Ermittlungen zu hintertreiben. Claudia hatte mich auf eine für mich noch unverständliche Weise benutzt. Und ich war – das war das Unlogischste von allem – wütend auf Paulus' Mörder. Ich war dem Mann nur einmal begegnet und hatte ihn der Beteiligung an einer Verschwörung verdächtigt, aber ich hatte ihn gemocht. In einer Stadt voller selbstsüchtiger Politiker und militärischer Schurken, die alle als die großen Patrioten posierten, war Paulus ein erfrischend ehrlicher Prolet gewesen – ein Mann, der sein Leben der Anhäufung von Besitz und fleischlichen Genüssen gewidmet hatte, auf eine Art, wie es nur jemand, der als Sklave aufgewachsen ist, kann.

Ich hatte, bevor ich Paulus' Haus verlassen hatte, etliche seiner Sklaven verhört. Sie waren wegen der Aussicht, gekreuzigt zu werden, wenn der Mörder nicht gefunden wurde, natürlich völlig verängstigt. Sie schienen auch dem Eunuchen nichts Böses zu wünschen, aber ich spürte, daß sie hofften, daß man ihn als den Schuldigen entlarven würde, weil sie dann vielleicht mit dem Leben davonkamen. Darunter lag bei ihnen so etwas wie verzweifelte Hoffnung, denn Paulus hatte vielen von ihnen versprochen, daß er testamentarisch ihre Freilassung bestimmen würde, falls er ein vorzeitiges Ende fand.

Ich brachte es nicht übers Herz, ihnen zu erklären, daß ihre Hoffnung ziemlich vergeblich war, daß viele mächtige Männer den Besitz ihres Herren begehrten und daß sie Teil dieses Besitzes waren. Das Testament würde fast sicher nicht befolgt werden. Sie schienen über Sergius' Tod ernsthaft traurig zu sein, und nur ein so hartherziger Mann wie Cato (der Senator) war von einer solchen Hingabe nicht gerührt. Paulus hatte nach dem Verlust seiner Sklaven-Frau nie wieder geheiratet, und obwohl er sich mit vielen hübschen Sklavinnen amüsiert hatte, hatte er doch keine von ihnen mit einem Eheversprechen getäuscht, wie es so viele herzlose Männer tun. Er hatte mit keiner Frau je ein Kind gezeugt – ein Fluch, den er einem Fieber zugeschrieben hatte, das ihn etwa zur Zeit seiner ersten Rasur befallen hatte.

Was mich betraf, war Sergius Paulus ein zehnmal so wertvoller Mensch wie Publius Claudius, ein heimtückischer Flegel, dem praktisch alles in die Wiege gelegt worden war, der aber trotzdem von der Vorstellung besessen war, daß man ihm etwas vorenthalten hätte. Immerhin gab Rom einem Mann wie Paulus die Chance, sich über seinen Sklavenstatus zu erheben und etwas aus sich zu machen, was jener auch getan hatte. Die Griechen rümpften immer ihre attischen Nasen über uns und nannten uns ungehobelte Barbaren, aber selbst in den großen Tagen von Perikles ist meines Wissens nie einem athenischen Sklaven die Freiheit geschenkt worden. Nie ist einer ein Bürger geworden und konnte die Hoffnung hegen, daß seine Söhne einst mit purpurfarben gestreiften Togas in der Curia sitzen und mit anderen Senatoren wichtige Staatsangelegenheiten diskutieren könnten.

Das muß man uns immerhin lassen. Wir Römer haben Grausamkeiten begangen und Eroberungskriege geführt in einem Ausmaß, wie es von einem anderen Volk nie gewagt worden war, aber wir verteilen auch großzügig Chancen. Wir haben ganze Nationen versklavt, aber wir halten einen früheren Sklavenstatus auch nicht für ein Hindernis beim Aufstieg zu hohem gesellschaftlichen Rang. Die Patrizier machen zwar ständig ein großes Gewese aus ihrer Überlegenheit, aber was sind sie anderes als die bemitleidenswerten Überbleibsel eines niedergegangen, längst diskreditierten, priesterlichen Adels?

Es ist leider die traurige Wahrheit, daß wir in jenen Tagen wahnsinnig waren. Wir kämpften Klasse gegen Klasse, Familie gegen Familie. Wir hatten sogar einen Krieg Herren gegen Sklaven ausgefochten. Viele Nationen waren durch Bürgerkriege und interne Auseinandersetzungen zerstört worden. Rom ging jedesmal gestärkt aus solchen Konflikten hervor, ein weiterer Beweis für die Einzigartigkeit unseres Nationalcharakters. Damals spielten sich diese internen Kämpfe zwischen zwei Parteien ab: den *Optimaten*, die die besten Männer in ihren Reihen glaubten, und den *Populares*, die von sich behaupteten, die Partei des einfachen Mannes zu sein. Tatsächlich hatten Politiker beider Parteien keinerlei andere Ideale als die eigene Karriere. Pompeius, ein ehemaliger Kollege Sullas, war einer der Führer der *Optimaten*, während Gaius Julius Caesar trotz seiner patrizischen Herkunft der aufstrebende Führer der *Populares* war. Caesars angeheirateter Onkel war der berühmte Marius gewesen, und der Name Marius wurde von den *Populares* noch immer hoch verehrt. Bei solchen Führern ist die Tatsache, daß Rom von ausländischen Feinden nicht leicht zerstört werden konnte, ein Beweis dafür, daß wir die ganz besondere Gunst der Götter genießen.

All diese Gedanken gingen mir damals durch den Kopf, ohne mir in irgendeiner Weise hilfreich für die Lösung meines Problems zu sein. Und nun hatte ich auch noch etwas anderes zu bedenken. Die sehnsüchtige Hoffnung meines Vaters, die ganze Angelegenheit könne an den Magistrat des kommenden Jahrs delegiert werden, hatte mich daran erinnert, daß die Zeit knapp wurde. Ich hatte nur noch etwa einen Monat, bis die neuen Beamten ihr Amt antraten. Die Mitglieder der Kommission wurden zwar ernannt und nicht durch jährliche Wahlen bestimmt, aber ich hatte den starken Verdacht, daß die nächste Riege Praetoren ihre eigenen Lieblinge ernennen würden, so daß ich draußen war. Damals galt noch der alte Kalender, der alle paar Jahre durcheinander geriet, so daß der *Pontifex Maximus* einen Extramonat ausrufen lassen mußte. Das damalige neue Jahr würde tatsächlich ungefähr am ersten Januar anfangen, genau wie heute auch. Der neue Kalender war eine von Caesars besseren Ideen. (Er nannte ihn zumindest seinen Kalender. In Wirklichkeit hat ihn Sosigenes, Cleopatras Hofastronom, entwickelt. Tatsache ist auch, daß es Caesars Vernachlässigung seiner Pflichten als *Pontifex Maximus* zu verdanken war, daß der alte Kalender überhaupt so erbärmlich war. Das liest man natürlich nicht in den Chroniken, die später von seinen Lakaien verfaßt wurden.)

Das Merkwürdigste aber war, daß Pompeius oder Crassus oder jeder der Praetoren mir hätte befehlen können, die Ermittlungen einzustellen oder einen falschen Abschlußbericht vorzulegen. Das hatten sie zweifelsohne auch vor. Aber nach dem Chaos der vergangenen Jahre waren unsere obersten Beamten fest entschlossen, die verfassungsgemäße Form einzuhalten, um den Anruch von Tyrannei um jeden Preis zu vermeiden.

Das bedeutete natürlich nicht, daß sie sich nicht dazu herablassen würden, meine Arbeit im geheimen auf jede nur erdenkliche Weise zu sabotieren. Ich war überzeugt davon, daß das einzige, was mich bisher von diesen extremeren Maßnahmen bewahrt hatte, das Ansehen meines Vaters war. Beide Parteien umwarben die Metelli. Wir galten seit altersher als eine Familie, die die Regierungsverantwortung maßvoll und vernünftig ausübte. Die Metelli hatten sich den Extremisten der verschiedenen Parteien immer entgegengestellt. Deswegen genossen wir sowohl bei den Adligen wie beim gemeinen Volk einen beneidenswerten Ruf, und nur jemand, der zum politischen Selbstmord neigte, würde es wagen, einen von uns zu offensichtlich anzugreifen.

Dieses Wissen beruhigte mich jedoch nicht allzu sehr. Die extreme Rücksichtslosigkeit unserer Politiker habe ich ja bereits erwähnt, und ich hatte keine Ahnung, zu welchen Verzweiflungstaten diese Schlangengrube aus Korruption sie treiben würde. Bis jetzt war jeder, der mich zu einer Lösung des Rätsels hätte führen können, ermordet worden.

Dann fiel mir wieder ein, daß es da ja noch jemanden gab. Den Händler, der laut Zabbais Angaben als Verbindungsmann der Piraten in Ostia fungierte. Die Hafenstadt war nicht mehr als fünfzehn Meilen von Rom entfernt, egal ob man auf dem Fluß oder der Via Ostensis dorthin fuhr. Es bestand immerhin die Möglichkeit, daß er mir mit Informationen weiterhelfen konnte. Es war auf jeden Fall einen Versuch wert. Ich beschloß, sofort nach Ostia zu fahren.

Ich ging nach Hause, füllte meine Börse aus meiner chronisch untergewichtigen Kasse auf und kramte meinen Reiseumhang hervor, dasselbe dickgewebte Wollgewand, das ich schon auf dem Feldzug in Hispania getragen hatte. Ich ließ Cato wissen,

161

daß ich nicht vor dem späten Abend des nächsten Tages zurück-
sein würde, und verließ mein Haus.

Ich kannte mich in Ostia nur sehr wenig aus und beschloß deshalb, einen Führer mitzunehmen. Ich hatte auch schon den geeigneten Mann im Auge. Ich machte ich auf den Weg zu Macro.

Er war überrascht, mich zu sehen. »Decius Caecilius, ich habe
dich nicht erwartet. Ich habe noch immer keine Nachricht von
diesem Grundstücksverwalter in Baiae. In zwei oder drei Tagen
weiß ich aber bestimmt etwas.«

»Ausgezeichnet. Ich bin jetzt allerdings wegen einer anderen
Sache hier. Ich muß sofort nach Ostia aufbrechen und brauche
einen Führer, weil ich einem nicht ganz offiziellen Zeitgenossen
einen Besuch abstatten möchte. Leih mir deinen Jungen, Milo.
Ich bringe ihn morgen abend zurück.«

»Aber sicher«, sagte Macro. Er beauftragte einen Sklaven,
Milo zu holen.

»Vielleicht kannst auch du mir weiterhelfen. Ich möchte mit
dem Agenten, der in Ostia für die Piraten verhandelt, Kontakt
aufnehmen. Kennst du seinen Namen, und weißt du, wo ich ihn
finden kann?«

Macro schüttelte den Kopf. »Mein Revier endet an den Stadtmauern. Aber Milo weiß bestimmt etwas.« Er sah mich verwun-
dert an. »Was ist mit deinem Hals passiert?«

»Meinem Hals?«

»Ja. Sieht aus, als hättest du versucht, dich zu erhängen. Stehen
die Dinge so schlecht?«

Meine Hand fuhr an meine Gurgel. Ich spürte nichts, aber ich
wußte, daß ein Abdruck wie der auf Sergius Paulus' Hals sie
zierte. »Ach, das. Ich hatte nur gerade eine Unterrichtsstunde in
der Anwendung der Garotte. Sie kommt in letzter Zeit hier in
Rom ziemlich in Mode.«

»So hörte ich. Heute morgen war es Sergius Paulus, nicht
wahr? Diese verdammten Asiaten. Sie strömen scharenweise in
die Stadt. Es war schon schlimm genug, daß sie ihre widerlichen

Götter und Kulte mitgebracht haben. Und jetzt fangen sie an, ihre tödlichen Würgeseile zu benutzen, als ob römischer Stahl nicht mehr gut genug wäre.«

»Ein weiteres Zeichen der Zeit«, stimmte ich ihm zu. Ein paar Minuten später kam der junge Milo, und ich erklärte, was ich von ihm wollte.

»Kannst du ihm helfen?« fragte Macro.

»Sicher. Wir können versuchen, einen Kahn zu erwischen, der leer den Fluß hinunterfährt. Dann sind wir vor Einbruch der Abenddämmerung da. Der Mann, den du sprechen möchtest, ist Hasdrubal, ein Phönizier aus Tyrus. Er hatte früher einen Laden an den Venus-Docks.«

»Dann brechen wir auf«, sagte ich. Von Macros Haus bis zum Fluß waren es nur ein paar Minuten zu Fuß. Ich hatte den Schal, den Zabbai mir geschenkt hatte, unter meine Tunika gestopft und knotete ihn jetzt nach Art der Soldaten um den Hals. Auf weitere Fragen nach dem Zustand desselben konnte ich gut verzichten. Unterwegs winkten etliche Leute Milo zu und riefen ihn beim Namen. Er winkte lächelnd zurück.

»Für die kurze Zeit, die du dich in der Stadt aufhältst, bist du schon ziemlich bekannt«, sagte ich.

»Macro hat mich eingesetzt, die Stimmenabgabe für die nächsten Wahlen zu organisieren.«

»Das ist doch noch Monate hin«, sagte ich. »Ein bißchen früh für eine Wahlkampagne.«

»Das hat Macro zuerst auch gesagt. Aber ich habe ihm erklärt, daß es nie zu früh ist. Er denkt manchmal noch sehr altmodisch. Die meisten Römer denken so. Sie glauben, es ist wie ein öffentliches Amt oder ein religiöser Kalender, wo es Tage fürs Geschäft und Tage für Opferungen und Ferien und dergleichen gibt. Ich sage, man muß sich jeden Tag ums Geschäft kümmern, das ganze Jahr über. In der kurzen Zeit, die ich hier bin, habe ich schon doppelt soviel geleistet wie zehn beliebige andere von Macros Männern zusammen.«

»Sei vorsichtig mit Macro«, warnte ich ihn. »Menschen wie er können sich eines Tages auch gegen junge Männer wenden, die zu schnell nach oben kommen.«

Plötzlich sah ich, daß drei Männer auf uns zukamen und uns den Weg versperrten. Publius Claudius ging voran.

»Na, das nenne ich Glück«, sagte Claudius. »Wir waren gerade bei deinem Haus, und dein Sklave sagte, daß du die Stadt verlassen hattest.«

»Ich bin eben auf dem Weg zum Fluß, um ein Boot zu nehmen«, erklärte ich. Seine beiden Begleiter waren zwei grobschlächtige Kämpfer – mit Narben übersäte Arenaveteranen – unter deren Tunikas sich ihre Waffen abzeichneten. »Sollte es ein rein privater Freundschaftsbesuch werden?«

»Nicht direkt. Ich möchte nur einen bestimmten Rat geben, Decius. Einen Rat, den deutlich genug auszusprechen unser Konsul Pompeius zu höflich war. Ich will, daß du das Schnüffeln in den Angelegenheiten dieses griechischen Importeurs sofort einstellst. Reiche deinen Bericht ein, in dem du der Wahrheit entsprechend feststellst, daß du nicht in der Lage warst herauszufinden, wer ihn getötet und sein Lagerhaus in Brand gesteckt hat.«

»Ich verstehe«, sagte ich. »Und was ist mit Sergius Paulus?«

Er breitete seine Hände aus. »Der Eunuch hat ihn ermordet. Was könnte einfacher sein?«

»Tja, was? Oh, und Marcus Ager alias Sinistrus? Was ist mit dem Mord an ihm?«

Er zuckte mit den Schultern. »Wen kümmert's? Ich warne dich, Decius. Reiche deinen Bericht ein, und niemand wird die Sache weiter verfolgen.«

»Du warnst mich also?« Ich hatte die Nase voll von ihm und wurde gefährlich wütend. »Und kraft welcher Autorität sprichst du diese Forderungen, oder sollte ich besser sagen Drohungen, aus?«

»Als ein besorgter Bürger Roms. Wirst du meiner Warnung Beachtung schenken, Decius?«

»Nein, und jetzt geh mir aus dem Weg. Du störst einen römischen Beamten bei der Ausübung seiner Dienstpflichten.« Ich versuchte, mich an ihm vorbeizudrücken.

»Strabo, Cocles.« Auf Publius' Zeichen hin griffen die beiden Schläger in ihre Tunikas.

»Claudius«, sagte ich, »nicht einmal du wirst es wagen, am hellichten Tag einen öffentlichen Beamten anzugreifen.«

»Erzähl mir nicht, was ich in meiner Stadt tun kann und was nicht!«

Damals wurde mir zum ersten Mal klar, daß Publius Claudius wahnsinnig war. Ein typischer Claudier eben. Die Schläger hatten Dolche hervorgezerrt, und ich erkannte, daß ich die Situation falsch eingeschätzt hatte. Nicht einmal Pompeius würde direkt etwas gegen mich unternehmen, aber Claudius schon. Mit einiger Verspätung griff ich nach meinen eigenen Waffen.

»Verzeihung, mein Herr.« Milo trat an mir vorbei und ohrfeigte die beiden schwer bewaffneten Männer. Einfach so mit der flachen Hand, eine rechts, eine links. Die beiden Männer sanken zu Boden wie Opferochsen unter der Axt des Priesters. Das Geräusch der beiden Schläge klang, als ob jemand Bretter zerbrochen hätte, und die Gesichter der Männer waren blutverschmiert, als hätten sie einen Schlag mit einer mit Dornen besetzten Keule abgekriegt. Ich habe die Härte von Milos Handflächen ja schon erwähnt. Er deutete auf Publius, der zitternd vor ohnmächtiger Wut danebenstand. »Den da auch?«

»Nein, er ist ein Patrizier. Man kann sie umbringen, aber Demütigungen vertragen sie einfach nicht.«

»Und wer ist das?« zischte Publius.

»Oh, Verzeihung. Wo bleiben meine Manieren? Publius Claudius Pulcher, erlaube mir, dir Titus Annius Milo vorzustellen, bis vor kurzem in Ostia wohnhaft, jetzt Einwohner unserer Stadt, ein Klient Macros. Milo, das ist Publius Claudius Pulcher, Sproß einer langen Ahnenreihe von Konsuln und Kriminellen. Sonst noch was, Claudius?« Ich erwog für einen Moment, ihm zu erzählen, was ich mit seiner Schwester gemacht hatte, nur um zu sehen, ob ich so einen Schlaganfall herbeiführen konnte, aber ich war mir wirklich nicht sicher, was genau ich getan hatte.

»Verlaß dich nicht drauf, daß dich deine Familie diesmal rettet, Decius. Das ist kein Spiel für kleine Jungen, die nicht bereit sind, ernsthaft bis zum Ende zu spielen.« Er starrte Milo wütend an. »Was dich betrifft, schlage ich vor, daß du nach Ostia zurückgehst. Dies ist *meine* Stadt!« Publius redete von Rom immer so, als sei er der Alleineigentümer.

Milo grinste. »Ich glaube, ich bringe dich hier auf der Stelle um und spar mir die Mühe, es später zu erledigen.«

»Nicht vor meinen Augen, das kannst du nicht tun!« rief ich. »Nur weil ein Dummkopf den Tod verdient, heißt das noch lange nicht, daß man es selbst erledigen darf.«

Milo zuckte mit den Schultern und grinste Claudius erneut herausfordernd an. »Dann später.«

Publius nickte grimmig. »Später.«

Den restlichen Weg bis zum Fluß legten wir ohne weitere Gewalttätigkeiten zurück. Ich habe später oft gedacht, wieviel Ärger und Leid ich allen erspart hätte, wenn ich Milo erlaubt hätte, Claudius umzubringen. Aber selbst die Auguren können nicht in die Zukunft sehen, sondern lediglich den Willen der Götter aus den Zeichen erahnen, die diese ihnen schicken. Nur die Sibyllen kennen die Zukunft, und die reden nur unzusammenhängenden Quatsch. An jenem Tag war Claudius für mich kaum mehr als ein hochgeborenes Ärgernis und Milo ein liebeswerter, junger Schurke auf dem Weg nach oben.

Bei den Docks fragten wir nach einem Kahn, der nach Löschung der Ladung wieder flußabwärts ruderte. Wir gingen an Bord und fanden einen Platz am Bug. Die Ruderer manövrierten das Schiff in die Mitte des Flusses, wo die Strömung am stärksten war, und konzentrieren sich dann darauf, die Ideallinie zu halten, während der Tiber das meiste der Arbeit erledigte.

Diese Art zu reisen war bei weitem angenehmer als auf der

Straße. Der Wind war feucht und kühl, aber das wäre auf der Straße auch nicht anders gewesen, aber dort hätte man sich den Hintern auf dem Rücken eines Pferdes wundgescheuert. Die Via Ostiensis war wie alle Hauptstraßen in der Nähe der Stadt von Grabsteinen gesäumt, als wäre es wirklich notwendig gewesen, uns an unsere Sterblichkeit zu erinnern. Und als ob die Grabsteine für sich genommen nicht traurig genug wären, waren die meisten von ihnen mit Reklame für kandidierende Politiker, Ankündigungen anstehender Spiele und Schwüren von Verliebten bemalt.

Der Fluß bot keinen so vulgären Anblick. Als wir die Stadt erst einmal hinter uns gelassen hatten, waren die Ufer des Tibers mit schönen, kleinen Bauernhöfen gesäumt. Hin und wieder sah man das Landhaus einer wohlhabenden Familie und Latifundien mit eigenen kleinen Kais. Nach dem fortwährenden Aufruhr und Lärm der Stadt war diese Schiffsreise äußerst erholsam. Leichter Rückenwind kam auf, und die Schiffsleute hißten das quadratische Segel, so daß wir noch schneller und leiser vorankamen, weil die Ruderriemen nicht mehr knarrten.

»Ist er typisch?« fragte Milo. »Dieser Dummkopf Claudius, meine ich. Sind die meisten römischen Politiker wie er? Ich hab' schon von ihm gehört. Man sagt, er will Tribun werden.«

Ich hätte gern gesagt, daß Claudius anders und die meisten von ihnen gewissenhafte Diener des Staates seien, deren einziges Streben es ist, dem Senat und dem Volk ehrenhaft zu dienen. Leider konnte ich das nicht.

»Die meisten sind wie er«, antwortete ich statt dessen. »Publius ist vielleicht noch ein wenig rücksichtsloser und verrückter.«

Milo schnaubte verächtlich. »Ich mag Rom schon jetzt. Und ich glaube, es wird mir noch besser gefallen.«

Wir erreichten Ostia am späten Nachmittag. Ich hatte nur eine sehr schemenhafte Vorstellung von der Stadt. Ich hatte mich von dort nach Hispania eingeschifft, aber damals hatten mich meine

Freunde ziemlich betrunken an Bord tragen müssen, so daß meine Erinnerung etwas verschwommen war. Zurück hatte ich den langsameren, aber weniger gefährlichen Landweg genommen. Ich beschloß, die Stadt auf dieser Reise etwas besser kennenzulernen. Sobald ich das Mindestalter erreicht hatte, wollte ich für ein Quaestorenamt kandidieren, und jedes Jahr wurde ein Quaestor in Ostia stationiert, um die überseeischen Getreidelieferungen zu überwachen. Bei den vielen langen Kriegen waren fast alle Kleinbauern ums Leben gekommen, und die Latifundien arbeiteten ineffizient, so daß wir inzwischen auf ausländisches Getreide angewiesen waren.

Wir kamen an dem großen Marinehafen vorbei, der für die Kriege gegen Carthago gebaut worden und jetzt verfallen war. In den Schuppen lagerten alte Schlachtschiffe unter eingestürzten Dächern wie tote Krieger, deren Rippen aus dem verfaulten Fleisch hervorragten. Ein paar Schuppen waren instandgehalten worden, und die darin liegenden Schiffe waren in einem guten Zustand, eingelagert für den Winter, Masten, Holme, Segel und Takelage abmontiert. Als wir an Handelsschiffahrtsdocks entlangschlenderten, nannte Milo mir ihre Namen: das Venusdock, Vulcanus, Cupido, Castor, Pollux und so weiter.

Die Stadt wurde vom großen Vulcanustempel beherrscht, der dem göttlichen Patron der Stadt geweiht war. Vom Venus-Dock gingen wir zum Forum der Stadt, wo zwei kunstvolle Bronzestatuen der Dioskuren standen, die Patrone sowohl von Rom als auch von Ostia waren. Ostia war eigentlich die schönere der beiden Städte, viel kleiner und weniger voll. Die Straßen waren breiter, die meisten öffentlichen Gebäude neuer, und an vielen Fassaden glänzte weißer Marmor. Die Ostier verputzten ihre Häuser nicht und fanden Gefallen an kunstvollen und schön anzusehenden Ziegelbauten.

»Es wird langsam spät«, meinte Milo, »aber auf ein paar Fragen kriegen wir vielleicht noch eine Antwort. Los, laß uns ins Theater gehen.«

Wir nahmen eine breite Straße, die vom Forum zu dem fraglichen Gebäude führte. Mir kam es als Ziel für Männer in unserer Mission etwas merkwürdig vor, aber Milo war der Führer.

Das Theater war ein imposantes Bauwerk aus marmoriertem Stein, nach griechischer Art als Halbkreis konstruiert. Rom hatte damals kein dauerhaftes Theater und mußte sich auf extrem leicht brennbare Holzgebäude verlassen, in denen bei heißem Wetter auch der Senat gelegentlich zusammenkam.

Wie sich herausstellte, hatten alle Zünfte, Brüderschaften und Firmen, die etwas mit Seehandel zu tun hatten, ihre Büros unterhalb des dreirangigen Säulengangs des Theaters. Es war eine wirklich bewundernswerte Nutzung öffentlichen Raums – alle Organisationen waren an einem Punkt zentralisiert und zahlten gleichzeitig Abgaben für den Erhalt des Gebäudes. Als wir unter den Bögen hindurchgingen, bewunderte ich den mit Mosaiken verzierten Gang, der um das ganze Theater führte. Vor jedem Büro stellte ein Mosaik die Aktivitäten der dort residierenden Brüderschaft dar. Es gab gekreuzte Ruder für die Zunft der Ruderer, Amphoren für die Weinimporteure, Segel für Segelmacher und so weiter. Ein Mosaik zeigte einen nackten schwimmenden Mann. Ich fragte Milo danach.

»*Urinatores*«, sagte er, »Bergungstaucher. Sie sind hier eine sehr wichtige Zunft. Durch Stürme und Unfälle sinken jährlich Schiffe. Es gibt also immer eine Menge zu bergen und Schifffahrtsrouten freizuräumen. Ihre Arbeit ist notwendig und ziemlich gefährlich, also sind sie hochgeachtete Männer.«

»Das kann ich mir vorstellen«, sagte ich. Nur vierzehn Meilen lagen zwischen den beiden Städten, und doch war Ostia so ganz anders als Rom. »Wohin gehen wir?«

»Hierher.« Er stand auf einem Mosaik, das die drei Schicksalsgottheiten an ihrem Webstuhl zeigte: die Parzen Klotho, Lachesis und Atropos.

»Das mußt du mir erklären«, sagte ich. »In Ostia kommen doch bestimmt keine Schicksalsladungen an.«

Milo warf den Kopf zurück und lachte. Er lachte herzlicher als jeder andere Mann, den ich je gekannt habe, mit Ausnahme des Triumvirs Marc Anton. »Nein, das ist das Hauptquartier der Stoffimporteure.«

Wir gingen hinein, und ein Angestellter blickte von seinem Schreibtisch auf, wo er gerade ein paar Schriftrollen zu einem Bündel zusammenband und sich zweifelsohne auf sein Abendessen freute. »Ich war gerade dabei zuzumachen. Kommt bitte morgen wieder… Oh, hallo, Milo.«

»Guten Abend, Silius. Wir wollen dich nicht lange aufhalten. Das ist Decius Caecilius Metellus von der Kommission der Sechsundzwanzig in Rom.«

»Guten Abend, mein Herr«, sagte er unbeeindruckt. Er wußte ganz genau, daß ich hier keinerlei Amtsgewalt hatte.

»Wir wollen nur wissen, ob Hasdrubal sich hier noch immer aufhält und wo er jetzt sein Geschäft hat.«

»Oh, das ist alles? Er hat einen neuen Laden, ein kleines Stück landeinwärts vom Junodock, zwischen dem Amphorenhändler und dem Tauspeicher.«

»Kenn' ich. Er ist doch noch immer in seinem alten Geschäft tätig?«

»Du meinst…« Silius machte eine Geste, als ob er sich die Kehle durchschneiden würde. »Ja, er ist noch immer ihr Vertreter in Ostia.«

»Gut. Dank dir, Silius. Komm, mein Herr.« Ich folgte ihm aus dem Theater. Ich hätte zur Residenz des Quaestors gehen und um einen Schlafplatz für die Nacht bitten können, aber mir war nicht danach, den Abend mit jemandem zu verbringen, den ich nicht kannte, um dann langatmig erklären zu müssen, warum ich hier war. Also fragte ich Milo, ob es ein Gasthaus gab, in dem wir übernachten konnten.

»Ich kenne das richtige«, sagte er.

Kurze Zeit später betraten wir das Gelände eines großen Tempels. Na, in einer Stadt, wo die Geschäftsleute ihre Büros in einem Theater hatten, warum nicht ein Gasthaus in einem Tempel? Anstatt den mit prächtigen Säulen umgebenen Tempel zu betreten, stiegen wir eine kleine Treppe hinab, die in eine riesige Krypta führte, wo Hunderte von Männern und Frauen an langen Tischen saßen. Ich hatte noch nie etwas Vergleichbares gesehen. Rom ist eine Stadt der kleinen Weinhandlungen und bescheidenen Tavernen. Nicht so Ostia. Es gab vier oder fünf große Kamine, die Licht und Wärme spendeten, und Serviererinnen huschten mit Tabletts mit Speisen und Weinkrügen zwischen den Tischen hin und her.

Von allen Seiten wurden Milo Grüße zugerufen, als wir auf der Suche nach einem freien Platz durch die Tischreihen gingen. Ich konnte mindestens ein Dutzend fremder Sprachen ausmachen, die an den einzelnen Tischen gesprochen wurden, und ich entdeckte die merkwürdigen Tunikas und Kopfbedeckungen ebensovieler Zünfte, die sich – jede an einem bestimmten Tisch – versammelt hatten. An einem saßen Männer mit Händen wie Milo, an einem anderen eine Reihe von geschmeidigen Männern mit kräftigen Brustkörben, von denen ich annahm, daß es die Taucher waren.

An einem kleinen, in eine Ecke geklemmten Tisch fanden wir zwei freie Plätze. Inzwischen hatten sich meine Augen an die düstere Beleuchtung gewöhnt, und ich konnte erkennen, daß der Raum in den Fels unter dem Tempel gehauen worden war. Als die Bedienung uns eine Platte mit dampfendem Fisch und Würsten mit Käse, Zwiebeln, Brot und Früchten sowie einen Krug Wein brachte, fragte ich Milo, was es mit dieser Taverne auf sich hatte.

»Gibt es angeblich schon seit Gründung der Stadt. Es war ursprünglich eine natürliche Höhle unter dem Tempel, die als Lagerraum genutzt wurde. Dann wurde sie vergrößert, und der Gott da oben« – er wies mit dem Daumen nach oben zum Tempel – »Merkur, ist einem Priester im Traum erschienen und hat ihm gesagt, er solle hier unten eine große Weinstube einrichten.«

»Merkur. Das klingt logisch. Es paßt zum Gott des Profits, daß er einem seiner Priester befiehlt, ein Geschäft unter dem Tempel zu eröffnen. Vermieten sie hier auch Zimmer?«

»Hinter dem Tempel gibt es ein Gasthaus. Ordentliche Unterbringung, wenn man keine zu großen Ansprüche stellt.«

»Das ist ja bequem«, sagte ich. Der Wein war für eine öffentliche Gaststätte auch nicht schlecht. Hier unten hatte sich ein bunt gemischtes und interessantes Völkchen eingefunden. Die Schiffsleute und Hafenarbeiter von Ostia waren ein Haufen, der es an Rauheit mit jedem anderen auf der Welt aufnehmen konnte, und reichlich wild, obwohl ich nirgendwo den Ausbruch von Schlägereien beobachten konnte. Ich fragte Milo danach, und er wies mit dem Kinn auf einen riesigen, kahlgeschorenen Mann, der auf einem Stuhl in der Ecke saß. Neben ihm lehnte ein Knüppel aus Olivenholz an der Wand.

»Sie beschäftigen Wächter, um die allgemeine Ordnung aufrechtzuerhalten. Ich hab' hier im Winter auch schon gearbeitet, wenn es keine Aufträge für Ruderer gab.«

Eine Zeitlang widmeten wir uns nur den Speisen. Nachdem wir auf unseren Tellern eine hinreichende Verwüstung zurückgelassen hatten, kam ein Kellner, räumte ab und stellte uns eine Schale mit Nüssen und Feigen auf den Tisch. Während wir daran herumknabberten und unseren Wein schlürften, begann Milo, mich auszuhorchen.

»Ich will ja nicht neugierig sein, mein Herr, aber einen Agenten der Piraten aufzusuchen erscheint mir nicht gerade als angemessene Tätigkeit für einen Beamten in deiner Position.«

»Es gehört auch nicht zu meinen regelmäßigen Pflichten«, stimmte ich ihm zu.

»Und dieser Claudius«, fuhr er fort, »wollte dich zwingen, eine Ermittlung abzubrechen. Worum ging es da eigentlich?«

»Aus welchem Grund fragst du danach?« wollte ich wissen.

Er riß die Augen mit einem Ausdruck verletzter Unschuld auf. »Nun, ich bin ein besorgter Bürger genau wie dein Freund Clau-

172

dius.« Er hielt den unschuldigen Gesichtsausdruck bei, bis er erneut sein großartiges Lachen ertönen ließ, und diesmal lachte ich mit. Es war natürlich eine unverschämte Zudringlichkeit, aber Milo hatte eine so gewinnende Art, daß ich ihm am Ende die ganze Geschichte erzählte. Nun, vielleicht nicht bis in jede Einzelheit. Das Stelldichein mit Claudia und Chrysis ließ ich zum Beispiel weg. Ich sah keine Notwendigkeit, die Begebenheit zu offenbaren, die mir selbst noch immer etwas mysteriös vorkam.

Ich verspürte sogar ein Gefühl großer Erleichterung, als ich Milo die ganze Geschichte darlegte. Von meinen Bekannten oder Kollegen schien keiner absolut vertrauenswürdig zu sein. Die meisten meiner Vorgesetzten im Amt hatten, wie sich herausstellte, ein ruchloses Eigeninteresse an dem Fall, oder sie trugen irgendeine Schuld, die unentdeckt bleiben mußte. Milo von meinen Sorgen und meiner Verwirrung zu erzählen, schien mir zu helfen, den Schleier, der die Geschichte umgab, zu lüften. Er hörte ruhig und sehr aufmerksam zu. Nur ein paarmal unterbrach er mich mit Fragen – meistens, um irgendeinen Aspekt des politischen Status der von mir erwähnten Männer klarzustellen: Caesar, Claudius, Hortalus und sogar Cicero.

»Also«, sagte er, als ich geendet hatte, »dreht sich alles um dieses gestohlene Amulett?«

Wieder war ich von seiner raschen Auffassungsgabe beeindruckt. »Es kann sich nicht nur darum drehen. Aber das Amulett ist eine Art Schlüssel, der die ganze Truhe voller Geheimnisse öffnen könnte.«

»Mit solchen Truhen solltest du vorsichtig sein. Denk an Pandora und Odysseus' Männer und den Sack voll Wind.«

»Daran brauchst du mich nicht zu erinnern. Aber nachdem ich sie nun einen Spalt weit aufgemacht habe, habe ich nicht vor, aufzuhören, bevor ich sie nicht gründlich durchsucht habe.« Zufrieden, die Metapher bis zu diesem Punkt weitergesponnen zu haben, nahm ich einen weiteren Schluck von Merkurs ausgezeichnetem Wein. Plötzlich kam mir ein Gedanke. »Ich frage mich, ob die Lucullus-Statue hier vor ein paar Tagen wirklich vom Blitz getroffen worden ist. Erkundige dich doch mal.«

»Wie sollte das gehen?« fragte Milo. »Sie ist ja nie aufgestellt worden. Vor ein paar Jahren hat jemand angeregt, Lucullus mit einem Bronzestandbild zu ehren, aber man hat es nicht geschafft, das nötige Geld dafür aufzubringen. Sie sind nie weiter als bis zur Errichtung eines Marmorsockels am Junodock gekommen.«

»Das hätte ich mir denken können. Jetzt denkt Claudius sich auch schon seine eigenen Omen aus.«

»Das wäre doch ein bequemes Mittel der Politik«, sinnierte Milo. »Man muß nur Lügengeschichten über schreckliche Omen für seine Feinde verbreiten. Wer prüft solche Sachen schon nach?«

Ich zuckte mit den Schultern. »Es würde wahrscheinlich nur eine weitere Variante der Lüge in ein Geschäft einbringen, das ohnehin schon schwer damit beladen ist.«

»Komisch«, sagte Milo, »daß sie selbst nach dem Aufstand des Sertorius weiter Kontakt mit den Piraten pflegen. Diese Piraten lieben es doch, ins römische Angesicht zu schlagen. Im vergangenen Jahr konnten wir sie von den Docks aus sehen, während sie völlig unbeeinträchtigt vorbeisegelten, und unsere Flotte lag in den Schuppen und tat gar nichts.«

»Es ist eine Schande«, stimmte ich ihm zu. »Es ist sogar denkbar, daß einige von ihnen Schmiergelder dafür kassieren, daß sie die Flotte zurückhalten, damit die Piraten ungestört ihrem Gewerbe nachgehen können. Das würde mich kaum überraschen.«

Milo warf eine Handvoll Nüsse in seinen Mund und spülte sie mit Wein herunter. »Das wage ich zu bezweifeln. Diese Piraten haben keine Angst vor der römischen Flotte, selbst wenn sie in voller Stärke operiert. Warum sollten sie also dafür zahlen, sie loszuwerden?«

»Du hast recht. Es könnte auch beabsichtigt sein, die Piraten als Hilfsflotte zu benutzen. Das hat es ja auch schon in früheren Kriegen gegeben.« Als ich das sagte, begann irgendwo in meinem

Hinterkopf, dort wo sich immer das Allerschlimmste zusammenbraute, ein Gedanke Gestalt anzunehmen. »Nein«, murmelte ich, »nicht einmal sie würden sich zu so etwas herablassen.«

Milos Interesse wuchs. »Du hast doch deutlich gemacht, daß es kaum etwas gibt, wozu sich unsere ehrgeizigeren Männer nicht herablassen würden. Was kommt dir denn so unwahrscheinlich vor?«

»Nein, darüber kann ich nicht einmal spekulieren. Ich muß warten, bis ich einen Beweis in Händen habe.«

»Wie du meinst«, sagte Milo. »Komm, bist du soweit, ein Zimmer für die Nacht zu suchen?«

»Warum nicht?« Erst als ich aufstand, wurde mir bewußt, wie müde ich war. Es war ein weiterer, unglaublich langer und ereignisreicher Tag gewesen. Er hatte damit begonnen, daß ich noch immer halb im Drogenrausch in Claudias verstecktem Liebesnest aufgewacht war. Dann war da der Mord an Sergius Paulus gewesen, meine Beinahe-Erdrosselung durch Asklepiodes, die Begegnung mit Claudius und seinen Schlägern, die Schiffsreise flußabwärts und mein kurzer Rundgang durch Ostia, der in dieser unterirdischen Taverne geendet hatte. Es war in der Tat an der Zeit, sich ein wenig auszuruhen. Wir gingen wieder an die frische Luft, und Milo fand einen Priester, der uns unser Zimmer zeigte, das ich mir nicht einmal genauer ansah, bevor ich mich auf mein Bett fallen ließ.

VIII

Beim Aufwachen fühlte ich mich viel besser. Das Licht der Dämmerung kurz vor dem ersten Sonnenstrahl fiel durch die Tür. Draußen lehnte, wie ich erkennen konnte, jemand am Geländer.

Ich kletterte von meiner Pritsche, fand eine Waschschüssel und benetzte mein Gesicht mit reichlich kaltem Wasser. Milo drehte sich um, als ich aus dem Zimmer trat.

»Wird auch Zeit, daß du aufstehst, Praefekt. Aurora mit ihren rosigen Fingern steigt aus dem Bett ihres Gatten Tithonus, oder wie immer er auch heißt.«

»Wie ich sehe, bist du auch einer von diesen Frühaufstehern.« Ich betrat den Balkon an der Vorderseite des Gasthauses. Wir waren im dritten Stock, obwohl ich mich nicht mehr daran erinnern konnte, am Abend vorher Treppen gestiegen zu sein. Von unserem Aussichtspunkt konnten wir über das Dach des Tempels bis zum Hafen sehen, der nur ein paar hundert Schritte entfernt lag. Im zunehmenden Licht konnte man eine Unzahl von Details ausmachen, und ein frischer Wind blies den Geruch des Meeres herüber. Die Märkte der Stadt begannen, ihr alltägliches Getöse gen Himmel zu schicken, als sei es eine Opfergabe für die Götter. Vom mächtigen Vulkanustempel stieg Rauch auf, wahrscheinlich ein Morgenopfer. Höchste Zeit, einen weiteren, viel zu langen Tag eifriger Pflichterfüllung im Dienste des römischen Senats und Volks anzugehen.

»Laß uns aufbrechen«, sagte ich. Wir benutzten die wackelige Treppe und machten uns auf den Weg zu den Junodocks. Zunächst machten wir jedoch noch bei einem Barbier Station, um uns rasieren zu lassen. Milo wurde herzlichst begrüßt, und ich fragte mich, was ihn veranlaßt haben mochte, einen Ort zu verlassen, in dem er so beliebt war. Wahrscheinlich war ihm Ostia zu klein geworden, entschied ich.

Wir fanden den Laden, den wir suchten, ohne Schwierigkeit. Er lag, wie versprochen, zwischen dem Taulager und dem Laden des Amphorenhändlers. Aus den Stapeln von Fässern, die im Garten lagerten, drang der saure Geruch abgestandener Weinreste. In Hasdrubals Laden roch es anders – seltsam, aber nicht unangenehm. Ich erkannte das charakteristische Aroma von mit Stachelschneckensaft gefärbter Kleidung. Im Orient war sie un-

176

geheuer beliebt, während wir sie in Rom vor allem für den breiten Streifen auf den Senatorentogen und die schmalen Bordüren
an den Soldatentuniken verwendeten. Nur einem Heerführer,
der einen Triumph feierte, war es erlaubt, eine Toga zu tragen,
die nach Art der etruskischen Könige von oben bis unten purpur
gefärbt war. Die Nachfrage nach Triumphzugsgewändern muß
sich allerdings schwer in Grenzen gehalten haben, aber die Halbinsel war von jeder Menge uralter Priesterorden und religiöser
Gemeinschaften bevölkert, die alle eine entsprechende Tracht
brauchten, und ich vermutete, daß Hasdrubal Geschäfte mit ihnen machte.

Hasdrubal selbst war vor dem Laden gerade dabei, einige seiner kostbaren Stoffe auszuhängen, um sie den Blicken der Passanten darzubieten. Er sah lächelnd auf, wobei seine Lippen ein
wenig zitterten, als er Milo erkannte. Er war ein großer, schlan-
ker Mann mit dunkler Hautfarbe und einem schwarzen Spitz-
bart. Er trug die spitze Kopfbedeckung seines Heimatlandes.

»Willkommen, mein alter Freund Titus Annius Milo. Und du,
mein Herr...« Der Satz blieb unvollendet und fragend in der
Luft hängen.

»Ich bin Decius Caecilius Metellus von der Kommission der
Sechsundzwanzig, Mitglied der Kommission der Drei aus Rom,
Subura.« In der Hoffnung, daß ihn mein vollständiger Titel beeindruckt hatte, fügte ich hinzu: »Ich ermittle im Fall des vorzei-
tigen Ablebens eines deiner Kollegen, eines gewissen Paramedes
von Antiochia.«

»O ja, ich habe gehört, daß er tot ist.« Hasdrubal vollführte
mit seinen Händen ein paar komplizierte Gesten, die zweifelsohne der Besänftigung der Geister der Toten oder irgendeines
gefährlichen orientalischen Gottes galten. »Ich kannte ihn nur
flüchtig durch unsere Geschäftsbeziehungen, aber ich bedaure
sein Hinscheiden.«

»Nun, sein Hinscheiden geschah weder zufällig noch freiwil-
lig, weswegen eine Ermittlung notwendig wurde.«

»Ich stehe selbstverständlich zu deiner Verfügung.« Hasdrubal schlug die Hände vor der Brust zusammen und verbeugte sich tief.

»Ausgezeichnet. Der Senat und das Volk von Rom werden hocherfreut sein.«

Ich war ein genauso guter Heuchler wie die besten ihrer Süßholzraspler. »Welcher Art waren die Geschäfte, die du oder Paramedes mit den Piraten abgewickelt hat?«

»Normalerweise ging es um Lösegeldverhandlungen. Hin und wieder kaperten die Piraten ein Schiff oder überfielen ein Anwesen, auf denen sich hochrangige Persönlichkeiten aufhielten: ein wohlhabender Kaufmann oder sogar« – er gönnte sich ein angedeutetes Kichern – »du wirst mir verzeihen, ein römischer Beamter. Wenn sich die Verwandten oder die Zunft dieser Person in der Gegend von Rom oder Ostia befanden, hat einer von uns die Verhandlungen über die Übergabe des Lösegelds geführt. Viele der seefahrenden Zünfte hier in Ostia unterhalten einen Lösegeldfonds für die Mitglieder, die in die Hand der Piraten gefallen sind. In den meisten Fällen ist das Lösegeld durch langfristig gültige Vereinbarungen festgesetzt: soviel für einen Händler, soviel für einen Steuermann und so weiter. Im Falle einer wohlhabenden oder wichtigen Persönlichkeit müssen sich die beteiligten Parteien auf eine Summe einigen.«

»Ich verstehe. Hast du oder Paramedes je irgendwelche hochkarätigen oder besonderen Transaktionen zwischen den Piraten und Rom vermittelt?«

Er schien verdutzt. »Besondere? Wie meinst du das, mein Herr?«

»Nun, zum Beispiel: vor ein paar Jahren, zur Zeit des Aufstandes des Sertorius in Hispania, wurden gewisse Vereinbarungen zwischen jenem aufständischen Heerführer und König Mithridates von Pontus getroffen, bei denen die Piraten als Zwischenhändler fungierten. Könnte es sein, daß du oder Paramedes einen solchen Auftrag abgewickelt hat?«

Er breitete seine Hände in einer unterwürfigen Geste aus. Dieses ewige Gestikulieren ging mir auf die Nerven, und ich war froh, daß die Römer ihre Rede nicht dergestalt untermalten. »Das ist ein weit größerer Auftrag, als ich ihn je abgewickelt habe. Wir lokalen Agenten gehören eigentlich nicht wirklich zur Gemeinschaft der Piraten. Ich wage zu bezweifeln, daß man uns irgend etwas von dieser Größenordnung anvertrauen würde.«

Das klang nicht besonders vielversprechend. »Und Paramedes?«

»Ebenso unwahrscheinlich. Er war länger als ich Vertreter der Piraten und hatte schon an anderen Küsten des Mittelmeers gearbeitet.« Er dachte einen Moment nach. »Es könnte natürlich sein, daß ein Römer, der Piraten für einen solchen Auftrag gewinnen wollte, zunächst einmal einen von uns ansprechen würde, um die erste Kontaktaufnahme zu arrangieren.«

Das klang schon besser. »Und bist du in dieser Richtung angesprochen worden?«

»Etwas Derartiges habe ich nie erlebt. Ich kann jedoch nicht für Paramedes sprechen.«

»Unglücklicherweise kann er auch nicht mehr für sich selbst sprechen. Du weißt nicht zufällig, wer anläßlich der Verschwörung zwischen Sertorius und Mithridates für die Piraten verhandelt hat?« Das war ein Schuß ins Blaue, aber ich habe die Erfahrung gemacht, daß so etwas genausoviel Beute einbringt wie ein gezielter.

»Die Kapitäne der Piraten sind ein eigenwilliger Haufen, so daß es selten vorkommt, daß einer von ihnen berechtigt ist, für die gesamte vereinigte Flotte zu sprechen. Statt dessen engagieren sie eine gebildete und gutsituierte Persönlichkeit, die die Verhandlungen für sie führt. Ich glaube, der Mann, der in dieser Sache für die Piraten verhandelt hat, war der junge Tigranes, der Sohn des armenischen Königs.« Mein Gesichtsausdruck muß einen denkwürdigen Anblick geboten haben. »Mein Herr«, fragte Hasdrubal, »geht es dir gut?«

»Besser, als du dir vorstellen kannst. Hasdubral, ich danke dir. Der Senat und das Volk Roms danken dir.«

Er strahlte. »Wenn du dich nur an mich erinnern könntest, wenn du Praetor wirst und einen purpurnen Streifen für deine Toga brauchst.«

»Nur noch eins, bitte. Während der jüngsten Sklavenaufstände hat Spartacus mit den Piraten vereinbart, daß sie ihn und seine Armee von Messina aus zu einem nicht näher bestimmten Zielhafen bringen sollten. Zum vereinbarten Termin ließen sich die Piraten jedoch nicht blicken. Jemand hatte sie ausgezahlt.«

Hasdubral schien sich in seiner Haut nicht wohl zu fühlen. »Ja. Höchst ungewöhnlich für sie, eine Vereinbarung einfach so zu brechen.«

»Ich möchte ethische Erwägungen in dieser Sache mal außen vorlassen«, sagte ich, »aber ich wüßte gerne: War Tigranes auch in diesem Fall der Unterhändler der Piraten?«

Hasdrubal strich sich über den Bart und nickte. »Ja. Das war er.«

Ich erhob mich zum Gehen. »Hasdrubal, ich werde meinen Purpur nie bei einem anderen Händler als bei dir kaufen.« Er geleitete uns unter überschwenglichen Verabschiedungen und zahlreichen lästigen Gesten zur Tür.

»Zu den Docks«, erklärte ich Milo, als wir draußen standen. »Ich muß so schnell wie möglich nach Rom zurück.«

»Kein Problem. Es ist noch früh genug, einen flußauswärts fahrenden Kahn zu erwischen.« Er grinste, als ob alles sein Verdienst gewesen wäre. »Na also, wenn das die Reise hierher nicht wert war.«

»Langsam ergibt alles ein wenig Sinn«, räumte ich ein. »Und es ist sogar noch schlimmer, als ich dachte. Sie stecken beide mit drin, Milo. Crassus genauso wie Pompeius.«

Wir waren nur ein paar Schritte vom Junodock entfernt, und binnen weniger Minuten hatten wir eine Passage auf einem Kahn vereinbart, der Amphoren sizilianischen Weins transportierte.

Unter gar keinen Umständen wollte ich ein Schiff besteigen, das Fisch geladen hatte. Sobald wir einen Platz gefunden hatten, legte der Kahn ab, und wir steuerten durch den Hafen bis zur Einfahrt in den Fluß, die wir gestern abend passiert hatten. Milo beobachtete eine Weile kritisch die Ruderer, bevor er mir seine Aufmerksamkeit schenkte.

»Ich bin nicht sicher, ob ich mich so nah in deiner Gegenwart aufhalten möchte«, sagte er. »Ein Mann, der nicht nur einen, sondern zwei Konsuln zum Feind hat, muß den Blitzschlag anziehen wie ein Tempeldach. Warum, glaubst du, hat Crassus mitgemacht?«

»Es war Crassus, der Spartacus in Messina eingekesselt hat. Sobald er seine Verabredung mit Spartacus getroffen hatte, muß Tigranes zu Crassus gekommen sein, um zu sehen, ob er nicht noch ein besseres Angebot herausschlagen konnte.«

»Aber auch Pompeius hat gegen die Sklavenarmee gekämpft«, wandte Milo ein.

Ich schüttelte den Kopf. »Das war erst später. Pompeius war noch auf dem Rückweg von Hispania, als Spartacus in Messina ankam. Er hat gegen die Truppe des Crixtus gekämpft, nachdem diese durch die Brustwehr geschlüpft ist, die Crassus quer über die Halbinsel gelegt hat. Außerdem – wer sollte eher in der Lage sein, eine ganze Piratenflotte zu bestechen, als Crassus? Crassus ist unglaublich reich, während Pompeius seinen ganzen Reichtum verschwendet, um seine Soldaten zu verhätscheln.«

»Das klingt so weit ganz logisch«, sagte Milo. »Aber der Sklavenaufstand war letztes Jahr und die Erhebung des Sertorius sogar noch ein paar Jahre früher. Was hat das alles damit zu tun, was zur Zeit in Rom geschieht?«

Ich lehnte mich an einen der Ballen, mit denen man die großen Weinbehältnisse abgepolstert hatte. »Ich weiß nicht«, gab ich zu, »obwohl ich einen bestimmten Verdacht hege. Der Hauptagent der Piraten hält sich im Moment nämlich gerade in Rom auf, im letzten Monat des gemeinsamen Konsulats der beiden Männer, mit denen er schon vorher zu tun hatte. Der frühere Vertreter der Piraten in Rom, Paramedes, ist vor ein paar Tagen ermordet worden. Das sind der Zufälle doch ein wenig zuviel.«

»Und Tigranes ist Gast deines Freundes Claudius.« Es gibt kaum etwas Befriedigenderes als das Entwirren einer Verschwörung, und Milo genoß es in vollen Zügen. »Aber wie paßt der Mord an Paulus ins Bild?«

»Das muß ich noch herausfinden«, sagte ich und erinnerte mich voller Unbehagen an die Sänfte, die ich in Claudias Versteck gefunden hatte: dieselbe, die ich nach meinem Besuch Paulus' Haus hatte verlassen sehen. »Er war jedenfalls reich, vielleicht genauso reich wie Crassus. Das reicht als Verbindung aus. So wie ich mir das zusammenreime, hat Sinistrus Paramedes ermordet und ist dann seinerseits umgebracht worden, um ihn zum Schweigen zu bringen.«

»Vielleicht hat er auch versucht, seinen Auftraggeber zu erpressen«, bemerkte Milo.

»Das ist sogar noch besser. Wie auch immer, er war ein Niemand. Ich muß nur wissen, wer ihn von der Statilischen Schule gekauft und dann freigelassen hat, und zwar zu einem Zeitpunkt, als das illegal war. Der Praetor, der diese Transaktion erlaubt hat, muß auch eingeweiht gewesen sein.«

Milo grinste. »Du wirst bald den halben Senat in die Sache verwickelt haben.«

»Vielleicht zieht es tatsächlich so weite Kreise«, sagte ich, nur halb im Scherz.

»Da ist noch das gestohlene Amulett«, sagte er.

»Was das angeht, tappe ich völlig im dunkeln. Solange es nicht gefunden ist, kann ich mir beim besten Willen nicht vorstellen, warum ein solcher Gegenstand von Bedeutung sein könnte.«

Eine Weile bewunderten wir beide still den Fluß. Heute wehte kein günstiger Wind, aber der rhythmische Gesang der Ruderer wirkte beruhigend auf mich. Auch das Eintauchen und Klatschen der Ruder klang wie eine eigene Melodie.

»Erzähl mir«, sagte ich, »wie kommt ein junger Ruderer aus Ostia zu dem guten, alten, römischen Namen Annius?«

Er lehnte sich gegen den Ballen zurück und verschränkte die Hände hinter dem Kopf. »Mein Vater hieß Gaius Papius Celsus. Er war Besitzer eines Landguts. Wir haben uns nicht gut verstanden, also bin ich durchgebrannt und zu den Seestreitkräften gegangen, als ich sechzehn war. Meine Mutter stammte aus Rom und sprach immer von der Stadt – wie groß und reich sie war, daß selbst ein Außenseiter dort ein berühmter Mann werden konnte. Also bin ich im letzten Jahr nach Rom gekommen und habe mich vom Vater meiner Mutter, Titus Annius Luscus, adoptieren lassen. Die Bürgerrechte standen mir auch schon als Ostier zu, aber so bin ich Mitglied eines der Gründungsfamilien der Stadt. Ich kann am Plebejischen Rat und an der Centurianischen Versammlung teilnehmen. Ich bin gerade dabei, von Macro die Politik der Straße zu lernen.«

»Und die Politik des Senats lernst du von mir«, sagte ich. Er lachte wieder sein großartiges Lachen. »Stimmt. Und bis jetzt sieht die auch nicht anders aus als die der Straße.«

Aus naheliegenden Gründen dauert eine Reise stromaufwärts länger als eine stromabwärts. Der Regen der letzten Tage hatte den Fluß höher ansteigen lassen. Auch die Strömung war für die Jahreszeit reißender als gewöhnlich. Um alles noch schlimmer zu machen, wehte ein beständiger Gegenwind. Zu Fuß hätten wir es über die Via Ostiensis in etwa vier Stunden bis Rom schaffen können. So war es fast dunkel, als wir in Rom ankamen, aber wir kamen immerhin nicht mit wundgelaufenen Füßen an.

»Ich wollte eigentlich noch einige Besuche machen«, erklärte ich Milo. »Aber jetzt ist es zu spät. Na ja, auch so hat der Arbeitstag doch einiges gebracht.«

Er war mit den Aussichten weniger zufrieden. »Ich wünschte, wir wären früher angekommen.« Seine Augen wanderten argwöhnisch über die Hafenanlagen. »Jetzt, wo es fast dunkel ist, wird es riskant.«

»Was willst du damit sagen?« fragte ich.

»Ich will sagen, daß Claudius zwei Tage Zeit hatte, seinen ver-
wundeten patrizischen Stolz zu pflegen. Ihm ist es durchaus zuzutrauen, daß er unseren Weg kreuzt, bevor wir zu Hause angekommen sind.«

Daran hatte ich nicht gedacht. Wenn er immer noch entschlossen war, meine Ermittlungen zu vereiteln, könnte er seine Männer am Ostischen Tor und an den Docks postiert haben. Ich war
noch immer bewaffnet, und Milo kam anscheinend mit wenigen
Hilfsmitteln aus, aber wir würden mit Sicherheit hoffnungslos
unterlegen sein. Damals war es für einen politischen Abenteurer
wie Claudius nichts Ungewöhnliches, sich ein Gefolge von
zwanzig oder dreißig Kämpfern zu halten und darüber hinaus in
der Lage zu sein, kurzfristig einen Haufen von zwei- bis dreihundert Leuten zusammenzutrommeln. Natürlich stand er erst
am Beginn seiner verrufenen Karriere, aber ich war mir bewußt,
daß er mit Leichtigkeit ein Dutzend Totschläger und Meuchel-
mörder auf uns angesetzt haben konnte.

»Wir hätten uns in Ostia Kapuzenumhänge mitnehmen sollen«, sagte ich. »Eine Verkleidung wäre jetzt wirklich wünschenswert.«

»Wenn es dunkel genug ist«, sagte Milo, »können sie uns vielleicht nicht erkennen.«

Davon war ich keineswegs überzeugt, egal wie dunkel die
Straßen Roms auch sein mochten. »In dieser Stadt gibt es jemanden, der im Dunkeln besser sieht als eine Katze. Der Einbruch in
mein Haus, die Erdrosselungen von Sinistrus und Paulus, all das
geschah in pechschwarzer Finsternis.«

»Vielleicht war es ein Geist«, sagte Milo. Ich war mir nicht sicher, ob er es ernst meinte. »Aber ich hab' noch nie von einem
Geist gehört, der jemanden erdrosselt oder stiehlt oder sich für
Politik interessiert. Nein, es muß sich um etwas Substantielleres
als einen Geist handeln.«

So spät im Jahr bricht die Dunkelheit schnell herein. Bis wir am Dock festgemacht hatten, standen die Sterne am Himmel, aber der Mond war noch nicht in Erscheinung getreten. Die übliche Meute abendlicher Müßiggänger lungerte bei den Hafenanlagen herum. Unmöglich zu sagen, ob einer von ihnen nach uns Ausschau hielt. Wir kletterten über die Leiter auf den Kai und gingen zwischen den Lagerhäusern hindurch, wobei wir angespannt auf jedes Anzeichen einer möglichen Verfolgung lauerten.

»Ich werde dich nach Hause begleiten«, bot Milo an.

»Ich danke dir.« Ich hatte keineswegs die Absicht, aus törichtem Stolz am Ende gezwungen zu sein, allein nach Hause zu gehen. »Du kannst bei mir übernachten, wenn du möchtest.«

Er schüttelte den Kopf, eine Geste, die man in der Dunkelheit, die mit jedem Schritt dichter wurde, kaum erkennen konnte. »Sie sind hinter dir her. Mich wird keiner belästigen.«

Bald tasteten wir uns voran wie zwei Blinde. Das schwache Licht der Sterne hob kaum die Umrisse der großen Gebäude hervor und spiegelte sich nur schwach auf dem regennassen Pflaster. Ich zuckte zusammen, als Milo meine Schulter berührte. Er beugte sich vor und flüsterte: »Wir werden verfolgt.« Wir waren noch ein paar Straßen von meinem Haus entfernt.

Vorsichtig griff ich unter meine Tunika. Mit der rechten Hand umklammerte ich den Griff meines Dolches und zog ihn hervor. Mit der linken schlüpfte ich in den *caestus*. Wir gingen ein paar Schritte weiter, und erneut flüsterte Milo mir etwas zu.

»Hinter uns waren vier Männer. Jetzt sind es nur noch zwei. Die beiden anderen sind um den Block gelaufen, um uns von vorn anzugreifen.« Wer immer sie sein mochten, der mit den Katzenaugen war ihr Führer. Ich konnte sie hören, aber Milo konnte besser ausmachen, wie viele es waren. Er war auch der bessere Taktiker. »Wir drehen uns um und nehmen uns die Hinteren zuerst vor«, sagte er. »Dann greifen wir die anderen beiden an.«

»Gute Idee«, pflichtete ich ihm bei. Wir wirbelten herum, und ich konnte hören, wie die beiden näher kamen; dann stockten ihre Schritte, als sie bemerkten, daß das Geräusch unserer Schritte verstummt war. Sie berieten sich flüsternd.

»Jetzt!« sagte Milo und stürmte vorwärts. Ich hörte, wie er mit einem von ihnen zusammenprallte, und stürzte mich, den gezückten Dolch voran, genauso blind ins Geschehen. Ich konnte jemanden fühlen, aber ich war mir nicht sicher, wo er stand, und hatte Angst, auf Milo einzustechen. Dann tauchte vor mir ein Gesicht auf, und ein Hauch von Wein und Knoblauch schlug mir entgegen, und ich wußte, daß das mein Ziel war. Ich stieß mit dem Dolch zu, während ich das Licht der Sterne auf etwas glitzern sah, was mir entgegenkam. Es gelang mir, das Schwert mit der schmalen Bronzeplatte über meinen Fingerknöcheln zur Seite zu schlagen, und spürte im selben Moment, daß die Klinge des Dolches ihr Ziel gefunden hatte.

In solchen Augenblicken der Verzweiflung, wenn sofortiges Handeln zur Überlebensfrage wird, werden alle Dinge einen Hauch unwirklich. Zeit bekommt eine völlig neue Bedeutung. Der Mann vor mir sank zu Boden und riß mich im Fallen herum. Hinter mir tauchte ein schwaches, diffuses Leuchten auf wie ein Sumpflicht, das unvorsichtige Wanderer ins Moor locken will. In jenem Augenblick glaubte ich wohl wirklich, daß ein Geist hinter uns her war. Nur wessen? Es hatte in letzter Zeit so viele neu Hinzugekommene gegeben.

Neben mir hörte ich zahlreiche Schläge und lautes Stöhnen, während Milo sich um seinen Gegner kümmerte. Dann waren da auf einmal zwei weitere, und ich griff nach ihnen, bekam ein Stück Stoff zu fassen und zerrte daran, in dem Glauben, es sei eine Tunika und ich würde einen weiteren Mann in Reichweite meines Dolches bekommen. Statt dessen zog ich ein Tuch von einer verhüllten Laterne in der Hand eines Mannes, der jetzt mit der anderen ein Schwert hielt. Ein weiterer stand gebückt neben ihm, und im Hintergrund konnte ich einen dritten lauern sehen. Das machte zusammen fünf. So viel zu Milos besserem Gehör.

Ich griff sofort den Laternenträger an, weil ich annahm, daß die Lampe ihn behindern würde, aber er ließ sie einfach fallen und stürzte sich auf mich. Die Laterne flackerte am Boden weiter und tauchte die brutale Szene in ein unheimliches und unwirkliches Licht. Das Schwert, das auf mich zugesaust kam, war jedoch durchaus real. Ich tauchte zur Seite weg, wobei ich jemanden anrempelte, entweder Milo oder seinen Gegner. Nur weil ich meinen Bauch einzog, entging ich einem Stoß in meine Eingeweide. Trotzdem spürte ich, wie die Klinge im Vorbeigleiten meine Haut aufschlitzte. Mit meinem Dolch stieß ich auf den Unterarm meines Angreifers, machte dabei einen Schritt nach vorn und erwischte sein Kinn mit einem sauberen, über Kreuz angesetzten Haken. Ich spürte, wie sein Kiefer unter dem *caestus* krachte, aber zur Sicherheit bohrte ich meinen Dolch in seinen fallenden Körper. Es ist nie gut, davon auszugehen, daß ein angeschlagener Gegner nicht mehr kämpfen kann.

Als er am Boden war, wirbelte ich herum, um Zeuge zu werden, wie Milo seinen zweiten Gegner zu Boden rang. Die fünfte Person war nirgends zu entdecken.

»Hol die Laterne«, sagte Milo. Ich hob sie behutsam an ihrem Tragering auf, um das Licht nicht zu löschen. Dann öffnete ich sie und zupfte mit der Spitze meines Dolches das Ende des Dochts aus dem kleinen Öltank, bis die Lampe hell brannte. Mit der brennenden Laterne ging ich zu Milo, der seinen Mann, einen Fuß auf seiner Brust, in Ringermanier in Schach hielt. Der Griff einer *sica* ragte aus der Brust des Mannes. Offenbar hatte Milo mit seiner eigenen Waffe auf ihn eingestochen. Die anderen drei schienen tot zu sein. Verschiedenste Waffen lagen auf der Straße herum: eine kurze und eine lange *sica* und sogar ein *gladius*. Das Schwert war kleiner als das eines Soldaten. Mit seiner langen, spitz zulaufenden Klinge sah es eher aus wie ein zu groß geratener Dolch. Es war die Art, wie sie von römischen Soldaten vor hundert Jahren benutzt worden war und wie sie im Amphitheater noch immer zum Einsatz kam. Ich kannte keinen der Männer.

In Rom wimmelte es von Bandenmitgliedern, und die meisten waren ziemlich unbedeutend.

Der Kerl, den Milo am Boden hatte, war ein typisches Exemplar: ein kräftiger Kretin, dessen Alter wegen des Netzes von Narben, das sein Gesicht wie eine Landkarte überzog, schwer zu schätzen war. Es waren eher die *caestus*-Narben eines Faustkämpfers als die Schwertspuren eines Gladiators, und Männer von überlegenem Intellekt wählten nur sehr selten den Beruf eines Faustkämpfers.

»Ich glaube, der Kamerad hier will uns etwas sagen, mein Herr«, sagte Milo, bog den Arm des am Boden Liegenden weiter herum und erhielt ein Stöhnen als Antwort.

»Ausgezeichnet«, erwiderte ich. Ich hockte mich neben den Mann und hielt die Lampe hoch. Er hatte nicht mehr lange zu leben, also mußte ich ihm meine Fragen schnell stellen. »Wer hat dich angeheuert?«

»Claudius«, stöhnte er, während Milo den Druck verschärfte. »Er sagte, du würdest einen gelben Schal um den Hals tragen.«

Reumütig berührte ich das Tuch. Da hatte ich eben von Verkleidung geredet und dabei vergessen, daß ich das auffällige Kleidungsstück schon getragen hatte, als Claudius mich gestern gesehen hatte.

»Wer hat euch seine Augen geliehen?« wollte Milo wissen. »Wer hat euch durch die Straßen geführt und uns im Blick behalten?«

»Ein Junge.« Er schien wenig Neigung zu verspüren, noch mehr zu sagen, also ermutigte Milo ihn zu größerer Redseligkeit. »Ahh! Es war ein ausländischer Junge, aus dem Osten. Sprach mit orientalischem Akzent und sagte, er würde dich vom Sehen kennen. Er ist den ganzen Tag zwischen dem Fluß und dem Ostischen Tor hin- und hergependelt und hat sich uns angeschlossen, als das Ostische Tor für die Nacht geschlossen wurde. Er ist etwa gleichzeitig mit euch bei den Docks angekommen. Er hat uns durch die Straßen und um euch herum geführt, als wäre es hel-

lichter Tag. Er muß Augen in den Zehen haben, der Junge.«
Diese letzten Worte waren nur noch ein flüsterndes Murmeln,
und Milo ließ seinen Arm los.

»Mehr kriegen wir aus dem hier nicht raus. Was jetzt, mein
Herr?«

»Laß ihn für die Vigilien liegen. Ich werde einen vollständigen
Bericht verfassen, wenn ich diesen ganzen Fall abgeschlossen
habe. Jetzt wäre es nur Zeitverschwendung. Laß uns zu meinem
Haus gehen.«

Da wir jetzt eine Laterne hatten, erreichten wir meine
Schwelle ohne Schwierigkeiten.

»Ich lass' dich jetzt allein, mein Herr«, sagte Milo, als Cato die
Tür öffnete.

»Ich werde dir deinen Dienst nicht vergessen«, versicherte ich.
»Du warst auf dieser kleinen Reise weit mehr als nur mein Führer.«

»Denk einfach an mich, wenn du ein hochrangiger Beamter
bist«, sagte er. Dann war er verschwunden. Damals dachte ich,
daß er mir wahrscheinlich eines Tages vor Gericht gegenüberste-
hen würde, aber der junge Milo hatte höhere Ambitionen.

Ich schenkte Catos entrüsteten Beschwerden über die späte
Stunde meiner Heimkehr und meinen zweifelhaften Umgang
keine Beachtung, während ich in mein Schlafzimmer ging. Ich
sagte ihm, er solle mir etwas zu essen, eine Schüssel Wasser und
saubere Handtücher bringen. Murrend tat er, was ich ihm aufgetragen hatte. Nachdem er alles gebracht hatte, entließ ich ihn in
sein Bett und schloß die Tür hinter mir.

Ich streifte meine Tunika ab und untersuchte im Lampenlicht
den Schnitt, den ich bei unserem Handgemenge abbekommen
hatte. Er sah ziemlich geringfügig aus, brannte aber höllisch, als
ich die Wunde, so gut es ging, mit Wein auswusch und sie mit einem zusammengelegten Handtuch und aus meiner Tunika ge-
schnittenen Streifen verband. Ich wollte am nächsten Morgen
Asklepiodes danach sehen lassen.

Von der Reise und den Begebenheiten auf der Straße erschöpft, setzte ich mich aufs Bett und zwang ein paar Bissen in meinen leeren Bauch. Ich hatte anderen in der Schlacht schon Verletzungen zugefügt, aber diese Art des Nahkampfes war etwas völlig Neues für mich. Ich entschied, daß es die Nachwirkungen der plötzlichen und unerwarteten Gewalt sein mußten, die mich so dumpf und melancholisch stimmten. Diese Männer hatten mich umbringen wollen, und sie waren der denkbar übelste Abschaum gewesen.

Außerdem war ich unglücklich darüber, daß der Junge so nah gewesen und mir trotzdem entwischt war. Nur er konnte mich zu dem Amulett führen, das aus diesem Zimmer gestohlen worden war. Bei diesem Gedanken blickte ich auf, um mich zu vergewissern, daß die bronzenen Fenstergitter, die ich bestellt hatte, unversehrt waren. Das schien der Fall zu sein, was immer mir das auch nutzen mochte. Langsam begann ich zu glauben, daß dieses Wesen über übernatürliche Kräfte verfügte und daß eine bloße Barriere keinen Schutz gegen den Jungen und sein Würgeseil bieten konnte.

Stöhnend vor Schmerz ließ ich mich auf mein Bett fallen und schloß die Augen. Ich hatte viel herausbekommen heute, aber es war noch immer nicht genug. So ging ein weiterer Tag zu Ende.

IX

Am nächsten Tag setzte ich einen Brief auf. Es war etwas, worüber ich gegrübelt hatte, seit ich vor ein paar Tagen die Sänfte mit einer der Vestalinnen gesehen hatte. Ich hatte mit dem Gedanken gespielt, ihn dann aber wieder verworfen. Was ich überlegte, war nicht nur illegal, es beleidigte auch die Götter. Aber jetzt glaubte ich, daß das Wohl des Staates auf dem Spiel stand. Außerdem war mein Leben bedroht worden, und das gibt der Beziehung eines Menschen zu den Göttern eine völlig neue Dimension.

»Hochverehrte Tante«, begann ich. »Sei herzlich gegrüßt von Deinem unbedeutenden Neffen Decius Caecilius Metellus. Du würdest mir einen unendlich großen, persönlichen Gefallen erweisen, wenn Du mir erlauben würdest, Dir, sobald es Dir angemessen erscheint, einen Besuch abzustatten. Ich habe zwei Gründe, Dich zu besuchen: Erstens habe ich meine familiäre Verpflichtung Dir gegenüber bereits viel zu lange vernachlässigt. Zweitens geht es um eine höchst heikle Staatsangelegenheit, bei der Du mir von großer Hilfe sein könntest. Wenn es irgend möglich ist, bitte ich Dich, mir Deine Antwort durch einen Boten zukommen zu lassen.« Ich wickelte das Papyrus zu einer Rolle und versiegelte sie mit Wachs. Darauf schrieb ich: »Zu Händen der Ehrwürdigen Dame Caecilia Metelli.«

Ich gab die Schriftrolle einem Sklavenjungen, den ich mir von einem Nachbarn ausborgte, und trug ihm auf, sie zum Haus der Vestalinnen zu bringen und dort auf eine Antwort zu warten. Der Junge hüpfte von dannen, wobei er sich zweifelsohne fragte, welche Belohnung er sich verdienen würde. Es war üblich, ein großzügiges Trinkgeld zu geben, wenn man einen fremden Sklaven engagierte.

Der Hauptmann der Vigilien hatte heute morgen die vier auf der Straße gefundenen Leichen gemeldet, aber ich konnte die Bearbeitung der Sache hinauszögern, weil es erstens aussah wie ein ganz gewöhnlicher Bandenmord und ich zweitens behaupten konnte, daß der Mord an Paulus Vorrang hatte. Der Tod von vier Schlägern würde dem Senat nicht einmal als Gerücht zu Ohren kommen, und ich mußte nur ihre Identität herausfinden und ihren Namen von den Getreidelisten streichen, wenn einer von ihnen Bürger der Stadt gewesen war. Höchstwahrscheinlich würde es niemanden drängen, sie zu identifizieren, und nach drei Tagen würden sie zu den Massengräbern gekarrt und vergessen werden.

Sobald der morgendliche Teil meiner offiziellen Verpflichtungen erledigt war, entschuldigte ich mich und ging zum Ludus Statilius, um Asklepiodes aufzusuchen. Er war überrascht, mich so bald wiederzusehen.

»Was gibt's?« fragte er. »Es hat doch bestimmt nicht schon wieder einen außergewöhnlichen Mord gegeben, den ich analysieren soll, oder?«

»Nein, aber beinahe. Wie dem auch sei, das Opfer lebt, ist heute morgen bereits umhergewandelt und jetzt zur Behandlung zu dir gekommen. Sind deine Sklaven verschwiegen?«

»Komm rein«, sagte er besorgt und gab die Tür frei, damit ich in die Kammer treten konnte, in der er mich vor zwei Tagen fast erdrosselt hätte.

»Du bist der interessanteste Mensch, den ich, seit ich in Rom bin, kennengelernt habe«, sagte Asklepiodes. Ich setzte mich auf einen Hocker und zog mir meine Tunika über den Kopf. Er entfernte meinen laienhaften Versuch eines Verbands und rief nach einem seiner Sklaven. Der Mann kam, und Asklepiodes gab ihm Anweisungen in einer Sprache, die ich nicht erkannte, dann wandte er sich wieder der Untersuchung meiner Verletzung zu. »Ich habe ja schon in einigen unzivilisierten Gegenden gelebt, aber mir ist noch nie untergekommen, daß ein öffentlicher Beamter derart häufig angegriffen wird.«

»Du warst schließlich einer der Angreifer«, sagte ich und zuckte vor Schmerzen zusammen.

»Aus rein pädagogischen Gründen. Aber dieser Kerl hier« – er tippte mit dem Finger auf die Schnittwunde, was ein weiteres Stöhnen meinerseits hervorrief – »trachtete dir offenkundig nach dem Leben. Die Wunde stammt von einem *gladius* oder einem großen, geraden Dolch mit leicht geschwungener Klinge. Siehst du die kleine Kerbe hier am Anfang der Schnittwunde? Dort hat sich die Spitze zuerst ins Fleisch gebohrt und zum Schnitt angesetzt.«

»Ich weiß, was für eine Waffe es war«, erwiderte ich leicht ungeduldig. »Ich habe sie selbst gesehen, zusammen mit dem Schläger, der sie geschwungen hat. Es war ein *gladius,* wie es in der Arena benutzt wird.«

»Genau, wie ich dachte«, bemerkte Asklepiodes triumphierend.

»Ich bin überglücklich, daß dein Urteil wieder einmal bestätigt worden ist. Was können wir nun wegen der Verletzung unternehmen? Ich habe heute das Gefühl, daß sie viel ernster ist, als ich gestern nacht im schwachen Licht und bei meiner Erschöpfung geglaubt hatte.«

»Oh, es besteht wenig Anlaß zur Sorge, solange kein Wundbrand auftritt. In diesem Fall würdest du mit Sicherheit sterben. Das ist jedoch in Anbetracht der Tatsache, daß du jung und kräftig bist und es sich um eine saubere Wunde handelt, wenig wahrscheinlich. Wenn es in den nächsten Tagen nicht zu einer Schwellung oder Eiterbildung kommt, sollte alles gut verlaufen.«

»Das ist beruhigend«, erwiderte ich. Der Sklave kam mit einigen Instrumenten und einer Schale dampfenden Wassers zurück. Er stellte sie neben meinem Hocker ab, und der Arzt gab ihm weitere Anweisungen, worauf er erneut das Zimmer verließ.

»Was für eine Sprache ist das?« fragte ich Asklepiodes, während er die Wunde eifrig auszuwaschen begann. Er benutzte dazu einen Schwamm, den er in die Flüssigkeit tauchte, die nicht nur heiß, sondern auch mit streng riechenden Kräutern angereichert war. Es brannte, als ob mir jemand ein glühendes Eisen gegen die Hüfte preßte. Ich suchte Trost in der Geschichte des Mucius Scaevola, der seine Verachtung gegenüber dem bloßen Schmerz einst dadurch demonstriert hatte, daß er seine Hand ins Feuer hielt, bis sie verbrannt war.

»Ägyptisch«, sagte der Grieche und tat so, als ob er mich nicht gleichzeitig Torturen aussetzte, die einem Hoffolterknecht alle Ehre gemacht hätten. »Ich habe ein paar Jahre in Alexandria praktiziert. Natürlich spricht man dort wie überall in der zivilisierten Welt Griechisch, aber die Menschen, die weiter aus dem Süden, aus Memphis und Theben, stammen, benutzen noch immer ihre alte Sprache. Außerdem geben sie die besten Sklaven der ganzen Welt ab. Also habe ich die Sprache gelernt, um die medizinischen Geheimnisse der alten Ägypter zu erfahren, und mir gleichzeitig ein paar Sklaven als Assistenten gekauft. Ich habe dafür gesorgt, daß sie weder Griechisch noch Lateinisch lernen; auf diese Weise dienen sie mir gut und bewahren meine Geheimnisse.«

»Sehr gut«, sagte ich, als der Schmerz so weit abgeklungen war, daß ich wieder reden konnte. »Ich wäre dir sehr verbunden, wenn du niemandem gegenüber erwähntest, daß du mich wegen dieser Verletzung behandelt hast.«

»Du kannst dich völlig auf meine Diskretion verlassen.« Er versuchte, die kühle Fassade seiner professionellen Würde zu wahren, aber bald erwies sich seine Neugier als stärker. Er war schließlich ein Grieche. »Dies war doch sicher kein, wie soll ich sagen, zufälliger Angriff eines gewöhnlichen Straßenräubers?«

»Meine Angreifer hätten kaum gewöhnlicher sein können«, erwiderte ich.

»Angreifer? Es waren also mehr als einer?«

»Vier«, sagte ich und verdrehte die Augen, als ich sah, wie er ein Stück einer dünnen, am Ende ausgefransten Sehne und eine gebogene Nadel zur Hand nahm.

»Das klingt ja wie aus einer Homerischen Heldensage!« meinte er, während er die Nadel an einer kleinen, kunstvoll ornamentierten Bronzezange befestigte. Alle seine Instrumente waren mit kleinen, silbernen Laubverzierungen versehen. Ich habe mich oft gefragt, ob die filigranen Verzierungen, die man auf chirurgischen Instrumenten für gewöhnlich findet, dazu gedacht sind, uns von ihrem schrecklichen Verwendungszweck abzulenken.

»Allerdings«, räumte ich ein, »war ich nicht allein. Aber ich hab' zwei von ihnen erledigt.« Diese Angeberei machte es mir leichter, den Schmerz der zustechenden Nadel zu ertragen. Nachdem ich meine Tapferkeit gerade derart herausposaunt hatte, konnte ich mich schlecht gegen das wiederholte Durchbohren meines Fleisches mit einer Nadel wehren. Die Wunde wurde genäht, als sei mein Fleisch ein Stück Zeltstoff.

»War der Anschlag politisch motiviert?« fragte er.

»Ich kann mir kaum etwas anderes vorstellen«, sagte ich.

»Die Politik im modernen Rom erinnert an die Athens vor ein paar Jahrhunderten. Die Pisistratus, Harmodios, Aristogeitons und so weiter. Wir hatten ja auch nicht nur Perikles und seinen Haufen.«

»Du bist der erste Grieche, den ich treffe, der zugibt, daß Griechenland nicht immer die Heimat vollendeter Perfektion war.«

»Wir sind allen anderen trotzdem noch überlegen«, sagte er augenzwinkernd. Der Sklave kam zurück, diesmal mit einer Schale, aus der übelriechende Dämpfe strömten. »Dieser Kräuterumschlag wird die Heilung der Wunde fördern und Entzündungen vorbeugen«, erklärte Asklepiodes. Mit einem Löffel strich er etwas von dem widerlichen Brei auf ein Mullkissen und preßte es gegen meine Hüfte. Behende und mit großer Fertigkeit wickelte der Sklave einen Verband um meinen Körper, der den Breiumschlag fest gegen die Wunde drückte und es mir trotzdem erlaubte, ohne größere Schwierigkeiten Luft zu holen.

»Komm in drei Tagen wieder, damit ich den Verband wechseln kann«, sagte der Grieche.

»Wie soll ich damit ein Bad nehmen?« fragte ich.

»Es gibt Fragen, die dir selbst der beste Arzt nicht beantworten kann. Aber da du ein junger Mann von großem Einfallsreichtum bist, bin ich sicher, daß du eine Lösung findest.«

»Wie immer, Meister Asklepiodes, habe ich dir zu danken. Freu dich auf einen großzügigen Beweis meiner Dankbarkeit zu den anstehenden Saturnalien.«

Er sah hochzufrieden aus. Obwohl es Anwälten und Ärzten verboten war, Honorare zu berechnen, durften sie Geschenke annehmen.

»Ich werde meinem Schutzgott opfern und beten, daß du bis

zu den Saturnalien am Leben bleibst. Möge dein nächster Monat anders verlaufen als die vergangene Woche.«

Auf dem Weg zur Tür rief er mir auf wenig subtile Weise in Erinnerung, daß die Saturnalien weniger als einen Monat entfernt waren, und deutete an, ich solle das großzügige Geschenk vielleicht in meinem Testament erwähnen. Für etwas Extravagantes war ich zu arm, und auf dem Nachhauseweg grübelte ich darüber, was ich ihm schicken konnte. Ich entschied, daß ein Arzt, der gewillt war, Arbeiten auszuführen, die normalerweise einem gewöhnlichen Chirurgen auferlegt wurden, ein Exzentriker sein mußte. Also würde ich ihm etwas Exzentrisches schenken.

Der Sklavenjunge wartete schon in meinem Atrium, als ich nach Hause kam. Er übergab mir eine kleine Papyrusrolle, und ich brach das Siegel. Die Botschaft, die sie enthielt, war kurz und einfach. »Liebster Neffe: Es ist viel zu lange her. Komm gegen die zwölfte Stunde ins Besuchszimmer des Hauses der Vestalinnen. Tante Caecilia.« Es war jetzt nach meinen Schätzungen gegen das Ende der neunten Stunde, und da die Winterstunden kürzer waren als die Sommerstunden, war es bis zur zwölften Stunde gar nicht mehr allzu lange hin.

Wahrscheinlich meinte sie die zwölfte Stunde laut der großen Sonnenuhr von Catania auf dem Forum. Messala hatte sie vor fast zweihundert Jahren als Kriegsbeute aus Sizilien mitgebracht, und sie war lange der Stolz der Stadt gewesen. Unglücklicherweise war sie für sizilianische Verhältnisse geeicht worden, was bekanntlich südlich von Rom liegt, und deswegen gab sie die Zeit unpräzise an. Die Vestalinnen waren unglaublich altmodisch und schenkten der moderneren Sonnenuhr und der Wasseruhr von Philipus und Scipio Nasica keine Beachtung, waren die doch noch nicht einmal hundert Jahre alt. Ich entschied, daß ich die Zeit einfach schätzen würde wie alle anderen auch. Sie hatte gesagt »gegen die zwölfte Stunde«. Keine Sonnenuhr der Welt funktioniert, wenn es bewölkt ist, und auch die Wasseruhr lief im Winter ziemlich unregelmäßig.

Ich gab dem Jungen einen Denar, und er war wahrscheinlich vor lauter Ehrfurcht über so viel Freigiebigkeit tief ergriffen. Er konnte die Münze zu seinem *peculium* tun, mit dem er sich eines Tages vielleicht die Freiheit kaufen konnte oder aber, was sehr viel wahrscheinlicher war, den Koch für ein paar Delikatessen bestechen oder mit seinen Sklaven-Kollegen bei den nächsten Spielen wetten.

Ich beschloß, zum Forum zu gehen. Es war an sich die Zeit für ein Bad, aber ich konnte, bandagiert wie ich war, kein öffentliches Badehaus benutzen. Rom im Winter ist wie ein großes, schläfriges Tier, das den überwiegenden Teil der Jahreszeit in seiner Höhle verbringt. Auf den Märkten geht es weniger laut zu, das Geschrei der Bauarbeiter ist leiser, das Gehämmer der Schmiede klingt gedämpfter. Die Leute gehen sogar langsamer. Wir Römer brauchen einfach die Wärme der Sonne, um uns zu unserem üblichen Grad hektischer, wenngleich oft unproduktiver Aktivität anzustacheln.

Auf dem Forum lungerte ich in der Menge herum, begrüßte diesen und jenen und hörte mir Petitionen von unzufriedenen Einwohnern meines Amtsbereichs an, von denen die meisten offenbar unzutreffenderweise glaubten, daß ein öffentlicher Beamter genauso gut wie jeder andere war, so daß ich sie fortwährend an die zuständigen Behörden verweisen mußte.

Die Tante, die ich besuchen wollte, war eine von meinen zahlreichen Tanten namens Caecilia. Da man Frauen keine Beinamen gibt, entsteht oft ein erhebliches Durcheinander. Besagte Tante war in der Familie als Caecilia die Vestalin bekannt und war eine Dame von eindrucksvollem Renommee. Sie war die Schwester des Quintus Caecilius Metellus, unter dem ich in Hispania gedient hatte und der einer unserer berühmteren Heerführer gewesen war, bis Sertorius ihn besiegt hatte und Pompeius, das Wunderkind, aufgetaucht war, um allen Ruhm einzuheimsen.

Als ich mich auf den Weg zum Haus der Vestalinnen machte, überlegte ich, wie ich mich Tante Caecilia nähern sollte. Von einer Frau, die von Kindheit an in den engen Grenzen der vestalischen Gebäude gelebt hatte, konnte man keine Weltgewandtheit in Fragen des politischen Lebens in Rom erwarten. Ihre Ansichten würden keusch und altmodisch sein, ihre Glaubensgrundsätze und Benimmregeln die einer adligen Dame, die von einer langen Linie römischer Helden abstammte, vermutete ich. Das zeigt nur, wie unerfahren ich in jenem Alter im Umgang mit Frauen war.

Der Tempel der Vesta lag im Herzen des Forums und hatte auch seit der Gründung der Stadt vor fast siebenhundert Jahren immer an dieser Stelle gestanden. Er war nach uralter, italischer Bauart rund, weil unsere Vorfahren in runden Hütten gelebt hatten. Einer unser prächtigsten Feiertage war gleichzeitig einer der primitivsten: An den Kalenden des März wurden sämtliche Feuer im römischen Gemeinwesen gelöscht. Beim ersten Licht des neuen Jahres (nach der alten Zeitrechnung waren die Kalenden des März der Neujahrstag) entzündeten die Vestalinnen eine neue Flamme, indem sie Holz aneinanderrieben. Mit diesem neuen Feuer, das die Vestalinnen das ganze restliche Jahr über ununterbrochen nährten, wurden dann alle anderen Feuer wieder entzündet.

Seit einem Jahr oder länger war Caecilia *Virgo Maxima*, die Vorsteherin des Kollegiums. Obwohl man sie selten in der Öffentlichkeit sah, genoß sie ein Ansehen und Privilegien, die denen einer ausländischen Prinzessin vergleichbar waren. Sie war die einzige Vestalin, die einen Mann allein empfangen durfte. Alle anderen mußten mindestens eine Anstandsdame dabei haben. Eine Vestalin, die man der Unkeuschheit überführt hatte, wurde mit einzigartiger Grausamkeit bestraft: Man steckte sie mit ein wenig Nahrung und Wasser in eine winzige, unterirdische Zelle, die anschließend mit Erde zugeschüttet wurde.

Ihr Tempel mochte ja klein sein, aber das Haus der Vestalinnen, das *Atrium Vestae*, war der glanzvollste Palast in ganz Rom. Er lag in der Nähe des Tempels und hatte wie alle römischen

Wohnhäuser eine so schmucklose Fassade wie ein Lagerhaus – weiß verputzter Backstein. Drinnen sah es anders aus.

Ein Sklavenmädchen ließ mich herein – aus naheliegenden Gründen gab es nur Sklavinnen – und stürzte dann davon, um der *Virgo Maxima* zu melden, daß ein Beamter sie zu sprechen wünschte. Alle Innenräume waren mit echtem weißen Marmor ausgestattet. Durch große Dachfenster fiel helles Licht auf Wandfresken, die die komplizierten Riten zu Ehren der Göttin darstellten. Überall hatte man Wert auf Schönheit und Schlichtheit gelegt, Reichtum ohne Prunk. Es war, als hätte man eine prachtvolle toskanische Villa nach Rom versetzt und auf Palastgröße erweitert. Ich sollte vielleicht hinzufügen, daß es der einzige Palast dieser Art in Rom war. Guter Geschmack ist nie eine herausragende römische Tugend gewesen.

»Decius, wie schön, dich zu sehen.« Ich wandte mich um und sah meine Tante durch eine Seitentür hereinkommen. Sie war etwa fünfzig, aber dank eines von weltlichen Sorgen und Schwangerschaften unbeeinträchtigten Lebenswandels sah sie um viele Jahre jünger aus. Ihr Gesicht zeigte keine Falten und strahlte eine übernatürliche Heiterkeit aus.

»Es ist mir eine große Ehre, daß du mich empfängst, hochehrwürdige Dame«, sagte ich und verbeugte mich.

»Ach, wir wollen uns die Floskeln sparen. Du magst ja ein öffentlicher Beamter sein, aber du bist immer noch mein Großneffe.«

»Von denen hast du aber eine ganze Menge, Tante«, sagte ich lächelnd.

»Wir sind eine weitläufige Familie, das ist wahr, aber ich kriege nur sehr wenige von meinen Verwandten zu sehen, vor allem von den männlichen. Ganz zu schweigen von den jungen männlichen. Wenn du allerdings wüßtest, wie oft deine weiblichen Verwandten herkommen, um zu tratschen... Jetzt komm mit und erzähl mir alles.«

Zu meinem Erstaunen nahm sie meine Hand und zerrte mich

geradezu in ein kleines Besuchszimmer, das mit bequemen Stühlen und einer eigenen Feuerstelle in der Mitte des Raumes ausgestattet war. Von einer Frau von so großer Würde hatte ich die Art priesterliches Gehabe erwartet, wie es die Vestalinnen an hohen Feiertagen vorführen, wenn sie wie zum Leben erweckte Statuen der Göttinnen wirken. Statt dessen benahm sie sich – mir fiel kein besseres Wort dafür ein – ganz normal *tantenhaft*.

Bevor wir zur Sache kommen konnten, mußte ich sie erst auf den neuesten Stand meiner eigenen Aktivitäten bringen, von den Ehen meiner Schwestern, der Karriere meines Vater und so weiter berichten. Meine Mutter war vor einigen Jahren gestorben, sonst hätte ich wahrscheinlich den ganzen Tag dort verbringen können. Eine Sklavin brachte uns Gebäck und verdünnten Wein.

»Nun«, sagte sie, nachdem ihr Bedarf an Familienklatsch gesättigt war, »in deinem Brief hast du etwas von einer heiklen Staatsangelegenheit erwähnt. Wir Vestalinnen sind dem Dienst am Gemeinwesen schon seit den Tagen vor der Gründung der Republik verpflichtet. Die ersten Vestalinnen waren die Töchter der Könige. Du kannst gewiß sein, daß ich immer das tun werde, was im Sinne des Volkes richtig ist.« Sie sagte das ganz schlicht und aufrichtig, eine echte Erholung nach den ganzen patriotischen Platitüden meiner übrigen Zeitgenossen.

»Vor zehn Tagen«, begann ich, »hat man gewisse Papiere zur Sicherheitsverwahrung hergebracht. Unter diesen Papieren sind auch die Ermittlungsunterlagen über einen Mann, der ermordet wurde. Der Mord hat sich im Laufe der Nacht ereignet, und die Papiere wurden schon vor dem Morgengrauen jenes Tages hergebracht, bevor mich die Vigilien überhaupt von der Tat unterrichten konnten. Man enthält mir diese Beweisstücke vorsätzlich vor.«

Sie sah sehr verwirrt aus. »Ich habe persönlich die Verantwortung für jene Dokumente übernommen, aber von der frühen Stunde einmal abgesehen, konnte ich keine Unregelmäßigkeiten entdecken. Natürlich werden hier normalerweise vor allem Testamente hinterlegt, aber manchmal verwahren wir auch andere offizielle Dokumente: Verträge und dergleichen. Aber die Obhut ist heilig.«

»Vielleicht sollte ich erklären«, setzte ich an, ihr die vielen Ereignisse der vergangenen Tage zu erzählen. Ich war noch nicht einmal halb fertig, als sie mich mit einer Bemerkung unterbrach, die mich sehr überraschte, obwohl sie es nicht hätte tun sollen.

»Es geht um diesen Pompeius, nicht wahr?« Ich nickte verblüfft, während sie fortfuhr: »Ich kannte seine Mutter – eine schreckliche Frau. Und seinen Vater Strabo. Wußtest du, daß Strabo vom Blitzschlag getötet worden ist?«

»Ich habe davon gehört.«

Sie nickte, als sei dies von ungeheurer Bedeutung, und vielleicht war es das ja auch. Ich fuhr mit meiner Erzählung fort, eine Liste von Morden und Bestechungen, die den strahlendsten Tag hätte verfinstern können. Als ich mit meiner Geschichte geendet hatte, schien es nur passend, daß es draußen inzwischen dunkel war.

Sie saß eine Weile schweigend da und sagte dann: »Pompeius. Und diese furchtbaren Claudier. Wie kann eine uralte patrizische Familie Generation um Generation nur Verrückte und Verräter hervorbringen?« Sie schüttelte den Kopf. »Nun hast du mir erzählt, was du gesehen und erlebt hast, Decius. Sag mir jetzt, worauf das Ganze deiner Ansicht nach hinausläuft.« Ich hatte erwartet, eine ziemliche naive, alte Dame vorzufinden. Selten hatte ich mich so geirrt.

»Ich zögere, es dir zu erzählen, aber in Anbetracht dessen, worum ich dich bitten möchte –« Sie brachte mich mit einer ärgerlichen Geste zum Schweigen.

»Ich bin ja nicht dumm. Du wirst mich bitten, einen Blick in diese Unterlagen werfen zu dürfen. Wenn du von mir erwartest, daß ich mich in so gravierender Weise über die Bestimmungen der heiligen Treuhänderschaft hinwegsetze – wegen dieser Tat muß ich mich anschließend einem langwierigen Reinigungsritual unterziehen –, dann solltest du mir besser die Gefahr auseinandersetzen, die dieses Sakrileg rechtfertigt.«

Es blieb mir nichts anderes übrig, als völlig offen zu sein. »Ich glaube, daß Pompeius und Crassus Publius Claudius nach Asien schicken, um Lucullus' Truppen zur Rebellion anzustiften. Das ist eine üble Geschichte, aber Lucullus kann auf sich selbst aufpassen. Der Rest ist noch viel schlimmer. Ich glaube, sie treffen Vereinbarungen mit den Piraten, Lucullus' Nachschubschiffe, vielleicht sogar seine Truppentransporte anzugreifen.«

Ich sah, wie sich Entsetzen auf ihrem Gesicht abzeichnete, und fühlte mich einen Moment lang schuldig. Als alter Römerin mußte ihr klar sein, daß dies ein direkter, verräterischer Angriff auf loyale Soldaten Roms war. Mindestens eine Generation war es her, daß die oberste Loyalität der Legionen Rom galt. Heutzutage fühlten sie sich in erster Linie ihren Heerführern verpflichtet, normalerweise direkt proportional zur Beute, mit der diese Befehlshaber sie versorgten. In den Augen von Pompeius und Crassus wie in den Augen der meisten Römer galt der Angriff deshalb nicht loyalen Soldaten der Republik, sondern vielmehr dem *persönlichen Besitz* des Lucullus.

»Das ist unglaublich«, sagte Caecilia. »Oder es wäre unglaublich, wenn es um jemand anderen als Pompeius ginge.« Pompeius hatte immerhin die Stelle ihres Bruders eingenommen, was für einen stolzen Heerführer schlimmer war als eine Niederlage. Sie sah mich in dem trüben Licht scharf an. »Und du, Decius? Du hast tagaus, tagein mit dieser Schlechtigkeit zu tun. Warum setzt du deine Karriere, ja sogar dein Leben aufs Spiel für einen Befehlshaber, dem du nie begegnet bist?«

»Es geht nicht um Lucullus«, sagte ich. »Er scheint ein herausragender Heerführer zu sein. Seine Soldaten sind meines Wissens genau solche Banditen wie die in Pompeius' Armee auch, und die meisten von ihnen sind wahrscheinlich obendrein noch Ausländer. Aber diese Leute haben in meinem Amtsbereich drei Morde begangen. Außerdem war mir Paulus recht sympathisch.«

»Ist das alles?« fragte sie.

Ich dachte nach. Ging es nur um meinen Sinn für Gerechtigkeit und meine zufällige Sympathie für einen Mann, den ich kaum gekannt hatte? »Nein, ich möchte auch die über zweihundert Sklaven von Paulus nicht vor den Stadttoren gekreuzigt sehen.«

Das schien sie zu befriedigen. »Warte hier.« Sie erhob sich von ihrem Stuhl und verließ den Raum. Nach ein paar Minuten kam ein Sklavenmädchen herein und zündete die Lampen an. Caecilia kehrte mit einer Holzschachtel zurück, die sie vor mir auf den Tisch stellte. »Ich werde in einer Stunde zurück sein.« Dann verließ sie den Raum wieder.

Meine Hände zitterten ein wenig, als ich die Schachtel öffnete und das Wachssiegel des Senats mit seinen eingeprägten Buchstaben SPQR aufbrach. In dem Kästchen befanden sich drei Papyrusrollen von überdurchschnittlicher Qualität. Jede von ihnen trug die Namen der diesjährigen Konsuln, des Senators, der für die Ermittlung verantwortlich war, sowie eines Schreibers. Der Schreiber war in jedem Fall ein anderer gewesen, und keiner von ihnen war ein fest Angestellter des Senats. Wahrscheinlich die Privatsekretäre der Senatoren. Zwei der Senatoren waren bekannte Anhänger des Pompeius und hatten in seinen Legionen gedient. Zwei Hinterbänkler, die sich ihren purpurnen Streifen durch ihre Dienstzeit als Quaestoren verdient hatten und es ohne Pompeius' Unterstützung nie zum Praetor bringen würden. Die Ermittlungen reichten bis zu vier Jahre zurück, und nur die jüngsten hatten während des Konsultats von Pompeius und Crassus stattgefunden. Ich nahm die älteste Rolle und löste das Band.

Sie war kurz und bündig. Der Ermittler war Senator Marcus Marius gewesen. Ich kannte ihn flüchtig. Er war ein entfernter Verwandter des großen Gaius Marius und hatte wie jener nur zwei Namen, weil das Geschlecht der Marier keine Cognomen zu benutzen pflegte. Die Eintragung besagte, daß der Senator von einem Quaestor informiert worden war, daß Paramedes von

Antiochia, ein in der Stadt wohnhafter Ausländer, Besuch von verschiedenen Personen empfangen hatte, die als Verdächtige unter ständiger Überwachung standen. Paramedes war bekanntermaßen als Agent für die Piraten tätig, aber besagte Ausländer gehörten zum Gefolge des zu Besuch in der Stadt weilenden Botschafters von Pontus. Die Ermittlungen des Senators (ein erbärmlich nachlässiges Verfahren übrigens) hatten ergeben, daß Paramedes von Antiochia höchstwahrscheinlich ein Spion des Königs Mithridates von Pontus war. Als Untersuchungsergebnis war das in etwa so tiefschürfend wie die Bemerkung eines gewöhnlichen Bürgers über das Wetter, wenn er aus dem Badehaus kam und die Wolken betrachtete.

Die zweite Rolle war beträchtlich interessanter. Der Ermittler war schwer zu entziffern, weil der Schreiber mit der Feder abgerutscht war und den Namen mit einem großen Tintenklecks verdeckt hatte. Glücklicherweise war der Vorname noch lesbar – Mamercus. Das bedeutete, daß es sich um den Senator Mamercus Aemilius Capito handeln mußte, weil nur das Geschlecht der Aemilier den Vornamen Mamercus verwendete. Dieser Bericht besagte, daß der Senator von keinem Geringeren als dem damaligen städtischen Praetor Marcus Licinius Crassus Anweisungen erhalten hatte, mit Paramedes von Anitiochia Kontakt aufzunehmen. Es handelte sich also gar nicht um eine Ermittlung. Crassus wollte den Mann persönlich in seinem Quartier bei Messina befragen. Capito hatte dabei lediglich als Botenjunge fungiert, der Paramedes zu Crassus gebracht hatte.

In jenen lange vergangenen Tagen der Republik waren die höchsten Beamten, Konsuln und Praetoren, Träger des Imperiums, jener uralten militärischen Befehlsgewalt der Könige, und jeder von ihnen konnte eine Armee ins Feld führen. Spartacus hatte die konsularische Armee unter Gellus und Clodianus geschlagen. Crassus, der unter Sulla gedient hatte, war als nächster Befehlshaber ausgewählt worden, um Spartacus beschäftigt zu halten, während man eine Nachricht nach Hispania gesandt hatte, um Pompeius und seine Veteranen-Legionen zurückzurufen.

Capito berichtete, daß er Paramedes aufgestöbert und ihn, wie befohlen, in Crassus' Lager abgeliefert hatte. Das war schon ziemlich interessant, aber der nächste Teil war sogar noch spannender. Am Tag nachdem er Paramedes bei Crassus abgesetzt hatte, war Capito ein kleines Stück die Küste hinaufgefahren und hatte Paramedes zu einem kleinen Fischerdorf begleitet. Von dort hatte der Graeco-Orientale ein Boot genommen und war am nächsten Tag mit einem sehr jungen Gesandten der Piratenflotte zurückgekehrt, die damals in der Meerenge bei Messina vor Anker lagen und mit Spartacus um eine Schiffspassage in die Freiheit feilschten. Es wurde zwar kein Name erwähnt, aber die Beschreibung paßte auf Tigranes den Jüngeren.

Capito hatte mit beiden Männern Crassus' *Praetorium* besucht, aber an dem anschließenden Treffen nicht teilgenommen. Einige Stunden später begleitete er den jungen Gesandten der Piraten zurück bis zu dem Fischerdorf und brachte ihn bis zu seinem Boot. Dort endete der Bericht.

Ich war schwer enttäuscht. Bis jetzt hatte ich nichts, was ich nicht bereits gewußt oder vermutet hatte. Die Verschwörer mußten in Panik geraten sein und deswegen jedes Schriftstück der Senatsarchive beschlagnahmt haben, in dem Paramedes auch nur erwähnt wurde. Hatte ich dafür meine Großtante zu einem Sakrileg gedrängt? Ich nahm die dritte Rolle zur Hand.

Die Namen von Pompeius und Crassus standen darauf, Pompeius' sogar vollständig mit selbstgewähltem Cognomen: »Magnus«. Es war typisch für die Unverfrorenheit des Mannes, daß er sich selbst »der Große« nannte, obwohl er später behauptete, Sulla habe ihm diesen Ehrentitel verliehen und daß ein von einem Diktator verliehener Titel legal sei. Um der ganzen Sache die Krone aufzusetzen, reichte er den Namen bis in alle Ewigkeit an seine männlichen Erben weiter, aber sie brachten es trotzdem nie zu etwas.

Der berichterstattende Senator war Quintus Hortensius Hortalus. Ich legte die Schriftrolle nieder und atmete tief durch. Hortalus war der Patron meines Vaters und dadurch indirekt auch meiner. Sollte er in Ungnade fallen und ins Exil vertrieben werden, hätte das schwerwiegende Konsequenzen für uns, auch wenn wir nicht selbst in die Verschwörung verwickelt waren. Ich *hoffte* zumindest, daß mein Vater nicht darin verwickelt war. Ich entrollte das Schriftstück und las es rasch durch wie jemand, der eine entzündete Wunde aufschneidet und hofft, daß der Schmerz schnell vorbeigeht. Das war nicht so leicht, wie es sich anhört. Hortalus pflegte sehr blumige Reden zu halten in einem Stil, der allgemein als asiatisch bekannt war. Genauso schrieb er auch. Selbst in einem vertraulichen Bericht formulierte er, als ob er eine Jury mit einer seiner zahlreichen Verteidigungsreden für einen der Korruption angeklagten Ex-Statthalter fesseln wollte. Solche Texte lesen sich heutzutage ausgesprochen seltsam, seit Caesars karger und schnörkelloser, wenngleich eleganter Stil die lateinische Prosa revolutioniert hat. Gemeinsam haben Caesar mit seinen Büchern und Cicero mit seinen Reden die Sprache, wie sie noch in meiner Jugend gelehrt wurde, völlig verändert. Aber Hortalus war selbst für damalige Verhältnisse ausschweifend. Der Bericht lohnt es, hier wortwörtlich wiedergegeben zu werden, weil ich mich selbst nach all den Jahren noch daran erinnern kann, sowohl wegen seines Inhalts, als auch als ein Beispiel für Hortalus' unvergleichbaren Stil.

Im Dienst des Senates und des Volkes von Rom
Senatoren: (Tatsächlich sollten allein die Konsuln dies zu Gesicht bekommen.)
Zwischen den Kalenden des Novembers, wenn Jupiter unsern irdischen Stolz mit dem schrecklichsten Donner und den tödlichsten Blitzen straft, und dem Beginn der Plebejischen Spiele, die die Herzen des Volkes mit Freude erfüllen in jener Jahreszeit, wenn die strahlende Proserpina ins Bett ihres gefürchteten Gat-

ten *Pluto hinabsteigt* (Die Tinte auf diesem Brief war also kaum getrocknet, dachte ich.), *hatte ich, der Senator Quintus Hotensius Hortalus, eine Unterredung mit dem Prinzen Tigranes aus dem Land, auf das die Strahlen Helios' fallen, wenn über den Tempeldächern der Stadt des Quirinus noch die Dunkelheit der Nacht liegt.* (Also war der kleine Kriecher schon seit dem ersten November in Rom, dachte ich.)

Unser Gespräch berührte unter anderem den maßlosen Stolz jenes militärischen Abenteurers Lucius Licinius Lucullus, und wie man diesen Stolz demütigen könne. Lucullus und seine Söldnerbanden sind offenbar mit Asien als Kriegsbeute nicht zufrieden, sondern haben wie die fleischfressenden Pferde des Diomedes ihre gierigen Augen auf das reiche Pontus und sogar auf das großartige Armenien geworfen, Residenz des prinzlichen Vaters. Der tapfere Tigranes der Jüngere, der aus eigenem Entschluß dem luxuriösen Leben eines Prinzen entsagt hat, um sein Glück in den weindunklen Gefilden Neptuns zu suchen, hat die Dienste seiner abenteuerlustigen und lebhaften Freunde angeboten, da die Söhne Neptuns auch dann etwas wagen können, wo den Söhnen des Mars die Hände gebunden sind. Unter seiner Führung werden diese kühnen Nachfahren des Odysseus die Transporte des Lucullus plündern, während sie im gischtigen Reich des Welterschütterers kreuzen. Als Gegenleistung dafür sollen sie für den Zeitraum von zwei Jahren ihrem Gewerbe unbeeinträchtigt von römischer Einmischung nachgehen können. Der Prinz selbst hofft, als Freund Roms in seinem Anspruch auf den juwelenbesetzten Thron Armeniens unterstützt zu werden, den sein Vater ihm verwehrt hat. Da er mütterlicherseits ein Enkel des Mithridates von Pontus ist, wird er hochzufrieden sein, das Land als rechtmäßiger König zu regieren, wenn die römischen Waffen gegen jenen heimtückischen Orientalen die Oberhand gewonnen haben. (Das konnte ich mir lebhaft vorstellen. Das ganze Königreich, ohne zu kämpfen.)

Ich schenkte diesem Vorschlag mein wohlwollendes Ohr und

gebe euch jetzt den Rat, auf den ihr hören mögt wie einst die Stammesväter der Griechen auf den alten Nestor, diesen Plan durchzuführen. Er scheint mir ein einfaches und wirkungsvolles Mittel, den widerspenstigen Lucullus zu bändigen und gleichzeitig die römische Vorherrschaft und unseren zivilisierenden Einfluß auf jenes unbedarfte Land Feuer verehrender Barbaren auszudehnen. Denn, darüber kann es keinen Zweifel geben, es wird Rom, die Stadt der sieben Hügel des Romulus, sein, die zur Herrin über den ganzen Erdkreis berufen ist, unabhängig davon, welcher mit Juwelen behängte und parfümierte Pseudo-Grieche gerade träge auf den grellen und vulgären Thronen jener Nationen sitzt.

Da der Aufenthalt des jungen Tigranes in der Stadt offiziell nicht zur Kenntnis genommen wird – eine solche Kenntnisnahme würde einen Affront gegenüber seinem königlichen Vater darstellen, mit dem wir uns zur Zeit noch nicht im Krieg befinden –, trägt jener sozusagen den Helm des Plutos, der dem Träger Unsichtbarkeit garantiert. Zur Zeit residiert er noch im Hause des euch bekannten Paramedes von Antiochia. Solltet ihr diesem Vorschlag mit Wohlwollen begegnen, werde ich dafür sorgen, daß der junge Tigranes im engen Kreis und inoffiziell in Rom eingeführt wird, möglicherweise durch ein Gastmahl in gemischter Gesellschaft, die sich aus Anhängern aller Parteien und Überzeugungen zusammensetzt.

Es ist überdies wünschenswert, Paramedes so bald wie möglich von jeglicher Verantwortung für den weiteren Vorgang zu befreien, da ich weiß, daß er in geheimem Einverständnis mit Mithridates ein doppeltes Spiel spielt. Ich habe bereits diesbezügliche Vorkehrungen getroffen, die zur Durchführung gelangen sollten, sobald ich euer Einverständnis habe und der junge Tigranes in sein neues Quartier umgezogen ist. Die Person, die mit dieser heiklen Mission betraut werden soll, ist euch wohl bekannt, da sie in der Vergangenheit bereits ähnliche Aufträge ausgeführt hat.

In Erwartung eurer Antwort

Ich wickelte die Papyrusrolle wieder auf und bemerkte, daß meine Hände glücklicherweise aufgehört hatten zu zittern. Nach und nach fügten sich die Teile des Mosaiks zusammen. Paramedes war ermordet worden, sobald Tigranes in das Haus von Publius Claudius umgezogen war. Wahrscheinlich hatte man Publius mit dem Mord betraut, da er Teil der Verschwörung war, seinen eigenen Schlägertrupp unterhielt und an dieser Art von Aktivität Gefallen fand. Als ich den Deckel der Schachtel wieder zuklappte, kam mir ein Gedanke: Der leichtfüßige, fingerfertige, Garotten handhabende, ausländische Junge, der in Rom so viel Unheil anrichtete, gehörte wahrscheinlich zum Gefolge des vielseitigen Tigranes.

Am Ausgang verabschiedete mich meine Tante. »War es berechtigt, daß ich dich die Dokumente habe einsehen lassen, die dem Schutz der Göttin anvertraut sind?«

»Vielleicht hast du Rom gerettet«, versicherte ich ihr.

»Dann bin ich zufrieden.« Als ich gehen wollte, hielt sie mich noch einmal auf. »Sag mir noch eins.«

Ich drehte mich um. »Ja?«

»Dieser Schal. Ist es die neueste Mode, daß Männer so etwas tragen?«

»Die allerneueste Mode. Alle Welt ist zur Zeit ganz verrückt nach unseren abenteuerlustigen Heerführern und ihren Truppen. Soldaten tragen diese Schals, damit die Rüstung ihren Hals nicht wundscheuert.«

»Ah. Das wollte ich bloß wissen.«

Ich drehte mich um und stieg die Stufen hinab in eine weitere dunkle, römische Nacht.

X

Nachdem ich am nächsten Tag meine morgendlichen Pflichten erledigt hatte, kümmerte ich mich um eine fachmännische Rechtsberatung. Hortalus galt als der beste Anwalt Roms, aber aus naheliegenden Gründen zögerte ich, ihn in dieser Sache zu konsultieren, also suchte ich Marcus Tullius Cicero, der, da war ich mir sicher, mit der Verschwörung nichts zu tun haben konnte. Meine Suche wurde durch die Tatsache erleichtert, daß einer der Auguren in der vergangenen Nacht ungünstige Vorzeichen ausgemacht und alle offiziellen Termine für heute abgesagt hatte.

So traf ich Cicero zu Hause an, der einzige Ort, an dem man einen im öffentlichen Leben stehenden Römer am späten Vormittag eines Tages, der öffentlichen Aufgaben gewidmet war, sonst praktisch nie vorfand. Ciceros Haus war bescheiden, wenn auch nicht ganz so bescheiden wie meines, und auf seine Weise sehr exzentrisch. Sein Hausmeister studierte gerade eine Schriftrolle, als ich kam, um meine Ankunft zu melden. Sämtliche Sklaven Ciceros waren gelehrt aussehende Männer, die ihm vorlesen konnten, wenn seine Augen zu müde wurden. Jedes Zimmer des Hauses war voller Regale, auf denen unendlich viele Schriftrollen lagen. Es war leicht, Cicero ein Geschenk zu den Saturnalien zu kaufen, weil er Bücher über alles liebte, vorzugsweise Original-Manuskripte, aber anständige Kopien waren genauso gut. Wenn man ein berühmtes Manuskript besaß und einen seiner Lieblingsschreiber engagierte, um es als Geschenk für ihn zu kopieren, gewann man in Cicero einen Freund fürs Leben oder doch zumindest so lange, bis man sich politisch mit ihm entzweite.

Der Hausmeister holte einen Mann, der mich empfangen und zu seinem Herrn bringen sollte. Er war ein Sklave, ein paar Jahre älter als ich und so gut angezogen wie ein Freigeborener. Es war der berühmte Tiro, Ciceros Sekretär und Vertrauter. Er hatte eine eigene Kurzschrift erfunden, um Ciceros unglaublich fruchtbaren Ausstoß an Diktaten aufzunehmen. Er brachte sie Ciceros anderen Sklaven bei, und sie verbreitete sich schnell unter Roms übrigen Schreibern. Inzwischen wird sie allgemein verwendet. Er war einer dieser Sklaven, die jeder, vom Konsul bis zum Flickschuster, stets wie einen freien Mann behandelte.

»Wenn du bitte mitkommen möchtest, mein Herr«, sagte Tiro. Ich folgte ihm durch einen Flur, in dem es nach Papyrus und Pergament roch, und weiter eine Treppe hinauf bis aufs Dach, wo wir Cicero lesend in seinem großartigen Solarium antrafen. Es war ein sonniger, wenngleich etwas kühler Morgen, und das Licht fiel schräg durch die Pergola. Auf dem niedrigen Sims, das das gesamte Dach umfaßte, standen Blumenkästen, in denen dem Winter zum Trotz einige Blumen blühten. Cicero saß an einem zierlichen, mit Pergamentrollen, leerem Papyrus, Tintenfässern und einer Vase voll roter *stilus* beladenen ägyptischen Tisch. Er lächelte und stand auf, als ich den Dachgarten betrat.

»Decius, wie schön, dich zu sehen.« Er reichte mir seine Hand, und ich ergriff sie. Dann wies er auf einen Stuhl. »Bitte, nimm Platz.« Wir setzten uns beide, und Tiro hockte sich auf einen direkt rechts hinter Cicero stehenden Stuhl.

»Äußerst großzügig von dir, mir ein wenig von deiner kostbaren Zeit zu opfern«, begann ich. »Deine unablässige Aktivität ist ja schon fast legendär.«

Er lehnte sich zurück und lachte leise. »Ich glaube, daß mich ein böswilliger Gott bei meiner Geburt dazu verdammt hat, jede wache Minute des Tages mit Tätigkeit anfüllen zu müssen.«

»Ich dachte, du bevorzugst die Sterne als Schicksalsboten.«

»Vielleicht waren es ja auch die Sterne. Womit kann ich dir dienen?«

»Ich brauche deinen Rat in einigen kniffligen Rechtsfragen.«

»Dann stehe ich dir zur Verfügung.«

»Vielen Dank. Ich weiß, daß es in Rom niemanden gibt, der berufener wäre, mir zu helfen.«

»Es gibt Leute, die Hortalus für einen besseren Anwalt als mich halten«, sagte Cicero.

Ich atmete tief ein. »Vielleicht muß ich Anklage gegen Hortalus erheben.«

Cicero runzelte die Stirn. »Er ist doch der Patron deines Vaters und damit auch der deine, oder nicht?«

»Niemand ist mein Patron, wenn es um Verrat geht.«

Ciceros Gesicht nahm einen entsetzten Ausdruck an. »Verrat! Du benutzt das stärkste Wort, das der juristische Wortschatz kennt, mein Freund. Wäret ihr Metellis nicht für euer maßvolles politisches Gebaren bekannt, würde ich sagen, du urteilst vorschnell.«

»Der Rest dessen, was ich dir mitzuteilen habe, ist noch deftiger, also laß uns eine Zeitlang keine Namen erwähnen. Ich muß mit dir über das Gesetz reden, nicht über Personen. Ich habe mit eigenen Augen gewisse Beweise gesehen, die darauf hindeuten, daß es eine Verschwörung gibt, die Autorität eines römischen Heerführers im Feld zu unterminieren und seine Nachschubschiffe anzugreifen, ein Plan in geheimer Absprache mit der östlichen Piratenflotte.«

»Ich werde dich nicht nach dem Namen dieses Heerführers fragen, obwohl er leicht zu erraten ist. So ein Angriff wäre nur dann rechtmäßig, wenn der fragliche Befehlshaber vom Senat zum Staatsfeind erklärt würde, wie es bei Sertorius der Fall war.«

»Es wird in dieser Sache wohl keine Senatsabstimmung geben. Es soll eine Geheimoperation bleiben, die nur den beteiligten Verschwörern bekannt ist.«

»Das ist eine üble Geschichte, aber bis jetzt hast du mir noch keine hinreichende Veranlassung gegeben, Anklage wegen Hochverrats zu erheben. Der Tatbestand des Hochverrats ist laut Verfassung nur dann erfüllt, wenn jemand sich an einem bewaffneten Sturz der Regierung beteiligt oder verschwörerisch darauf hinarbeitet.«

Das hatte ich befürchtet. »Es geht um mehr: Die Verschwörung umfaßt auch einen ausländischen Prinzen. Er soll mit dem Thron seines Vaters entlohnt werden, eines Monarchen, mit dem wir uns zur Zeit nicht im Krieg befinden, sowie möglicherweise mit dem Thron eines anderen, gegen den wir augenblicklich kämpfen. Er verspricht dafür, in beiden Fällen als römische Marionette zu regieren.«

»Es bedarf erneut keiner großen Ratekunst, auf die Identität der Betreffenden zu kommen. Wenn der Senat dem fraglichen Monarchen den Titel ›Freund Roms‹ verliehen hat, wie es beispielsweise bei Nicodemes von Bithynien der Fall war, wäre eine Verschwörung mit dem Ziel, ihm seinen Thron zu entreißen und ihn einem anderen zu übertragen, ein schwerer Fall verbrecherischer Korruption. Aber selbst dann würde es sich nicht um Hochverrat handeln. Gibt es noch mehr?«

»Bis jetzt weiß ich von drei Morden, die begangen wurden, um die Verschwörung geheimzuhalten: zwei Bürger der Stadt sowie einen hier wohnhaften Ausländer. Im letzten Fall kommt noch eine Brandstiftung hinzu.«

Er überlegte einen Moment. »Mord an einem Bürger der Stadt und Brandstiftung sind Kapitalverbrechen. Beide sind allerdings vor Gericht nur sehr schwer zu beweisen. Glaubst du, daß irgendeiner der hochgestellten Verschwörer eines dieser Verbrechen selbst begangen hat?«

Ich schüttelte den Kopf. »Eines wurde von einem Freigelassenen begangen, einem ehemaligen Gladiator. Er war selbst das zweite Opfer, wahrscheinlich, um ihn als wertloses Glied aus der Kette der Verschwörer zu trennen. Sein Mörder ist auch für den dritten Mord verantwortlich. Nach allen mir vorliegenden Beweisen handelt es sich bei ihm um einen asiatischen Einbrecher und Killer in Diensten des oben erwähnten Prinzen.«

»Dann wirst du fast sicher keine Verurteilung eines der Verschwörer durchsetzen. Zumal das dritte Opfer, wenn ich nicht völlig danebenliege, ein sehr reicher Freigelassener war, stimmt's nicht?«

213

»So ist es.«

»Dann haben wir als Opfer also zwei Freigelassene und einen Ausländer. Einer der Freigelassenen war selbst ein Mörder. Ein römisches Geschworenengericht würde dich auslachen, wenn du versuchen solltest, solche Beschuldigungen gegen hohe Staatsbeamte vorzubringen. Was ist dein Hauptbeweisstück? Hast du irgend etwas Schriftliches?«

»Nicht in meinem Besitz. Mein stichhaltigster Beweis für diese Verschwörung findet sich in Dokumenten, die im Tempel der Vesta hinterlegt worden sind.«

»Hmm. Ich werde dich nicht fragen, wie du dazu gekommen bist, sie einzusehen, aber gehen wir mal davon aus, daß du sie gelesen hast, bevor sie dort hinterlegt worden sind. Dokumente, die in die Obhut des Vestatempels gegeben worden sind, können per Senatsentscheid und mit Einverständnis des *Pontifex Maximus* als Beweisstücke vor Gericht zugelassen werden, wenn Gefahr für den Staat im Verzuge ist. Da du die Dokumente jedoch benötigst, um die Gefahr für den Staat überhaupt erst nachzuweisen, sehe ich dafür kaum Chancen.«

»Du sagst also, daß ich unterm Strich nichts in der Hand habe, um gegen diese Leute Anklage zu erheben?«

»Es ist natürlich das Recht jedes römischen Bürgers, vor Gericht Anklage gegen jeden anderen römischen Bürger zu erheben. Wie dem auch sei, jeder römische Magistrat ist während seiner Dienstzeit immun. Sobald diese abgelaufen ist, kann man ihn jedoch der Amtsanmaßung anklagen. Nach allem, was du mir erzählt hast, vermute ich, daß zumindest einer der Verschwörer ein diensttuender Beamter des Senats ist?«

»Zwei, um genau zu sein«, sagte ich.

»Und welches Amt haben sie inne?«

»Konsul. Alle beide.«

Er machte eine Pause. »Nun, das erspart uns doch einen Teil des Ratespiels, stimmt's? Tiro, du willst etwas sagen, wie ich sehe.«

Die Tatsache, daß Tiro Ciceros Erlaubnis zu sprechen abwartete, war das einzige sklavenähnliche Verhalten, das ich an ihm beobachten konnte.

»Mein Herr«, sagte er zu mir, »die Amtszeit der diesjährigen Konsuln läuft in weniger als einem Monat ab. Wenn du weitere stichhaltige Beweise gegen sie zusammenträgst, könntest du Anklage erheben, sobald sie ihr Amt niederlegen. Keiner von beiden hat eine Armee zur Verfügung, und auch über den prokonsularischen Oberbefehl des bedeutenderen der beiden ist noch nicht entschieden worden. Es wäre also ein guter Zeitpunkt, wenn du Beweise vorlegen kannst.«

Cicero nickte. »Damit würdest du dir auf jeden Fall einen Namen in der römischen Politik machen. Man würde denken, du seist aus dem Stoff, aus dem man Konsuln macht, bevor du noch als Quaestor gedient hast.«

»Zur Zeit finde ich diese Aussicht nicht besonders verlockend. Meine jüngsten Erfahrungen haben meine Zweifel geweckt, ob es klug ist, eine politische Karriere anzustreben.«

»Schade. Du verfügst über das, was ich für die höchste aller Qualifikationen halte: du hast Pflichtgefühl. Heutzutage eine wirklich rare Qualität. Tiro?«

»Nach allem, was du erzählt hast«, bemerkte Tiro, »muß ein weiterer Verschwörer ein designierter Konsul sein. Das macht die ganze Sache noch komplizierter. Das Konsulat ist zwar kein jurisdiktives Amt, und theoretisch dürfte ein Konsul keinen Einfluß nehmen, aber die politische Realität sieht anders aus. Da er und sein Kollege sich tageweise mit der Herrschaft abwechseln, könntest du versuchen, deine Gerichtstermine für Tage ansetzen zu lassen, an denen sein Kollege die Amtsgewalt innehat, aber das dürfte schwierig werden.«

»Meinen Glückwunsch«, sagte Cicero. »In deinem jungen Alter hast du dir bereits nicht bloß einen, sondern gleich drei der mächtigsten Männer der Welt zum Feind gemacht. Aber du hast mich um meinen juristischen Rat gefragt, und den will ich dir gern geben. Wenn du alle Verschwörer auf einmal anklagen willst, mußt du warten, bis die Amtszeit des designierten Konsuls, der bis auf weiteres namenlos bleiben soll, abgelaufen ist, also dreizehn Monate und ein paar Tage. Bis dahin werden sich die beiden Ex-Konsuln zweifelsohne auf ausländischem Boden befinden und sehr große und mächtige Armeen befehligen. Natürlich kann man solche Männer unter Amtsanklage stellen – ein Schicksal, wie es Lucullus aller Wahrscheinlichkeit nach ereilen wird. Ich muß dich aber warnen, daß das Einleiten rechtlicher Schritte gegen einen Heerführer im Kreise seiner Legionäre praktisch ohne Präzedenzfall und somit wohl eine Übung in Nutzlosigkeit ist.«

»Es ist also aussichtslos?« fragte ich, nachdem sich die wenigen Hoffnungen, mit denen ich hergekommen war, zerschlagen hatten.

»Das kann ich als dein Rechtsbeistand dazu sagen«, erwiderte Cicero. »Nun laß mich als Privatmann zu dir sprechen.« Er begann, seine einzelnen Punkte nach Art der Rechtsanwälte mit den Fingern abzuzählen. »Erstens: die Leute, die du unter Anklage stellen willst, stehen praktisch über dem Gesetz und der Verfassung. Einer von ihnen ist der bedeutendste Heerführer der Welt; der zweite ist der reichste Mann der Welt und der dritte ist, von mir einmal abgesehen, der beste Jurist, der je vor einem römischen Gericht gestanden hat. Jeder der beiden Konsuln kontrolliert im Senat eine so mächtige Partei von Anhängern, daß sie auch unbehelligt in den Tempel der Vesta eindringen und alle Jungfrauen dort vergewaltigen könnten. Am entscheidensten ist jedoch die Tatsache, daß sie die Loyalität von Tausenden der schärfsten, heimtückischsten und kampfgestählten Truppen genießen, die es überhaupt je gegeben hat. Einst wäre es undenkbar gewesen, daß römische Heerführer ihre Truppen gegen Rom selbst führen, aber mit Marius und Sulla hat sich das gründlich geändert.«

Jetzt beugte er sich vor und sprach mit größtem Ernst. »Decius

Caecilius, niemand, und ich meine *niemand,* wird diese Männer verurteilen, nur weil sie sich an einer kleinen Verschwörung gegen einen ehrgeizigen Befehlshaber oder am Mord an ein paar Freigelassene und einem Ausländer beteiligt haben. Es ist erstaunlich, daß du überhaupt noch am Leben bist. Ich kann dies nur der Tatsache zugute halten, daß sich diese Männer für ihre zukünftigen Pläne gern der Unterstützung der Metelli versichern wollen.«

»Ich vermute, daß dies zumindest für den hochrangigsten der Verschwörer der Fall ist«, bestätigte ich. »Aber es hat bereits einen fehlgeschlagenen Anschlag auf mein Leben gegeben. Wie du also siehst, fürchtet einer der weniger hochrangigen Verschwörer also weder den Zorn der Metelli noch das römische Gesetz, noch, soweit ich das sagen kann, die unsterblichen Götter.«

Cicero lächelte gequält. »Ich denke, ich weiß, wen du meinst. Ich vermute, daß wir vor ein paar Tagen an seinem Tisch gemeinsam das Abendmahl eingenommen haben, stimmt's? Nun, vor ihm kannst du dich selbst schützen. Verpflichte einen Haufen Gladiatoren von der Statilischen Schule, wie alle anderen Politiker auch. Sie geben gute Leibwächter ab.«

»Das würde, fürchte ich, der Familientradition widersprechen«, sagte ich im Aufstehen. »Marcus Tullius, ich danke dir für deinen Rat. Du hast mir wenig Anlaß zur Hoffnung gegeben, aber du hast einige Punkte klargestellt, über die ich mir noch unsicher war, und das ist mir eine große Hilfe.«

»Wirst du die Sache fallenlassen?« fragte er.

Ich schüttelte den Kopf. »Sie haben Menschen in meinem Amtsbereich ermordet, deshalb muß ich den Fall weiterverfolgen.«

Er stand ebenfalls auf und nahm meine Hand. »Dann wünsche ich dir alles Gute. Ich erwarte große Dinge von dir, wenn du so lange lebst.« Tiro begleitete mich nach draußen.

Da es Rechtsanwälten genau wie Ärzten verboten war, Honorare anzunehmen, überlegte ich, was ich Cicero schenken konnte. In letzter Zeit hatte ich zu den anstehenden Saturnalien einen gehörigen Schuldenberg aufgebaut. Auf dem Weg zum Forum fiel mir ein, daß ich ein recht schönes Originalmanuskript des Poeten Archias besaß, den Cicero liebte. Das sollte genügen. Ein Vormittag Rechtsberatung war nicht ganz so strapaziös, als wenn er vor Gericht einen wichtigen Fall für mich gewonnen hätte.

Natürlich summten mir auch andere Dinge im Kopf herum. Cicero hatte mir meine Position sehr treffend und bündig vor Augen geführt. Ich war Roms unbeliebtester Ermittler und Kandidat Nummer eins für den nächsten Mord. Meine Pläne, die Verschwörung öffentlich zu machen, waren hinfällig. Wen in Rom *kümmerte* es letztendlich, welcher der etlichen machtbesessenen und beutehungrigen Befehlshaber als Anführer der Meute regierte? Wen *kümmerte* es, welcher Orientale auf irgendeinem asiatischen Thron saß? Und vor allem, wen kümmerten ein paar Leichen auf den Straßen, wo Leichen an manchen Tagen so zahlreich wie Pfirsichkerne herumlagen?

Mich kümmerte es natürlich, aber ich hatte den Eindruck, deutlich in der Minderheit zu sein. Also gut: Weder gegen Pompeius noch gegen Crassus, nicht einmal gegen Hortalus hatte ich eine Chance. Ich konnte zumindest die unmittelbaren Mörder von Bewohnern meines Amtsbereichs verfolgen. Es war im Licht der umfassenderen zur Debatte stehenden Zusammenhänge ein bescheidenes Ziel, aber es lag in meiner Macht. Wenn ich es schaffte, am Leben zu bleiben.

Die Luft hatte sich inzwischen ein wenig aufgewärmt und das römische Blut auf ein Niveau gemäßigter Aktivität angeheizt. Auf den Märkten um das Forum wimmelte es von Menschen. Einige verkauften Erzeugnisse vom Land, aber ich bemerkte auch eine übermäßige Zahl von Wahrsager-Kabinen. Die Wahrsager wurden in regelmäßigen Abständen aus der Stadt verbannt, aber die letzte derartige Aktion lag schon wieder ein oder zwei Jahre zurück, also waren sie nach und nach wieder eingesickert. Ich betrachtete die langen Schlangen vor den Kabinen der verschiedenen Knochenwerfer, Sterndeuter, Schlangen beschwörenden Wahrsager und ähnlichen Scharlatanen. Es waren Zeichen der in der Stadt vorherrschenden Unruhe. In Zeiten großer Verunsicherung konnte ein einzelner verrückter Prophet eine ganze Volksmenge in eine Panik versetzen, die in ausgewachsenen Massenunruhen enden konnte.

Am Sockel der Rostra sah ich Caesar mit einer Gruppe von Senatoren und gemeinen Bürgern ins Gespräch vertieft stehen. Bis jetzt hatte er politisch noch kaum etwas zustande gebracht, aber er hatte bereits seine außergewöhnliche Fähigkeit demonstriert, die centurianische Versammlung zu beeinflussen, und für das kommende Jahr hatte er sich ein Quaestorenamt gesichert. Er bemerkte meinen Blick und machte mir ein Zeichen, herüberzukommen.

»Decius, hast du schon gehört?« sagte er. »Für heute abend ist eine Sondersitzung des Senats anberaumt worden.« Der Bann auf allen öffentlichen Aktivitäten endete mit Sonnenuntergang.

»Nein, das wußte ich noch nicht«, gab ich zu. »Ist es wegen Lucullus?«

»Weswegen sonst?« sagte einer der Senatoren, ein Mann, den ich nicht kannte. »Ich vermute, wir werden über Lucullus' Rückbeorderung abstimmen.«

»Das bezweifle ich«, sagte Caesar. »Das würde bedeuten, Pompeius das Kommando im Osten zu übertragen, und seine Fraktion ist nicht stark genug, das durchzusetzen. Wir werden heute abend vielmehr Zeuge eines Senatserlasses werden, der es Lucullus verbietet, in Armenien einzufallen.« Er redete, als sei er bereits selbst Senator, was erst mit Ablauf seiner Amtszeit als Quaestor der Fall sein würde. In späteren Jahren würde er seine Meinung nicht mehr so offen im beiläufigen Gespräch äußern, zumindest so lange nicht, bis keiner mehr übrig war, der ihm widersprechen konnte. Damals jedoch ging er mit seiner Rede ebenso freigiebig um wie mit seinen Schulden.

»Ich vermute, ich werde es morgen früh erfahren«, sagte ich, »wie die anderen Bürger Roms auch.«

Caesar verabschiedete sich von den anderen und schlenderte mit mir weiter, seine Hand auf meiner Schulter, den Kopf gesenkt, ein für alle sichtbares Zeichen dafür, daß wir uns in einem vertraulichen Gespräch befanden.

»Hattest du Glück mit deiner Morduntersuchung?« fragte er.

»Glück hatte kaum etwas damit zu tun, vielleicht mit Ausnahme der Tatsache, daß ich noch lebe. Ich habe soweit alles beisammen – ausgenommen den Namen des eigentlichen Mörders von Sinistrus und Paulus.« Es war fahrlässig, so mit Caesar zu reden, der meines Erachtens wahrscheinlich in die Verschwörung, zumindest am Rande, verwickelt war.

Er sah mich mit durchdringendem Blick an. »Alles?«

»Viele Eier machen große Kuchen«, entgegnete ich ihm fröhlich. Mir war soeben aufgefallen, daß es mir inzwischen egal war, mit wem ich redete. »Ich muß nur noch den Mörder finden, dann werde ich dem Senat Bericht erstatten und alle Namen nennen. Auf der Basis dieses Berichts werde ich die Zulassung gewisser Papiere als Beweisstücke beantragen, die zu illegalen Zwecken im Tempel der Vesta hinterlegt wurden.«

Caesar blieb wie vom Donner gerührt stehen. »Dafür müßte der *Pontifex Maximus* dem Senat eine besondere Anweisung erteilen.«

»Ich denke, daß er diese Anweisung erteilen wird, wenn er begreift, daß dem Staat eine reale Gefahr droht.« Damals hielt Quintus Mucius Scaevola das hohe Priesteramt inne. Er war neben seinem religiösen Amt auch noch als berühmter Rechtsgelehrter tätig. Er hatte Cicero in Verfassungsrecht ausgebildet. An dem, was ich sagte, war viel Prahlerei, aber ich sah keine andere Möglichkeit, auf den Lauf der Ereignisse einzuwirken, nachdem meine Ermittlung in eine Sackgasse geraten war.

»Decius«, sagte Caesar leise, »da du anscheinend zur Selbstzerstörung entschlossen bist, würde ich an deiner Stelle nach

Einbruch der Dunkelheit zu Hause bleiben. Diese Stadt ist für dich nicht länger sicher. Wenn du sehr verschwiegen bist, besteht immerhin noch die Möglichkeit, aus der ganzen Geschichte mit einer Verbannung ins Exil herauszukommen statt tot. Ich spreche als Freund zu dir.«

Ich schüttelte seine Hand ab. »Und ich spreche als römischer Beamter. Ich werde die Sache weiterverfolgen, bis die Mörder der Justiz übergeben sind.« Mit diesen Worten ging ich davon, verfolgt von vielen neugierigen Blicken. Versuchte Caesar wirklich mein Freund zu sein? Bis heute kann ich es nicht mit Gewißheit sagen. Caesar war jedermanns Freund, solange er sich auf dem Weg nach oben befand. Das ist die hohe Schule des Politikers. Aber er war ein komplexer Charakter, und ich kann nicht behaupten, daß er keine Sehnsucht nach der Freundschaft anderer Menschen hatte, vor allem solcher Menschen, die über eine Rechtschaffenheit verfügten, die ihm völlig fehlte. Ich kann nur festhalten, daß er mich in späteren Jahren ein paarmal verschonte, obwohl wir Feinde waren und die Macht, wie gewöhnlich, ganz auf seiner Seite lag.

Ich hatte mich noch nicht lange auf dem Forum aufgehalten, als ich bemerkte, daß viele Männer, vor allem Senatoren, mich mieden. Sie schienen auf einmal in der Menge unterzutauchen, wenn sie mich auf sich zukommen sahen. Außerdem gab es hinter meinem Rücken Getuschel. Zwar bewarf mich niemand mit unangenehmen Substanzen, aber die Atmosphäre war übel genug. Das Seltsamste daran war, daß höchstens einer von fünfzig Versammelten wissen konnte, daß ich auf einmal ein Ausgestoßener war.

Ich glaube, daß das römische Volk in den Jahren der Diktatur und der Procriptionen einen siebten Sinn entwickelt hatte, der ihm sagte, wann ein Mensch bei den Mächtigen des Staates in Ungnade gefallen war. Und sie wendeten sich von einem solchen Menschen ab wie Hunde von einem verkrüppelten Mitglied des Rudels. Mehr als alles andere machte mir dieses Betragen deut-

lich, wie weit sich Rom schon auf die orientalische Gesellschafts-
form einer Sklaverei des Volkes hinbewegt hatte. Ich war nie dü-
sterer gestimmt als auf jenem Weg vom Forum nach Hause.

Als ich zu Hause ankam, hatte die Dämmerung eingesetzt. Ich
war nicht angegriffen worden, was mich einigermaßen erstaunte.
Cato öffnete mir die Tür mit jenem schockierten Gesichtsausdruck, den er in den letzten Tagen fast dauernd zur Schau gestellt
hatte.

»Mein Herr, dieser Kerl ist vor einer Stunde hier eingetroffen.
Er bestand darauf zu warten, bis du nach Hause kommst.«

Ich ging an Cato vorbei in mein Haus und traf niemand anderen als Titus Milo in meinem Atrium herumlümmelnd an. Er aß
geröstete Nüsse und Erbsen aus einer Tüte. Sein breites Grinsen
blitzte mir entgegen, als ich eintrat.

»Du lebst also noch, was? Auf der Straße geht das Gerücht um,
daß sich jeder, der dir zu Hilfe eilt, zum persönlichen Feind von
Claudius und seinem Haufen erklärt.«

»Bei den höheren Rängen heißt es, daß jeder, der sich mit mir
abgibt, riskiert, bei den Konsuln in Ungnade zu fallen.«

»Die Wagnisse der Macht«, sagte er. »Ich habe etwas für dich.«
Er reichte mir eine Schriftrolle.

»Laß uns ins Lesezimmer gehen. Cato, bring uns Lampen.«

Als ich Licht hatte, öffnete ich die Schriftrolle. Es war ein Frei-
lassungs-Zertifikat für einen gewissen Sinistrus, ein Sklave des
H. Ager. Die Freilassung fand nur wenige Tage nach dem Kauf
des Mannes von der Statilischen Schule statt. Die Zeremonie war
in Gegenwart des Praetors Quintus Hortensius Hortalus begangen worden, und er hatte sie beglaubigt.

»Wo hast du das denn her?« fragte ich trotz meiner Verzweiflung ganz aufgeregt.

»Ein kleines Schmiergeld für einen Sklaven vom Archiv.«

»Das Archiv von Baiae?« fragte ich.

»Nein, das große hier in Rom.« Er grinste wieder. Der Part des
Mannes, der alle Antworten kennt, gefiel ihm offensichtlich.

»Wir haben ja schon festgestellt, daß ich wahrscheinlich nicht mehr lange zu leben habe. Ich würde gern das Ende der Geschichte hören, bevor ich sterbe. Wenn er für ein Landgut in der Nähe von Baiae gekauft worden ist, warum wurde seine Freilassung dann hier in Rom abgelegt?«

Milo setzte sich und legte seine Füße auf meinen Schreibtisch. »Es ist kompliziert, deswegen hat es auch so lange gedauert. Macros Leute in Baiae haben das Landgut aufgespürt und den Verwalter befragt. Sein Name ist Hortilius Ager, und er hat Schulden bei Macros Kollegen vor Ort – hat irgendwas damit zu tun, daß er beim Rennen immer auf die Blauen setzt –, also war es nicht allzu schwer, ihn aufzutreiben und ihm ein paar Antworten zu entlocken.«

»Und wie lauten diese Antworten?« fragte ich.

»Erstens, das Landgut gehört der Familie des Claudius Pulcher. Zur Zeit ist es Teil der Mitgift von Publius' Schwester Claudia, aber Publius übt die gesetzliche Vollmacht darüber aus, bis sie heiratet.«

Mir lief es kalt den Rücken hinunter. »Und was waren die Begleitumstände des Kaufs von Sinistrus?«

»Ganz einfach. Der Verwalter kam nach Rom, um seinem Herrn seinen jährlichen Rechenschaftsbericht zu geben, und wurde dann zur Statilischen Schule geschickt, um diesen gallischen Kämpfer zu kaufen. Er sagt, er hätte schreckliche Angst gehabt, daß er dieses Tier mit zurück nach Baiae nehmen und dort Arbeit für ihn finden müßte, aber statt dessen trug man ihm auf, noch ein paar Tage länger in Rom zu warten. Eines Morgens hat er Sinistrus dann zum Praetor gebracht, um seine Freilassung zu bewirken, und war noch am selben Nachmittag wieder auf dem Heimweg nach Baiae.

Das Ganze hat sich zur Blütezeit des Sklavenaufstands abgespielt. Es war sehr schwierig, einen Sklaven freizulassen, und es war streng verboten, einem Gladiator die Freiheit zu schenken. Für die Übertragung der Eigentümerschaft von Sinistrus bedurfte es einer Sondergenehmigung des Praetors, und für seine Freilassung sogar eines ungesetzlichen Aktes seinerseits. Da die Prozedur in Rom vollzogen wurde, lag das Dokument im hiesigen Archiv. Und Macro hat auch nicht lange gebraucht, sich zusammenzureimen, wer der betrügerische Praetor jenes Jahres war. Ich wurde also ins Archiv geschickt, um die Freilassungsdokumente für das Praetoriat des Hortalus einzusehen. Weil es davon in dem Jahr nur so wenige gegeben hat, hatte ich das Schriftstück binnen einer Stunde gefunden. Es aus dem Archiv herauszuschmuggeln, hat mich vier Sesterzen gekostet.«

»Deine Auslagen werden dir erstattet«, sagte ich. »Natürlich ist Hortalus nicht auf die Idee gekommen, dieses Schriftstück zu verstecken.« Ich hob die Urkunde hoch. »Eine Bagatelle, bloß ein Gefallen für die Claudier. Er hat ihnen geholfen, sich einen Schläger zu beschaffen in einem Jahr, als das schwierig war. Er hatte keine Ahnung, daß Sinistrus irgendwann einmal jemandes Aufmerksamkeit erregen würde.«

»Macht es deinen Fall ein wenig leichter?« fragte Milo.

Angewidert warf ich das Ding auf meinen Schreibtisch. »Nein. Es ist ein weiteres Beweisstück. Ich glaube einfach nicht mehr, daß irgendwelche Beweise es mir erlauben werden, die Verantwortlichen anzuklagen. Aber jetzt will ich es einfach nur *wissen!*« Ich schlug meinen unschuldigen Tisch, und der Bronzedolch klapperte. Ich starrte Milo an. »Ich muß dieses verdammte Amulett haben. Es ist sicher der Schlüssel zu allem.«

Milo zuckte mit den Schultern. »Na ja, du weißt doch, wo es ist, oder nicht?«

»In Publius Claudius' Haus, wenn es nicht schon vernichtet worden ist. Aber es gibt keine gesetzliche Grundlage, das Haus eines Bürgers zu durchsuchen.«

Milo starrte mich an, als ob er eine seltene Ausgabe eines Dummkopfs vor sich hätte. »Du willst es dir doch nicht etwa auf legale Weise beschaffen?«

»Nun ja...« sagte ich, und meine Stimme verlor sich unsicher im Nichts. »Das wäre zum augenblicklichen Zeitpunkt vermutlich ziemlich zwecklos.«

Er beugte sich vor. »Höre, Decius, wir haben hier in Rom ein paar der besten Einbrecher der Welt. Und es gibt in bestimmten Kreisen eine gewisse Verärgerung darüber, daß dieser asiatische Junge in ganz Rom herumschleicht, als habe er ein Recht dazu. Ich kenne ein paar gute Burschen. Sie werden in dieses Haus eindringen, es von oben bis unten durchsuchen, das Amulett finden und vor Tagesanbruch wieder draußen sein, ohne daß jemand je wissen wird, daß sie überhaupt da waren.«

Ich war erstaunt. »Sind sie wirklich so gut?«

»Die Besten«, versicherte er. »Die Anforderungen für die Aufnahme in die Zunft sind sehr hoch.«

Ich war entsetzt und gleichzeitig wie aufgedreht. Ich, Decius Caecilius Metellus, erwog es, in das Haus eines Bürgers einbrechen zu lassen. Die Aussicht auf ein frühes und anonymes Grab ließen mir diese Möglichkeit weniger gravierend erscheinen, als das in meinen besseren Tagen der Fall gewesen wäre.

»In Ordnung«, sagte ich. »Laß es uns machen. Können sie etwas so Kleines in einem so großen Haus finden?«

Milo redete auf mich ein, als sei ich ein kleiner naiver Junge. »Die wertvollen Dinge sind immer klein. Kein Einbrecher steigt durch ein Fenster ein, um mit einer lebensgroßen Bronzestatue von Praxiteles wieder herauszukommen. Diese Jungs wissen ganz genau, wo sie nach kleinen, wertvollen Gegenständen suchen müssen. Sie können einer schlafenden Frau den Schmuck, den sie trägt, abnehmen, ohne daß sie aufwacht.«

»Dann schick sie los«, sagte ich. »Können sie bis morgen früh fertig sein? Ich hab' nur noch wenig Zeit.«

»Wenn es noch im Haus und nicht auf dem Grund des Tibers liegt oder längst in eine neue Lampe gegossen worden ist, hast du das Amulett beim ersten Licht des neuen Morgen.«

»Dann los«, sagte ich.

Als er gegangen war, legte ich Papyrus und Tinte bereit und

versuchte mein Testament aufzusetzen. Es war erschreckend, wie wenig ich besaß, das ich jemandem hätte hinterlassen können. Theoretisch konnte ich überhaupt kein eigenes Eigentum besitzen, da mein Vater noch lebte, aber der Begriff der *patria potestas* war damals längst nur noch eine juristische Fiktion. Ich stellte Freilassungsurkunden für Cato und Cassandra aus und überschrieb ihnen das Haus. Ich brauchte nicht lange, um den Rest meiner Habseligkeiten unter meinen Klienten zu verteilen. Meine Rüstung fürs Feld überließ ich Burrus. Ich wußte, daß er einen Sohn hatte, der sich bald der Legion anschließen würde. Meinem Bauern hinterließ ich einen kleinen Olivenhain, der an sein Land angrenzte. Meine anderen Besitztümer verteilte ich unter diverse Freunde. Ich nahm zumindest an, daß sie noch meine Freunde waren.

Mit einem Ruck wachte ich auf. Irgendwann im Laufe der Nacht war ich an meinem Tisch eingenickt. Jemand hatte einen Umhang über meine Schultern geworfen. Im schwachen Licht konnte man gerade die Umrisse des Fensters ausmachen, und ich fragte mich, wovon ich wach geworden war. Dann hörte ich das Kratzen an meiner Haustür.

Ich ging zu meiner Truhe und nahm das kurze Schwert heraus. Mit dem gezogenen Stahl in der Hand ging ich zur Haustür und öffnete sie. Draußen stand Milo und grinste wie gewöhnlich. Mit ausgestrecktem Arm hielt er mir einen an einem Band baumelnden Gegenstand unter die Nase. Es war ein Amulett in Form eines Kamelkopfes.

Ich riß es ihm aus der Hand und drehte es um. Im zunehmenden Licht des frühen Morgens las ich die Worte, die in die flache Rückseite eingraviert waren.

XI

»Verheilt prima«, meinte Asklepiodes. »Keine Entzündung, keine Eiterbildung. Wenn du körperliche Anstrengungen vermeidest, sollte die Wunde in ein paar Tagen völlig verheilt sein.« Seine Sklaven legten mir einen frischen Verband an.

»Was das anbetrifft, hab' ich keine große Wahl«, erklärte ich ihm. »Aller Wahrscheinlichkeit nach werde ich den Rest des Tages mit Kämpfen oder Weglaufen zubringen.«

»Nun, wenn es um Leben und Tod geht, mach dir keine allzu großen Sorgen wegen der Schnittwunde. Sie wird nur ein wenig bluten und schmerzen.«

»Ich werde versuchen, es stoisch zu nehmen.« Ich stand auf und fühlte mich fast gesund. »So wie die Dinge liegen, habe ich beschlossen, nicht bis zu den Saturnalien zu warten. Nimm dies als Ausdruck meiner Dankbarkeit.« Es war ein etwa dreißig Zentimeter langer, silberner Äskulapstab auf einem Sockel aus Alabaster. Es war nicht die gewöhnliche Sorte, wie Merkur sie auf Standbildern trägt, mit zwei Schlangen, die sich um einen Stab winden, der an der Spitze mit einem Flügelpaar versehen ist. Es war vielmehr eine ältere Version, bei der sich eine einzelne Schlange um den schweren Stab wand, zusammen mit seinem Namensvetter Aklepios, dem Sohn Apollos und Gott der Heilkunst. Ich war auf dem Weg zum Ludus auf der Suche nach einem geeigneten Geschenk durchs Viertel der Silberschmiede gebummelt und hatte diese kleine Skulptur zufällig bei einem Antiquitätenhändler entdeckt.

»Also, die ist wirklich prächtig«, sagte er, und ich sah, daß sein Entzücken echt war. »Ich werde mir einen Schrein dafür bauen lassen. Ich weiß nicht, wie ich dir danken soll.«

»Nur eine kleine Entschädigung für deine Hilfe. Wenn ich dies alles überleben sollte, werde ich dich häufiger konsultieren.«

Er raffte graziös seine Gewänder und verbeugte sich. »Stets zu deinen Diensten. Ich kann dir gar nicht sagen, um wieviel unterhaltsamer es ist, dir zu dienen, als Athleten zusammenzuflicken oder die vorgetäuschten Wehwehchen kerngesunder Aristokraten zu behandeln.«

»Auf daß unser Leben immer interessant und aufregend sein möge«, sagte ich. »Nun muß ich los, um zu sehen, was ich dazu beitragen kann, daß meins auch ein langes wird.«

Auf dem Weg aus seinen Gemächern blieb ich einen Augenblick stehen, um den Männern zuzusehen, die im Hof ihre Kampftechniken trainierten. Jeder einzelne oder alle von ihnen konnten in der nächsten *munera* sterben, aber sie trainierten mit jener unmenschlichen Gemütsruhe, über die Gladiatoren immer zu verfügen schienen. Sinistrus war einer von ihnen gewesen. Altmeister Draco beobachtete sie mit kritischem Blick, und die Lehrer riefen ihnen Anweisungen zum korrekten Gebrauch von Dolch, Schwert oder Lanze zu. Diese Männer zeigten keine Spur von Sorge um ihr Leben, und ich entschied, daß ein römischer Beamter, egal wie bescheiden sein Rang sein mochte, wohl kaum weniger gelassen auftreten konnte.

Als ich aus dem Eingang der Schule trat, gesellte sich mein alter Soldat Burrus zu mir. Genau wie Milo. Ich blieb stehen und wandte mich zu dem bemerkenswerten jungen Mann um.

»Milo, ich bin mir sicher, daß Macro nicht will, daß du in die Sache verwickelt wirst.«

»Ich habe ihn nicht gefragt. Ich habe mir in dieser Stadt meinen eigenen Ruf aufzubauen. Ich will, daß alle wissen, daß ich keine Angst vor Claudius habe, und ich möchte in der Öffentlichkeit als dein Anhänger gesehen werden. Schließlich« – er gönnte mir wieder sein aufreizendes Grinsen – »tun alle so, als ob sie dich verachten, aber insgeheim bewundert jeder einen Mann, der ein so pflichtschuldiger Dummkopf ist, daß er aus lauter Liebe zu seinem Amt sein Leben wegwirft.«

»Also wirklich!« sagte Burrus empört. Er holte aus, um Milo zu schlagen, aber ich bremste ihn mit einer Handbewegung.

»Laß das. Milo, du bist wirklich einer der seltsamsten Menschen, die ich je getroffen habe, aber ich weiß deine Ehrlichkeit zu schätzen, selbst wenn du ein Gauner bist. Ehrlichkeit ist eine Tugend, die man unter den angesehenen Schichten heutzutage nur sehr selten findet, also muß man sie wertschätzen, wo immer sie einem begegnet.«

»Großartig. Sollen wir jetzt zum Haus von Claudius gehen?«

»Noch nicht. Zuerst zum Forum. Ich habe vor, ihnen ein denkwürdiges Schauspiel zu bieten. Alle Römer lieben ein Spektakel, und ich werd' ihnen eins inszenieren.«

»Wundervoll!« sagte Milo. »Kann ich helfen?«

»Ich wüßte nicht, wie, aber solange du nicht störst oder in irgendeiner Weise gewalttätig wirst, nur zu.«

»Überlaß das ruhig mir«, sagte er.

Als wir in Richtung Forum marschierten, blieb Milo etliche Male stehen. Auf sein Handzeichen hin löste sich jemand aus einer Haustür oder einer Traube von Müßiggängern, und Milo flüsterte ihm etwas zu. Sie sahen sämtlich aus wie rauhe Burschen oder waren solche Straßenbengel, aus denen die Banden ihren Nachwuchs rekrutierten, genau wie die Bauernjungen den Nachschub für die Legion bildeten. Nach jedem kurzen Wortwechsel rannte der so Angesprochene davon. Ich fragte Milo nicht, was er vorhatte. Ich war zu sehr mit meiner eigenen Verzweiflung beschäftigt, um mich darum zu kümmern.

Unterwegs sog ich den Anblick Roms gierig mit den Blicken auf, wohl wissend, daß ich alles vielleicht zum letzten Mal sah. Die weiß verputzten Wände, die kleinen Brunnen an jeder Straßenecke, die Standbilder der weniger bedeutenden Götter in ihren Nischen, alles präsentierte sich mir mit wunderbarer Klarheit. Alle Farben waren so lebhaft, als ob ich sie mit den Augen eines kleinen Kindes sehen würde. Das Gefühl der Pflastersteine unter meinen Füßen, das Gehämmer aus dem Viertel der Blechschmiede, der einzigartige Geruch gerösteten Knoblauchs, der aus den Türen der insulae herüberwehte, all das schien mir auf einmal von unglaublicher Anmut und Bedeutsamkeit. Im späten Frühling, wenn es in Rom am schönsten ist, wäre mir alles noch lieber gewesen, aber man kann nicht alles haben.

Es gärte auf dem Forum, als wir dort eintrafen. Menschenmassen hatten sich in der Nähe der Curia und vor der Basilica Aemilia versammelt, wo mein Vater an diesem Tag einer Gerichtsverhandlung präsidierte. Ich sah, daß immer mehr Menschen aus den Seitenstraßen aufs Forum drängten und konnte nicht glauben, daß der ganze Aufruhr mir galt. Ich war einfach nicht so wichtig. Aber im Zentrum der Menschenmenge erkannte ich Publius Claudius. In dem Moment, in dem er mich erblickte, kam er, gefolgt von seinem ganzen Mob, auf mich zu.

Ich überprüfte, ob mein Dolch und mein *caestus* bereit steckten, obwohl ich nicht wußte, was sie mir in dieser Situation nutzen sollten. Nein, dachte ich, es ist einfach *zu* öffentlich. Er wird mich nicht hier vor allen Leuten angreifen. Hatte ich eine Ahnung!

Sie kamen quer über die ansonsten fast freie Fläche in der Mitte des Forums. Ein paar Passanten, die ihnen im Weg standen, stoben in alle Richtungen davon. Die Menge kam direkt auf uns zu, als ob sie uns niedertrampeln wollte. In diesem Augenblick wußte ich, daß Claudius mich ganz offensichtlich hier mitten auf dem Forum vor den Augen halb Roms töten wollte. Sein Urteilsvermögen mag nur spärlich entwickelt gewesen sein, aber an schierer Dreistigkeit mangelte es ihm offenbar nicht.

Als ob die Masse auf einmal kollektive Zweifel hegte, bremste sie ihren Sturmlauf und kam schließlich ein paar Schritte vor uns zum Stehen. Ich gab mich keinerlei Illusionen hin, daß sie beim Überqueren des Platzes plötzlich Respekt vor dem Gesetz angenommen hatten, also drehte ich mich um. Hinter mir standen etwa dreißig junge Männer, Schläger der hiesigen Banden. Keiner trug eine Waffe zur Schau, obwohl eine große Zahl von ihnen sich auf völlig legale Krückstöcke stützte, so als sei die Jugend Roms von einer plötzlichen Gichtplage heimgesucht worden.

Offenbar war Milo dabei, sich seinen eigenen, kleinen Privatmob aufzubauen.

»Der fromme und ehrenwerte Decius Metellus ist sich also nicht zu schade, Zuflucht bei einem Haufen des übelsten Abschaums dieser Stadt zu suchen!« brüllte Claudius. In Anbetracht der Gesellschaft, in der sich Claudius aufhielt, stand seine höhnische Bemerkung auf reichlich tönernen Füßen, aber seine Truppe bestätigte ihn mit Jubel und zustimmendem Gebrüll.

»Es ist nie eine Schande, sich in der Gesellschaft römischer Bürger aufzuhalten«, erwiderte ich unter großem Beifall meiner neuen Anhängerschaft.

Was den Austausch von Beschimpfungen anging, war das nichts im Vergleich zu einem Wortwechsel zwischen Cicero und Hortalus vor Gericht, aber wir pöbelten uns ja auch noch warm.

»Bürger! Dieser Haufen von Sklaven und Freigelassenen? Sie sehen aus, als wären sie auf unerfindliche Weise Crassus' Kreuzen entgangen.« Das war ein nettes Wortspiel, aber es war nicht von Claudius, der für so etwas nicht intelligent genug war. Irgendein Stückeschreiber hatte die Zeile im letzten Jahr verwendet. Ich hörte hinter mir ein dumpfes Murmeln, und mir ging auf, daß ein paar von ihnen wahrscheinlich wirklich mit Spartacus in die Schlacht gezogen waren. Pompeius und Crassus hatten nicht alle erwischt.

»Immerhin sind wir alle Römer«, sagte ich. »Apropos, wie geht es deinem armenischen Gast? Habt ihr beide dieselbe Vorliebe für alles Griechische?« Keiner der übrigen Anwesenden wußte, wovon ich redete, aber sie jubelten beim Anblick von Claudius' wütendem Gesichtsausdruck.

»Müssen wir uns diese Beschimpfungen von einem Meteller anhören«, rief er, »dessen Verwandter beinahe Hispania verloren hätte?« Seine Truppe brach in lautes, höhnisches Lachen aus.

»Das aus dem Mund eines Mannes, der sich verschworen hat, Pontus und Armenien dem Feind in die Hände zu spielen!« schrie ich zurück.

»Feiger Meteller!« röhrte er.

»Hühner ertränkender Claudier!« brüllte ich zurück. Das ganze Forum grölte vor Lachen, und Claudius' Gesicht wurde feuerrot. Das wird den Claudiern ewig nachhängen.

Schreiend vor Wut zog Claudius einen Dolch aus seiner Toga und stürzte auf mich zu. Ich war mit der rechten Hand schon in meinen *caestus* geschlüpft und trat ihm einen Schritt entgegen. Ich wehrte den Dolch mit meinem linken Unterarm ab und versetzte ihm mit der Rechten einen kräftigen Schlag, der seinen Kiefer zertrümmert hätte. Aber jemand rempelte mich an, und ich kratzte ihm nur über die rechte Gesichtshälfte. Er sank wie ein Stein zu Boden, und im selben Augenblick wimmelte das Forum von gezückten Dolchen, durch die Luft wirbelnden Stöcken und fliegenden Steinen. Die letzten richtig zünftigen Unruhen waren schon ein paar Monate her, und der Winter ist in Rom eine langweilige Jahreszeit, also brauchte niemand einen besonderen Vorwand, sich ins Getümmel zu stürzen. Ich schickte zwei von Claudius' Begleitern, die direkt neben ihm gestanden hatten, aufs Pflaster, als ich sah, daß fünf Männer mit gezückten Dolchen auf mich zukamen. Ich wurde von hinten gepackt und glaubte schon, ich sei erledigt, fand mich aber augenblicklich in einer engen Seitenstraße, abseits des Aufruhrs wieder. Ich hörte ein vertrautes Lachen und sah, daß es Milo und Burrus waren, die mich fortgerissen hatten.

»Keine Gewalttätigkeiten hast du gesagt!« brachte Milo unter Lachkrämpfen hervor.

»Ich dachte nicht, daß er hier mitten auf dem Forum Händel anfängt!« wandte ich ein.

»Du kennst ihn noch immer nicht, was?« sagte Milo. »Nun denn, vielleicht ist er ja tot. Das war bestimmt kein liebevoller Klaps, den du ihm verpaßt hast.«

»Das wage ich zu bezweifeln«, sagte ich. »Claudier und Schlangen sind schwer tot zu kriegen.«

»Wohin jetzt, mein Herr?« fragte Burrus.

»Zu Claudius' Haus«, sagte ich.

Burrus war erstaunt. »Aber du hast den Mistkerl doch gerade aufs Pflaster geschickt. Seine Freunde tragen ihn sicher bald nach Hause!«

Milo lächelte. »Er ist auch nicht das Mitglied der claudischen Familie, das dein Patron jetzt besuchen muß, hab' ich recht?«

»Stimmt«, sagte ich. »Und Burrus hat recht, was seine Leute angeht, die seinen bewegungsunfähigen Körper bald nach Hause schleppen, also sollten wir am besten keine Zeit verschwenden.« Wir machten einen Bogen um das Forum, von wo noch immer der Lärm des Aufruhrs zu uns herüberdrang, und schlängelten uns durch das Gewirr verstopfter Straßen zu Publius' Stadthaus. Ich blieb stehen, um meine zerknitterte Toga zu glätten, und zuckte vor Schmerz zusammen. Ich warf einen Blick in meine Toga und sah, daß an meiner Hüfte Blut durch die Tunika sikkerte. Das ließ sich im Moment nicht ändern, dachte ich.

Ich pochte an die Tür, und der Hausmeister öffnete.

»Decius Caecilius der Jüngere von der Kommission der Sechsundzwanzig ist hier, um die Dame Claudia Pulcher zu sprechen«, sagte ich, wobei ich zum Ende des Satzes hin etwas außer Atem geriet. Der Hausmeister rief einen Sklaven, wiederholte die Botschaft und bat mich herein.

»Ihr beide bleibt im Atrium«, forderte ich Milo und Burrus auf. »Ich werde sie unter vier Augen befragen. Kommt aber sofort, wenn ich euch rufe.« Burrus nickte nur, aber Milo widersprach mir leise.

»Das scheint mir nicht besonders klug. Publius und sein Mob werden jeden Moment hier ankommen, und der armenische Prinz hält sich vielleicht sogar schon jetzt im Haus auf, zusammen mit seiner Truppe.«

Daran hatte ich nicht gedacht, aber das wollte ich natürlich nicht zugeben. »Keine Sorge. Er versucht gerade, sich beim Senat von Rom einzuschmeicheln. Er wird die Stadt nicht vor den Kopf stoßen, indem er einer ihrer Beamten umbringt.«

»Du unterschätzt diese Leute fortwährend«, sagte er. »Aber wie du willst.«

Der Haussklave kam, um mich abzuholen, und ich folgte ihm. Ich konnte hören, wie sich hinter mir Milo und Burrus leise stritten. Burrus konnte sich einfach nicht an den Ton gewöhnen, in dem Milo mit mir redete. Ich sammelte meine Kräfte für die anstehende Begegnung. Meine Gefühle für Claudia hatten in jüngster Zeit einige verwirrende Wendungen genommen. Ich mußte einen Ausweg finden, aber ich fand keinen. Vielleicht, sagte ich mir, hätte ich warten und das Problem überschlafen sollen. Ich hatte überstürzt, gedankenlos und ohne die gebotene Ruhe gehandelt. Ich hatte mich genaugenommen aufgeführt wie ein Verrückter. Warum sollte ich jetzt vor Claudia Angst haben, wenn ich ihrem Bruder und seinem Mob auf dem Forum direkt entgegengelaufen war? Ich konnte es nicht erklären, nicht einmal mir selbst.

Sie empfing mich in einem Wohnzimmer und sah kühl und abgeklärt aus. Sie saß mit dem Rücken zu einem vergitterten Fenster, so daß das Licht sie wie eine Aura umgab. Ihre Robe war aus einem dünnen Stoff, der sich eng an jede Kurve ihres Körpers schmiegte, ein strahlendes Blau. Es paßte perfekt zu ihren Augen, genau wie der Schmuck, den sie trug: in Gold gefaßte Azursteine und Saphire. Sie sah vom Scheitel bis zur Sohle aus wie eine patrizische Dame und nicht wie die Mänade mit wildem Haar, als die sie mir, als ich sie zuletzt gesehen hatte, vorgekommen war.

»Decius, wie schön, dich zu sehen«, sagte sie, und ihre Stimme war leise und vertraulich wie immer. Ihr Ton vibrierte durch meinen Körper, als ob jemand die überspannte Seite eine Lyra gezupft hätte.

»Es tut mir leid, daß ich in einem derartig unordentlichen Zustand vor dich trete«, sagte ich.

Sie lächelte. »Als wir uns zuletzt gesehen haben, war dein Zustand noch weit unordentlicher, wenn ich mich recht erinnere.«

Ich spürte, daß ich rot wurde, und war wütend, daß diese Frau bei mir eine dermaßen pubertäre Reaktion provozieren konnte. »Auf dem Forum ging es ziemlich rauh zu. Dein Bruder und seine Schläger waren auch dabei.«

Ihr Gesichtsausdruck verhärtete sich. »Du hast ihm doch nicht weh getan, oder?«

»Er wird's wahrscheinlich überleben, und das ist mehr, als er verdient. Seine Männer werden ihn wohl jeden Moment herbringen, obwohl sie ihn vielleicht vorher zu einem Arzt tragen.«

»Was willst du, Decius? Ich habe wenig Zeit für dich. Du bist aus dem Spiel. Du hättest weiter mitspielen können, aber du hast es vorgezogen, dich wie ein Dummkopf zu benehmen. Du zählst gar nichts mehr. Also mach es kurz.«

»Ein Spiel? Ist es das für dich?«

Sie sah mich mit einem Ausdruck totaler Verachtung an. »Was sollte es sonst sein? Es ist das größte Spiel der Welt. Man spielt es auf einem Brett aus Königreichen und Republiken und Meeren. Die Menschen sind nur wertlose Figuren. Sie werden nach Laune und Fertigkeit der Mitspieler aufgestellt und wieder vom Brett gefegt.« Sie hielt inne. »Und dann gibt es natürlich noch den unberechenbaren Faktor des Glücks.«

»Fortuna kann eine launische Göttin sein«, bemerkte ich.

»Ich glaube nicht an Götter. Wenn es sie überhaupt gibt, interessiert es sie nicht, was die Menschen tun. Aber ich glaube an den blinden Zufall. Das macht das Spiel interessanter.«

»Und diese Art Spiel macht dir Spaß? Sind Knobeln und Würfel und Rennen und *munera* dir zu zahm geworden?«

»Rede nicht wie ein Tölpel. Es gibt auf der ganzen Welt nichts, was diesem Spiel vergleichbar wäre. Der Gewinn ist Macht und Reichtum jenseits unseres Vorstellungsvermögens. Nicht einmal die Pharaonen haben solchen Reichtum gekannt. Nie hatte Alexander so viel Macht. Das Weltreich, das wir mit unseren Legionen aufgebaut haben, ist das unglaublichste Instrument, den Willen eines Führers durchzusetzen, das es je gegeben hat.«

»In Rom gibt es keine Legionen«, sagte ich. »Es gibt nur die persönlichen Anhänger von zwanzig oder mehr Heerführern. Die vier oder fünf mächtigsten Befehlshaber sind bis aufs Blut miteinander verfeindet. Sie sind viel mehr damit beschäftigt, sich gegenseitig die Kehle durchzuschneiden und den Ruhm streitig zu machen, als damit, die Grenzen des Reiches auszudehnen.«

Ihr Lächeln war umwerfend. »Aber darum geht es doch in dem ganzen Spiel. Am Ende wird ein Mann übrigbleiben, der alle Legionen und den Senat kontrolliert und dem Patrizier und Plebejer gleichermaßen folgen werden. Kein Parteiengezänk und keine betrügerischen Senatorenwahlen mehr hinter dem Rücken des Führers.«

»Du meinst so etwas wie ein König von Rom«, sagte ich.

»Man muß nicht unbedingt diesen Titel verwenden, aber die Machtbefugnisse wären dieselben. Wie früher der König von Persien, nur mächtiger.«

»Das haben schon andere versucht«, bemerkte ich. »Marius, Sulla und so weiter. Keinem ist es gelungen, egal wie viele innenpolitische Feinde sie auch umgebracht haben.«

»Es waren schlechte Spieler«, erklärte sie ruhig. »Sie waren rücksichtslos und wurden von ihren Soldaten verehrt, aber es mangelte ihnen an der notwendigen Intelligenz. Marius hat versucht, das Spiel weiterzuspielen, als er schon viel zu alt dafür war. Sulla hatte alles gewonnen, als er beschloß, sich zur Ruhe zu setzen. Die Tat eines politischen Schwachkopfs. Jetzt beginnt die letzte Runde einer riesigen *munera sine missione,* Decius. Wenn sie vorbei ist, bleibt nur noch einer übrig.«

»Verzeih, wenn ich das sage, aber es ist ein Spiel, in dem Frauen nicht mitspielen.«

Sie lachte ihr melodisches Lachen. »O Decius, du bist wirklich ein Kind! Männer und Frauen übernehmen nur unterschiedliche Rollen in diesem Spiel. Natürlich wirst du mich nie in blanker Rüstung an der Spitze einer Legion sehen, aber wenn das Spiel zu Ende ist, werde ich auf einem Thron neben dem Sieger sitzen, darauf kannst du dich verlassen.«

Ich fragte mich, ob sie verrückt war. Es war schwer zu sagen. Die Claudier waren ja schon beinahe per definitionem verrückt, wenngleich in diesem Geisteszustand keineswegs allein. Wie schon gesagt, die Hälfte meiner Generation war anscheinend ein Opfer des Wahnsinns. Ich selbst war gegen die Krankheit schließlich auch nicht immun. Vielleicht war Claudia nur ein Kind ihrer Zeit.

»Wenn du verlierst, stirbst du.«

Sie zuckte mit den Schultern. »Was taugt schon ein Spiel, in dem es nicht um den höchsten Einsatz geht?«

»Und manchmal«, fuhr ich fort, »ist es schwer, alle Figuren auf dem Brett im Blick zu behalten. Plötzlich tauchen welche wieder auf, von denen man geglaubt hatte, sie wären weg.«

Zum ersten Mal wich ihre Selbstsicherheit. Sie hatte gedacht, sie wüßte alle Antworten, und ich hatte etwas gesagt, was das Gegenteil andeutete.

»Was soll das heißen?« Sie runzelte die Stirn. »Du redest wirr.«

Ich zog das Amulett hervor und ließ es an einem Band vor ihrer Nase baumeln. »Du warst es, Claudia. Ich hatte gedacht, Claudius, vielleicht sogar Pompeius oder Crassus wären es gewesen, aber du warst es. Du hast Paramedes von Antiochia ermorden lassen, und Sinistrus und Sergius Paulus. Und alles in meinem Amtsbereich.«

Ihr Gesicht wurde kalkweiß, und ihre Lippen begannen zu zittern. Nicht aus Angst; ich glaube nicht, daß sie fähig war, dieses Gefühl zu empfinden, sondern aus Wut. »Ich hab' dieser kleinen...« Ihr Redefluß brach ab wie der Weinstrahl, wenn ein Tavernenwirt den Hahn eines Fasses zudreht.

»Es gibt Regeln für eine erfolgreiche Verschwörung, Claudia«, sagte ich. »Erstens: nichts Schriftliches. Zweitens: betraue nie einen Untergebenen mit der Beseitigung von Beweismaterial. Er wird immer etwas zurückbehalten, um dich später zu erpressen.«

Sie hatte sich wieder im Griff. »Du hast gar nichts. Das hat überhaupt nichts zu sagen.«

»Oh, ich glaube schon. Ich glaube, ich könnte dich und dieses kleine Amulett vor ein Gericht bringen und die Anwälte davon überzeugen, daß du des Mordes schuldig bist. Wenn man mich fragt, bist du auch des Hochverrats schuldig, aber ein fachkundiger Rechtsbeistand hat mir versichert, daß das streng juristisch nicht der Fall ist. Bis jetzt jedenfalls noch nicht. Es könnte also sein, daß du dem Schicksal, Kopf voran vom Tarpejischen Felsen gestürzt zu werden, entgehst. Wenn man deine hohe Geburt, den Einfluß deiner Familie und die Tatsache berücksichtigt, daß ein amtierender und ein designierter Konsul in die Sache verwickelt sind, kommst du vielleicht sogar mit der bloßen Verbannung davon. Für immer weg aus Rom, Claudia. Aus dem Spiel.«

»Du hast gar nichts«, wiederholte sie.

»Das Bemerkenswerte ist«, sagte ich, »daß ich dieses Ding wahrscheinlich gar nicht näher untersucht hätte, nachdem ich es aus dem Haus des verstorbenen Paramedes mitgenommen hatte. Warum sollte ein kleines Bronzeamulett von Bedeutung sein? Ich wurde erst neugierig, nachdem du es aus meinem Zimmer hast stehlen und mir dabei einen Schlag auf den Kopf hast geben lassen. Du hättest nicht vor einem weiteren Mord zurückschrekken dürfen, Claudia; das steht einem Möchtegern-Spieler in dem großen Spiel schlecht zu Gesicht.«

Ich hielt mir das Amulett vor die Augen und beobachtete, wie es sich an seinem Band drehte. »Ein Zeichen des *hospitium*. Eine gute, alte Sitte, oder nicht? Ich habe selbst erst vor ein paar Tagen eines geschenkt bekommen von einem sehr ehrenhaften und altmodischen Soldaten. Wahrscheinlich sind sowieso nur noch die altmodischen Menschen ehrenhaft. Die Zeiten sind wirklich schändlich dekadent, wie mein Vater nicht müde wird, mir zu erklären. Dieses Amulett erklärt dich und Paramedes von Antiochia zu *hospites*. Wo hast du ihn getroffen und mit ihm dieses Pfand ausgetauscht, Claudia?«

»Auf Delos«, sagte sie. »Als ob das einen Unterschied machen würde. Du hast nicht nur keinen Beweis gegen mich, du wirst dieses Haus vielleicht nicht einmal lebend verlassen. Auf dem Sklavenmarkt von Delos. Ich hatte die Nase von Rom voll, und mein älterer Bruder Appius war gerade im Begriff, nach Asien loszusegeln, um sich Lucullus anzuschließen. Ich überredete ihn, mich mitzunehmen, damit er mir die griechischen Inseln zeigen konnte. Ich hatte schon so viel von dem großen Sklavenmarkt der Piraten auf Delos gehört, und ich wollte ihn unbedingt sehen. Als wir also in der Nähe vorbeikamen, bat ich, an Land gesetzt zu werden, um von dort nach Hause zurückzusegeln.«

»Ein Sklavenmarkt als Ausflugsort«, sinnierte ich. »Du bist wirklich eine Frau mit ungewöhnlichen Vorlieben, Claudia.«

Sie zuckte erneut mit den Schultern. »Jeder von uns findet seine Lustbarkeiten, wo es ihm beliebt. Jedenfalls traf ich dort Paramedes. Ich erkannte sofort, daß er mir mit seinen Kontakten zu den Piraten von großem Nutzen sein konnte. Wir tauschten die Pfänder aus, und ein paar Monate später tauchte er in der Rolle eines Wein- und Ölimporteurs in Rom auf.«

»Aber er brauchte einen Patron in der Stadt, um hier Besitz zu erwerben und seine Geschäfte zu führen. Da es Patriziern verboten ist, am Handel teilzunehmen, hast du ihn zu Sergius Paulus geschickt. Was war seine Rolle? Ich muß gestehen, daß ich nicht in der Lage war, das herauszufinden.«

»Armer Decius. Es entzieht sich also etwas deinen logischen Fähigkeiten. Ich habe dafür gesorgt, daß Paulus als Patron für Paramedes fungierte. Er war unglaublich reich und hatte viele solcher Klienten, also dachte ich mir, daß er sich nicht besonders für Paramedes interessieren würde. Ich machte ihm einige großzügige Geschenke und erklärte ihm, daß er mir einen großen Gefallen täte, wenn er mir in der Sache helfen würde. Natürlich unter dem Siegel der Verschwiegenheit. Er sollte nie auch nur andeuten, daß es irgendeine Verbindung zwischen dem Hause Claudius und Paramedes gab. Zwar sind seine Aktivitäten als

Agent der Piraten nahezu legal, aber es gibt bestimmte Angelegenheiten, mit denen wir nichts zu tun haben sollten. Paulus tat
mir den Gefallen gern. Ich war sehr großzügig zu dem Mann und
anschmiegsam«, sagte sie voller Ekel. »Egal wie reich und mächtig sie werden, Männer wie der arme Sergius fühlen sich von der
Aufmerksamkeit eines Patriziers immer geschmeichelt.«

»Der arme Sergius«, wiederholte ich. »Eine weitere Figur, die
vom Brett gefegt wurde.«

»Er war nichts«, sagte sie. »Bloß ein Freigelassener.«

»Also hast du Crassus von Paramedes erzählt, als er die Vereinbarung zwischen Spartacus und den Piraten hintertreiben
wollte?« fragte ich.

»Ja, und dafür solltest du mir dankbar sein, da du dich für einen so großen Patrioten hältst.«

»Wenn er gewollt hätte, hätte er Rom einnehmen können«,
sagte ich. »Dieser thrakische Halunke und seine Anhänger wollten bloß weg von hier. Ich hätte nichts dagegen gehabt. Wir haben sowieso zu viele Sklaven.«

»Du hast ein viel zu weiches Herz, Decius.«

»Ich vermute, ich werde wohl nie ein guter Spieler in diesem
Spiel werden. Wann hat es denn angefangen schiefzulaufen,
Claudia? Paramedes war doch ganz nützlich für dich. Hat er ver-
sucht, dich zu erpressen? Mitverschwörer neigen dazu.«

»Ja. Er ließ verlauten, daß Mithridates es ihm mehr als fürstlich
belohnen würde, wenn er ihn über die Einzelheiten unserer Aktivitäten auf dem laufenden halten würde. Da er sich einbildete,
Crassus sei sogar noch reicher als Mithridates, versuchte er ein
noch besseres Angebot herauszuhandeln.«

»Und sobald sich Tigranes in Rom befand, war Paramedes
überflüssig.«

»Genau.«

»Also hast du Sinistrus angesetzt, ihn umzubringen. Ich vermute, die Brandstiftung war als Ablenkungsmanöver gedacht.«

»Teilweise.« Sie betrachtete mich mit einigem Interesse. »Dein

Verstand arbeitet gut, Decius. Schade, daß du dich nicht entschließen konntest, gemeinsame Sache mit uns zu machen. Mein Bruder und die anderen sind so unbesonnen, es mangelt ihnen an Voraussicht. Mit Ausnahme von Hortalus. Ja, da ein Brand die Römer viel mehr aufregt als ein Mord, dachte man, daß am nächsten Tag alle Aufmerksamkeit dem Feuer gelten würde. Paramedes war nur ein toter Ausländer mehr. Außerdem bewahrt Paramedes kaum etwas zu Hause auf. Das Feuer sollte auch dafür sorgen, daß man in seinem Lagerhaus keine peinlichen Dokumente finden würde.«

»Womit wir bei Sinistrus wären. Du hast ihn illegal erworben. Eine unbedeutende Mauschelei, aber Dokumente in den hiesigen Archiven ermöglichten es mir, eine Verbindung zwischen Hortalus und eurer Verschwörung herzustellen.«

»Sinistrus war ein mieser, kleiner Mörder, der für mich gearbeitet hat. Unter der Hand gekauft, so daß es praktisch keine Verbindung zu mir gab. Ich hatte ihn vorher schon ein paarmal verwendet, für gewöhnlich hab' ich ihn an Claudius ausgeliehen. Er war zuverlässig und zu dumm, um einen Verrat zu planen.«

»Nach diesem Mal hast du ihn dann, um einen sauberen Schlußstrich zu ziehen, töten lassen mit Hilfe dieses mysteriösen asiatischen Jungen. Ich würde den unternehmenslustigen jungen Mann übrigens gern kennenlernen.«

Darüber mußte sie lächeln. Damals glaubte ich, sie meinte es einfach nur schelmisch.

»Ja, Sinistrus hatte seinen Zweck für uns erfüllt. Kerle wie ihn gibt es massenweise, und sie sind jetzt auch wieder viel leichter zu kaufen. In diesem kritischen Stadium konnten wir keine losen Enden gebrauchen. Erst später wurde mir klar, daß Sinistrus es idiotischerweise versäumt hatte, das Pfand aus Paramedes' Haus mitzunehmen.«

»Nicht unbedingt der Hellste, der gute Sinistrus«, bemerkte ich voller Bedauern.

»Auf keinen Fall. Aber bis wir seinen Fehler entdeckt hatten, war es hell, und vor Paramedes' Haus war eine Wache postiert worden. Dann bist du aufgetaucht und hast angefangen rumzuschnüffeln.«

»Und ich bin dummerweise mit dem Pfand in der Tasche wieder abgezogen. Ich muß mich bei dir bedanken, daß du mich nicht hast umbringen lassen, Claudia. Es muß dich wirklich geschmerzt haben, jemanden am Leben zu lassen.«

»Hortalus meinte, daß man dich nicht umbringen sollte«, sagte sie schulterzuckend. »Er ist ein schrecklich sentimentaler Schwachkopf.«

»So viel zu meinem Charme.« Das sollte ironisch klingen, aber meine Traurigkeit war echt. Ich hatte entgegen aller Wahrscheinlichkeit die Hoffnung genährt, daß Claudia irgendwie doch etwas für mich empfand. »Warum Sergius Paulus? Er hat doch sicher nicht versucht, dich zu erpressen.«

»Natürlich nicht. Dafür war er viel zu reich. Als ich erfuhr, daß du ihn besucht hattest, bin ich sofort zu ihm.«

Ich fragte mich, welcher meiner Kollegen ihr gesagt hatte, daß ich auf dem Weg zum Haus von Paulus war. Rutilius? Opimius? Junius, der Schreiber? Jeder einzelne oder alle kamen in Betracht, entschied ich. »Ich weiß«, sagte ich. »Ich hab' gesehen, wie deine Sänfte das Haus verließ. Natürlich wußte ich damals noch nicht, daß es deine war, aber ich habe sie nach unserer denkwürdigen gemeinsamen Nacht in deinem Liebesnest entdeckt.«

»Was für ein mieser Schnüffler du doch bist!« sagte sie indigniert. »Es war sehr unfein von dir, so herumzustöbern.«

»Jeder von uns verhält sich entsprechend den Gaben, mit denen ihn die Götter bei der Geburt versehen haben. Manchen ist große Kraft gegeben, anderen die Fähigkeit, Menschen zu führen oder die Lyra zu spielen und Verse aufzusetzen. Ich bin mit der Neigung ausgestattet, meine Nase in Dinge zu stecken, die andere gern im Verborgenen halten würden.«

»Typisch plebejisch«, sagte sie verächtlich. »Nun, Paulus verlor die Nerven. Freigelassene sind immer so unsicher, sogar die reichen. Sie wissen, daß man alles verlieren kann. Er war erregt und plapperte unaufhörlich von deiner Befragung. Ich versuchte, ihn zu beruhigen, aber ich sah, daß es zwecklos war. Er wußte zuviel, und er trank zuviel. Außerdem brauchten wir ihn nicht mehr, da Paramedes ja aus dem Spiel war. Also entfernten wir auch seine Figur vom Brett.« Sie lehnte sich zurück und sah mich mit einem fragenden Blick an. »Ich weiß nicht, warum ich mir die Mühe mache, dir das alles zu erzählen.«

»Aber das mußt du doch«, sagte ich. »Wer sollte sonst wissen, was für eine hervorragende Spielerin du bist? Ich wette, du erzählst nicht einmal deinen Mitverschwörern alles.«

»Komm mir bloß nicht so gönnerhaft!« zischte sie. »Du bist nicht halb so klug wie du denkst, Decius.«

»Wohl nicht«, räumte ich ein. Vor der nächsten Frage graute mir. »Nun, Claudia, erzähl mir nur noch eins. Ich weiß, daß es bei dieser Verschwörung und all den Morden darum geht, Lucullus' Oberbefehl im Osten für einen der Männer zu sichern, die du zu manipulieren gedenkst. Es macht kaum einen Unterschied, für wen. Und dann hast du vor, den jungen Tigranes als Marionetten-König auf den Thron seines Vaters zu setzen und ihn wahrscheinlich so tun zu lassen, als regiere er das Königreich Pontus seines Großvaters.«

Sie nickte. »Sehr gut. Und deine Frage?«

Ich atmete tief ein. »War mein Vater auf irgendeine Weise an der Verschwörung beteiligt?«

»Das ist doch lächerlich!« sagte sie verächtlich. »Hortalus meint, der alte Stumpfnase sei rechtschaffener als der ganze Tempel der Vesta zusammen genommen.«

Eine Welle der Erleichterung brach über mir zusammen, als ob ich im Bad ins kalte Wasser tauchte. »Na ja, der alte Herr ist sich inzwischen nicht mehr zu fein, hin und wieder Bestechungsgelder anzunehmen – allerdings nie bei wichtigen Verfahren. Bestimmt nicht, wenn es um die Sicherheit des Staates geht.«

»Warum hast du dann gefragt?«

»Er pflegt schlechten Umgang. Hortalus, zum Beispiel.« Und nun zur nächsten unangenehmen Pflicht. »Claudia, es ist meine Pflicht, dich zu verhaften und dich vor den Praetor zu bringen, damit du dich wegen des Vorwurfs des Mordes, der Brandstiftung und der Verschwörung verantworten kannst. Die Tradition läßt mir jedoch die ehrenvolle Möglichkeit, den Namen deiner Familie aus der Sache herauszuhalten.«

Ich griff in meine Tunika, zog den Dolch samt Scheide hervor und warf ihn ihr mit großer Geste vor die Füße. Sie blickte nach unten und sah mit heimlicher Belustigung dann wieder mich an. »Wofür soll der gut sein?«

»Ich werde mich jetzt für ein paar Minuten aus diesem Zimmer zurückziehen, um dir Gelegenheit zu lassen, dich ehrenvoll aus der Affäre zu ziehen.«

Sie lächelte mich jetzt offen amüsiert an. »Mach dir keine Umstände.«

Große Gesten in entscheidenden Momenten wie diesem sind immer ein schwerer Fehler. Im selben Augenblick legte sich etwas Dünnes um meinen Hals, und etwas Schweres landete auf meinem Rücken. *Und du hast gerade deinen Dolch weggeworfen*, schoß es mir durch den Kopf.

Ich bin in meinem Leben von Schwerthieben, Pfeilen und Speeren getroffen, mit Dolchen gestochen, mit Knüppeln niedergeschlagen und in Flüssen, Seen und Meeren halb ertränkt worden. Ich kann aus Erfahrung sagen, daß nichts einen in so unmittelbare Panik versetzt wie die Unterbrechung der Luftzufuhr mitten im Atemzug, wenn man weiß, daß man keinen weiteren tun wird. Selbst Ertrinken ist nicht so schlimm, weil es immerhin etwas gibt, was man sich in die Lungen saugen kann, selbst wenn es nur Wasser ist.

Mein Verstand verabschiedete sich sofort und verfiel in einen Taumel sinnloser Angst. Meine Augäpfel schwollen faustgroß an, und vor meinen Augen wurde es rot. Ich versuchte, hinter mich zu greifen, um das furchtbare Gewicht auf meinem Rücken zu packen, aber die menschlichen Schultergelenke sind nicht konstruiert, eine solche Bewegung mit Leichtigkeit auszuführen. Beine klammerten sich um meine Hüfte, und ich versuchte vergeblich meine Finger unter den Strick um meinen Hals zu bekommen. Er zog sich fester um meinen Schal, den ich noch immer trug, um die Spuren meiner letzten Erdrosselung zu verbergen. So war Sinistrus gestorben. Was hatte ich mich vor langer Zeit noch gefragt? Ach ja, ich hatte mich gefragt, warum Sinistrus seinen Mörder nicht gegen eine Wand gedrückt hatte. Weil er dumm war. Genau wie ich.

Mit letzter Kraft stürzte ich auf die Wand zu und drehte mich im letzten Moment um, um meinen potentiellen Mörder gegen ein recht hübsches Fresco zu klatschen, das Odysseus und die Lästrygonen darstellte. Ich hörte ein Stöhnen und spürte einen plötzlichen Atemausstoß an meinem Ohr. Der Strick rutschte ab und lockerte sich ein wenig. Nicht genug, um Luft in meine abgeschnürte Luftröhre zu lassen, aber für mich war es trotzdem das beste Ereignis überhaupt: Mein Mörder benutzte keinen Laufknoten! Wenn ich den kleinen Mistkerl also abschütteln konnte, würde ich vielleicht überleben.

Das Zimmer war zu klein für einen richtigen Anlauf. Die Situation verlangte nach drastischen Maßnahmen. Meine Sicht verfinsterte sich, und in meinen Ohren dröhnte ein gewaltiges Rauschen. Ich ging in die Hocke. Mit all meiner verbliebenen Kraft sprang ich hoch und vorwärts. Als meine Füße vom Boden abhoben, warf ich meinen Körper nach vorn, so daß ich einen Salto vorwärts machte. Im Flug versuchte ich, meinen Körper so schwer wie möglich zu machen, um härter zu landen.

Ich schlug mit einem befriedigenden Krachen auf, wobei ein kleines Tischchen zu Bruch ging. Der Strick löste sich, und ich sog tief und stoßweise Luft ein, die mir kostbarer vorkam als der edelste Falerner. Die Beine um meine Hüfte hatten sich ebenfalls gelöst, und ich fuhr herum, wobei ich mit der Hand in meine Tunika fuhr und den *caestus* hervorzog, um ihn zum zweiten Mal an diesem Tag zu benutzen. Ich holte aus, und meine Hand blieb vor Erstaunen in der Luft stehen.

»Wer ist denn das?« fragte Milo, der auf der Schwelle aufgetaucht war. Der Lärm hatte ihn alarmiert.

»Das«, sagte ich mit einem Blick auf meinen jetzt ohnmächtigen Angreifer, »ist unser Sehnenmörder, unser Einbrecher, unser ›asiatischer Junge‹. Sie heißt Chrysis, und ich wage zu behaupten, daß sie die vielseitigste Frau in ganz Rom ist.«

Milo kicherte. »Na, die Jungs werden staunen, wenn sie erfahren, daß eine Frau so erfolgreiche Arbeit geleistet hat!«

»Mein Herr«, sagte Burrus, »wolltest du hier nicht die Dame Claudia treffen?«

Ich sah mich um, aber sie war natürlich verschwunden. Schwankend kämpfte ich mich auf die Füße und hob meinen Dolch vom Boden auf. »Claudia, Claudia«, flüsterte ich. »So eine rücksichtslose Spielerin in dem großen Spiel, und doch hattest du nicht die Geistesgegenwart, mich zu erstechen, als das kleine Flittchen dir die Möglichkeit eröffnete.«

»Wie bitte, mein Herr?« fragte Milo.

»Nichts, Milo. Ich möchte nicht, daß diese Frau entkommt, bevor ich sie vor Gericht bringen kann. Sie einfach nur zu fesseln, reicht vielleicht nicht.«

»Kein Problem«, sagte er. Mit einer Hand packte er ihre beiden Handgelenke, mit der anderen ihre Knöchel. Er richtete sich auf und warf sie über seine Schultern wie ein Ziegenhirt, der ein verirrtes Zicklein trägt. »Mir wird sie schon nicht entwischen.«

Ich rieb meinen Hals. Ich war nur noch am Leben, weil sie nicht vorbereitet gewesen war. Sie hatte versucht, mich mit ihrem langen Haar zu erdrosseln, und nicht wie sonst eine Bogensehne benutzt. Sie kam langsam wieder zu sich und versuchte, ihren Kopf zu heben. Mir fiel ein, daß es eine Formel gab, die ich aufzusagen hatte.

Ich legte eine Hand auf ihre Schulter und deklamierte: »Chrysis, du bist verhaftet. Folge mir zum Praetor.«

Das Haus war viel zu groß, um nach Claudia zu suchen, und ich war schon viel zu lange geblieben. »Zum Forum«, befahl ich.

Als wir das Haus verließen, konnte ich Claudius' Mob hören, der seinen Herrn nach Hause brachte, also nahmen wir die entgegengesetzte Richtung. Die Römer sind ja an einige seltsame Anblicke gewöhnt, aber wir zogen etliche erstaunte Blicke auf uns. Ich war merklich derangiert, und die Wunde an meiner Hüfte war wieder aufgebrochen, so daß nicht nur meine Tunika, sondern auch meine Toga von Blut durchtränkt war. Durch das Würgen waren meine Augen fast genauso rot. Hinter mir ging grinsend ein Turm von einem Mann, der eine drahtige Frau über der Schulter trug. So sehr sie sich auch wand, es gelang ihr nicht, seinen Händen zu entgleiten. Vor mir marschierte Burrus, der die Leute zur Seite stieß und dabei brüllte: »Macht Platz für den Praefekten Decius Metellus!«

Wir betraten das Forum, das sich noch immer nicht von der Massenschlägerei kurz zuvor erholt hatte. Zerplatzte Früchte und ausgeschlagene Zähne lagen zwischen Blutlachen und zertrümmerten Verkaufsständen. Wir wurden mit Jubel und Flüchen empfangen, was andeutete, daß die Bürgerschaft in ihren Gefühlen mir gegenüber noch immer gespalten war, obwohl es mir so vorkam, daß der Jubel jetzt überwog. Wir überquerten das Forum und gingen direkt die Stufen zur Basilica Aemilia hinauf, dicht gefolgt von einer wachsenden Menschenmenge.

Als wir dort eintrafen, war gerade ein stürmischer Prozeß im Gange. Aber der Tumult erstarb augenblicklich, und alle Blicke richteten sich auf uns. Von seinem curulischen Stuhl aus starrte mein Vater wütend zu uns herüber.

»Was hat das zu bedeuten?« brüllte er.

Ich trat mit blutiger Toga vor. »Va... Praetor, ich bringe eine ausländische Frau namens Chrysis, wohnhaft im Hause des Publius Claudius Pulcher, vor dieses Gericht. Ich klage sie des Mordes an Marcus Ager, vormals als Gladiator Sinistrus bekannt, und an dem Freigelassenen Sergius Paulus an.«

247

Vater stand auf, sein Gesicht feuerrot. »Wenn du nichts dagegen hast, Praefekt, verhandele ich zur Zeit gerade einen anderen Fall. Du bist deinerseits bereits der Anstiftung zum Aufruhr angeklagt worden!«

»Von wem?« wollte ich wissen. »Von den Lakaien des Publius Claudius? Dieser Fall hat Vorrang.« Meine Ansprache wurde mit freundlichem Applaus aufgenommen. In meiner Jugend war die römische Rechtsprechung eine rauhe und farbenprächtige Angelegenheit. »Dieses Luder hat Sinistrus und Paulus erdrosselt, und sie hat gerade versucht, mit mir dasselbe zu tun!« Ich riß meinen Schal vom Hals, um die grellroten Würgemale zur Schau zu stellen, und das Publikum hielt erregt und voller Bewunderung den Atem an.

»Ich kann es kaum erwarten zu hören, wie es *dazu* gekommen ist!« sagte mein Vater.

»Sie ist eine Akrobatin und Schlangenfrau«, sagte ich und betete still, daß niemand fragen würde, wieso ich von ihrer außerordentlichen Geschmeidigkeit wußte. »Deshalb konnte sie sich durch Paulus' Schlafzimmerfenster zwängen. Der Eunuch ist unschuldig! Laß ihn frei!«

Einer der Rechtsanwälte, der gerade vor meinem Vater ein Plädoyer gehalten hatte, sprang darauf an. »Willst du etwa behaupten«, schrie er, »daß dieses kleine, asiatische Weibsstück einen ausgewachsenen, professionellen Mörder erdrosselt haben soll?«

Ich packte mir mit einer Hand an die Brust meiner Toga und wies mit dem Zeigefinger der anderen himmelwärts wie Hortalus, wenn er seinen entscheidenden Punkt macht. »Zu jener Gelegenheit benutzte sie eine Bogensehne mit einem raffinierten orientalischen Laufknoten. Wenn du es wünschst, werde ich den Arzt Asklepiodes herzitieren, um es vorzuführen, vorzugsweise an dir.« Das provozierte Applaus und Pfiffe. Ich sorgte für wesentlich mehr Unterhaltung als der Eigentumsstreit, der zuvor verhandelt worden war.

»Und im übrigen«, sagte ich, entschlossen, mein Glück zu erzwingen, solange das Publikum noch wohlwollend zuhörte, »ist sie bloß Teil einer sehr viel größeren...«

In diesem Moment legte sich mir von hinten eine Hand auf die Schulter. Ich drehte mich um und sah einen Liktor, der die *fasces* über die Schulter trug. »Decius Caecilius Metellus der Jüngere, du bist verhaftet wegen Anstachelung zur öffentlichen Unruhe. Komm mit mir.« Weitere Liktoren packten meine Arme.

Während ich weggezerrt wurde, brüllte ich noch über die Schulter: »Kettet sie mit einem Halsring an die Wand! Doppelt vernietet! Alles andere wird nicht genügen, sie festzuhalten!«

XII

Der mamertinische Kerker zählt nicht unbedingt zu den Prunkstücken Roms. Es handelte sich um eine Höhle unter dem Capitol. Ich verbrachte zwei Tage dort, ganz allein – ein Beweis, wie fleißig römische Behörden bei der Ergreifung von Verbrechern sind. Das Verlies war kalt und freudlos. Das einzige Licht drang durch ein Eisengitter, das auf dem Loch in der Decke lag, durch das ich hinabgelassen worden war. Zumindest hatte ich so zum ersten Mal seit Beginn des ganzen Durcheinanders Gelegenheit, unbeeinträchtigt von Ablenkungen und Angriffen in Ruhe nachzudenken.

Einen guten Teil der Zeit brachte ich damit zu, mich selbst zu verfluchen, weil ich ein solcher Idiot gewesen war, vor allem so weit es Claudia betraf. Das verräterische Luder hatte mich klassisch ausgetrickst; sie erkannte einen Dummkopf, wenn sie einen sah. Die Nacht mit Chrysis in ihrem kleinen Versteck hatte meine Untersuchung total durcheinandergebracht. Von meiner Verwirrung und der allgemeinen Peinlichkeit einmal abgesehen hatte die Tatsache, daß sie in der Nacht, in der Sergius Paulus ermordet worden war, beide mit mir zusammen gewesen waren, meinen Verdacht in eine falsche Richtung gelenkt. Aber der Eunuch hatte ausgesagt, daß das erste Licht der Morgendämmerung zu sehen gewesen war, als er aufgewacht war, weil sein Herr aufgehört hatte zu schnarchen. Chrysis hatte sich davongeschlichen und ihn umgebracht, während ich geschlafen hatte.

Ich ertappte mich bei der Frage, wie die Konsuln die ganze Sache wohl handhaben würden. Marius hätte mich einfach durch seine Schläger umbringen lassen. Sulla hätte meinen Namen auf die Proscriptionslisten gesetzt, damit der erstbeste Bürger, der Gelegenheit dazu fand, mich umbringen und Anspruch auf meinen Besitz erheben konnte. Aber die Zeiten hatten sich wieder beruhigt, und sie würden wahrscheinlich der verfassungsmäßigen Form Genüge tun wollen. Da ich kein Kapitalverbrechen begangen hatte, käme vielleicht eine diskrete Vergiftung in Frage.

Es bestand natürlich auch noch die Möglichkeit, daß Publius Claudius seinen Verletzungen erlag. So befriedigend diese Vorstellung auch war – mir würde das eine Mordanklage einbringen. Im Gegensatz zu den Magistraten genoß ein einfacher Praefekt keine Immunität gegen Strafverfolgung. Freigeborene wurden selten wegen Mordes zum Tode verurteilt, vor allem wenn es eine Schlägerei gegeben hatte. Von erwachsenen römischen Männern erwartete man, daß sie auf sich selbst aufpassen konnten. Wenn Publius es nicht schaffte, mich in einem absolut offen und fair ausgetragenen Kampf zuerst zu erledigen, verdiente er wenig Mitleid von einem Gericht.

Das wäre zumindest in normalen Zeiten der Fall gewesen. Das einzige, was für mich sprach, war die Tatsache, daß die Konsuln versuchten, den Anschein aufrechtzuerhalten, daß dies normale Zeiten waren. Aller Wahrscheinlichkeit nach würde ich mit Verbannung davonkommen. Das erschien mir wenig besser als die Todesstrafe. Ich habe es immer gehaßt, von Rom weg zu sein. Wenn ich verbannt werden sollte, gab es zumindest die Aussicht, irgendwann einmal zurückzukehren. Pompeius und Crassus konnten leicht in Streit geraten, oder Hortalus versuchte, sich bei meiner Familie besonders lieb Kind zu machen, oder sie kamen alle ums Leben, was keineswegs unwahrscheinlich war. Oder Lucullus kehrte als *Triumphator* heim, sicherte sich ein Konsulat und erinnerte sich daran, daß ich versucht hatte, ihm etwas Gutes zu tun. Auf die Dankbarkeit mächtiger Männer sollte man sich nie verlassen, aber in meiner Zwangslage klammerte ich mich an jeden Strohhalm.

Mein Wärter war ein zungenloser, öffentlicher Sklave, der keine besonders anregende Gesellschaft war und kaum für Ablenkung sorgte. Ich ertappte mich bei der Hoffnung, irgendein anderer Straftäter möge mit mir zusammen eingesperrt werden. Alles war besser, als mit seinen Gedanken allein zu sein. Ein abgebrühter Gauner wußte vielleicht, was in der Stadt los war und ob es irgendwelche öffentlichen Gefühlsbekundungen zu meinen Gunsten gab.

Auf dem Forum und in der Basilica hatte es ganz gut ausgesehen, aber die römische Öffentlichkeit läßt sich leicht ablenken. Nachricht von einer Niederlage im Osten oder einem Erdbeben in Messina würde völlig reichen. Wenn er die Unkosten nicht scheute, konnte sich Crassus auch plötzlich eines toten, zu ehrenden Verwandten erinnern und einen Renntag im Circus verkünden. Das würde die Öffentlichkeit veranlassen, mich ganz und gar zu vergessen. Zum Glück war das Wetter in den letzten Tagen zu kalt und zu feucht für Rennen gewesen. Außerdem waren sowohl Pompeius als auch Crassus Anhänger der Blauen, und ein Sieg der Grünen könnte als ein schlechtes Omen gedeutet werden.

Natürlich kam es mir nicht in den Sinn, daß ich vielleicht schlicht zu unbedeutend war, als daß sie sich meinetwegen große Sorgen machten. Lange nach Einbruch der Dämmerung des zweiten Tages hörte ich auf einmal von oben eine Stimme, die mich rief.

»Bist du da unten, du Dummkopf?«

»Wo sollte ich wohl hingegangen sein, Vater?«

»Man wird dir jetzt ein Seil runterwerfen. Pack es, damit man dich hochziehen kann.«

Es war finster wie im Reich des Cerberus, und ich stolperte eine Weile blindlings auf dem Stroh herum, bevor ich auf das Seil stieß. Ich ergriff einen der Knoten und zog daran. Aufwärts schwebte ich wie ein Wassereimer, während das Seil über seine Rolle quietschte. Ein heißer Schmerz durchzuckte die Schnittwunde in meiner Hüfte, aber daran hatte ich mich langsam gewöhnt. Der Raum oben wurde von einer kleinen Fackel erleuchtet. In ihrem Licht betrachtete mein Vater mich kritisch.

»Du könntest ein Bad und eine Rasur gebrauchen«, meinte er.

»Badehäuser und Barbiere sind da unten Mangelware«, erwiderte ich.

Er war wenig beeindruckt. »Das ist allerdings Pech, weil du nämlich gleich in der Curia erscheinen sollst.«

Das hörte sich gar nicht gut an. Spätabendliche Senatssitzungen waren äußerst selten, und für gewöhnlich bedeuteten sie etwas sehr Ernstes. Ich glättete meine blutige Toga, so gut es ging, und fuhr mir mit den Fingern durch mein strubbeliges Haar. Wir verließen das Gefängnis und machten uns auf den Weg zur Curia. Vor uns ging ein Sklavenjunge meines Vaters, der eine Fackel trug.

»Zu deiner Erleichterung, Publius Claudius lebt noch«, sagte Vater.

»Ehrlich gesagt, stimmt mich die Nachricht traurig. Ich hoffe doch, daß er zumindest ernsthaft verletzt ist?«

»Nur eine Gehirnerschütterung und ein paar blühende Narben in seinem Gesicht. Wie kommt es überhaupt, daß du ein *caestus* benutzt hast? Das ist doch keine Waffe für einen Ehrenmann.«

»Ein Schwert wäre sehr viel besser gewesen«, stimmte ich ihm zu. »Aber ein aufrechter Bürger darf doch innerhalb des *pomerium* keine Waffen tragen. Ein *caestus* hingegen ist lediglich eine

252

Sportausrüstung.« Vielleicht sollte ich kurz erklären, daß das *pomerium* damals noch immer von den uralten Stadtgrenzen bestimmt wurde, wie sie Romulus markiert hatte, als er mit einem weißen Bullen und einer Kuh einen Kreis gepflügt hatte. Die heutigen Stadtgrenzen verlaufen etwa eine Meile weiter außerhalb der damaligen.

»Vielleicht wird aus dir doch noch ein guter Anwalt.«

»Diese Chrysis«, fragte ich drängend, »hat sie gestanden?«

»Natürlich hat sie gestanden. Du glaubst doch nicht etwa, ich hätte mir die Mühe gemacht, dich aus dem Kerker zu holen, wenn du eine unschuldige Frau vor mein Gericht gezerrt hättest, oder?«

»Wunderbar!« sagte ich. »Und hat man Claudia verhaftet?«

»Häh? Von welcher Claudia redest du, Junge? Publius' Schwester? Was hat sie damit zu tun?«

Meine Euphorie verflog so schnell wieder, wie sie gekommen war. »Aber was hat sie –«

Mein Vater brachte mich mit einer ungeduldigen Geste zum Schweigen. »Hör auf zu plappern. Dies ist wichtig, und wir haben nicht viel Zeit. Ich habe meinen gesamten Einfluß geltend gemacht, daß man die Anklage gegen dich unter den Tisch fallen läßt. Ich bin überzeugt davon, daß du aus tölpelhafter Dummheit so gehandelt hast und nicht aus vorsätzlicher Bosheit, wie man hätte erwarten können. Der junge Cicero hat mir erzählt, daß du dich wegen einiger Rechtsfragen um Rat an ihn gewandt hast. Das ist gut, obwohl unser Patron Hortalus mehr von der Juristerei versteht, als Cicero je ahnen wird, und dir seinen Rechtsbeistand bestimmt ohne Entschädigung gewährt hätte.«

»Ich wollte ihn nicht damit behelligen«, sagte ich. Es war besser, Hortalus aus der Sache rauszuhalten, bis ich wußte, wo ich stand. Ich bekam langsam den Eindruck, daß ich mich in ziemlich dünner Luft bewegte.

»Wie du dich wegen eines toten Ausländers und ein paar ermordeter Freigelassener in einen solchen Schlamassel verwickeln lassen konntest, ist mir unbegreiflich, aber ich versuche, deine vorzeitige Entlassung aus der Kommission zu betreiben, damit du als mein Legatus ins diesseitige Hispania vorreisen kannst. Wenn du dich in Rom ein paar Jahre nicht blicken läßt und jedem Ärger aus dem Weg gehst, wächst vielleicht Gras über die Geschichte, und du kannst nach Hause kommen, wenn ich zurückkehre, um als Konsul zu kandidieren.«

Das war besser als nichts – eine vorübergehende Verbannung anstatt einer dauerhaften Hinrichtung. Ich hatte natürlich davon geträumt, sie alle vor Gericht zu zerren und sie des Verrats anzuklagen. Jetzt erkannte ich, daß das eben nur ein Traum war. Ich würde den Sieg der Gerechtigkeit noch erleben, aber inzwischen gestand ich mir ein, daß es Jahre und nicht Tage der Ermittlung brauchte, plus einer guten Portion brillanter Juristerei. Nun denn, ich stand ja erst am Anfang meiner Karriere; Jahre waren so ungefähr das einzige, was ich ausreichend zur Verfügung hatte, wenn ich lebend aus dieser Sache herauskam.

Wir erreichten die Curia und stiegen die Treppe hoch. Unter dem Säulengang blieben wir stehen.

»Ich werde hier auf dich warten«, sagte mein Vater. »Und denk dran, daß nichts weniger als dein Leben davon abhängt, wie du dich da drinnen benimmst.« Er legte eine Hand auf meine Schulter, von ihm eine seltene Geste der Zuneigung. Römische Väter hatten zu ihren väterlichen Gefühlen sonst eher ein Verhältnis wie die meisten anderen Menschen zu unangenehmen, fremdartigen Krankheiten. »Sei bescheiden, rede wenig, schluck deinen Stolz runter. Legale Formalitäten bedeuten den Männern da drinnen herzlich wenig. Respekt haben sie allein vor der Macht, und du hast keine. Den Familieneinfluß, über den du verfügst, hab' ich schon zu deinen Gunsten in die Waagschale geworfen. Gegen die Männer, die diese Republik kontrollieren, kann man nur aus einer Position größter Stärke und höchster Amtsgewalt vorgehen. Das braucht viel Zeit und Arbeit. Jetzt geh, und verhalte dich einmal in deinem Leben weise.«

254

Ich sagte dazu nichts und nickte bloß, bevor ich mich von ihm abwandte, um die Curia zu betreten. Aus der Kammer des Senates hörte ich nicht das gewöhnliche Gemurmel verhaltener Gespräche und fragte mich, was fehlte. Als ich die Kammer betrat, dachte ich zuerst, jemand würde mir einen ausgefuchsten Streich spielen. Der Raum war leer.

Dann erkannte ich, daß er nicht ganz leer war. Zwei Männer saßen in der ersten Bankreihe. Eine einzelne, mehrdochtige Lampe beleuchtete die Szenerie. Es waren die beiden diesjährigen Konsuln, deren Amtszeit fast abgelaufen war: Marcus Licinius Crassus und Gnaeus Pompeius Magnus. Sie schienen über einige Schriftstücke zu beraten, die zwischen ihnen auf der Bank lagen. Einer von ihnen sah auf, als ich mich näherte.

»Ah, der junge Decius. Setz dich zu uns.« Das war Pompeius. Crassus blickte auf und betrachtete mich mit kalten, blauen Augen. »Was sollen wir jetzt bloß mit dir machen, Decius?«

»Wenn ihr Beschuldigungen gegen mich vorzubringen habt«, sagte ich, »wäre es die korrekte Vorgehensweise, mich vor Gericht zu bringen, damit der Fall untersucht werden kann.«

»Für so etwas lebst du in der falschen Generation, Decius«, sagte Pompeius. »Die Gerichte mögen ausreichend für zivile Angelegenheiten sein, aber du hast dich in Fragen der Außenpolitik eingemischt.«

»Ich hatte geglaubt, daß Außenpolitik eine Domäne des Senats sei«, erwiderte ich.

»Das ist sie auch noch immer«, meinte Crassus, »aber inzwischen entscheidet der Senat nach unseren Befehlen.«

»Wenn dem so ist«, warf ich ein, »warum operierst du dann so verdeckt?«

»Schon seit geraumer Zeit«, sagte Crassus erregt, »hängt dein Leben an einem dünnen Faden. Du hast ihn Faser für Faser ausgefranst. Jetzt hängst du an der allerletzten Faser. Es steht dir im Augenblick sehr schlecht an, an der auch noch zu reißen.«

Pompeius hob seine Hand zu einer beschwichtigenden Geste.

»Decius«, fragte er sanft, »was glaubst du eigentlich, gegen uns in der Hand zu haben? Mal ganz abgesehen davon, daß es aberwitzig ist, als einfacher Praefekt nicht nur einen, sondern gleich beide Konsuln anzugreifen, kann ich auch nicht erkennen, daß du im Besitz irgendwelcher Beweismittel gegen irgend jemanden bist. Vielleicht könntest du das erklären.«

»In meinem Amtsbereich sind Morde begangen worden. Ich wollte der Gerechtigkeit zum Sieg verhelfen.«

»Indem du den Täter ergreifst«, sagte Crassus. »Überaus löblich. Ich gratuliere dir. Chrysis hat ein Geständnis ihrer Vergehen abgelegt, wie sie sie begangen hat und auf wessen Geheiß.«

»Dann wundert mich, daß Claudia Pulcher noch nicht in Gewahrsam genommen worden ist«, sagte ich.

Pompeius' Gesichtsausdruck deutete Überraschung an, so übertrieben wie die Maske eines Schauspielers. »Claudia? Offenbar bist du wegen der Verachtung, die du für den Bruder der besagten Dame hegst, einer Täuschung erlegen. Chrysis hat uns erklärt, daß sie auf Befehl von Prinz Tigranes gehandelt hat. Es ging offenbar um die Klärung irgendwelcher Streitigkeiten unter den Piraten.«

»Der Prinz hat allem Anschein nach die Stadt verlassen«, fügte Crassus hinzu.

»Ich möchte sie persönlich befragen«, sagte ich.

»Du bist nicht in einer Position, Forderungen zu stellen«, erwiderte Pompeius. »Außerdem bist du ein bißchen spät dran. Das Frauenzimmer ist tot. Sie wurde in einer Zelle in den alten Schuppen unten beim Marsfeld gefangengehalten. Sie hat sich an ihrem eigenen Haar erhängt.«

»Ach so«, sagte ich. »Einfallsreich bis zum Ende.«

»Nicht wahr?« stimmte Pompeius mir zu. »Bedauerlich, aber wir hatten vorher die ganze Geschichte aus ihr rausgequetscht. Wir haben dem Senat heute morgen Bericht erstattet.«

»Ich vermute, ihr habt das Verhör selbst geleitet?« Beide nickten. »Und war ein Praetor anwesend?«

»Aber sicher«, sagte Pompeius. »Alles entsprechend den gesetzlichen Vorschriften. Marcus Glabrio hat den Vorsitz geführt.«

Glabrio war einer von Pompeius' Klienten und militärischen Untergebenen, wenn jener einen Oberbefehl innehatte. »Und wer hat als Gerichtsfolterknecht fungiert?« fragte ich, obwohl ich argwöhnte, die Antwort bereits zu kennen.

»Marcus Volsinius«, sagte Crassus. »Einer meiner alten Centurios, ein ausgesprochener Fachmann.«

»Er verfügt auf jeden Fall über die entsprechende Erfahrung«, sagte ich, »nach der Überwachung von sechstausend Kreuzigungen.«

»Wir würden schließlich keinen Amateur damit betrauen«, sagte Pompeius. »Wie dem auch sei, der Fall ist abgeschlossen. Die Frau kam im Gefolge von Paramedes von Antiochia aus Delos nach Rom. Als Tigranes incognito in Rom eintraf und in Paramedes' Haus residierte, hat er sie zu den Taten angestiftet. Offenbar waren ihre Talente unter der Brüderschaft der Piraten wohlbekannt, und Tigranes war begierig, sie zu seiner Verfügung zu haben. Jedenfalls, als er in das Haus von Publius Claudius umzog, ging sie mit ihm.«

»Und warum ist er zu Claudius gegangen?« fragte ich, wohl wissend, daß sie sämtliche Türen meiner Untersuchung verriegelten.

»Decius, du entsetzt mich!« sagte Pompeius. »Er konnte doch nicht schlecht einen Mann umbringen lassen, unter dessen Dach er noch schlief. Das wäre zutiefst unmoralisch gewesen. Selbst ein schmieriger, armenischer Prinz hat mehr Respekt vor den heiligen Gesetzen der Gastfreundschaft!«

»Er ging zu Claudius, weil ich ihn dorthin geschickt habe«, sagte Crassus unerwartet. »Ich kannte den Jungen flüchtig aus der Zeit des Sklavenkriegs, als ich mit den Piraten verhandeln mußte. Er ist vor einer Weile zu mir gekommen und hat mich gefragt, ob ich einen geeigneten Haushalt kenne, in dem er während seines Aufenthaltes hier in Rom wohnen könnte. Es leuchtet ein, daß er in Anbetracht des heiklen Stands der Beziehungen zwischen der Republik und dem Königreich seines Vaters nicht die Gastfreundschaft eines Konsuls erbitten konnte, und er wollte auch nicht, daß seine Anwesenheit offiziell zur Kenntnis genommen wurde. Ich wußte, daß Publius das Stadthaus der Claudier führt, weil sein älterer Bruder und seine Schwester im Orient weilen. Jede Menge freie Zimmer, und außerdem sind die Claudier immer ganz begierig darauf, mit königlichem Geblüt zu verkehren. Es kam mir damals völlig unverfänglich vor.«

»Nichts an den Claudiern ist unverfänglich«, bemerkte ich.

Zu meinem Erstaunen brachen beide Männer in Gelächter aus. »Sie sind jedenfalls eine schwierige Familie, soviel ist sicher«, sagte Crassus.

»Und jetzt soll Claudius als dein Handlanger in Lucullus' Armee fungieren und unter seinen Truppen Mißgunst und Meuterei säen.«

»Aber, Decius, erwartest du, daß die Leute dir so etwas glauben? Der Junge braucht militärische Erfahrung, wenn er für ein Amt kandidieren will. Was wäre normaler, als daß er sich Lucullus anschließt? Bei der Armee im Osten geht es zur Sache, dort kann man sich Sporen verdienen. Und warum sollte Claudius Lucullus' Autorität unterminieren wollen? Seine ältere Schwester ist mit dem Mann verheiratet. Sein älterer Bruder Appius gehört schon seit Jahren zu Lucullus' Truppen, und er hat ihm stets loyal gedient. Sämtliche Logik sagt einem, daß es in seinem eigenen Interesse wäre, wenn er Lucullus, so gut er kann, unterstützt. Wenn Publius trotzdem gegen seinen Schwager rebellieren sollte…« Pompeius zuckte mit den Schultern und lächelte. »Na, dann ist es eben typisch Claudius, nicht wahr?«

»Es wird spät«, sagte Crassus, »und unser Konsulat neigt sich dem Ende zu. Decius, glaubst du wirklich, irgendwelche Beweise für Fehlverhalten in der Hand zu haben gegen mich und meinen Kollegen?«

258

Ich dachte an die Dokumente im Tempel der Vesta. Man könnte ihre Hinzuziehung vor Gericht beantragen, allerdings wäre dann die *Virgo Maxima*, meine Großtante kompromittiert – eine Frau von so unantastbarer Würde, daß ich ihren Ruf nicht mal aufs Spiel gesetzt hätte, um mich vor dem Kreuz zu retten. Ich dachte an die Urkunde in meinem Haus, die Hortalus' illegale Freilassung von Sinistrus dokumentierte. Ich verwarf den Gedanken. Als Teil einer größeren Indizienkette wäre das Schriftstück ein festes Glied gewesen. Für sich genommen war es nur der Beweis für eine unbedeutende Unregelmäßigkeit, die zu geringfügig war, um Aufmerksamkeit zu erregen.

»Unter meinen persönlichen Sachen befand sich bei meiner Verhaftung ein Amulett in Form eines Kamelkopfes.«

»Von einem solchen Gegenstand ist mir nichts bekannt«, sagte Pompeius. »Man hat dir diese Sachen abgenommen.« Er zeigte auf meinen Dolch und mein *caestus* auf der Bank neben ihm. »Nicht ganz korrekt, bewaffnet in den Grenzen des *pomperium* herumzulaufen, aber wir müßten halb Rom unter Anklage stellen, wenn wir dieses Vergehen streng verfolgen würden.« Eigentlich überraschte es mich nicht, daß das Pfand des *hospitium* verschwunden war. Sie hatten recht. Ich hatte gar nichts. Zwei Mörder, die schon tot waren, und ein rechtmäßiges Geständnis von Chrysis – ich würde wie ein Idiot dastehen, wenn ich versuchte, den Fall noch einmal aufzurollen. Ich hatte keinen Beweis für eine kriminelle Verschwörung, keinen Beweis für einen Hochverrat. Das einzige, was ich im Moment hatte, war mein Leben. Und ich konnte nur versuchen, es zu behalten.

Crassus betrachtete mich mit einem kalten Blick. »Decius, wir haben dein irrationales und schädliches Gebaren bisher aus Respekt vor deiner Familie und deinem Vater, dem städtischen Praetor, toleriert. Er hat darum gebeten, daß du von allen weiteren Verpflichtungen freigestellt wirst und als sein Legatus ins diesseitige Hispania vorreist. Wir haben beschlossen, ihm diese Bitte zu gewähren.« Er reichte mir eine kleine Schriftrolle, die sowohl das senatorische als auch das konsularische Siegel trug. »Hier sind deine Befehle. Im ersten Licht der Dämmerung, wenn die Stadttore geöffnet werden, machst du dich auf den Weg nach Ostia. Du wirst mit dem ersten gen Westen segelnden Schiff abreisen.«

Ich nahm die Schriftrolle. »Man könnte eine Schiffsreise im Dezember auch für ein Todesurteil halten«, bemerkte ich.

»Es gibt unangenehmere Arten zu sterben, als zu ertrinken«, sagte Crassus. »Vielleicht hilft ja ein großzügiges Opfer für Neptun.«

»Natürlich«, warf Pompeius ein, »könnte sich der Weg von deinem Haus bis zum Stadttor problematisch gestalten. Publius Claudius oder vielmehr Clodius, wie er sich neuerdings nennt, ist ein nachtragender Mann. Vielleicht mußt du dir deinen Weg durch eine stattliche Anzahl seiner Anhänger bahnen.«

»Und«, sagte Crassus, »ich habe gehört, daß Macro seine Leute angewiesen hat, sich aus der Sache rauszuhalten. Er hat diesem Schurken Milo Zügel angelegt. Insofern solltest du die hier besser mitnehmen.« Er warf mir meinen Dolch und mein *caestus* zu, und ich fing sie. »Du wirst sie im ersten Licht des neuen Morgens brauchen.«

Pompeius wandte sich wieder seinen Schriftstücken zu. »Das wäre dann alles, Decius. Viel Glück.«

Mein Vater sah mich wie versteinert an, als ich herauskam, aber ich konnte einen unterdrückten Seufzer der Erleichterung hören. Zu meiner Überraschung stand neben ihm Titus Milo. »Man hat mir erzählt, daß du heute abend aus dem Kerker entlassen wirst, deshalb bin ich hergekommen. Ich dachte, ich begleite dich nach Hause.«

»Passiert in dieser Stadt auch etwas, wovon du nichts weißt?« fragte ich.

»Ich versuche, auf dem laufenden zu bleiben.«

»Was ist da drinnen geschehen?« wollte Vater wissen.

»Ich hab' eine Art zur Bewährung ausgesetztes Todesurteil

bekommen.« Ich erklärte, was passiert war, obwohl ich um meines Vaters willen Hortalus' Namen unerwähnt ließ.

»Besser, als man hätte erwarten können«, sagte Vater. »Seereisen in dieser Jahreszeit sind riskant, aber du kannst Richtung Norden an der Küste entlang segeln und beim ersten Anzeichen eines Unwetters an Land gehen.«

»Ich vermute, daß es mich einige Mühe kosten wird, überhaupt bis nach Ostia zu kommen«, ließ ich ihn wissen.

»Ich fürchte, ich kann dir nicht helfen«, sagte Milo.

»Hab' ich bereits vernommen.«

»Claudius wird dich doch sicher nicht in aller Öffentlichkeit ermorden!« protestierte Vater. Darüber konnten Milo und ich nur herzlich lachen.

»Ich frage mich immer noch, warum sie so nachgiebig mit mir waren«, sagte ich. »Gut, ich habe nichts Unrechtes getan und meine Pflichten eifrig erfüllt, aber das hat die beiden doch noch nie davon abgehalten, jemanden umzubringen.«

Milos Antwort überraschte mich. »Es ist, weil sie gute Laune haben. Die hättest du auch, wenn du so viel Glück gehabt hättest wie die beiden.«

»Ja, deswegen habe ich auch darauf gedrängt, daß die Befragung heute abend stattfand«, sagte der Vater. »Es schien mir eine günstige Gelegenheit.«

»Was ist passiert?« fragte ich verwirrt.

»Heute morgen ist das Testament von Sergius Paulus verlesen worden«, erklärte Vater. »Er hat einen riesigen Anteil seines Besitzes den Konsuln und anderen Magistraten vermacht, einschließlich« – er versuchte, seine diebische Freude zu verbergen – »einer recht großzügigen Hinterlassenschaft für meine Person.«

»Und er hat alle seine Sklaven freigelassen«, sagte Milo. »Jeden einzelnen von ihnen, und der Mann besaß Tausende. Er hat jedem von ihnen eine kleine Geldsumme vererbt, um ihnen den Start als Freigelassene zu ermöglichen, und den Rest den Konsuln und Praetoren vermacht.«

Ich ließ das Gehörte eine Weile auf mich wirken und stieß dann einen Jubelschrei aus: »Sergius Paulus, du gerissener, kleiner Bastard von einem Freigelassenen! Kein Wunder, daß du jedes Jahr ein neues Testament aufgesetzt hast! Teile deinen Besitz unter die jeweils amtierenden Magistraten auf, und niemand wird die ganzen Freilassungen anzweifeln.«

Vater räusperte sich. »Ja, das Testament verstößt ganz offenkundig gegen die gesetzlich festgesetzte Obergrenze von Freilassungen, aber ich kann mir nicht vorstellen, daß es darüber große Debatten geben wird.«

Ich lachte, bis mir die Tränen die Wangen hinunterliefen. Zum ersten Mal heute fühlte ich mich wirklich gut. Paulus hatte mir bewiesen, daß Rom noch immer fähig ist, anständige Menschen hervorzubringen, und sei es in Form von fetten, reichen und betrunkenen Freigelassenen.

Wir begleiteten Vater bis nach Hause. Bevor er mir eine gute Nacht wünschte, sagte er noch: »Du hast deine Pflicht gewissenhaft getan, Decius.« Das aus seinem Mund war ein hohes Lob.

Vor meinem Hause verabschiedete sich Milo von mir. »Es tut mir leid, daß ich dir morgen nicht beistehen kann«, sagte er.

»Ich danke dir für all deine bisherige Hilfe«, sagte ich. »Schlimmstenfalls bekomme ich wenigstens noch Gelegenheit, die Sache, die ich mit Claudius auf dem Forum angefangen habe, zu Ende zu bringen.«

Ich sah seine Zähne in der Dunkelheit aufblitzen. »So spricht ein wahrer Römer. Ich werde die Nachricht heute nacht weiterverbreiten lassen. Wer weiß, vielleicht ergibt sich ja was.«

»Schläfst du eigentlich nie?« fragte ich.

»Ich habe dir doch schon oft erklärt, daß ich mir meinen Vorsprung erarbeite, wenn andere schlafen. Ich werde morgen früh dort sein, Decius, selbst wenn ich von meinen Jungs sonst keinen zum Kommen überreden kann.« Und mit diesen Worten verschwand er in der Dunkelheit.

Bis zum Tagesanbruch blieben mir noch ein paar Stunden.

Cato und Cassandra waren überglücklich, mich wiederzusehen, obwohl mein Aussehen sie entsetzte. Ich verlangte nach heißem Wasser für ein Bad und zog meine schmutzigen Kleider aus.

Zumindest hatte ich meine Angelegenheiten geregelt und mein Testament gemacht. Meine wenigen Habseligkeiten wanderten in die Reisetruhe, und ich ging meine Sammlung von *hospitium*-Pfändern durch, um die herauszusortieren, die mir auf meiner Reise nützlich sein konnten, vorausgesetzt, ich kam heil aus der Stadt. Der Gedanke, daß sich all die Ereignisse der vergangenen Tage um ein so schlichtes Pfand gedreht hatten, kam mir seltsam vor. Ich schüttelte den Kopf bei der Vorstellung. Die Wege der Menschen und Götter sind unergründlich, und die unbedeutendsten Dinge können eine genauso wichtige Rolle spielen wie die größten. Ich beschloß, mich einmal, wenn mich alles andere langweilte, dem Studium der Philosophie zu widmen.

Nicht einmal die Aussicht des kommenden Tages konnte mir meine gute Laune verderben. Ich sang in der viel zu engen Badewanne und zuckte nicht einmal zusammen, während mich Cato im Licht der Lampe unfachmännisch rasierte. Dann legte ich mich hin und fand ein paar Stunden traumlosen Schlaf.

Obwohl es kaum mehr als ein Nickerchen gewesen war, wachte ich erfrischt auf. Ich stand auf, legte meine Kleider an, schnallte Schwert und Dolch um und warf mir eine saubere Toga über die Schultern. Dies war nicht der Zeitpunkt für juristische Haarspaltereien. Als das erste Licht der Dämmerung durch meine Fenster fiel, ging ich ins Atrium. Burrus war da, um mich zu empfangen, und bei jedem seiner Schritte ertönte ein leises Klirren. Er hatte seine Rüstung angelegt, bevor er mir seine Aufwartung machte. Ich war gerührt, daß mein alter Soldat gekommen war, um mit mir in den fast sicheren Tod zu gehen, aber es wäre unangemessen gewesen, solche Gefühle zu zeigen. Auf seinem Gesicht lag ein seltsames Lächeln.

»Guten Morgen, mein Herr. Warte, bis du die Straßen siehst. Sieht aus wie eine Zunftversammlung der Bogenschützen.«

Ich fragte mich, was, um alles in der Welt, er damit meinte. Ich war noch erstaunter, als ich in der Tür zwei weitere meiner Klienten traf – beide zu alt, um in einer Straßenschlacht von irgendwelchem Nutzen zu sein. Trotzdem nahmen sie es mit ihrer Verpflichtung, ihren Herrn zu beschützen, sehr ernst. Dann sah ich, was mich draußen erwartete.

Ein riesiger Menschenauflauf verstopfte die Straße. Und fast jeder Kopf war mit einer kegelförmigen, phrygischen Mütze geschmückt, dem Wahrzeichen der bogenschießenden Söldner der Hilfstruppen und einiger Priesterorden. Außerdem wurden sie von Sklaven getragen, die gerade freigelassen worden sind. Die Menschenmenge jubelte wie verrückt, als ich auftauchte. Zu meiner größten Beschämung drängten einige von ihnen sogar vor und fielen auf die Knie, um mir die Füße zu küssen.

»Was hat das zu bedeuten?« wollte ich wissen.

»Das sind die Freigelassenen von Sergius Paulus, mein Herr«, sagte Burrus. »Ich mußte mir den Weg bis zu deinem Haus praktisch freikämpfen. Sie sind dir dankbar, mein Herr, und das sollten sie, verdammt noch mal, auch sein. Wenn es dich nicht gäbe, würde jeder einzelne von ihnen heute morgen am Kreuz hängen. Der fette Eunuch auf jeden Fall.«

Ein Mann, den ich als den Majordomus von Sergius Paulus wiedererkannte, bahnte sich einen Weg zu mir. »Wir haben gehört, daß du eine Eskorte brauchst, mein Herr. Wir konnten dich ja schlecht ohne eine angemessene Verabschiedung aus Rom ziehen lassen.« Er drehte sich zu zwei kräftigen jungen Burschen um. »Geht nach drinnen und holt das Gepäck des Herrn.« Der verwirrte Cato führte die beiden vor sich hin murmelnd zu meinen Habseligkeiten.

Der Majordomus wandte sich der Menge zu und rief: »Zum Ostischen Tor!«

Mit einem lauten Jubelschrei umringte mich die Menge und hob mich auf ihre Schultern. Dergestalt wurde ich zum Tor getragen. Über Straßen und Plätze ging es, und ich hatte den Eindruck, daß halb Rom auf den Beinen war, lachend und mit Fingern auf dieses neue Wunder zeigend. Obwohl es nicht auf unserem Weg lag, machten die ekstatischen Freigelassenen einen Umweg über das Forum. Im Schatten eines Seitenganges sah ich das stark bandagierte Gesicht von Publius Claudius, der mich aus einer Schar von Totschlägern haßerfüllt anstarrte. Das etruskische Blut der claudischen Linie war wieder durchgebrochen, weil er sich auf eine verfluchende Handbewegung in meine Richtung beschränken mußte. Ich antwortete ihm mit einer beliebten römischen Geste, die nichts mit Übernatürlichem zu tun hatte. Und weiter ging der Zug bis zum Ostischen Tor.

Ich habe in meiner Zeit wie jeder im öffentlichen Leben stehende Römer schon Truppen befehligt, aber ich war nie ein großer Heerführer, und der Senat hat mir auch nie einen Triumphzug gegönnt. Trotzdem glaube ich nicht, daß sich irgendein *Triumphator,* der je die Via Sacra zum Capitol hinauf gezogen ist, so fühlte wie ich mich an jenem Morgen auf den Schultern der Freigelassenen.

Am Tor ließen sie mich runter, damit ich meine Reise auf würdigere Weise fortsetzen konnte. Der größte Teil von ihnen begleitete mich noch bis nach Ostia und blieb bei mir, bis ich in See stach. Titus Milo winkte mir von der Spitze des Tores zu, als wir hindurchgingen.

Jenseits des Tores erstreckte sich die Via Ostiensis, gesäumt von Grab- und Gedenksteinen. Es war ein grauer, stürmischer Dezembermorgen, und zweifelsohne würde es im Laufe des Tages noch regnen. Aber die Landschaft war mir nie so schön vorgekommen. Endlich flankierten einmal keine Kreuze die Straße.

Diese Begebenheiten ereigneten sich in einem Zeitraum von fünfzehn Tagen im Jahre 684 der Stadt Rom, im Jahr des Konsulats von Pompeius und Crassus.

Glossar/Worterklärungen

(Die Definitionen beziehen sich auf das letzte Jahrhundert der römischen Republik.)

Acta: Straßen, die breit genug sind für Einbahnstraßenverkehr auf Rädern.

Aedilen: Gewählte Beamte, die für die Ordnung auf den Straßen, die staatliche Getreideversorgung, die Aufrechterhaltung der öffentlichen Ordnung, die Verwaltung der Märkte und die öffentlichen Spiele zuständig waren. Es gab zwei Arten von Aedilen: die plebejischen Aedilen, die keine Amtsinsignien hatten, und die curulischen Aedilen, die eine gestreifte Toga trugen und auf einem curulischen Stuhl saßen. Die curulischen Aedilen konnten bei Zivilgerichtsverfahren, die die Märkte und Fragen der Währung betrafen, Recht sprechen, während die plebejischen Aedilen nur Geldstrafen verhängen durften. Ansonsten waren ihre Pflichten dieselben. Da der Prunk der Spiele, die die Aedilen veranstalteten, oft die Wahl in ein höheres Amt bestimmte, war das Aedilenamt eine wichtige Stufe einer politischen Karriere.

Atrium: Einst das lateinische Wort für Haus, in der republikanischen Zeit die Bezeichnung für die Eingangshalle eines Hauses, die auf die Straße führte und als allgemeiner Empfangsbereich genutzt wurde.

Atrium Vestae: Der Palast der Vestalinnen, eines der prächtigsten Gebäude in Rom.

Auguren: Beamte, die zu staatlichen Zwecken Omen deuteten. Auguren konnten alle Amtsgeschäfte und öffentlichen Versammlungen untersagen, wenn sie ungünstige Vorzeichen ausgemacht hatten.

Basilica: Ein Gebäude, in dem Gerichte bei schlechtem Wetter tagten.

Caestus: Ein mit Ringen, Platten oder Bronzedornen verstärkter Boxhandschuh aus Lederriemen.

Campus Martius: Ein Feld außerhalb der alten Stadtmauern, früher ein Versammlungsort und Truppenübungsplatz. Dort trafen sich die Volksversammlungen. In der Endphase der Republik wurde das Marsfeld zunehmend bebaut.

Censoren: Magistrate, die normalerweise alle fünf Jahre gewählt wurden, um den Bürger-Census durchzuführen und die Liste der Senatoren von unwürdigen Mitgliedern zu säubern. Sie konnten bestimmte religiöse Praktiken oder Ausschweifungen verbieten, wenn sie sie für der öffentlichen Moral abträglich oder »unrömisch« hielten. Es gab zwei Censoren, und jeder konnte die Entscheidungen des anderen außer Kraft setzen. Beide trugen eine gestreifte Toga und saßen auf curulischen Stühlen. Da sie aber über keine exekutive Macht verfügten, wurden sie auch nicht von Liktoren begleitet. Censoren wurden normalerweise aus den Reihen der Ex-Konsuln gewählt. Das Censorenamt galt als Abschluß einer politischen Karriere.

Centurianische Versammlung (comitia centuriata): Ursprünglich der jährliche militärische Appell, bei dem die Bürger sich bei ihren Armee-Einheiten (»Centurien«) einfanden. Es gab 193 Centurien, die nach Besitzverhältnissen jeweils in fünf Unterklassen aufgeteilt waren. Die centurianische Versammlung

267

wählte die höchsten Magistrate: Censoren, Konsuln und Praetoren. Zur Blütezeit der Republik war die centurianische Versammlung ein reines Wahlgremium und hatte keinerlei militärischen Charakter mehr.

Centurio: »Führer einer Hundertschaft«, einer Centurie, die jedoch tatsächlich nur etwa sechzig Mann zählte. Die Centurios gehörten gesellschaftlich zu den Soldaten, ihr Rang entsprach in etwa dem eines Hauptmanns. Sie waren das Rückgrat des Berufsheers.

Circus: Der römische Rennplatz und das Stadion, das ihn umgab. Der erste und größte war der Circus Maximus, der zwischen den Hügeln Palantin und Aventin lag. Ein später erbauter, kleinerer Circus, der Circus Flaminius, lag außerhalb der Stadtmauern auf dem Marsfeld.

Cognomen: Der Familienname, der den Zweig eines Geschlechts anzeigt; z. B. Gaius Julius *Caesar:* Gaius vom Zweig der Caesarianer aus dem Geschlecht der Julier. Einige plebejische Familien führten keine Cognomen, so vor allem die Marier und die Antonier.

Compluvium: Ein Oberlicht.

Curia: Das Versammlungsgebäude des Senates auf dem Forum.

Diktator: Ein von Senat und den Konsuln bestimmter absoluter Herrscher für den Fall einer plötzlichen Notlage. Für einen begrenzten Zeitraum, nie mehr als sechs Monate, wurde er mit der uneingeschränkten Herrschaft betraut. Nach Beendigung des Notstands hatte er sein Amt niederzulegen. Im Gegensatz zu den Konsuln hatte er keinen Kollegen, der seine Entscheidungen außer Kraft setzen konnte, und nach Ablauf seiner Amtszeit konnte er auch nicht für im Amt begangene Taten belangt werden. Seine Insignien waren die gestreifte Toga und der curulische Stuhl. Er wurde von vierundzwanzig Liktoren begleitet, so viel wie beide Konsuln zusammen hatten. Diktaturen waren äußerst selten, die letzte reguläre datiert aus dem Jahr 202 v. Chr. Die Diktaturen von Sulla und Caesar waren verfassungswidrig.

Dioskuren: Die Zwillingssöhne von Zeus und Leda. Die Römer verehrten sie als Beschützer der Stadt.

Eques (Pl. equites): Ursprünglich die Bürger, die wohlhabend genug waren, ihr eigenes Pferd zu stellen und in der Kavallerie zu dienen. Später mußte man, um in den Stand der equites aufgenommen zu werden, ein Vermögen von mindestens 400 000 Sesterzen nachweisen. Die *equites* waren die wohlhabende gehobene Mittelschicht. In der centurianischen Versammlungen bildeten sie zusammen achtzehn Centurien und hatten einst das Recht, als erste ihre Stimme abzugeben, was sie nach Verschwinden ihrer militärischen Funktion jedoch verloren. Verleger, Finanzmakler, Bankiers, Geldverleiher und Steuerpächter kamen aus der Klasse der *equites*.

Fasces: Ein Rutenbündel, das mit rotem Band um eine Axt gebunden war – Symbol der Magistratsgewalt, sowohl körperliche Strafen als auch die Todesstrafe auszuführen. Die *fasces* wurden von den Liktoren getragen, die die curulischen Magistraten, den flamines des Jupiters und die Prokonsuln und Propraetoren, die Provinzen regierten, begleiteten. Wenn ein niederrangiger Magistrat einem höherrangigen begegnete, senkten seine Liktoren die *fasces* zum Gruße.

Flamines: Ein Hoher Priester eines bestimmten Staatsgottes. Das Kollegium der flamines hatte fünfzehn Mitglieder: Die drei höchstrangigen waren der flamen Dialis (d. Jupiters), der flamen

Martialis (d. Mars) und der flamen Quirinalis (d. Quirinus). Sie waren verantwortlich für die täglichen Opfer, trugen auffällige Kopfbedeckungen und wurden von vielen rituellen Tabus umgeben. Der flamen Dialis, der Hohe Priester des Jupiter, durfte eine gestreifte Toga tragen, die seine Frau weben mußte, verfügte über einen curulischen Stuhl und wurde von einem einzelnen Liktor begleitet. Außerdem hatte er einen Sitz im Senat. Es wurde zunehmend schwieriger, das Kollegium der *flamines* zu besetzen, weil es sich bei den Kandidaten um berühmte Männer handeln mußte, die auf Lebenszeit Priester wurden und nicht mehr am politischen Leben teilhaben konnten.

Forum: Ein offener Versammlungsort und Marktplatz. Das erste Forum war das Forum Romanum in der Senke zwischen dem Capitol, dem Palantin und dem Caelius. Um das Forum gruppierten sich die wichtigsten Tempel und öffentlichen Gebäude. Die römischen Bürger verbrachten einen guten Teil ihres Tages dort. Gerichte traten bei gutem Wetter auf dem Forum zusammen. Als es gepflastert wurde und fortan allein öffentlichen Angelegenheiten vorbehalten blieb, wurde der Markt vom Forum Romanum zum Forum Boarium, dem Viehmarkt in der Nähe des Circus Maximus, verlegt. Trotzdem hielten sich am südlichen und nördlichen Rand des Forums kleine Geschäfte und Verkaufsstände.

Freigelassener: Ein freigelassener Sklave. Mit der offiziellen Freilassung bekam der Freigelassene die vollen Bürgerrechte mit Ausnahme des Rechts, ein Amt innezuhaben, zugesprochen. Die inoffizielle Freilassung gab einem Sklaven die Freiheit, ohne ihn mit Wahlrecht auszustatten. In der zweiten, spätestens in der dritten Generation wurden Freigelassene gleichberechtigte Bürger.

Genius: Der leitende und behütende Geist einer Person oder eines Ortes. Der Genius eines Ortes wurde *genius loci* genannt.

Gens: Ein Geschlecht, dessen sämtliche Mitglieder von einem Vorfahren abstammen. Die Namen der patrizischen Geschlechter endeten immer auf -ius. So war beispielsweise Gaius *Julius* Caesar Gaius vom Zweig der Caesarianer aus dem Geschlecht der Julier.

Gladiator: Wörtlich: ein »Schwertkämpfer«. Ein Sklave, Kriegsgefangener, Verbrecher oder Freiwilliger, der oft auf Leben und Tod in den *munera* kämpfte. Man nannte alle Gladiatoren Schwertkämpfer, selbst wenn sie andere Waffen benutzten.

Gladius: Das kurze, breite zweischneidige Schwert der römischen Soldaten. Es war zum Zustechen konstruiert. Gladiatoren benutzten eine kleinere, altmodischere Ausgabe des *gladius*.

Gravitas: Die Tugend der Ernsthaftigkeit, Würde.

Haruspex: Angehöriger eines etruskischen Priesterkollegiums, dem es oblag, aus den Eingeweiden der Opfertiere weiszusagen.

Hospitium: Eine Vereinbarung gegenseitigen Gastrechts. Wenn ein *hospes* (Pl. hospites) die Stadt des anderen besuchte, stand ihm Nahrung und Unterkunft, Schutz vor Gericht, Pflege bei Krankheit oder Verwundung und eine ehrenhafte Bestattung zu. Die Verpflichtung galt in den Familien beider *hospites* und wurde weitervererbt.

Iden: Der 15. März, Mai, Juli und Oktober. Der 13. aller anderen Monate.

Imperium: Das vorzeitliche Recht der Könige, Armeen aufzustellen, Ge- und Verbote zu erlassen und körperliche Züchtigung und die Todesstrafe zu verhängen. In der Republik war das Imperium unter den beiden Konsuln und den Praetoren aufgeteilt. Gegen ihre Entscheidungen im zivilen Bereich konnten die Tribunen allerdings Einspruch erheben, und die Träger des Imperiums mußten sich nach Ablauf ihrer Amtszeit für ihre Taten verantworten. Nur ein Diktator hatte das uneingeschränkte Imperium.

Insula: Wörtlich »Insel«. Eine große, mehrstöckige Mietskaserne.

Itinera: Straßen, die nur zu Fuß passiert werden konnten. Die Mehrzahl der römischen Straßen waren *itinera*.

Kalenden: Der Erste jeden Monats.

Klient: Eine von einem Patron abhängige Person, die verpflichtet war, den Patron im Krieg und vor Gericht zu unterstützen. Freigelassene wurden Klienten ihrer früheren Herren. Die Beziehung wurde weitervererbt.

Konsul: Der höchste Magistrat der Republik. Es wurden jährlich zwei Konsuln gewählt. Ihre Insignien waren die gestreifte Toga und der curulische Stuhl. Jeder Konsul wurde von zwölf Liktoren begleitet. Das Amt schloß auch das uneingeschränkte Imperium ein. Nach Ablauf seiner einjährigen Amtszeit wurde ein Ex-Konsul zum Statthalter einer Provinz ernannt, die er als Prokonsul regierte. Als Prokonsul verfügte er über die gleichen Insignien und die gleiche Anzahl von Liktoren. Innerhalb seiner Provinz übte er absolute Macht aus.

Latifundium: Ein ausgedehntes Landgut oder eine Plantage, auf der Sklaven arbeiteten. In der Spätphase der Republik nahm diese Art der Bewirtschaftung immer mehr zu, so daß der Stand der italienischen Bauern praktisch zerschlagen wurde.

Legatus: Ein untergebener Hauptmann, den der Senat auswählte, um Heerführer und Statthalter zu begleiten. Auch: ein vom Senat ernannter Botschafter.

Legion: Grundeinheit der römischen Armee. Auf dem Papier sechstausend, tatsächlich aber eher viertausend Mann stark. Die Legion war eine schwer bewaffnete Infanterietruppe, jeder Legionär trug einen großen Schild, einen Brustpanzer, einen Helm, ein *gladius* und leichte und schwere Wurfspeere. Jeder Legion war eine Hilfstruppe aus Nicht-Bürgern zugeordnet, die aus leichter und schwerer Infanterie, Kavallerie, Bogenschützen, Kämpfern mit Wurfschleudern etc. bestand. Diese *auxilia* waren nie als Legionen, sondern lediglich als Kohorten organisiert.

Liktor: Wächter, normalerweise Freigelassene, die die *fasces* trugen und die Magistraten und den flamen Dialis begleiteten. Sie riefen Volksversammlungen zusammen, überwachten die öffentlichen Opferungen und vollzogen Todesurteile. Ein Diktator wurde von vierundzwanzig Liktoren begleitet, ein Konsul von zwölf, ein Propraetor von sechs, ein Praetor von zwei und der flamen Dialis von einem Liktor.

Liquamen: Auch *garum* genannt, die allgegenwärtige Fischsauce der römischen Küche.

Ludus (Pl. ludi): Die offiziellen öffentlichen Spiele, Rennen, Theateraufführungen etc. Auch eine Gladiatorenschule, obwohl die Darbietungen der Gladiatoren keine *ludi* waren.

Munera: Besondere Spiele, die nicht Teil des offiziellen Veranstaltungskalenders waren und in denen Gladiatoren auftraten. Ursprünglich waren es Beerdigungs-Spiele, die immer den Toten geweiht waren. In den *munera sine missione* wurden alle Unterlegenen getötet. Manchmal mußten sie nacheinander, manchmal gleichzeitig gegeneinander antreten, bis nur noch ein Gladiator übrigblieb. Die *munera sine missione* wurden in regelmäßigen Abständen gesetzlich verboten.

Nobiles: Familien, sowohl patrizisch als auch plebejisch, aus deren Reihen ein Konsul hervorgegangen war.

Nomen: Der Name eines Geschlechts oder gens; z. B. Gaius *Julius* Caesar.

Nonen: Der 7. März, Mai, Juli und Oktober. Der 5. aller anderen Monate.

Novus homo: Wörtlich: der »neue Mensch«. Ein Mann, der als erstes Mitglied einer Familie das Konsulat innehat und sie damit zu *nobiles* macht.

Optimaten: Die Partei der »besten Männer«; d. h. der Adel und seine Anhänger.

Patria potestas: Die absolute Autorität des *pater familias* über die Kinder seines Haushalts, die weder legal Besitz erwerben durften, solange ihr Vater lebte, noch ohne seine Erlaubnis heiraten durften. Theoretisch hatte er sogar das Recht, seine Kinder zu verkaufen oder zu töten, aber zur Zeit der Republik war das lediglich eine juristische Fiktion.

Patrizier: Ein Nachfahre einer der Gründungsväter Roms. Einst konnten nur Patrizier politische und priesterliche Ämter übernehmen und im Senat sitzen, aber diese Privilegien weichten langsam auf, bis nur noch einige Priesterämter rein patrizisch waren. In der Endphase der Republik waren nur noch vierzehn *gens* übrig.

Patron: Ein Mann mit einem oder mehreren Klienten, die zu beschützen, zu beraten und denen zu helfen er verpflichtet war. Die Beziehung wurde weitervererbt.

Peculium: Römische Sklaven durften keinen Besitz haben, aber sie durften außerhalb des Haushalts ihres Herren Geld verdienen. Diese Ersparnisse wurden *peculium* genannt und konnten von den Sklaven dazu verwandt werden, sich freizukaufen.

Peristylium: Ein offener, von einem Säulengang umfaßter Hof.

Pietas: Die Tugend pflichteifrigen Gehorsams gegenüber den Göttern und vor allem gegenüber den eigenen Eltern.

Plebejer: Alle nicht-patrizischen Bürger.

Pomerium: Der Verlauf der alten Stadtmauern, der Romulus zugeschrieben wird. Die freie Fläche diesseits und jenseits der Mauer galt sogar als heilig. Innerhalb des *pomerium* war es verboten, Waffen zu tragen und die Toten zu bestatten.

Pontifex: Ein Mitglied des höchsten Priesterordens von Rom. Er hatte die Oberaufsicht über sämtliche öffentlichen und privaten Opferungen sowie über den Kalender. In der Spätphase der Republik gab es fünfzehn *pontifices:* sieben Patrizier und acht Plebejer. Ihr Oberster war der *Pontifex Maximus,* ein Titel, den heute der Papst führt.

Populares: Die Partei des gemeinen Volks.

Praenomen: Der Rufname eines Freigeborenen, wie Marcus, Sextus, Gaius, etc.; z. B. Gaius Julius Caesar: Gaius vom Zweig der Caesarianer aus dem Geschlecht der Julier. Frauen benutzten die weibliche Form des Namens ihres Vaters, d. h. die Tochter von Gaius Julius Caesar würde Julia genannt werden.

Praetor: Magistrat und Richter, der jährlich zusammen mit den Konsuln gewählt wurde. In der Endphase der Republik gab es acht Praetoren. Ihr Oberster war der *Praetor Urbanus,* der bei Zivilstreitigkeiten zwischen Bürgern den Vorsitz des Gerichts innehatte. Der *Praetor Peregrinus* saß Verhandlungen vor, an denen Ausländer beteiligt waren. Die anderen waren Vorsitzende der Strafkammern. Ihre Insignien waren die gestreifte Toga und der curulische Stuhl. Praetoren wurden von zwei Liktoren begleitet. Nach Ablauf ihrer Amtszeit wurden die Praetoren Propraetoren und hatten in ihren propraetorianischen Provinzen das uneingeschränkte Imperium.

Praetorium: Das Hauptquartier eines Heerführers, normalerweise ein Zelt in einem Lager. In den Provinzen: die offiziellen Residenzen des Statthalters.

Proscriptionen: Die von Sulla veröffentlichten Listen mit Namen von Staatsfeinden. Jeder konnte eine so geächtete Person töten und eine Belohnung beanspruchen – normalerweise den Besitz des Toten.

Publicanus: Pächter der römischen Staatseinnahmen. Die Pachtverträge wurden normalerweise von Censoren ausgehandelt und hatten deshalb eine Laufzeit von fünf Jahren.

Pugio: Der gerade, zweischneidige Dolch der römischen Soldaten.

Quaestor: Der niedrigste der gewählten Beamten. Er war verantwortlich für den Staatsschatz und zuständig für finanzielle Angelegenheiten wie zum Beispiel die Bezahlung öffentlicher Arbeiten. Sie fungierten auch als Assistenten und Zahlmeister der höheren Magistraten, Heerführer und Provinzstatthalter. Sie wurden jährlich von der *comitia tributa* gewählt.

Quirinus: Der vergöttlichte Romulus, Schutzpatron der Stadt.

Rostra: Ein Denkmal auf dem Forum zum Andenken an die Seeschlacht von Antium 338 v. Chr., das mit den Schnäbeln, den *rostra* (Sing. *rostrum*) der feindlichen Schiffe geschmückt ist. Sein Sockel wurde als Rednertribüne benutzt.

Saturnalien: Fest des Saturns, vom 17. bis zum 23. Dezember, eine rauhe und fröhliche Angelegenheit, bei der Geschenke ausgetauscht, Schulden beglichen und Sklaven von ihren Herren bedient wurden.

Sella curulis: Ein Klappstuhl. Er gehörte zu den Insignien der curulischen Magistraten und des *flamen Dialis*.

Senat: Das wichtigste beratende Komitee Roms. Es bestand aus dreihundert bis sechshundert Senatoren, die alle zumindest einmal in ein Amt gewählt worden waren. Einst die oberste gesetzgebende und exekutive Körperschaft waren diese früheren Befugnisse des Senats bis zur Spätzeit der römischen Republik auf die Gerichte und die Volksversammlungen übergegangen. Die Hauptkompetenz des Senats lag auf dem Feld der Außenpolitik und in der Berufung der Heerführer. Senatoren hatten das Privileg, die *tunica laticlava* zu tragen.

Sica: Ein einschneidiger Dolch oder ein kurzes Schwert unterschiedlicher Länge. Sie galt als Lieblingswaffe der Straßenbanden und wurde von thrakischen Gladiatoren benutzt. Eine *sica* galt als anrüchige, unehrenhafte Waffe.

Sklavenkrieg: Der von dem thrakischen Gladiator Spartacus angeführte Sklavenaufstand von 73 – 71 v. Chr. Die Rebellion wurde von Pompeius und Crassus niedergeschlagen.

Solarium: Ein Dachgarten oder Patio.

Spatha: Das Schwert der römischen Kavallerie, länger und schmaler als das *gladius*.

SPQR: »Senatus populusque Romanus«. Der Senat und das Volk Roms. Die Formel, die die Hoheit Roms verkörperte. Sie wurde auf offiziellen Briefen, Dokumenten und öffentlichen Einrichtungen verwendet.

Strophium: Ein breites Stoffband, das Frauen unter oder über ihren Kleidern trugen, um ihre Brüste zu stützen.

Subligaculum: Ein Lendenschurz, der sowohl von Männern als auch von Frauen getragen wurde.

Subura: Ein Viertel im Tal zwischen dem Viminal und dem Esquilin, berühmt für seine Elendsquartiere, lauten Märkte und rauhen Bewohner.

Tarpejischer Felsen: Eine Klippe unterhalb des Capitols, von der Verräter hinabgestoßen wurden. Benannt war der Felsen nach dem römischen Mädchen Tarpeia, die der Legende zufolge den Sabinern den Zugang zur Burg auf dem Capitol verraten hat.

Toga: Mantelähnliches Obergewand der römischen Bürger. Die gehobenen Schichten trugen eine weiße Toga, ärmere Leute und Trauernde eine dunkle. Die mit einem purpurfarbenen Saum besetzte *toga praetexta* war die Amtskleidung der curulischen Magistraten und diensttuenden Priester und wurde von jungen Freigeborenen getragen, bevor sie die Schwelle zur Männlichkeit überschritten. Die purpurfarbene und mit goldenen Palmen bestickte *toga picta* wurde von Heerführern, die einen Triumph feierten, getragen, sowie von einem Magistraten, wenn öffentliche Spiele abgehalten wurden.

Tribun: Vertreter der Plebejer, mit Vetorecht gegen Senatsentscheidungen und legislativer Gewalt ausgestattet. Dieses Amt konnte nur von Plebejern ausgeübt werden. Militärtribune wurden aus den Reihen der jungen Männer von Senatsrang oder aus dem Ritterstand gewählt und standen einem General als Adjutant zur Seite. Normalerweise die erste Stufe einer politischen Karriere.

Tribus: Organisationseinheit oder Untergliederung der römischen Bürgerschaft aus Verwaltungsgründen. Ursprünglich drei Klassen von Patriziern. In der republikanischen Zeit zählten alle Bürger zu einem *tribus,* von denen es in der Stadt vier und im Umland einunddreißig gab. Neubürger wurden einem bereits bestehenden *tribus* zugeordnet.

Triumph: Eine prunkvolle Zeremonie zur Feier eines militärischen Erfolges. Die Auszeichnung konnte nur vom Senat verliehen werden. Ein siegreicher Heerführer mußte außerhalb der Stadtmauern auf die Erlaubnis des Senats warten, die Stadt zu betreten. Sein Oberbefehl erlosch in dem Moment, in dem er das *pomerium* überschritt. Der Heerführer, *Triumphator* genannt, wurde mit königlichen, fast göttlichen Ehren empfangen. Für einen Tag galt er tatsächlich als gottgleich. Ein Sklave wurde beauftragt, hinter ihm zu stehen und ihn in regelmäßigen Abständen an seine Sterblichkeit zu erinnern, damit die Götter nicht eifersüchtig wurden.

Triumvirat: Ein Dreimännerkollegium, ein von den römischen Behörden häufig eingesetzter Ausschuß zur Erledigung spezieller politischer oder religiöser Aufgaben. Davon zu unterscheiden: das Triumvirat als private Vereinbarung politisch Mächtiger. Das berühmteste Triumvirat (60 v. Chr.) war die Dreierherrschaft von Caesar, Pompeius und Crassus. 43 v. Chr. kam ein zweites Triumvirat mit Antonius, Octavian und Lepidus zustande.

Tunika: Ein langes, ärmelloses oder kurzärmeliges Hemd, im Freien unter einer Toga und zu Hause als Hauptbekleidungsstück getragen. Die von Senatoren und Patriziern getragene *tunica laticlava* hatte einen breiten purpurfarbenen Streifen vom Kragen bis zum Saum. Die *tunica angusticlava* hatte einen schmalen Streifen und wurde von den *equites* getragen. Die von oben bis unten purpurfarbene und mit goldenen Palmen bestickte *tunica picta* war das Kleidungsstück eines Generals, der einen Triumph feierte.

Via: Eine Fernstraße. Innerhalb der Stadt waren *viae* Straßen, die breit genug waren, daß zwei Wagen aneinander vorbeifahren konnten. In der republikanischen Zeit gab es nur zwei *viae:* die Via Sacra, die quer über das Forum verlief und auf der religiöse Prozessionen und Trimphzüge stattfanden, sowie die Via Nova, die an einer Seite des Forums entlanglief.

Vigilien: Ein nächtlicher Wachdienst. Die Vigilien hatten auch die Pflicht, auf frischer Tat ertappte Straftäter zu verhaften, aber ihre Hauptaufgabe war der Brandschutz. Sie waren bis auf einen Knüppel unbewaffnet und trugen Feuereimer.

Volksversammlung: Es gab drei Typen von Volksversammlungen: die centurianische (nach Militäreinheiten = Centurien bzw. Vermögensklassen gegliederte) Versammlung *(comitia centuriata)* und die beiden nach *tribus* gegliederten Volksversammlungen, die *comitia tributa* und das *consilium plebis*. Die *comitia tributa* wählte die niederrangigen Magistraten wie curulische Aedilen, Quaestoren und auch die Militärtribunen. Das *consilium plebis*, das nur aus Plebejern bestand, wählte die Volkstribunen und die plebejischen Aedilen.

GOLDMANN

Der Krimi-Verlag

1952 erschien im Goldmann Verlag
der erste deutsche Taschen-Krimi: Edgar Wallace'
»Der Frosch mit der Maske« war der Startschuß für
das Erfolgsunternehmen »Goldmann-Taschenbücher«
und die legendären »roten« Krimis.

Der Mann mit den zwei
Gesichtern   5144

Der Pfad des Teufels   5195

Die Spur des Spielers   5113

Die Dame aus Potsdam   5176

Goldmann · Der Taschenbuch-Verlag

GOLDMANN

Bestseller

Tom Clancy und Sidney Sheldon, Utta Danella
und Danielle Steel, Heinz G. Konsalik und
Marie Louise Fischer, Colleen McCullough und Gillian Bradshaw,
Charlotte Link und Irina Korschunow –
internationale Weltbestseller garantieren Spannung und
Unterhaltung auf höchstem Niveau.

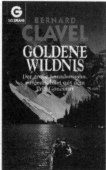

Bernard Clavel,
Goldene Wildnis   41008

Clive Cussler,
Das Alexandria-Komplott   41059

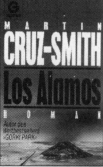

Martin Cruz-Smith,
Los Alamos   9606

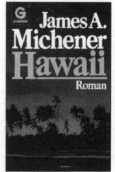

James A. Michener,
Hawaii   6821

Goldmann · Der Bestseller-Verlag

GOLDMANN

Bestseller

Tom Clancy und Sidney Sheldon, Utta Danella
und Danielle Steel, Heinz G. Konsalik und
Marie Louise Fischer, Colleen McCullough und Gillian Bradshaw,
Charlotte Link und Irina Korschunow –
internationale Weltbestseller garantieren Spannung und
Unterhaltung auf höchstem Niveau.

Jeffrey Archer,
Der perfekte Dreh   9743

Tom Clancy,
Der Schattenkrieg   9880

Nelson DeMille,
In der Kälte der Nacht   41348

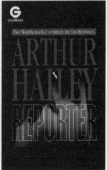

Arthur Halley,
Reporter   41331

Goldmann · Der Bestseller-Verlag

GOLDMANN

Bestseller

Tom Clancy und Sidney Sheldon, Utta Danella
und Danielle Steel, Heinz G. Konsalik und
Marie Louise Fischer, Colleen McCullough und Gillian Bradshaw,
Charlotte Link und Irina Korschunow –
internationale Weltbestseller garantieren Spannung und
Unterhaltung auf höchstem Niveau.

Joy Fielding,
Lauf, Jane, lauf! 41333

Anne Perry,
Das Gesicht des Fremden 41392

Mary McGarry Morris,
Eine gefährliche Frau 41237

Ruth Rendell,
Stirb glücklich 41294

Goldmann · Der Bestseller-Verlag

WDR

Im

Zeitalter der

Fernbedienung

eine gute

Orientierung.

WDR. Mehr hören. Mehr sehen.

WDR-KRIMINAL-HÖRSPIEL

Bei Einschub Mord! Kriminal Hörspiele auf Cassette.

BEI GOLDMANN/PRIMO

GOLDMANN TASCHENBÜCHER

Das Goldmann Gesamtverzeichnis erhalten Sie im Buchhandel oder direkt beim Verlag.

Literatur · Unterhaltung · Thriller · Frauen heute
Lesetip · FrauenLeben · Filmbücher · Horror
Pop-Biographien · Lesebücher · Krimi · True Life
Piccolo Young Collection · Schicksale · Fantasy
Science-Fiction · Abenteuer · Spielebücher
Bestseller in Großschrift · Cartoon · Werkausgaben
Klassiker mit Erläuterungen

* * * * * * * * * *

Sachbücher und Ratgeber:
Gesellschaft / Politik / Zeitgeschichte
Natur, Wissenschaft und Umwelt
Kirche und Gesellschaft · Psychologie und Lebenshilfe
Recht / Beruf / Geld · Hobby / Freizeit
Gesundheit / Schönheit / Ernährung
Brigitte bei Goldmann · Sexualität und Partnerschaft
Ganzheitlich Heilen · Spiritualität · Esoterik

* * * * * * * * * *

Ein SIEDLER-BUCH bei Goldmann
Magisch Reisen
ErlebnisReisen
Handbücher und Nachschlagewerke

Goldmann Verlag · Neumarkter Str. 18 · 81664 München

Bitte senden Sie mir das neue kostenlose Gesamtverzeichnis

Name: _____

Straße: _____

PLZ / Ort: _____